日 新 文 库

"劳动"的诗学

解放区的文艺生产与形式实践

路杨 _ 著

图书在版编目（CIP）数据

"劳动"的诗学：解放区的文艺生产与形式实践 / 路杨著. -- 北京：商务印书馆，2024. -- （日新文库）. ISBN 978-7-100-24188-5

I. I209.6

中国国家版本馆CIP数据核字第2024F7M921号

权利保留，侵权必究。

日新文库

"劳动"的诗学

解放区的文艺生产与形式实践

路 杨 著

商 务 印 书 馆 出 版
（北京王府井大街36号 邮政编码100710）
商 务 印 书 馆 发 行
北京市艺辉印刷有限公司印刷
ISBN 978-7-100-24188-5

2024年8月第1版　　　开本880×1240　1/32
2024年8月北京第1次印刷　印张12 7/8　插页2

定价：75.00元

日新文库
学术委员会

学术委员会主任
刘北成　　清华大学人文学院历史系

学术委员会委员（以姓氏笔画为序）
丁　耘　　复旦大学哲学学院
王东杰　　清华大学人文学院历史系
任剑涛　　清华大学社会科学学院政治学系
刘　宁　　中国社会科学院文学研究所
刘永华　　北京大学历史学系
李　猛　　北京大学哲学系
吴晓东　　北京大学中文系
张　生　　中国社会科学院法学研究所
杨立华　　北京大学哲学系
杨春学　　首都经贸大学经济学院
罗　新　　北京大学历史学系
郑　戈　　上海交通大学凯原法学院
孟彦弘　　中国社会科学院中国历史研究院古代史研究所
聂锦芳　　北京大学哲学系
黄　洋　　复旦大学历史学系
黄群慧　　中国社会科学院经济研究所
渠敬东　　北京大学社会学系
程章灿　　南京大学文学院
潘建国　　北京大学中文系
瞿旭彤　　清华大学人文学院哲学系

日新文库
出 版 说 明

近年来，我馆一直筹划出版一套青年学者的学术研究丛书。其中的考虑，大致有三。一是当今世界正处于"百年未有之大变局"，当代中国正处于民族复兴之关键期，新时代面临新挑战，新需求催生新学术。青年学者最是得风气先、引领潮流的生力军。二是当下中国学界，一大批经过海内外严格学术训练、具备国际视野的学界新锐，积学有年，进取有心，正是潜龙跃渊、雏凤清声之时。三是花甲重开的商务，以引领学术为己任，以海纳新知求变革，初心不改，百岁新步。我馆先贤有言："日新无已，望如朝曙。"因命名为"日新文库"。

"日新文库"，首重创新。当代中国集合了全世界规模最大的青年学术群体，拥有最具成长性的学术生态环境。新设丛书，就要让这里成为新课题的讨论会，新材料的集散地，新方法的试验场，新思想的争鸣园；让各学科、各领域的青年才俊崭露头角，竞相涌现。

"日新文库"，最重专精。学术研究，自有规范与渊源，端赖脚踏实地，实事求是。薄发源于厚积，新见始自深思。我们邀请各学科、各领域的硕学方家组成专业学术委员会，评审论证，擘画裁夺，择取精良，宁缺毋滥。

"日新文库"，尤重开放。研究领域，鼓励"跨界"；研究课题，乐见"破圈"。后学新锐，不问门第出身，唯才是举；学术成果，不图面面俱到，唯新是求。

我们热烈欢迎海内外青年学者踊跃投稿，学界友朋诚意绍介。经学术委员会论证，每年推出新著若干种。假以时日，必将集水为流，蔚为大观，嘉惠学林。

是所望焉！

商务印书馆编辑部

2022 年 6 月

目 录

绪论 1
  第一节　从观念到实践："劳动"的中介性视野 1
  第二节　整合性的"文艺"与实践的诗学 15
  第三节　问题结构与章节述要 29

第一章　大生产运动：劳动如何改造自我 36
  第一节　开荒：从无风景到有风景 37
  第二节　新世界与新自我：浪漫主义的身体 48
  第三节　劳动的祛魅与"言/行"之辨 59
  第四节　"纺车的力量"：实践理性与集体劳动 71

第二章　下乡：从"创作者"到"工作者" 86
  第一节　下乡工作：从"小鲁艺"到"大鲁艺" 87
  第二节　共同劳动：一种"情感工作"机制的生成 103
  第三节　"古元的道路"（一）：农民劳动生活的日常情景 129
  第四节　"古元的道路"（二）："小米一样的艺术" 155

第三章　"新写作作风"：作为生产的艺术 179
  第一节　劳模运动与"泛报告文学"写作 183
  第二节　艺术生产工具的改造 195

第三节　新写作作风："模范"及其再生产 218
第四章　文艺与劳动的相互"组织"（上）..... 237
　　第一节　"转变"的故事："观念剧"及其限度 241
　　第二节　组织起来：村庄"软规范"的改造与困境 256
　　第三节　乡村权力文化网络的"娱乐改进" 282
第五章　文艺与劳动的相互"组织"（下）..... 307
　　第一节　劳者如何"歌其事"：群众文艺的劳动组织 309
　　第二节　"翻身"的时刻：从乡村剧运到"运动剧场" 328
　　第三节　"翻心"的难题：斗争、劳动与想象农民
　　　　　　主体性 352

结语　"生产者的艺术" 380

主要参考文献 386
后记 390

专家推荐意见一 .... 吴晓东　400
专家推荐意见二 .... 贺桂梅　402

绪　　论

第一节　从观念到实践:"劳动"的中介性视野

　　1944年春节,延安的新年文艺活动开展得如火如荼,其中,"新秧歌"成为当仁不让的主角。边区政府的许多机关、学校积极排练了各种秧歌剧目,成立了"清凉山秧歌队""杨家岭春节宣传队""西北党校秧歌队"等二十七队文艺小组,为延安及各区县乡村演出。《兄妹开荒》《钟万财起家》《组织起来》《夫妻竞赛》《刘生海转变》《刘连长开荒》等新编秧歌剧,在村民百姓中引起了强烈的反响,都夸"延安来的新秧歌比我们自己农村闹的有意思得多"。① 这一新年秧歌的空前盛况引起了周立波、萧三等文艺工作者的普遍关注与讨论。周扬撰写了著名的长文《表现新的群众的时代——看了春节秧歌以后》,将这次春节秧歌称为"群众的艺术节",盛赞这些业余秧歌队及其节目的数量之多、规模之大、编排之新、效果之好,并特别指出:"这些节目都是新

---

① 艾克恩:《延安文艺运动纪盛(1937.1—1948.3)》,文化艺术出版社1987年版,第487页。

的内容，反映了边区的实际生活，反映了生产和战斗，劳动的主题取得了它在新艺术中应有的地位。"之后，周扬又统计了56部秧歌剧的主题，其中"写生产劳动（包括变工、劳动英雄、二流子转变、部队生产、工厂生产等）的有26篇"，尤以"写生产的最多，也最受群众欢迎"。①

同年，随着何其芳、刘白羽跟随中共代表团将毛泽东《在延安文艺座谈会上的讲话》传达到重庆，以及中外记者对延安的参观报道，秧歌剧也被带到了重庆。1945年2月18日，新华日报社为庆祝创刊七周年也举办了春节秧歌晚会。周恩来组织从延安来的文艺工作者和办事处以及《新华日报》的工作人员，在"周公馆"的过道里演出了秧歌剧《兄妹开荒》《牛永贵挂彩》和《一朵红花》；之后又在新华日报社的空场和红岩八路军办事处的草地上，举行了两次大规模的秧歌演出会，招待国统区文艺界人士和部分国际友人。②对此，《新华日报》在报道文章之外，还集中发表了赵铁松的《秧歌舞观后》、凡僧《化龙新村听秧歌六绝》以及许幸之的《秧歌舞与广场演剧》，记录了新秧歌为重庆文艺界带来的新鲜观感与共鸣，以及从情感到文化、从形式到政治上的冲击。其中，许幸之特别关注到新秧歌的形式："我确信这种'秧歌舞'是真正来自民间的艺术。而且从《兄妹开荒》那出戏里，他们举起锄头垦荒的动作上，我发现了'秧歌舞'的基本舞法，是直接来自'生活'与'生产方式'的东西，是真正从所谓'劳动过程'中产生出来的舞姿。"③

---

① 周扬：《表现新的群众的时代——看了春节秧歌以后》，《解放日报》1944年3月21日，第4版。
② 参见艾克恩《延安文艺运动纪盛（1937.1—1948.3）》，第573页。
③ 许幸之：《秧歌舞与广场演剧》，《新华日报》1945年2月26日，第4版。

由此可见，作为延安文艺的代表性成果，秧歌剧无论在主题还是形式上，都与"生产劳动"有着密切的关联。这也是1940年代解放区文艺创作的一个突出而普遍的现象。正如周扬观察到的那样，新秧歌之于旧秧歌的变革，从根本上说，在于其"反映了新社会人们的相互关系，以及人们与自然的关系的变化"①。换言之，新文艺在主题和形式上的"新"意，不仅在于生产劳动题材或劳动形象进入文艺的表现领域，它还是以边区生产劳动的新图景作为其现实依托的：新的劳动观念的树立、社会结构与劳动关系的改造、新的劳动形式的发明以及劳动者主体位置的生成。而这一新的现实图景的最初建立，则与中国共产党在抗战初期具体的政治处境与革命实践有着密切关联。

1939年2月，为应对国民党在其新制定的"溶共、防共、限共"方针下对陕甘宁边区实行的军事包围与经济封锁，中共中央在延安召开生产动员大会，由此展开了长达八年的大规模生产自救运动。在这次生产动员大会上，作为对毛泽东"自力更生，发展生产"思想的具体阐释，李富春作了《加紧生产，坚持抗战》的报告，其中谈道："发展生产运动，我们每一个人都要参加体力劳动，在思想上可以改变过去许多人轻视体力劳动的那种不正确的观点，到生产战线上去！把理论与实际密切地联系起来，在劳动的实践中，我们可以深切地体验出'劳工神圣'的道理来。"②伴随着边区经济外援的逐步中断，大生产运动也全面展开，

---

① 周扬：《表现新的群众的时代——看了春节秧歌以后》，《解放日报》1944年3月21日，第4版。
② 李富春：《加紧生产，坚持抗战——二月二日在延安生产动员大会上的报告》，米晓蓉，刘卫平主编：《陕甘宁边区大生产运动》，陕西师范大学出版社2014年版，第233页。

中共中央西北局和边区政府相继制定了一系列生产方针和新的劳动政策，如优待移民、难民，鼓励生产开荒；开展减租减息，调动广大农民的劳动积极性；倡导劳动竞赛，表彰劳动英雄；实行集体劳动互助的组织形式，等等，并逐步推广到其他根据地。边区党政机关、部队、学校等有关方面的一切干部、行政人员、青年学生与文艺工作者普遍参加生产劳动，并在1942年后以"下乡"的方式深入到边区群众的生产生活与农村工作中。1940年3月，延安市召开"生产总结给奖动员大会"，《新中华报》在报道中称："'劳工神圣'，在中国只有边区真正发挥了它的实际意义。劳动者真正受到了广大人民的崇敬。"吴玉章则在大会上指出，"中国几千年来劳心与劳力的鸿沟，已开始在边区被统一起来了，今日边区的生产运动就是今后改革社会的基础。"①

在1940年代的解放区，这类将"劳动"观念的塑造上溯至"劳工神圣"的表述并不鲜见，其中鲜明的进步论调也显示出强烈的意识形态色彩与政治动员意味。但问题并非如此简单。在思想史或观念史的意义上，"劳动"首先是一个不折不扣的现代概念。尽管古代中国并不缺乏对于劳动的表述，但实际上并没有形成一个关于"劳动"的概念。今天人们对于古代劳动观的某些追认，也大多掺杂了从现代劳动观念出发的后设性视角。而在民间的认知传统中，"勤劳"虽然被作为一种道德表述，却又往往与意味着痛苦和卑贱的"劳苦"纠缠在一起。作为一种现代概念（concept）或观念（idea），"劳动"自有其思想史与社会史的根源。而从民初语境中的"劳工神圣"到延安时期的"劳动光荣"，

---

① 《劳动英雄济济一堂　本市举行生产总结给奖动员大会　去年胜利了今年应加倍努力》，《新中华报》1940年3月26日，第3版。

则经历了诸种不同的思想资源与逻辑层次上的迁变。

"劳动"概念进入中国，发生在20世纪初。日语外来词"勞働"（rōdō）作为某种中介，将古代汉语中的"勞動"一词引渡到现代白话文中来，开始成为"labor"这一西方概念在中文语境中的对等词。如果要做出一点历史语义学式的简单分析①，则需上溯至这一跨语际实践的语境当中。在古汉语中，"勞動"很少作为双音节复合词使用，仅用于指人身体的活动、运动，或用于指"使不安宁"或"劳驾、多谢"之意②，在语义和语法上皆不同

---

① 英国学者雷蒙·威廉斯和美国学者汉娜·阿伦特都曾在西文语境中对"劳动"（labor）做过词源学上的考辨。据威廉斯的研究，"工作"与"辛苦（痛苦）"这两个意涵与labor的词源有着极为密切的关系。最接近的词源为古法文labor以及拉丁文laborem。labor作为一个动词指犁地、耕作，其意涵可延伸到其他手工工作或任何费力的工作。从16世纪开始，其意涵被扩大，用来指涉"分娩的阵痛"，普遍意涵为辛苦工作与费力。直到17世纪，labor才被当做一种普遍的社会活动，开始具有抽象意义，并在洛克和亚当·斯密那里发展出现代意涵：1. 抽象化的经济活动，2. 抽象化的社会劳动阶层。参见〔英〕雷蒙·威廉斯《关键词：文化与社会的词汇》，刘建基译，生活·新知·读书三联书店2005年版，第256—259页。汉娜·阿伦特也指出，"劳动"一词"从前总是和几乎无法忍受的'辛苦操劳'、苦难折磨有关，从而与对人体的摧残联系"，所有欧洲语言中的"劳动"一词都意味着辛苦操劳，也用于指生育的阵痛。labor和labare在词源上相同，希腊语ponos和德语Arbeit在词源上都是"贫穷"之意，Arbeit源于德语的arbma-，意为孤独、被忽视、被遗弃，在中古德语中，这个词被用于翻译labor（劳动）、tribulation（苦难）、persecutio（迫害）、adversitas（逆境）、malum（疾病）。参见〔美〕汉娜·阿伦特《人的境况》，王寅丽译，上海人民出版社2009年版，第31、56页。

② "勞動"表示活动之意，如"春耕种，形足以劳动"（《庄子·让王》），又如"人体欲得劳动，但不当使极耳"（《三国志·魏书·华佗传》）；表示不安宁之意，如"姜伯约屡出陇右，劳动我边境，侵扰我氐羌"（《三国志·魏书·钟会传》）；表示劳驾、多谢之意，如"贾母笑道：'劳动了。珍儿让出去好生看茶'"（《红楼梦·第四十二回》）。相关语义及语例的梳理可参见刘禾《附录D. 回归的书写形式外来词：源自古汉语的日本"汉字词语"》，《跨语际实践：文学，民族文化与被译介的现代性（中国，1900—1937）》，宋伟杰等译，生活·读书·三联书店2002年版，第417页。

于今日所谓"劳动"。在"劳"的诸多义项中，普遍意涵为辛勤、劳苦，又可引申为疲惫、劳累、身体性的消耗乃至疾病，也可延伸到精神与情绪的操劳或忧虑。在用作工作、操作之意时，"劳"也并非指生产性劳动，而多指琐屑、低微的杂务。与其他单音节词组合时，"劳"不仅可以用于形容体力活动，也用于形容脑力工作，一如"劳力"与"劳心"等经典表达。1822年，英国传教士马礼逊在编写《华英字典》时已经开始使用 labor 翻译古汉语"劳"的大多数义项，但"劳动"作为"劳"的一个义项与用法，仍然停留在劳驾、劳烦、多谢的意义上，并未与 labor 发生关联。①

像很多西方概念一样，"劳动"概念在现代中国的发生，也经过了以日本为中介的跨语际旅行，才得以在一个稳定的辞汇体系中被观念化。据德国概念史学者的研究，日本早自1870年代起，即从中国古汉语中借用了"劳动"一词的书写形式，以"労働"（rōdō）作为"labor"的翻译术语，并进一步系统地运用于政治经济学的文本中。② 从1895年开始，这一日语外来词"労働"又以回归借词的形式作为"labor"的对等词回到中文语境中，通过翻译传播开来。但此时"劳动"还并未在能指与所指之间建立起某种固定的对等关系，"勤劳""劳作"仍作为可替换的表

---

① 〔英〕马礼逊：《华英字典》第4册《五车韵府》，英国东印度公司澳门印刷厂1822年版，第521—522页。
② 据德国学者鲁道夫.G.瓦格纳的研究，从1872年以来，"労働"一词常被收录在日语辞典中。参见〔德〕鲁道夫.G.瓦格纳《汉语"劳动"术语发展史札记》，朗宓榭、费南山主编《呈现意义：晚清中国新学领域》（上），李永胜、李增田译，天津人民出版社2014年版，第142页。据李博的研究，在字典中，"労働"最早见于〔日〕紫田昌吉、子安峻的《增补订正英和字汇》（第二版，日就社1882年版），参见〔德〕李博《汉语中的马克思主义术语的起源与作用：从词汇—概念角度看日本和中国对马克思主义的接受》，赵倩、王草、葛竹平译，中国社会科学出版社2003年版，第193页。

达和术语与"劳动"交替出现在相关语境之中。1900年后,"劳动"开始进入一些复合结构如"劳动者""劳动阶级""劳动组合""劳动法""劳动力量"中,其中相当一部分仍是从日语中直接搬用词形的外来词①,但这些词在报刊传媒中的使用也越来越频繁。1901年《清议报》中已出现"劳工"一词,1902年《大陆报》已有关于"俄国学生及劳动者之反抗政府"之"外国纪事"的报道。②1903年,随着三部日文社会主义理论著作的中译本在上海广智书局的出版③,"劳动"开始获得在政治经济学领域中的系统语义与用法。

在"劳动"概念真正进入中国现代公共知识领域的过程中,"劳工神圣"具有事件性的意义。"劳动"的价值在这一口号的传播中得到了前所未有的提升,但这一时期驳杂的社会改造思潮也构成了这一口号背后纷繁的思想资源。④蔡元培所谓的"劳工",

---

① 例如"劳动者"是源于日语词"劳働者"(rōdō-sha),是英文中"laborer"的意译词;"劳动组合"是源于日语词"劳働组合"(rōdō-kumiai),是英文中"trade union"即"工会"的意译词。见刘正埮、高名凯等编《汉语外来词词典》,上海辞书出版社1984年版,第202页。
② 《中国近事:劳工缺乏》,《清议报》1901年第83期;《俄国学生及劳动者之反抗政府》,《大陆报》1902年第1期,检索自台湾政治大学中国近现代思想及文学史专业数据库(1830—1930)。
③ 这三本译著分别为:〔日〕福井准造《近世社会主义》(赵必振译,1899);〔日〕村井赤石《社会主义》(罗大为译,1899);〔日〕西川小次郎《社会党》(周百高译,1901)。按,括号中的年份为原著在日本的出版时间。据方红《马克思主义在中国的早期翻译与传播》,上海三联书店2016年版,第230页。
④ 关于"劳工神圣"的思想资源,具体可参考徐中振《"劳工神圣":一个不容忽视的五四新启蒙口号——兼论中国现代革命和历史的时代精神》,《江汉论坛》1991年第1期;李怡《中国近代史上最早的劳工神圣观与中外文化——中国无政府主义者劳动观的功过》,《华中师范大学学报》(人文社会科学版)2000年第39卷第5期;冯庆《"劳工神圣"的思想温床——以蔡元培的社会关怀和教育理念为核心》,《探索与争鸣》2016年第12期。

"不但是金工木工等等凡用自己的劳力作成有益他人的事业，不管他用的是体力、是脑力，都是劳工。"①李大钊虽较早地接受了马克思主义的训练，但此时也是在相当宽泛的意义上提出："劳工的能力，是人人都有的，劳工的事情，是人人都可以作的。"②他们力图打破体力与脑力的界限，注重新生活实验的泛劳动主义、新村主义与工读主义的流行，主导了一代激进的知识者与文学者的社会想象，也构成了"劳动"概念最初的内涵，甚至进入到新文学自我建构的表述之中。③值得注意的是，在以"新村运动"和"工读互助运动"为代表的一系列个体改造与社会改造的实验中，在试图重构"劳心"与"劳力"之关系的努力下，"劳动"观念开始显现出其实践性的面向。

正如有研究者所指出的那样，"劳动"观念在 20 世纪获得了一次"现代意义的跃迁"，并逐渐在社会主义革命中获得了建制上的实现。这在社会史的根源上正是"现代化过程中新的阶级尤其是无产阶级和资产阶级的形成，以及 20 世纪社会革命中广泛的社会动员的观念产物"，同时也是世界范围内的左翼文化思潮和社会主义运动的一部分。④在 1930 年代的工人运动和土地革命的过程中，以马克思主义理论作为思想资源的"劳动"观念得以

---

① 蔡元培：《劳工神圣》，《新青年》1918 年第 5 卷第 5 期，第 7 页。
② 李大钊：《庶民的胜利》，《新青年》1918 年第 5 卷第 5 期，第 5 页。
③ 参见姜涛《公寓里的塔：1920 年代中国的文学与青年》，北京大学出版社 2015 年版。其中关于"少年中国学会"以及叶圣陶个案的研究，呈现了新村主义、泛劳动主义思潮如何作用于文学领域与文学者个人的"志业"想象，从中发现了一种审美化、艺术化的劳动观念，以及作为隐喻的"劳动"何以成为文学者想象其"志业"的方式。借此我们也可以从一个侧面发现 1920 年代"劳动"观念的丰富性与开放性。
④ 高瑞泉：《"劳动"：可作历史分析的观念》，《探索与争鸣》2015 年第 8 期。

形成。在黑格尔和古典经济学的基础上，马克思将"劳动"作为人类与自然之关系的哲学理论体系中的一个核心要素，并提出了"异化劳动"的概念，之后则在政治经济学的意义上将"劳动"发展为价格与价值理论以及生产要素理论中的核心概念。基于唯物史观和劳动价值论产生的"劳动"观念，在"劳动"与主体、价值和历史的创造之间建立起关联，也使"劳动""阶级""斗争"以及"生产力""生产关系""平等"等概念构成了一个"新的革命观念谱系"①。更重要的是，也是在左翼革命实践的过程中，劳动观念真正开始与社会改造实践相结合，并在1940年代的解放区发展出有效的实践形式与社会建制。

经过这样一个粗疏的勾勒，我们便很容易发现李富春和吴玉章在大生产运动中发言的关键所在。与"劳工神圣"相比，延安时期的"劳动"在最大的程度上将观念与实践相结合，使"劳动"的价值在社会关系的变革中获得了其历史效验性；通过创造新的劳动形式和组织形式，劳动观念与社会建制之间形成了相互生产的互动关系。更进一步说，在其他历史阶段和政治区域内，停留在抽象层面上的劳动观念，在解放区被具体化和现实化了。这里需要指出的是，与经典马克思主义理论和1930年代的左翼革命实践不同，解放区的劳动观念与实践又有其特殊性，这与中国革命的特殊性直接相关。某种程度上，在中国革命的观念与实践之间，"劳动"构成了一种具有中介性的形式化机制，同时中国革命的特殊性也构成了劳动问题的复杂性。解放区革命实践的前提在于对中国农村与农民革命的重新发现与理解。不同于

---

① 高瑞泉:《"劳动":可作历史分析的观念》,《探索与争鸣》2015年第8期。

经典马克思主义理论对革命的描述，中国革命的主体是处在分散的小农经济与熟人社会中的农民，而非作为城市无产者的工人阶级，这决定了中国共产党必须找到一种立足于本土历史条件的实践形式。正如孙晓忠所指出的那样，"革命不能输入，意味着革命总是要发明和创造它自身的形式，以道成肉身"，"从乡村起步的延安道路，不仅要超越经典马克思主义对'亚细亚生产方式'的论断，还要克服俄国十月革命对乡村的处理方式；并回答中国前几代知识分子的难题。"[1] 也就是说，中国共产党必须找到具体的进入乡村、改造乡村、治理乡村的革命形式，而在1940年代民族战争与政党博弈的具体语境中，中国共产党正是通过发动大规模生产劳动的方式获得了变被动为主动的历史契机。通过新的生产劳动形式的发明，中国共产党一方面打开了自身作为"外来者"进入乡村的入口：全民大生产、军队生产、下乡工作、义务劳动，改造了军队作风、知识分子习气和官僚主义作风，创造出一种新型的政党与群众的关系；另一方面，则通过劳动竞赛、生产展览等形式创新，变工队、扎工队、合作社等劳动互助组织，创造了集体劳动的形式，从而将处在分散的小农经济与传统的血缘、宗族、行帮意识中的农民"组织起来"，实现了对一个缺乏集体意识的革命主体的改造。另外，土改运动处理的则是现代税收制度下劳动者土地权利的剥夺[2]，这不仅是对物质财富的再分配，还是通过"劳动创造价值"而非"土地创造价值"之辩，极

---

[1] 孙晓忠：《创造一个新世界——延安乡村建设经验》，孙晓忠、高明编：《延安乡村建设资料》第1册，上海大学出版社2012年版，第2页。
[2] 参见黄宗智《法典、习俗与司法实践：清代与民国的比较》，上海书店出版社2003年版，第99—118页。

大地释放出农民的劳动积极性,重构了劳动者与土地之间的关系和情感。在一种具有整体性的劳动观念和实践形式的重塑之下,中国革命也获得了其本土化的新形式。无论是实现了劳动致富的"勤劳革命"[①]、通过共同劳动达成的"细腻革命"[②],还是在劳模运动中生成的"尊严政治"[③],都是以劳动为空间和中介发展出的革命形式。更重要的是,新的劳动观念与实践不仅是对生产力和生产关系的改造,同时也是以"劳动"为轴心,在一种联动机制中全面展开的社会革命与文化革命。

对劳动形式与劳动关系的改造,触动的是中国乡村的根底。围绕着生产劳动,家庭问题、妇女问题、宗教问题、乡村权威等问题也都在这一中介性的空间中得到触及与更动。作为一种联动机制的轴心,对"劳动"的改造,带动的是乡村的情感结构、伦理世界、文化权力和政治结构的改造,从而指向了新伦理、新文化乃至新社会的创生。在1940年代的解放区,中共革命及其政党政治表现为一种整体性机制。"劳动"作为中国革命的形式化中介,在不同革命"场域"的互动中占据着核心位置,将政治实践、社会实践和文化实践有机地结合在一起。一方面,正是在这种联动关系中,"劳动"构成了解放区文艺背后的一个重要的事件主体,不仅是在"表现"与"被表现"的意义上,被纳入到解放区文艺的表现领域,而且直接参与到文化、教育以及文艺生产

---

① 参见罗岗《人民至上:从"人民当家做主"到"社会共同富裕"》,上海人民出版社2012年版,第203—216页。
② 参见张炼红《历炼精魂:新中国戏曲改造考论》,上海人民出版社2011年版,第13—18页。
③ 参见蔡翔《革命/叙述:中国社会主义文学—文化想象(1949—1966)》,北京大学出版社2010年版,第5—6页。

的机制当中。另一方面,不同于1920年代文学领域中的泛劳动主义思潮仅是将文学创作视为"精神劳动"的一种,或是以"劳动"想象文学志业,伴随着马克思主义的"劳动"概念在1930年代左翼革命实践中的扩张,艺术的"劳动起源论"也开始进入关于"文学"的理解当中。1928年12月,鲁迅与柔石、冯雪峰商议编译"科学的艺术论丛书",并将普列汉诺夫的《艺术论》定为丛书目录第一种。1930年7月,鲁迅借助藏原惟人的日译本翻译的《艺术论》在光华书局出版。在《艺术论》中,普列汉诺夫提出劳动先于艺术,最早的音乐是从劳动工具与生产对象接触时发出的敲击声中产生的,原始部落的歌、舞则是对劳动节奏和生产动作的模仿,因此,原始艺术的产生与劳动不可分离。1934年,鲁迅在《门外文谈》中提出"不识字的作家",将文学的发生追溯到共同劳动的需要:"人类是在未有文字之前,就有了创作的,可惜没有人记下,也没有法子记下。我们的祖先的原始人,原是连话也不会说的,为了共同劳作,必需发表意见,才渐渐的练出复杂的声音来,假如那时大家抬木头,都觉得吃力了,却想不到发表,其中有一个叫道'杭育杭育',那么,这就是创作;大家也要佩服,应用的,这就等于出版;倘若用什么记号留存了下来,这就是文学;他当然就是作家,也是文学家,是'杭育杭育派'。"在此之外,鲁迅还将原始的图画、上古时期的诗歌以及民谣、山歌、渔歌、童话、故事以及目连戏也视为"不识字的作家"的作品,称其"刚健,清新"[①]。同年,鲁迅在《论"旧形式的采用"》一文中将唐的佛画、宋的院画、米点山水以

---

① 鲁迅:《门外文谈》,《鲁迅全集》第6卷,人民文学出版社2005年版,第96、97页。

及文人画称之为"消费者的艺术",并提出"既有消费者,必有生产者,所以一面有消费者的艺术,一面也必有生产者的艺术。古代的东西,因为无人保护,除小说的插画以外,我们几乎什么也看不见了。至于现在,却还有市上新年的花纸,和猛克先生所指出的连环图画。这些虽未必是真正的生产者的艺术,但和高等有闲者的艺术对立,是无疑的"。[①]1944年,周扬编写了《马克思主义与文艺》一书,由新华书店出版,以摘编的方式系统地构建起一条从马克思、恩格斯到普列汉诺夫、列宁、斯大林、高尔基、鲁迅再到毛泽东的马克思主义文论的理论脉络,可谓解放区文艺理论话语的集成式的建设。第一辑"意识形态的文艺"强调了艺术生产与物质生产的关系,在"劳动创造艺术"的理论基础上提出了重视劳动人民的口头文学与民间文艺的必要性。如周扬在序言中所说,"贯彻全书的一个中心思想是:文艺从群众中来,必须到群众中去。"[②]通过对劳动与文艺关系的强调,这一理论构建包含着将资本主义社会"作为商品的艺术"转化为"劳动者的艺术"的诉求,从而将艺术的创造归还到劳动、生活与政治的一体化图景之中。由此可见,对解放区文艺而言,"劳动"具有多重的中介性意义:生产劳动不仅构成了解放区文艺背后的事件主体与观念形态,也在理论上决定了文艺的生产方式,如创作主体的改造、工作方式的转换以及"深入生活""深入群众""反映现实""创造典型""群众文艺"等具体的创作机制与美学理念的生成。

在"劳动"的中介作用下,解放区的文艺生产形成了新的美

---
① 鲁迅:《论"旧形式的采用"》,《鲁迅全集》第6卷,第24页。
② 周扬:《序言》,周扬编:《马克思主义与文艺》,新华书店1949年版,第2页。

学、趣味和文化，同时也在文艺的内部生成了新的形式问题。在解放区的文化政治实践中，如何将一种新型的、外来的"劳动"观念从抽象的层面落实为具体的实践，从而召唤出新的主体、价值和远景？面对这一问题，解放区的文艺生产必须承担起政治动员与意识形态运作的任务，但在一些自觉的创作者的作品那里，也会呈现出在现实问题、政治要求和形式机制之间的张力状态。这些创作者通过富于创造性的形式，在政治经济学意义和意识形态宣传中的抽象"劳动"与现实结构和实践形态中的具体"劳动"之间建立起关联，并做出创造性的解释与艺术性的呈现。而对这种关联的形式构建以及创造性的解释，可能恰恰是解放区文艺之特殊的"文学性"或"艺术性"之所在。

关于解放区文学中"劳动"问题的讨论，常见于考察社会主义文学中的"劳动"问题时，向一个"前社会主义时代"的追溯或追认。因而一种进化论式的言说姿态，或一种朝向未来的合法性言说的正义感（或危机感），也就难以避免。在这类研究当中，文学文本（尤其集中在小说文本）与劳动问题之间呈现为一种相对"透明"的关系：赵树理小说或土改小说很容易被直接作为作家进行政治思考的传声筒、日常生活史的经验材料、社会学分析的对象或是"延安经验"的载体。这也使得这类研究往往表现出浓厚的社会学或政治经济学的兴趣。这一方面源于研究者自身的研究基点与方法进路，但另一方面也与解放区文学的特殊性及其所处的联动机制有关。事实上，"劳动"与解放区文艺之间的关系并非那么"透明"：问题不仅在于这些文艺作品"说了什么"，而且在于"怎么说"，以及它是被"如何说出的"；即使是考察创作者对劳动问题的认识和思考，也必须放置在其文艺生产机制的内部加以辨析式的考察;而不同的文艺类型、创作方式和文体形式也将丰富问题的层次。在这个意义上,我们或许可以将问题的结构颠倒过来,即不是通过解放区文艺去看"劳动"问题,而是将"劳动"作为一个中介性的空间和视野,来考察解放区文艺的生产机制与形式的内景——这样才有可能动态地把握上述这一具有联动性的整体机制,揭示解放区文艺与政治、生活之间相互生产的关系。

第二节 整合性的"文艺"与实践的诗学

从解题的意义上讲,"解放区"[①]的时空界定主要是指自抗战爆发到1949年之前,中国共产党实际控制的区域,包括抗战时期以陕甘宁边区、晋冀鲁豫边区为代表的北方根据地以及解放战争时期的解放区。无论是从文学史还是政治史的角度,这看起来都是一个笼统的、权宜性的说法,但其中隐含的问题在于这一时空范畴内文艺生产机制的特殊性,即作为一个现代政党的中国共产党所践行的政党政治对于文化实践的主导和组织。这也构成了解放区文艺与此前左翼革命主导的文学大众化等文学运动的差异性。但由于这一文艺形态既处在左翼革命文化脉络的延长线上,

---

[①] "解放区文艺"的概念可以追溯至1949年7月召开的中华全国文学艺术工作者代表大会。在这次会议上,周扬、茅盾和傅钟分别作为解放区、国统区和部队文艺工作者代表做了主题报告,周扬在其报告《新的人民的文艺》中使用了"解放区文艺"的概念。在这次文代会上,"解放区"与"国统区"的时段基本集中于解放战争时期,周扬在使用"解放区文艺"时将其上溯至1942年。今之论述多将其外延扩大至1936年中国共产党局部执政时期的开端,本著亦是在此意义上沿用了这一提法。

又在社会主义政治文化形态中具有深刻的延续性,因而在具体的论述对象和问题构造上,这一时空界定又有其伸缩性。需要指出的是,中共的政党政治在这一特定的时空范畴和历史条件下被赋予的特殊性。如前所述,民族战争和政党博弈的大语境既造成了中共在抗战初期所面临的巨大困难,同时也提供了变被动为主动的历史契机。在一个相对封闭的政治环境当中,以自给、自救为主要目标的政治任务借由大规模的生产劳动,很快转化为对边区农村社会的全面深入。因此,根据地时期的政党政治在争夺政权与党派斗争之外,更多地表现为对社会结构和文化权力的改造与变革。① 而在这种变动性中,伴随着对乡村现实的高度介入和深入群众的活动方式,作为"革命党"的中国共产党也在治理经验的积累和执政能力的培养过程中,经历了政党的成长、试验、自我改造与路线调整。与此同时,在抗战的整体语境下,政党政治的历史方向性也在某种程度上超越了左右之争,而直接指向对一个民族国家的塑造。1937年10月,毛泽东在《目前抗战形势与党的任务报告提纲》中就指出,要"保持特区为抗日的先进地区、全国民主化的推动机和新中国的雏形",要"从苏区与红军的党走向建立全中国的党","使我们的干部不但能治党,而且能治国,要懂得向全中国与全世界人民讲话,并为他们做事,要有远大的政治眼光与政治家的风度。"② 在这个意义上,如何将广大的"工农群众"塑造为"人民"这一新的历史主体,也成为共产

---

① 当然,这一社会改造在根本上仍与两党博弈和争夺政权相关。对农村的改造也是为了汲取足够的人力和物力以达到维持根据地政权,扩张军事力量以参与抗战,并为日后夺取全国政权做准备。
② 毛泽东:《目前抗战形势与党的任务报告提纲》,中共中央文献研究室编:《毛泽东文集》第2卷,人民出版社1993年版,第54、59—60页。

党主导的文化实践所面临的迫切命题。正如杜赞奇所说:"在中国和印度那样的新民族国家,知识分子与国家所面临的最重要的工程之一,过去是、现在依然是重新塑造'人民'。人民的教育学不仅是民族国家教育系统的任务,也是知识分子的任务。后者通过民歌民谣、文学与至关重要的反宗教运动而参与其中。民族以人民的名义兴起,而授权民族的人民却必须经过重新塑造才能成为自己的主人。"①

基于解放区文艺与政党政治之间的关联性,在新时期以来的研究中,这一文艺形态被定义为"政治性"的,相关阐论也大多是在"文学/政治"这个二元论的认知框架中展开的。在经历了1980年代"重写文学史"思潮之后,在这一对位结构中进行颠倒式的言说与简单的美学评判实非难事。1990年代以来的"再解读"思路,分享了"重写文学史"开启的内部研究转向,并以意识形态分析的方式呈现出了解放区文艺以及社会主义现实主义经典作品中鲜明的政治性。虽然"再解读"的主持者唐小兵已经对这一方法进行了反思,但这种带有解构主义色彩的话语分析与意识形态批评还是迅速沉淀为解放区文艺研究中的一项基本方法。颇有意味的是,自"再解读"始,对于文本的叙事机制与意识形态机制之间的同构性的揭示,也开始让1980年代语境中"革命"与"现代"的截然分立变得暧昧起来。②而唐小兵对"再解读"思路的反省也提示研究者去探寻直面一种以"号召群众、说明现实"为目的、"和社会运动、阶级斗争发生直接的、介入性关系

---

① 〔美〕杜赞奇:《从民族国家拯救历史:民族主义话语与中国现代史研究》,王宪明、高继美、李海燕、李点译,江苏人民出版社2009年版,第32页。
② 参见刘卓《现当代文学研究中的"历史化"》,《文学评论》2015年第6期。

的文学写作"①的研究范式。这一反思初步触及了社会主义文艺在其自身历史语境中特殊的自我定位,加之上述二元框架的逐渐松动,解放区文艺研究(包括1950—1970年代文学研究)开始显示出更强的历史化追求。新世纪以来,在艾克恩的《延安文艺运动纪盛(1937.1—1948.3)》《延安文学史》、刘增杰主编的《中国解放区文学史》等出色的史料工作基础上,有相当一批研究者做出了扎实的贡献,对报刊媒介、文化组织、文学社团以及作家培养机构等文学生产体制进行了精细的还原;在方法上带有文学社会学的色彩,勾勒出侧面丰富而又细节充实的历史图景,但也因受制于史料的爬梳与历史叙述的方法,尚无暇正面处理文艺本身的问题。②

伴随着近十余年来丁玲、赵树理研究热的出现,一些更富于启发性的解放区文艺研究也多集中于作家个案。③ 2010年10月

---

① 唐小兵、黄子平、李杨、贺桂梅:《文化理论与经典重读——以〈再解读——大众文艺与意识形态〉为个案》,《文艺争鸣》2007年第8期。
② 如王培元《抗战期间的延安鲁艺》,广西师范大学出版社1999年版;朱鸿召《延安文人》,广东人民出版社2001年版;郭国昌《文艺奖金与解放区的文学大众化思潮》,《中国现代文学研究丛刊》2002年第4期;吴敏《宝塔山下交响乐——20世纪40年代前后延安的文化组织与文学社团》,武汉出版社2011年版;韩晓芹《体制化的生成与现代文学的转型:延安〈解放日报〉副刊的文学生产与传播》,中国社会科学出版社2012年版;等等。
③ 这类作家个案研究有些建立在新史料的披露或发掘之上,青年学者的研究则显示出方法上的新意。代表性的有李向东和王增如在丰富的一手文献史料基础上以及在"丁玲的逻辑"之下完成的《丁玲传》(中国大百科全书出版社2015年版);李国华《农民说理的世界——赵树理小说的形式与政治》(上海书店出版社2016年版)、吴舒洁《知识分子与"大众化"革命(1937—1949)——以丁玲、赵树理的写作为中心》(花木兰文化事业有限公司2018年版)、刘卓《光明的尾巴?——试以〈太阳照在桑干河上〉谈土改小说如何处理"变"》(《现代中文学刊》2014年第6期),程凯《乡村变革的文化权力根基——再读〈小二黑结婚〉与〈李有才板话〉》(《文艺研究》2015年第3期)等。

在上海大学举办的一次赵树理学术研讨会将主题命名为"问题与方法",①虽针对的是赵树理研究,但也在某种程度上显示出,对以赵树理的写作为代表的解放区文艺研究还缺乏从问题和方法上进行整体性把握的有效进路。但与此同时,这次会议的具体议题则表现出对赵树理小说的形式与中国革命内在问题之间复杂关联的发掘,以及一种打破文学与政治之分立的"文化政治"视野。而在"劳动生产的变迁与农业社会主义问题"(罗岗)、"激进政治的日常化"(张炼红)、"作为生产者的作家"(孙晓忠)、"妇女、劳动与革命—社会主义"(董丽敏)、"韧性坚守与'小调'介入"(董之林)、"喜剧世界的冲突"(蒋晖)、"赵树理写作的'民间性'"(吴舒洁)这些具体议题中,我们可以发现解放区文艺自身所具有的某种"整合性"的特质。这一整合性不仅在于对不同的文化脉络及其形式传统的整合,更在于一种形式世界对现实问题、政治实践与社会改造的整合。以赵树理小说为代表,解放区文艺这种从形式到实践的整合力,也呼唤着一种具有整合性的研究范式。②

---

① 2010年10月20—21日,由上海大学当代文学研究中心、纽约大学中国研究中心及《现代中文学刊》杂志社主办的"重读赵树理:问题与方法"学术研讨会在上海大学召开,与会者有黄子平、陈子善、蔡翔、张旭东、罗岗、吴晓东、董之林、王鸿生、倪文尖、姚丹、贺桂梅、孙晓忠、董丽敏、蒋晖、李海霞、张炼红、吴舒洁等。

② 周维东的《中国共产党的文化战略与延安时期的文学生产》(花城出版社2014年版)是近年来表现出整体建构性的重要研究。周维东一系列理论建设的文章也显示出一种建立"延安学"研究以及研究范式的抱负。他从延安文艺生产的总体机制出发,发掘并提炼了"延安文学圈""突击文化"等概念,并发现了一些具有代表性的创作现象如"真人真事""穷人乐""穷人恨"叙事与其背后的社会史现实之间的关联,对于从总体上把握解放区文学的特征富有启发性。这一研究在方法论上的意义在于,揭示了延安文学的一些重要的生产机制及其特征,富于洞察力和概括力,如集体创作、"风""块"化的创作、写作中的

提出以"劳动"作为中介性视野来重新理解和考察解放区文艺,正是对构建一种整合性研究的探索与尝试。以"劳动"为轴心,既能够对革命政治、社会改造和文化实践的联动关系进行整体性的把握,又能够将具体问题的触角伸向乡村世界的社会经济状况、文化权力网络、情感结构、意识状态与伦理世界。选取一种整合性的视野,也是希望在这一时期政党政治的复杂性与特殊性之中,显影解放区文艺的生产机制与美学图景。因此这一研究并不讳言解放区文艺的政治性,但需要的是对"政治""文艺""文学性/艺术性"等一系列范畴进行前提性的反思与方法论的引申。

德勒兹在其卡夫卡研究中说:"写作或写作的优先地位仅仅意味着一件事:它绝不是文学本身的事情,而是表述行为与欲望连成了一个它超越法律、国家和社会制度的整体。然而,表述行为本身又是历史的、政治的和社会的。"① 经过了解构主义的祛魅,某种完全脱离了政治性与意识形态性的文学概念也被证明并不存

(接上页)"突击"运动等。比之于这类整体性的描述与构建,周维东以《革命与乡土——晋察冀边区的乡村建设与孙犁的小说创作》(《文学评论》2014年第6期)为代表的个案研究,更重视作家个体创作的丰富性与生产机制的历史化工作,阐论也更为深透。在延安文艺生产机制与作家创作之间的关系方面,周维东的研究(《延安时期(1936—1948)集体创作的形式与功能》,《现代中国文学与文化》2011年第1期)更重视机制运作的普遍性、规训力与压抑性,孙晓忠的研究(《抗战时期的集体创作》,《中国现代文学研究丛刊》2001年第1期;《改造说书人——1944年延安乡村文化的当代意义》,《文学评论》2008年第3期)则更看重生产机制的理想性层面。不同的研究进路也提示我们进一步深入到生产机制的内部,重视作家自身的主体性以及不同的文学传统的生产性,关注机制本身不断进行自我调整的"生成性"状态,以及不同作家创作内部丰富的形式问题。

① 〔法〕吉尔·德勒兹、〔法〕菲力克斯·迦塔利:《什么是哲学》,张祖建译,湖南文艺出版社2007年版,第93页。

在。从表面上看,"文学/政治"的对位框架在今天而言并不难破除,但难以破除的实则是单纯的意识形态分析对"政治"概念的高度抽象化。无论是以意识形态批评的方式解构"政治"本身,还是以文学社会学的方式将整个文化生产体制精细地切割为诸多环节,这样的研究转向看似"回到历史现场",但那段高度政治化的历史构造及其文化逻辑本身并未获得一种更为内在化与整体化的视角。正如有学者指出的那样,这样的研究方式"并不对政治意识形态做同样的'还原',在那里政治意识形态似乎是一种静态的乃至抽象的存在,被固定在几个经典的文本如《新民主主义论》《在延安文艺座谈会上的讲话》的结论上"。[1] 然而,实践中的"政治"面对的是具体而实际的社会状况、现实问题与感性经验,而非以抽象化的"政治意识形态"或"政治规训"即可加以概括或预设。正是为了打破这种仿佛被预先规定好的"历史情境"[2],重建政治与现实之间的历史关联性,2015年底,程凯、萨支山、刘卓、何浩等几位学者提出了"社会史视野下的中国现当代文学研究"这一新的研究视野[3],应当说是现当代文学学科最晚近、最具自反性与紧张感的一次"再历史化"诉求。所谓"社会史视野",并非对一般社会史方法的借用或文学社会学的推演,

---

[1] 萨支山:《"社会史视野":"当代文学"研究的一个切入点》,《文学评论》2015年第6期。
[2] 同上。
[3] 这一研究视野的提出最早见于中国社科院文学研究所几位学者围绕"社会史视野下的中国现当代文学"这一主题所做的笔谈,其中包括程凯《"社会史视野下的中国现当代文学研究"的针对性》、萨支山《"社会史视野":"当代文学"研究的一个切入点》、何浩《历史如何进入文学——以作为〈保卫延安〉前史的〈战争日记〉为例》、刘卓《现当代文学研究中的"历史化"》,均发表于《文学评论》2015年第6期。

其出发点在于提出一种"对重新理解中国现当代历史进程的整体性考虑"①。

如果说"再解读"是从负面的意义上提出了文学的政治性，那么"社会史视野"的引入则是从正面确认并切入文学与政治的联动关系，求得动态的、细腻的历史情境的充分打开，以期"建立一种具体的可感知的历史理解框架，并反过来确认文学和历史之关联"②。具体到解放区文艺研究，"政治"也不应当只是被抽象化为"党的领导""统一战线""阶级斗争""群众路线"等概念，或是沿袭已有研究将其常识化为"延安道路"或"延安经验"。所谓具体的"历史情境"的打开，恰恰在于发掘这些抽象层次上的"政治"如何与现实发生关系。对于解放区的文艺工作者而言，正是通过下乡工作与共同劳动，农村现实世界中的很多具体问题才得以从公式化、概念化的印象中浮现出来，进入其创作视野。具体的生产劳动和基层工作的参与，使知识分子并不完全是被动地接受政策、宣传政策，而是到乡村世界的实际条件和具体实践中检验政策、发现问题，同时也在这一过程中与乡村世界本身建立起深刻的情感联结，并进一步寻求解决问题的路径。这既构成了文艺自身的生产机制，也构成了政治的自我调节与再生产。政策层面和意识形态层面的劳动问题在进入乡村现实时，必然会与中国农村自身原有的现实结构和意识状态发生碰撞、错位和龃龉。文艺创作当然在一定程度上参与了政治动员与意识形态

---

① 程凯：《"社会史视野下的中国现当代文学研究"的针对性》，《文学评论》2015年第6期。
② 萨支山：《"社会史视野"："当代文学"研究的一个切入点》，《文学评论》2015年第6期。

的构建，但并非止于周旋在政策与现实之间的意识形态缝合，其价值也不仅在于对感性经验的保存。对于不同的创作者、创作方式和艺术媒介而言，农村现实的具体面向与政策路线、意识形态之间的扞格会在不同的程度上，以问题或症候的方式遗留在形式的内部。进一步说，文艺工作自身的生产性与实践性使其无法停留在对革命政治单纯配合的位置上，而是势必要走得更远，因为其生产机制决定了文艺工作者的工作方式及其关心的问题本就内在于中国革命的脉络。这可能也是革命政治内部"继续革命"的诉求为政党政治带来的悖论性问题。

在文学与政治之外，"社会史视野"引入了"现实"的维度：现实既对革命提出问题和挑战，又是革命必须深入的结构与场域，抽象的政治理念与革命理想必须通过作用于现实才能获得其具体存在的形式。正是社会史视野对于"现实"的照亮，将抽象化的"政治"概念落实为复杂而饱满的历史内容，重新打开了革命中国的历史构造。这提示我们，避免抽象化的政治论述并不是要对政党政治做出意识形态层面的辩护，而是要在症候式的阅读与意识形态分析之外，同时发掘那些具体的"人的生活实践构成的现实社会结构"[①]如何与政治革命发生相互作用。也是在这个

[①] 参见刘志伟在 2015 年 1 月由《开放时代》主办的、以"社会经济史视野下的中国革命"为主题的工作坊中的发言。参会者有刘永华、张侃、饶伟新、黄向春、应星、程美宝、刘昶、刘一皋、刘志伟、孟庆延、齐小林、郑振满、杨奎松、梁勇、郑莉、胡玉春、丁仁祥、王才友、满永、王奇生、黄道炫、张宏卿、黄文治、麻国庆、郭凡。这一工作坊试图从长时段、日常生活、地方社会的角度区别于一般的党史研究，以展现中国革命的复杂性和延续性。但事实上，与会议主题所强调的"社会经济史视野"不同，具体议题更偏重于社会史、文化史以及微观个案的研究，而王奇生、杨奎松、程美宝等史学家也对此提出了质疑，显示出史学界对中国革命史研究的某种转向与危机。录音整理稿见刘永华

意义上,"社会史视野"的引入显示出对文学实践所关涉的现实结构与历史内容的高度关注。但值得注意的是,对于文艺研究而言,社会史作为"视野"和"方法"的区别及其潜在的危险。一方面,社会史视野的引入并非是在传统的文学研究之外点缀以社会史材料的"背景"或"花边"。社会史研究处理的正是上述政治革命所必须依据的"现实结构",这不仅在反映论的意义上直接构成了解放区文艺处理的对象、主题、形象与经验,也是解放区文艺在其生产过程中依靠"调查研究"的实践方式深入的具体环节。另一方面则需要警惕将文艺作为另一种社会史材料或社会史研究的注脚。① 2014 年,中国社会科学院文学研究所曾召开过一次主题为"社会史视野中的中国现当代文学——以赵树理为中心"的学术会议,曾有学者在圆桌讨论中提出,我们是不是只能在社会史的意义上肯定赵树理?如果赵树理不是在文学的意义上被接受的话,能否成为今天社会史视野的切入点?这一问题的

(接上页)等《社会经济史视野下的中国革命》,《开放时代》2015 年第 2 期。程凯在关于"社会史视野"的笔谈中,也是通过援引"现实结构"这一概念,提出要将革命带来的变化"还原到其现实结构的脉络中把握",成功的文学作品不仅有助于超越对"政治"的抽象化理解,更有助于"把握处于变动中的现实结构里最纠缠、矛盾的层面,这甚至是一般社会史研究未必能有效把握的部分"。见程凯《"社会史视野下的中国现当代文学研究"的针对性》,《文学评论》2015 年第 6 期。

① 周维东曾提出"作为社会史一部分的文学史",认为以往将社会史作为文学史的辅助材料的做法并不科学,"因为它太过强调了文学在社会中的中心地位,反而让'文学史'脱离它的历史语境",并提出"作家创作的终极目的一定是为了文学本身吗?"见周维东《"英模制度"的生成:历史塑造与文学书写》,《励耘学刊》(文学卷)2014 年第 2 期。这一看法在破解单一的"文学"概念以及规避对延安文艺的过度阐释上有其意义,但"让文学史回归社会史"的主张或许也忽略了文学把握现实的独特方式及其生产性,尤其是与一般社会材料和文体之间的差异性。

尖锐性在于，它对那种直接从文艺作品中读出乡村伦理、基层动员、社会治理等历史内容的研究方法，以革命的整体实践对于文艺实践的直接涵容表示了怀疑。这一省思也关涉我们为什么要在生产机制之外，关注解放区文艺的"形式实践"。

重构"文学/政治"的关系，不仅在于破除"政治"概念的抽象化，也在于突破"文学"原有的概念框架。解放区文艺的特殊性需要在两个层面上加以界定。首先，解放区文艺是一种具有整合性的文艺。"文/艺"不分家的提法，本身就内涵了将各种文学、艺术门类综合对待并加以组织的倾向性。[①] 更重要的是，在形式的意义上，这一"文艺"概念还包含了将新文艺、通俗文艺、民间文艺、旧文艺等各种文化谱系及其具体的形式传统整合起来的生产机制。在某种程度上，不同的艺术门类在总体的工作方式上开始分享同一种文艺生产的方法，恰恰是在这种分享中，不同的形式传统开始发生碰撞、融合，造成不同的文类或艺术门类之间形式边界的模糊，或是导向一种新型的、综合性的艺术形式的生成。例如在对"劳动英雄"的书写中，不同文类的叙事艺术如小说、报告文学、叙事诗、秧歌剧、鼓词等，在一种普遍采用的下乡调查、全面访谈、向劳动英雄本人请教修改意见等工作方式中，都产生了某种"泛报告文学"的倾向；而在这类写作的内部又存在不同的形式传统之间的相互改造。新歌剧如《白毛女》则是在秧歌剧、快板剧、民歌、小调等民间形式的基础上，

[①] 何吉贤也曾指出："延安文艺"在研究对象上具有"文/艺"不分家的特殊性，"延安文艺是以运动的方式出现的，它类似于卢卡奇所说的'整体性'艺术"，强调其行动性、实践性与政治性。何吉贤：《关于"延安文艺史"研究的三点思考》，郝庆军等：《新视野中的"延安文艺"——青年学者三人谈》，《文艺理论与批评》2009年第4期。

对其进行戏剧音乐化的处理，通过加入一些吟诵调将各类民歌曲调加工、提升为戏剧音乐，将各种不同的主题交织成合唱或重唱等形式。"新歌剧"实际上是采用了西洋歌剧的组织原则（如主题发展的方法），将具有不同功能与雅俗风格的民歌形式提炼为不同的音乐元素，来配合人物性格、环境、戏剧情境，以共同的阶级属性化约了不同曲调的地方性色彩，发展出一种具有普遍性的综合艺术形式。[①] 从这种具有整合力的生产机制出发，我们对于解放区文化实践的考察也就不能仅仅限制在"文学"或某一种"艺术"门类之上，而需要直面这一具有整合性的"文艺"概念。研究的对象也将涉及小说、诗歌、散文、报告文学、秧歌剧、木刻版画等多种艺术形式。但研究的路径并不是分门别类地以文体或艺术种类来结构问题，而是将其纳入历史问题的总体性框架，从多种文艺形式出发包围同一个具体问题，考察它们之间的呼应或碰撞及其如何以各自不同的方式想象和构造现实。当然，不同文艺种类的形式规定性也决定了它们将携带着不同的位置、功能、路径与限制进入具体问题的讨论，而如小说、新秧歌剧、长篇叙事诗等形式更为复杂、整合力也更强的综合性文体所能容纳的问题与讨论也将更丰富。在具体方法上，这种整合性的文艺也要求我们尽量突破"案头研究"的局限。对秧歌剧、新歌剧等艺术创作不应仅将其作为"剧本文学"或叙事文学来处理，其艺术

---

① 参见何吉贤关于新歌剧《白毛女》音乐形式的生成问题的分析（何吉贤：《〈白毛女〉：新阐释的误区及其可能性》，《文艺理论与批评》2005年第3期）。另可参见马可、瞿维《〈白毛女〉音乐的创作经验——兼论创造中国新歌剧的道路》，延安鲁艺文艺学院集体创作《白毛女（新歌剧）》，华东新华书店1949年版，第129—137页；中国戏剧家协会编《新歌剧问题讨论集》（中国戏剧出版社1958年版）收入的丁毅关于从秧歌剧到新歌剧的历史发展的发言。

性以及强大的意识形态功能大部分都源于其歌、舞、剧相结合的动态形式而非静态的唱词之中。说书、快板在与不同的接受者进行互动的过程中,具有不断进行再生产的即时性与多样性,而这也是"说书改造运动"中的"新书"与"新说书人"的主要生产方式。在图像与声音资料等文献匮乏的情况下,应尽力通过不同种类的案头材料的相互拼补,还原某些艺术形式的现场感、情境感及其接受情况。要言之,解放区文艺的整合性形态要求我们从方法上去把握一种综合性的、动态的形式。

从另一个层面上讲,解放区文艺的特殊性又呼唤着一种开放的"文学性/艺术性"概念的建立。从总体上说,这样的"文学/艺术"具有实践性、生产性与认识论意味,它所创造的形式世界具有汲取与转化现实经验,甚至是构造新的现实秩序的能力。这种实践性不仅在于《在延安文艺座谈会上的讲话》所确立的一套新的创作机制所设定的一系列认识论上的要素,诸如"对现实社会结构的深入认识与把握,对作为整体的'生活'的熟悉和体会,对革命政治要求的掌握,对政治要求作用于现实所产生问题的敏感,以创作实践推动现实转化的信心,对相应表现形式的试验性探索等等"[①],更在于形式本身的生产性与实践性。回到开头谈到的许幸之对于秧歌舞的观感,在取材于"劳动过程"的歌舞形式中,他还进一步发现:"它可以组织人民的情感,训练人民的集体劳动与集体生活,并且破除封建思想和礼教的束缚,而促进男女之间正当友爱的最好的娱乐。当人们在'剩余劳动'的余暇,来举行这种跳舞时,不但不妨害生产,并且可以作为'再生

---

① 程凯:《"社会史视野下的中国现当代文学研究"的针对性》,《文学评论》2015年第6期。

产'的一种集体训练。"① 可见形式的生产性不仅朝向艺术形式的内部,还可以抵达外部现实中的社会改造与日常生活,起到移风易俗甚至是促进劳动力再生产的作用,推动新型的集体劳动、集体生活与集体文化的生成。与此同时,解放区的文艺生产机制在文学家与艺术家的身份定位和存在方式上,构造出一种在"创作者"/"工作者"之间的统一性。于是,在那些能够深入把握现实结构的创作者那里,其作品形式的内景也就不仅是"有能力处理或者储藏那些为进步话语或政党政治所遗落的碎片化经验"②,而且还能够根据这些经验碎片在现实结构中所处的位置加以转化和再组织,从中翻转与重造出新的现实秩序。因此,这种形式实践方式也显示出一种在现实结构、意识形态与形式机制之间的整合力。换言之,这部分创作者的政治实践也是通过形式内景的构建完成的。因此,一种整合性的研究也就不仅要在"生产机制"的层面上加以考察,还必须展开对"形式实践"的分析,以呈现解放区文艺诗学机制的内景。如果说"社会政治、经济、社会机构等等因素,不是'外在于'文学生产,而是文学生产的内在因素,并制约着文学的内部结构和'成规'的层面"③,那么以赵树理、丁玲、柳青、欧阳山的小说为代表,解放区文艺的形式实践则具有一种反向的生产性与能动性。在广阔的乡村世界中,许多政治实践无暇顾及、意识不到或难以处理的问题,得以在形式世界中被把握、呈现乃至重造,从而转化为一种可供社会实践汲

---

① 许幸之:《秧歌舞与广场演剧》,《新华日报》1945年2月26日,第4版。
② 刘奎:《作为方法的"文学性"》,《读书》2014年第8期。
③ 洪子诚:《问题与方法:中国当代文学史研究讲稿》(增订版),生活·读书·新知三联书店2015年版,第192页。

取的、政治想象力与文化想象力的来源。在这个意义上谈论"劳动的诗学",也就不仅是风格或趣味上的美感的生成,而是一种"实践的诗学"范畴,内涵着多重的整合力、现实能动性、历史方向感乃至乌托邦冲动。

第三节　问题结构与章节述要

以"劳动"作为中介性视野,对解放区文化政治中的联动机制做出整体性的考察,指向的是一种特殊的文化形态,即文艺生产、社会生产与政治实践的统一。需要指出的是,在解放区所处的历史语境下,作为中国共产党自我保存与乡村建设中最为重要的政治场域与文化场域,这里的"劳动"主要指涉的是体力劳动,尤其是生产性劳动。① 如前所述,"劳动"不仅在马克思主义

---

① 在解放区的政治话语与文学话语中,"劳动"与"生产"常常伴随出现或交替使用。解放区由于存在强烈的自我保存的经济诉求,因此一般所谓的"劳动"指的都是生产性劳动,具有洛克以来的政治经济学含义,即强调制作物、生产物质、生活资料、创造经济产出的"劳动"概念。对于知识分子的工作与实践,解放区话语倾向于在"劳心"和"劳力"的二元结构中将其置于体力劳动和生产性劳动的对面,是需要通过生产劳动的方式加以改造的,因此也对脑力劳动(者)构成了压迫与规训。但也有一些文本将知识分子的工作称为"精神劳动"或"精神生产",艾青也曾因写作劳模的长诗《吴满有》而获得陕甘宁边区"甲等劳动英雄"的表彰和奖励,同时解放区的文化教育和文艺实践也特别注意文字下乡、文艺下乡,以及培养农村自己的知识分子。由此可见,虽然没有得到足够的强调,但解放区的劳动价值论其实还是潜藏着一种打破脑体界限与知识的垄断,建立平等的劳动世界的想象。因此在本著的论述中,"劳动"与"生产"在一定程度上有概念上的交叠之处,但在如第二章、第五章等需要特别辨析之处也做出了专门的区分。总体上讲,在本著中,"生产"既有其作为经济学概念的狭义用法,也有广义上指向思想、观念、意识、形式等抽象物的创造的意义。"劳动"在作为经济学概念的"劳动力""生产劳动"的意义之外,也是黑格尔以及马克思主义哲学中的基本概念,关乎人的本质和社会关系的性质,同时也具有中国乡土社会语境中的道德内涵与价值内涵。

文艺理论的层面决定了解放区文艺的生产方式，也在社会史的层面构成了解放区文艺背后的现实语境与事件主体；而文艺生产又将以形式实践的方式对具体的劳动事件进行组织、诠释与想象性的改造。要言之，"劳动"与"文艺"之间存在一种相互作用的关系。这一研究的目的即在于探究：一方面，生产劳动如何参与到具体的文艺生产机制当中；另一方面，文艺生产又如何反过来作用于生产劳动乃至政治实践。因此，本著力图在文学史与社会史视野的交汇中，以解放区文艺的"生产机制"为中心展开历史与形式的综合考察。与一般以文学社团、作家组织、文学出版与传播、文学批评体系以及文学管理机构为对象的"文学体制"研究不同，本著希望在这类研究的基础之上，对"创作主体的生成""文艺生产工具的改造"以及"文艺形式的生产性"三大核心问题进行整体性的把握。由此，对本著的问题结构做出如下设计：第一章与第二章主要处理解放区知识分子创作主体的改造问题，即文艺创作者的情感结构、认知方式、身份定位与工作方式的转换，以及生产劳动、下乡工作等实践形式在这一转换中的作用机制。第三章以解放区文艺运动中的不同文类以及艺术体裁之间发生的相互作用为中心，处理文艺生产工具的改造问题。第四章与第五章则进入具体的劳动事件中，考察解放区的文艺生产对社会生产和政治实践的组织与再认识，以及这种组织与诠释的限度、困境与乌托邦属性。各章节之间亦有大致的历史时间线索贯穿其中，除第一章涉及的大生产运动历时较长外（从1939年正式发动到1947年中共中央撤离延安），第二章主要涉及1942年文艺整风及1943年发起的下乡运动，第三章与第四章集中于1943年至1945年的劳模运动与劳动互助时期，第五章集中在

1946年后的土改运动，伴随解放战争的开始，空间上也从此前以陕甘宁、晋冀豫为主的边区扩大与转移到东北解放区。

循此，在绪论和结语之外，各章概要如下：

第一章　大生产运动：劳动如何改造自我　该章结合陕甘宁边区的大生产运动，考察参加生产劳动如何逐步改造知识分子的情感结构。大生产运动伊始，初到解放区的知识分子与文艺青年基本延续了1920年代泛劳动主义思潮中带有浪漫主义倾向的"劳动"想象。以书写"开荒"这一富于象征性的动作与事件为代表，这一时期的诗歌、散文、小说创作都呈现出一种风景化、抒情化、审美化乃至抽象化的修辞方式与自我认知，蕴含了与战争和农村现实之间的疏离与隔阂，引发了如卞之琳这样有所自觉的写作者对自身位置与实践方式的反思与辩难。文艺整风后，生产劳动开始带有更强的意识形态规训色彩。随着知识分子被更密集深入地组织进各种生产任务与劳动竞赛之中，此前浪漫化的劳动体验也转化为一种"自我"与"劳动"之间的对立。以"纺车叙事"为代表，"新自我"的生成不再表现为内在自我的发现，而指向一种实践理性的获得。这一改造过程中发生的"知"与"行"、想象与实践、个人与集体之间的紧张感，也将和劳动的困难一同在集体劳动的仪式中得到想象性的克服。这一对知识分子情感结构的改造也为新的文艺生产主体的生成奠定了基础。

第二章　下乡：从"创作者"到"工作者"　该章主要考察在1943年的"下乡运动"中，从事文艺创作的知识分子如何在"下乡工作""同吃同住同劳动"等具体机制的运作之下，完成从"创作者"到"工作者"这一身份、位置与工作方式的转换，从而生成新的文艺创作主体、经验形态、创作方式以及新的形式感。本章首先以鲁迅文学艺术学院在文艺整风后对文艺培养方针做出的调整为中心,考察"文艺工作者"这一身份定位如何确立,以及如何由最初的"战地宣传工作者"转变为"农村基层工作者";并进一步从丁玲、韦君宜等作家的下乡写作中发现一种基于乡土伦理经验的"情感工作"机制,这既是促使知识分子真正发生情感转变的内在机制,也构成了日常政治实践的基本形式。以古元的下乡经历与木刻创作为个案,本章继续考察了这种"情感实践"如何成为一种有效的形式生产机制。在刻画农村劳动生活的"日常情景"而非"风景"的过程中,古元改造了艺术家观照乡村与劳动时的视点位置,以凝练的细节烛照出农民与土地、劳动之间深刻的情感关联,激发了艺术拟像中的政治动能;同时又能依据农民注重"内容真实"的认知方式与本土审美习惯,对艺术语言自身的问题作出细致的改造。结合对延安美术工作的总体考察,本章认为,正是从古元这样的创作者身上,中国共产党发现了其理想中的"文艺工作者"的主体形态与工作方式,由此提出的"古元的道路"正内涵着一种生活实践、情感实践、创作实践与政治实践之间的统一。

第三章 "新写作作风":作为生产的艺术 该章主要以劳模运动中产生的一系列带有"泛报告文学"倾向的文艺创作为中心,考察这种体裁界限模糊的跨文类创作对旧有艺术秩序的打破,以及对艺术生产工具的改造。通过从社会史层面对劳模运动以及"农民英雄"吴满有的发现与塑造过程进行梳理与考辨,本章认为"劳模"制度从马克思主义文论中汲取了"典型"概念的政治潜能,发展为一种文学化的"典型政治"。随着1943年中共的文艺政策将通讯报告确立为文艺工作的重心之一,原本从事各类体裁创作的文艺工作者在共同书写劳模"真人真事"的过程中,展开了对多种不同的文类及其形式传统的改造与融合。以艾青的长诗《吴满有》以及杨朔、赵树理等文艺工作者有意识的形式试验为代表,跨体裁的形式创造改变了创造者与接受者、艺术与现实之间的关系。本章进一步以丁玲的报告文学写作为个案,考察《田保霖》如何以叙事视点的转换将一个英雄"成长"的故事推演为一个"学习"的故事,从而构造出一种可传递的、能够提供政治参与的基层干部培养机制,从而参与到对新主体的再生产中去。1944年的丁玲对"新写作作风"的试验,不仅把握到了边区乡村干部的培养机制对于旧有文化权力结构的革新,也在给工农兵的通讯报告写作教学中继续生产着新的创作主体与文化主体。而以"改造说书人"运动为代表,文艺生产工具的改造还为不同形式传统下的创作者提供了合作的可能。

第四章 文艺与劳动的相互"组织"(上) 该章主要讨论解放区的文艺活动对生产劳动的组织与改造,结合改造二流子、变工队、妇纺组等劳动互助运动,考察文艺实践如何以一种教化式动员的方式实现对乡村权力文化网络的"娱乐改进"。1944年开展的新秧歌运动以"新秧歌"形式的普遍发明承担起"组织起来"这一生产动员的任务,发展出"二流子变英雄""发家""变工好"等一系列"转变"叙事,其核心在于对新劳动观念与组织形式的接受与践行,并以此构成了教育者和被教育者的人物结构与戏剧冲突。但以《兄妹开荒》《刘二起家》为代表,"转变"的完成多表现为一种"假冲突"的形式,并没有能力在叙事层面上真正回答二流子产生的根源、改造的根本机制、集体劳动的先进性等问题。但秧歌剧动员效果的达成并不在于其"观念剧"形态的说教，而是有赖于对乡村舆论环境的引入。从赵树理、柳青和欧阳山的小说中，可以看到中共的文化实践如何改造了村庄舆论的"软规范"，以及这种改造与旧有生产伦理之间的纠缠关系。秧歌剧虽然不具备小说式的理性能力与现实主义品质，却能以"娱乐"为媒介，与乡村世界建立起一种共情机制，凭借其演出形态中"表情达意"的感性形式将教化蕴蓄其中，并调动起农民观众的代入感与参与感，将政党主导的社会教育转化为自我教育。

第五章　文艺与劳动的相互"组织"（下）　该章主要讨论群众文艺运动与土改运动中的政治实践之间的互动关系。从"秧歌下乡"到"乡下秧歌"，中共文艺实践开始做出有意识的调整，通过由农民自己主导的新社火、新秧歌、自乐班、村剧团以及群众歌咏运动等形式，发掘与激活农民自身的文艺实践主体性，并由此促进了"自娱自乐"式的共同体生活与集体劳动的组织。但随着土改运动的展开，乡村戏剧运动的经验也经由大量的"翻身戏""诉苦歌"泛化为政治实践中的"运动剧场"机制。以土改作为事件主体，本章也考察了版画、小说中呈现出的"翻心"难题，即以"斗争"还是"劳动"为基点想象农民主体性的问题。古元、施展、夏风的木刻借助"运动剧场"式的构图瞩目于"翻身"时刻的变革感与解放感，但在图像的隐蔽处也透露出旧权力与旧文化的顽固与强大。丁玲、赵树理、欧阳山的小说则直面土改中发生的偏向与激进化问题，写出了"变天思想"在农民意识状态中的难以翻新。结合对土改工作的干部构成以及解放区劳模、干部实际生活状况的社会史考察发现，"革命"或"斗争"其实是与"生产"或"劳动"相对立的实践方式，涉及脱离了土地和劳动的翻身者如何建立主体性的问题。对此，上述小说虚构了一种以不脱离土地和劳动为依托、能够对政党实践保持独立判断的农民主体形象。中共主导的群众文艺运动原本旨在为现实中的刘志仁或小说中的李有才这类"理想农民"提供一种有效的生产机制，但实际上还是暗含了某种"去主体"的危机。解放区的文艺生产机制所具有的乌托邦属性与内在的悖论性亦在于此。

第一章

大生产运动：劳动如何改造自我

　　1936年10月，长征结束，中国共产党率领的工农红军在延安扎下根脚。伴随着国共关系的暂时性缓和，地方治理转而成为中共中央和边区政府政治实践的重心。在抗战语境下，新的问题也接踵而至：在抗日民族统一战线的大背景下，如何处理阶级关系；军事政治上如何保持与国民党"斗而不破"的局面；如何改造乡村社会，建立新的社会形态作为民族国家的雏形。为此，中共延续并改进了某些中央苏区时期实行的政策办法，有效地改善了边区的经济和军事条件，但也因此使国民党对中共的猜忌与防备愈增，双方的矛盾最终在1941年初百团大战结束后爆发出来。为应对国民党制造的军事摩擦与经济封锁，陕甘宁边区被迫展开生产自救的"大生产运动"，并从中获得了变被动为主动的历史契机。

　　1937年抗战全面爆发后，大量知识分子、作家、艺术家以及青年学生纷纷来到延安，既在此后构成了陕甘宁边区以及其他抗日根据地文化实践的核心力量，也在1940年前后为边区造成了持续增加的财政负担。在大生产运动的号召下,知识分子与青年学生也全面参与到开荒、秋收、纺线、挖窑洞等生产劳动中,逐渐形成了新的劳动观念与认识世界的方式。随着1942年文艺整风的到来以及生产运动的持续展开,知识分子的劳动体验与劳动想象也发生了微妙的转变。生产劳动对情感结构的改造最终触及的将是知识分子对自我、实践以及外部世界的关系的认知。这些劳动体验与自我改造的思想痕迹,既构成了解放区文艺想象"劳动"的起点,也为新的文艺生产主体的生成做出了准备。

第一节　开荒:从无风景到有风景

1940年12月,刚刚离开延安回到重庆的茅盾写下了著名的散文《风景谈》。散文以风景画片式的抒情笔法,记录了自己近五个月来收获的延安印象,并全篇隐去地名避开了国民党的审查,得以全文发表在1941年第6卷第1期的《文艺阵地》上。在茅盾笔下,电影蒙太奇式的风景一帧一帧转换,从沙漠里的驼队一直写到北国清晨驻守在霞光里的号兵,其中有两幅画面特别动人。一幅是月夜里"晚归的种地人",牵着牛,掮着犁,"姗姗而下,在蓝的天,黑的山,银色的月光的背景下,成就了一幅剪影,如果给田园诗人见了,必将赞叹为绝妙的题材。"另一幅则是夕阳下开荒归来的文艺青年:

> 夕阳在山,干坼的黄土正吐出它在一天内所吸收的热。河水汤汤急流,似乎能把浅浅河床中的鹅卵石都冲走了似的。这时候,沿河的山坳里有一队人,从"生产"归来。兴

奋的谈话中,至少有七八种不同的方音。忽然间,他们又用同一的音调唱起雄壮的歌曲来了。他们的爽朗的笑声落到水上,使得河水也像在笑。看他们的手:这是惯拿调色板的,那是昨天还拉着提琴的弓子伴奏着《生产曲》的,这是经常不离木刻刀的,那又是洋洋洒洒下笔如有神的,但现在,一律都被锄锹的木柄磨起了老茧了,他们在山坡下被另一群所迎住。这里正然起熊熊的野火,多少曾调朱弄粉的手儿已经将金黄的小米饭,翠绿的油菜准备齐全。这时候,太阳已经下山,却将它的余晖幻成了满天的彩霞。河水喧哗得更响了,跌在石上的,便喷出了雪白的泡沫。人们把沾着黄土的脚伸在水里,任它冲刷,或者掬起水来,洗一个脸。在背山面水这样一个所在,静穆的自然和弥满着生命力的人,就织成了美妙的图画。①

这幅"图画"的绘就与茅盾在延安鲁迅艺术文学院②的生活有着直接关联。自 1940 年 5 月同张仲实从新疆辗转抵达延安后,茅盾便应周扬的邀请搬到鲁迅艺术文学院,借寓于鲁艺教员在桥儿沟东山脚下的窑洞。在窑洞门外的空场上,茅盾不仅可以看到山下鲁艺校舍的全景,"还可以俯瞰东山与西山之间那'山谷'中的一片绿野,这里布满着各种农作物","有一部就是鲁艺师生以及其他工作人员'生产'的果实"。③在 1941 年的《记"鲁迅艺术

---

① 茅盾:《风景谈》,《文艺阵地》1941 年 1 月 10 日第 6 卷第 1 期。按,"然起"原文如此,应为"燃起"。
② 1938 年 4 月 10 日,延安成立"鲁迅艺术学院",1940 年 5 月更名为"鲁迅艺术文学院"。下文根据历史叙述的时段不同使用相应的名称,并一般简称为"鲁艺"。
③ 茅盾:《记"鲁迅艺术文学院"(上)》,《学习》1941 年第 5 卷第 2 期。

文学院"》及晚年的回忆录中，茅盾记录了鲁艺师生参加生产劳动的情景及其给他留下的深刻印象："鲁艺的另一门主课是生产，这是全体学生、教员、工作人员的共同科目。他们在桥儿沟的川地上种西红柿、黄瓜、洋白菜和辣椒，但大多数人是到一二十里地以外的荒山上去开荒，种上谷子、土豆，然后按农时上山间苗、锄草和收获。我住在鲁艺，曾多次见到这样的情景：天不亮，同学们背着草帽，扛着锄头，肃静地沿着沟底的小径，从我的窑洞前经过；而傍晚，当沟底已经黝黑的时候，他们三三两两络绎不绝地回来了，在苍茫的暮色中，他们那充满了青春活力的歌声和笑语声在两山之间回荡。"① 当此情景，茅盾不无深情地写道："你如果读过夏蕾女士（她是在鲁艺教书的某名漫画家的夫人）的《生产插曲》，你就知道生产运动在'鲁艺'简直是一首美妙的牧歌呵！"②

然而，如果从发动大生产运动的政治语境与陕甘宁边区的劳动条件来看，"风景"背后的"现实"则并不那么"美妙"。1939年国民党颁布《限制异党活动办法》，开始加强对陕甘宁边区的军事封锁，包围边区的国民党军队不断制造摩擦，从1940年9月开始停发一切军费，并以严密的监控切断了边区同外界的物资往来，采取各种方法干扰和破坏边区的财政经济。与此同时，边区的负担却只增不减，随着前方部队的大批调回、各解放区干部以及国统区人士陆续来到边区，机关学校也相应增多，自1939年起脱离生产的人员开始大幅增长，财政供给开始出现困难。1940年，边区脱产人员已从1937年的14000余人增加到61144

---

① 茅盾：《延安行——回忆录（二十六）》，《新文学史料》1985年第1期。
② 茅盾：《记"鲁迅艺术文学院"（上）》，《学习》1941年第5卷第2期。

人，1941年则高达73117人，占到边区总人口的5.37%。失去了经济上的外援，中共中央和边区政府不得不以增加人民的负担为代价来开辟财源。① 救国公粮的征收任务连年上涨，1939年的征粮计划数在耕地并无明显增加的情况下陡然从前两年的一万多石上升到五万石，而实际征收的粮食数量还要更多，占到总收成的2.98%②，甚至导致部分地方发生平均摊派，"既不能顺利完成，又招致一般群众的不满或群起反对。"③ 1941年是"边区人民负担最重的一年"："人数增加，缺粮太多，四月初即闹粮荒，又无通盘计划，曾被迫下令，两次借粮，一次征购。个别地方如延安、富县，借粮有达八、九次的，扰民太甚"④，征收公粮数从1937年的1.4万石上升到20万石，"党内外反应强烈"⑤。1942年，农民为逃避征粮负担，"延安据说搬家八百多户，安塞五百多户，其他县份亦有"。⑥ 由此可见，军民比例的失衡和财政负担的加重，已严重影响到政党与群众的关系。1942年12月，毛泽东在陕甘宁边区高级干部会议的报告中回顾道："五年以来，我们经过了几个阶段。最大的一次困难是在一九四〇和一九四一年，国民党

---

① 参见米晓蓉、刘卫平主编《陕甘宁边区大生产运动》，第2—3页。
② 该统计依据边府财政厅《历年农业负担基本总结》，参见陕甘宁边区财政经济史编写组《抗日战争时期陕甘宁边区财政经济史料摘编》第6编（财政），陕西人民出版社1981年版，第152页。
③ 陕西省档案馆、陕西省社会科学院编：《陕甘宁边区政府文件选编》第1辑，档案出版社1986年版，第19页。
④ 南汉宸：《陕甘宁边区的财经工作》，陕甘宁边区财政经济史编写组、陕西省档案馆编：《抗日战争时期陕甘宁边区财政经济史料摘编》第9编（人民生活），长江文艺出版社2016年版，第38页。
⑤ 李维汉：《回忆与研究》，中共党史资料出版社2013年版，第385页。
⑥ 《西北局关于春耕运动中一些问题的指示》，中央档案馆、陕西省档案馆编：《中共中央西北局文件汇集1942年》，无出版社信息，1994年，第113页。

的两次反共磨擦，都在这一时期。我们曾经弄到几乎没有衣穿，没有油吃，没有纸，没有菜，战士没有鞋袜，工作人员在冬天没有被盖。国民党用停发经费和经济封锁来对待我们，企图把我们困死，我们的困难真是大极了。"①

长达八年的"大生产运动"正是在这种严峻的形势下展开的。1938年12月8日，毛泽东在后方军事系统干部会上作报告时说："我们现在钱虽少但还有，饭不好但有小米饭，要想到有一天没有钱、没有饭吃，那该怎么办？无非三种办法，第一饿死；第二解散；第三不饿死也不解散，就得要生产。我们来一个动员，我们几万人下一个决心，自己弄饭吃，自己搞衣服穿，衣、食、住、行统统由自己解决，我看有这种可能。"②四天后，毛泽东在抗大干部晚会上指出："现在抗大有一万人，陕公有三千人，青训班有二千人，还有鲁迅艺术学院、马列学院、党校，共约两万人。……以后我们要自己解决物质上的供给，要自己种地，自己动手。"③1939年，边区正式提出生产自给的任务。1939年1月17日至2月4日，毛泽东代表中共中央在陕甘宁边区第一届参议会上提出了"发展生产，自力更生"的口号，号召边区群众以及"所有部队、机关、学校一律进行生产"④。1940年秋后，为应对军饷的停发和外援的全部断绝，边区形成了大规模的生产自救运动。边区的党政机关、学校等有关方面的一切干

---

① 毛泽东：《抗日时期的经济问题和财政问题》，《毛泽东选集》第3卷，人民出版社1991年第2版，第892页。
② 中共中央文献研究室编：《毛泽东年谱（一八九三——一九四九）》（修订本）中卷，中央文献出版社2013年版，第100—101页。
③ 同上书，第101页。
④ 毛泽东：《经济问题与财政问题》（节选），《毛泽东文集》第2卷，第461页。

部、行政人员、青年学生与文艺工作者普遍参加生产劳动、上山开荒。①鲁迅艺术学院便有规定,所有师生每周至少劳动两至三天,除上山开荒外,还要参加各种其他生产劳动,如养猪种菜、淘粪送肥、纺毛纺线、织布做鞋、伐木烧炭、挖窑洞、盖教室等,还出了不少"开荒突击手""纺织能手"与"做鞋英雄";除自身的生产任务外,鲁艺还组织师生参加大量义务劳动,帮助农民开荒、锄草、秋收、修纺车等。②1939年9月,李富春在对边区生产运动的初步总结中谈道:"在生产运动中特别在农业的开荒运动中,不仅改造着自然,而且改造着每个从事生产的人民。许多机关、学校中从事开荒的许多劳动者,在不久以前,或者是从未拿锄的文弱书生,或者是刚刚离开了大都市的家庭与学校而来延安的成千成万的男女青年学生,或者历来是只知笔耕的文艺人材,他们坚决的、兴奋的改变他们的习惯、生活与意识,拿起锄头爬上山头,用锄头,用血汗去开辟自己的新地,便每人自己体会了实践了'劳动神圣'的光荣。"③

在紧迫的政治局势和艰苦的体力劳动之外,大生产运动还需

---

① 及至赵超构访问延安的1944年,大生产运动的热潮仍十分高涨,"生产运动差不多把每一家人都卷进过度忙碌的生活里面去了。""就是机关部队学校以及工作人员的眷属,也够得上说努力。所有机关部队学校的生活供给,多少要自给一部分,个人的另用,更须自筹,所以不生产也实在不行。每个工作人员,在种地、纺纱、捻毛线三者之中,必有一种。每天十一小时的工作,七小时办公,两小时学习,两小时生产。实际上,有些人为贪图收入,生产时间超过两小时是极普通的。"赵超构:《延安一月》,上海书店出版社1992年版,第81页。
② 《回忆延安》,《美术》1962年第3期。文章无署名,为《美术》编辑部为纪念延安文艺座谈会,请鲁艺的美术工作者进行回忆式的座谈记录整理稿。参与座谈的有罗工柳、华君武、古元、王曼硕、陈叔亮、彦涵、朱丹、张谔、夏风等。
③ 李富春:《陕甘宁边区生产运动的初步总结》,陕西省总工会工运史研究室编:《陕甘宁边区工人运动史料选编》,工人出版社1988年版,第366页。

要面对恶劣的自然地理环境。陕甘宁边区地处黄土高原,地广人稀,物产缺乏,土地与人口的分布相当不均衡:"占边区人民十分之五的东北地区,耕地少,人口多,平均每人只有六亩,另有十分之四的人口地区则耕地多,人口少,每人平均耕地十二亩,尚有大批荒地无人耕种,有十分之一人口,地接沙漠,土地多而贫瘠,雨水缺少,收成歉薄。"①近代以来,由于土地的瘠薄、沟壑纵横的地貌,加之常年以来高负荷的人口压力,陕甘宁地区已难以维系稳定的生态,当地水土流失严重,旱涝灾害频仍。在茅盾到达延安的 1940 年,灾情最为严重,干旱、瘟疫、暴雨、冰雹、飓风五大灾害先后来袭,数月不停,致使多个县份在当年春夏时青黄不接,庄稼、房屋、牲畜毁伤惨重,粮食供应陷入极大恐慌。②

  这样贫瘠、荒凉的穷山恶水使人很难想象有何"风景"可言。1938 年 8 月,陈学昭以重庆《国讯旬刊》记者身份初访延安,从成都出发,途经宝鸡、咸阳与西安,一路上尽是"冷落,破败"之感,即使是阿房宫、华清池这些古迹名胜之地也颇令人失望,"长安水边多丽人"或"春日同游曲江头"的胜景早已无从谈起:"曲江现在什么也没有了,连秦淮河都比不上,一滴水也没有了,只有干干的一条沟的痕迹!"对于出身江浙又在法国留学多年的陈学昭而言,陕北的风物实无"美感"可言:

    看惯了四川与江浙一带的山,那么陕北的山,实在太丑

---

① 《关于边区经济建设之报告书》,陕甘宁边区财政经济史编写组、陕西省档案馆编:《抗日战争时期陕甘宁边区财政经济史料摘编》第 1 编(总论),长江文艺出版社 2016 年版,第 12 页。
② 肖劲光:《为了不被困死、饿死》,《肖劲光回忆录》,解放军出版社 1987 年版,第 298 页。

了。它们没有山峰,只是一堆一堆的极高的黄泥堆,好像用人工削平了的,像男子的平头,就是所谓"台状形",没有一棵树,只是长些乱草。太阳照着黄沙泥的山地,发出的反射,使人起异样的感觉,完全像在红海上所望见的热带地的秃山。因为气候干燥,泥土都生了裂缝。①

这种观感在1944年随中外记者团访问延安的赵超构那里也得到了印证。从西安经临潼,取道山西,再至延安,赵超构感到的同样是"古旧"与"荒凉",华清池与骊山也都缺乏成为"风景"的资质:华清池虽然"有亭、有阁、有花有木,但是当做风景看,则实在说不上什么。亭台楼阁,挤在一堆,廊槛虽然曲折,却是一望无余,只须三分钟便可游览完毕,绝没有引人第二次来游的魅力"。同样,"骊山的山色,不能算是美。在风景上她是没有位置的,既不秀,也不高,和普通的山一样,平凡,呆板,没有表情。山上没有长许多树,也没有多少险峻的峰脊。从黄土小径逐步上升,看来看去,还是一样的面目,没有变化,没有曲折。"②

然而有意思的是,在以"我们重庆人"自居的赵超构的眼中,山陕地界也并非完全没有"风景"可言。在晋陕交界处的黄河渡口,赵超构一行人走过一座"铁缆组成的木桥":

就在那桥上,俯视黄水,滚滚东流。仰观两岸,雄山对

---

① 陈学昭:《延安访问记》,《陈学昭文集》第3卷,浙江文艺出版社1998年版,第64、75页。
② 赵超构:《延安一月》,第9—10页。

峙。大风吹来，桥身动荡，我心中忽然也动荡起来。我一向只见过江南的山明水秀，从未实地体味过如此的高山大河，"泱泱大邦"的境界，到今天才能领会。国土是可爱的，不必翻历史，只要从地理上领略也就够了。①

值得注意的是，在发现这样的"风景"之前，赵超构特别介绍了他所凭依的这座木桥："这座桥也是敌人时常轰炸的目标。据说有一次敌机30架轮流轰炸，整整一日，投了炸弹百余，结果只炸断一根铁缆。"也正是在这座桥上，乏味而没有面目的山水开始转为雄伟壮阔的"高山大河"，指向的则是"泱泱大邦"的国家民族想象。自抗战全面爆发以来，"大西迁"及范长江等人的"西部行记"开始将西北中国带入国人的视野②，以地理上的勾连感带来一种以"国土"为名的共同体经验。这座在日军轰炸中屹立不倒的桥，以其所负载的抗战经验勾连起了"风景"与"可爱的国土"之间的关联。国家在地理上的辽阔感与悠久的历史感也开始在大西北古老、开阔、荒凉的风物中得到体认。一方面，范长江等新闻记者的西部行记已经构成了战时知识分子想象大西北的前文本；另一方面，在战争中一直未曾沦陷的陕甘宁边区以及晋察冀、晋冀鲁豫等几个北方根据地也开始在国土不断沦丧的局面下成为新的希望③，并吸引了大批的知识青年"到延安去"。也是在"国土"和"后方"的意义上，陈学昭开始对这片没有

---

① 赵超构：《延安一月》，第26页。
② 参见彭春凌《"另一个中国"的敞开——大众媒体的西部行记（1935—1937）》，《北京大学学报》（哲学社会科学版）2010年第1期。
③ 范雪：《卞之琳的"延安"："文章"与"我"与"国家"》，《新诗评论》第19辑，北京大学出版社2015年版，第120页。

"风景"的土地产生了浓烈的感情:"昨天我还不十分信长江先生《陕北之行》中的话,今天却越走越相信。这条公路恐怕要算最难走的公路了。地方是愈来愈苦了,荒凉,冷落,多少里没有人烟,虽然这样,我还是爱它,深深地爱它,因为这是我们的国土。我们的祖宗曾经在这一带开辟民族大业,好不容易子子孙孙繁衍到沿海几省,可是现在,我们的一大部分肥美平原有的被敌人占着,有的被敌人糟蹋着,我们要靠着这些穷苦的土地,作后方补充与建设的根据,把敌人打出去。"①

在茅盾的《风景谈》中,实际上也存在这样一个由"无风景"到"有风景"的转折结构与"发现"的时刻。开篇第一幅画面状写猩猩峡外的沙漠,只有一片无聊的空茫与炎热的死寂,直到抒情主人公的"画外音"忽然提示读者:"然而,你不能说,这里就没有'风景'",地平线上开始出现一列响着铃铛的驼队,才将此前单调的沙漠变得"多么庄严,多么妩媚"。在第二、三幅画面中,也是直到生产开荒的人们走入画中,癞头似的秃山、干坼的黄土与浅浅的河床这些荒芜贫瘠的自然风貌才转而成为田园诗人"绝妙的题材"与"美妙的图画"。然而,不同于直接将"风景"转化为民族主义话语的赵超构、陈学昭,茅盾不只是在"国土"或"民族精神"②的意义上发现了边区的"风景",而更近于一种"人的发现":"这里是大自然的最单调最平板的一面,然而加上了

---

① 陈学昭:《延安访问记》,《陈学昭文集》第 3 卷,第 74 页。
② 准确地讲,《风景谈》只有最后一处风景显示出鲜明的民族主义话语:北国五月的清晨,霞光中的号兵与荷枪的战士,"面向着东方,严肃地站在那里,犹如雕像一般。晨风吹着喇叭上的穗子,只这是动的。战士枪尖的刺刀闪着寒光,在粉红的霞色中,只这是刚性的。我看得呆了,我仿佛看见了民族的精神化身而为他们两个"。

人的活动，就完全改观，难道这不是'风景'吗？自然是伟大的，然而人类更伟大。""人类高贵精神的辐射，填补了自然界的贫乏，增添了景色，形式的和内容的。人创造了第二自然！"①由此可见，从无风景到有风景的转化机制，实则内涵着一种"自然的贫乏"与"人类的高贵"的对位法。正是开荒者的出现，使原本单调贫乏的自然生出"静穆"而"伟大"之意，转化成"最恰当不过的背景，无可更换"。茅盾观看到的风景，其实是站在一个透视法式的固定位置上综合把握的结果。在一个更大的"他者"的视角背后，是人与自然之间主/客分离的二元关系。正是在这个意义上，茅盾笔下的"风景"才获得了一种崇高的美感，它并非来自自然本身，而是源于开荒者对自然的征服、主宰与创造。

柄谷行人在为中文版的《日本现代文学的起源》所做的序言中曾援引康德，指出："康德认为，崇高不在对象之中而存在于超越感性有限性的理智之无限性中。'对于自然之美，我们必须在我们自身之外去寻求其存在的根据，对于崇高则要在我们自身的内部，即我们的心灵中去寻找，是我们的心灵把崇高性带进了自然之表象中的'（《判断力批判》）。这里康德阐释了这样一个问题：崇高来自不能引起快感的对象之中，而将此转化为一种快感的是主观能动性，然而，人们却认为无限性仿佛存在于对象而非主观性之中。"②如果说，柄谷行人侧重于揭示"崇高感"之中所内涵的"颠倒"机制，那么茅盾的"风景"则更加直白地剥离了这一"颠倒"机制。在对边区开荒者浓墨重彩的书写中，茅盾通过发现"作为风景的人"揭示了崇高的真正来源。在茅盾笔

---

① 茅盾:《风景谈》，《文艺阵地》1941年1月10日第6卷第1期。
② 〔日〕柄谷行人:《日本现代文学的起源》"中文版作者序"，赵京华译，生活・读书・新知三联书店2006年版，第1—2页。

下,"作为风景的人"与"看风景的人"一样,都是这样的具有内在性的人,即所谓"弥漫着生命力的人","内生活极其充满的人"。茅盾对于边区"风景"的发现,根源于对边区军民及知识分子的生产劳动这一"充满了崇高精神的人类的活动"的发现。

第二节 新世界与新自我:浪漫主义的身体

在陕甘宁地区荒凉广漠的黄土高原、原始艰苦的劳动条件以及封闭保守的乡土世界面前,"开荒"变成了一个富于象征性的动作和事件。它既指向对旧世界的开拓和改造,也意味着在艰苦中磨炼出新生的自我。在《风景谈》发表约一年后,茅盾又另外写作了一篇专门以《开荒》为题的散文。在这篇散文中,茅盾将延安青年的开荒劳动和黄土高原亿万年前的"史前史"并置,从地壳运动中高原的形成,写到"洪荒世界的主人翁——大爬虫"的繁衍生息,最终聚焦于如今在黄土高原上开荒的青年男女:

> 在这苦寒的黄土高原,现在又怎样的人们在干怎样的事?有说各种方言的,各种家庭出身的,经过各种社会生活的青年男女,在那里"开荒"。曾经是摘粉搓脂的手,曾经是倚翠偎红的臂,现在都举起古式的农具,在和那亿万年久的黄土层搏斗——"增加生产",一个燃烧了热情的口号!而且还有另一面的"开荒"——扫除文盲,实行民主,破除迷信,发展文艺,提倡科学……①

---

① 茅盾:《开荒》,《笔谈》(半月刊)1941年11月16日第6期。

尽管茅盾反复强调，这并非"神话"而是"活生生的现实"，但这样的并置还是以宏大浩渺的时空感为"开荒"赋予了一种"开天辟地"式的神话色彩与历史意义："从前，大自然的力量，曾经创造了黄土高原；如今，怀抱着崇高理想的人们，正在改造黄土高原。"无论是《风景谈》还是《开荒》，"人与自然"之间的主客对位都使用了某种神圣化与崇高化的修辞，翻转了人与外部世界的关系：在劳动中，人不是从神圣的自然或外部世界获得力量，而是将整个外部世界发展为人的造物的一部分，这显然带有鲜明的浪漫主义色彩。

在 1942 年之前，边区以这样的方式书写"开荒"的文艺创作其实并不鲜见，也并不仅见于茅盾这类"客居"延安者浮光掠影式的记述。事实上，在更多亲身参与大生产运动的文艺青年的笔下，"开荒"都呈现出一种浪漫化与崇高化的意味。其中既含有"劳动神圣"的观念与话语痕迹，又反映出知识青年对马克思主义理论中的"劳动""实践"等概念的初步体认；既有关于"重视生产""自力更生""不可轻视体力劳动"的意识形态话语，又包含知识分子响应"打破体力与脑力劳动的界限"，并主动寻求自我改造的思想倾向。创造一个"新世界"与"新自我"的浪漫主义激情，成为这一时期文艺创作表现生产劳动时主要的抒情构造。大生产运动初期，出现了一批抒写开荒、春耕或秋收的诗歌[①]，它们多为当时随各机关学校生产队参加劳动的知识青年

---

① 这类诗歌如：林山《战斗与劳动》(1939)、杜谈《春的消息》(1939)、纪坚博《春天，劳动在西北高原上》(1940)、贺敬之《十月》(1940)、左齐《秋收的一天——记延安马列主义学院学生参加生产》(1940)、张沛《我们开垦在大风沙中》(1940)、俞波《垦荒》(1941)、蓝曼《劳动的歌》等。这些诗歌的作者

所作。在春阳、土地、原野、溪流、麦浪、谷穗等成体系的意象序列之外，这批诗作还表现出相类的、模式化的蕴思方式与抒情语法：一样的俯瞰式的主体视点与透视法则，既俯瞰荒山，也遥望历史与未来；垦荒或收割的人们被作为一幅阔大的全景构图中的风景元素，"劳动"则呈现为一种喷薄的生命力或集体劳动的意志力与战斗力；自然意象大多携带着稳定的政治寓意，"荒山"与"耕地"构成了"旧中国"与"新中国"作为两个时代、两个世界的对位结构，又往往以延安为中心将这种关于"新世界"的想象辐射到全中国。这些诗作不仅是在生产、实践或创造的意义上理解"劳动"，将土地上的劳作与收成构织成丰裕的风景，如"不掌锄不知劳动的伟大／不种瓜难尝出真正的瓜香"[①]，或"银白色的锄头掘在地下，／红色的萝卜翻身出来，／红色的萝卜披着雾里的阳光，／绚烂地投向实用世界的新生。／我的心跃起，／骤见土地和人间的原有的丰富和美"[②]；更直接将"劳动"与"孕育出中华民族的新力量"相关联："千万劳动者的汗水，／滴落在高原的土壤上，／这汗水是劳动者的血液，／是哺育新中国的琼浆"[③]，

（接上页）大多出生在1910年之后，1930年代参加革命，多于1937—1938年左右进入中国人民抗日军政大学（简称"抗大"）、陕北公学（简称"陕公"）、鲁迅艺术学院或延安中央研究院学习或任教（或担任助教），或任职于各机关、刊物，如担任陕甘宁边区文化协会（简称"文协"）的秘书、创作员，或新华社、解放日报社、《群众文艺》的记者或编辑等。

① 左齐：《秋收的一天——记延安马列主义学院学生参加生产》，《延安文艺丛书》编委会：《延安文艺丛书》第五卷（诗歌卷），湖南人民出版社1984年版，第82页。
② 天蓝：《我，延安市桥儿沟的公民》，《延安文艺丛书》编委会：《延安文艺丛书》第五卷（诗歌卷），第26页。
③ 纪坚博：《春天，劳动在西北高原上》，《延安文艺丛书》编委会：《延安文艺丛书》第五卷（诗歌卷），第170页。

"春天来了，/青年男女们尽情的歌唱：/歌的流，横过了原野，/随着春风荡漾！这消息，将传遍，/新中国所有的地方"①，将"劳动"转化为一种指向民族新生的政治力量。

在创造一个"新世界"的政治抒情之外，这些诗歌还记录了"劳动"对知识青年个体"生活史"②的意义。与茅盾的《风景谈》《开荒》一样，这些书写往往呈现出鲜明的身体性修辞，劳动体验也主要集中在人的身体获得的改造上。1941年茅盾在《记"鲁迅艺术文学院"》中提到的《生产插曲》，是画家蔡若虹的妻子——诗人夏蕾1940年在鲁艺任教时写作的一篇抒情散文。在夏蕾笔下，劳动改变的首先是知识分子身体上残留的旧生活的遗迹：

> 那许多手，那些曾经调弄过脂粉的手，现在却调弄着生活向上的颜色；那许多身体，那些曾经披覆过绫罗的身体，现在却披覆着劳动的力的光辉；那许多脚，那些曾经在柏油路上散步的脚，现在却踏着健壮的步子向光明而飞跃。
>
> 手在不停的活动着，身子在不停的旋转着，腿在不停的移动着，——有些人简直是用了跳舞的步伐。没有疲乏，有的是因为劳动而起的催眠似的快乐。③

在这里，体力劳动意味着一种与消费和享乐相对立的，更健

---

① 杜谈：《春的消息》，《延安文艺丛书》编委会：《延安文艺丛书》第五卷（诗歌卷），第263页。
② 左齐就在《秋收的一天——记延安马列主义学院学生参加生产》中写道："今天虽是第一天参加劳动，/但在我们的生活史上已刻下新的字样"，《延安文艺丛书》编委会：《延安文艺丛书》第五卷（诗歌卷），第82页。
③ 夏蕾：《生产插曲》，《中国文化》1940年7月第1卷第5期。

康、更富于生产性的组织生命力的方式，指向的是"向上""光明""快乐"的未来。如李富春所言，知识青年通过劳动改变的是自己的"习惯，生活与意识"①。茅盾在《风景谈》中就特别写到文艺青年们惯于调色、拉琴、刻版画、写文章的"手"："但现在，一律都被锄锨的木柄磨起了老茧了"②。从精神劳动向生产劳动的转换所带来的身体上的改造，往往象征着也预示着精神上的蜕变。

伴随着"开荒"这一浪漫化的风景，同时生成的还有一具浪漫主义的"身体"。在"开荒"情境中，自然景观被人格化的同时，开荒者的身体也被自然化，风景化与身体性的修辞表现出一种相互浸染的状态。在俞波的诗歌《垦荒》中，原野拥有"结实的胸膛"，"枯涩而又饱满的胸脯"，"春天的太阳／好似我们的慈母／吻着像处女一样纯洁的土地／吻着我们的前额"；我们的脸则"被太阳灼痛得像土地"，从身体到精神都开始向外部自然扩张，终于获得一种充盈的主体感与自由感：

> 我们天天呼吸在旷野
> 我们天天在这草地上垦荒
> 我们的臂膀多么宽阔
> 我们的胸脯多么粗壮
>
> 我们的生命坚强得象矿石

---

① 李富春：《陕甘宁边区生产运动的初步总结》，陕西省总工会工运史研究室编：《陕甘宁边区工人运动史料选编》，第366页。
② 茅盾：《风景谈》，《文艺阵地》1941年1月10日第6卷第1期。

我们的理性炽热得象太阳
我们好象更年轻
我们好象更健壮

我们完全象那些农夫
我们完全可以在自己底土地上
自由地垦殖
自由地收获①

在这里，人在劳动中获得了"矿石""太阳"一般的、远远超过人类自身的生命力，以及对一个强大自我的体认；被抽离了现实性与具体性的"农夫"的劳动，也成了通往自由之路。这种对人与自然关系的重构、对人的主体性位置和劳动的自由感的高扬，都显示出强烈的浪漫主义倾向。

从根源上讲，这种浪漫主义气质本身就内在于早年马克思的劳动理论与德国浪漫主义运动的关联之中。浪漫派诗学的哲学基础正在于主体与客体的分离，而主体正是在超越或征服客体的过程中建立起来的。因而在浪漫派诗学中，内在自我由外在世界唤醒并充溢于自己的周围，逐渐使周遭事物一一反映自我，因而内在自我最终正是通过客观环境的主观化完成的。在《1844年经济学哲学手稿》中，马克思提出只有通过作为人的"类生活"的生产，自然才能体现为人的作品与现实，因此"劳动的对象是人的类生活的对象化"，"人从他所创造的世界中直观自身"；"在实

---

① 俞波:《垦荒》,《延安文艺丛书》编委会:《延安文艺丛书》第五卷（诗歌卷），第409—410页。

践上，人的普遍性正是表现为这样的普遍性，它把整个自然界变成人的无机的身体。"① 而当整个自然界成为了人的外延身体，人类的自我意识也就成为了最高的神性，劳动的人最终成为了造物主本身。维塞尔在论述马克思主义的神话诗学内核时指出，青年马克思作为"黑格尔主义和浪漫主义的传人"，他所关心的问题在于如何反抗生命的痛苦、毁灭与"人的有限性"②，而其劳动异化理论也正是基于此提出的。因而在某种程度上，青年马克思的"劳动"概念实则与"人的发现""深度自我"这些浪漫主义的核心命题一脉相承。

这种浪漫化的主体感得以建立，同时还伴随着知识分子对自我身体（及其变化与成长）"自恋"式的观看。这种对一个"成长中的身体"的迷恋，或表现在上述这些热火朝天的劳动场面中，对开荒者"年轻""健壮""强悍""有力"的身体特征进行放大与歌颂；又或表现为一个在劳动归来的夜晚，独自抚摸自己日益强健的臂膀和胸膛的知识分子形象。此时，抒情主人公开始从大写的"我们"转入一个小写的"我"："夜里，/ 我躺在土炕上，/ 抚摸着 / 发粗的臂膀 / 和赤色的胸膛；/ 就是这样 / 炼成了钢！"③ 这一对身体的过度关注，既是一种自我胜任感与主体感的膨胀，也是对自我成长的确认。对于这些知识青年而言，正是通过这一自恋式的观看与抒写，确认了劳动对自我"改造"的完

---

① 〔德〕马克思：《1844年经济学哲学手稿》，中共中央马克思恩格斯列宁斯大林著作编译局译，人民出版社2000年版，第56页。
② 〔美〕维塞尔：《马克思与浪漫派的反讽——论马克思主义神话诗学的本源》，陈开华译，华东师范大学出版社2008年版，第255—266页。
③ 蓝曼：《劳动的歌》，《延安文艺丛书》编委会：《延安文艺丛书》第五卷（诗歌卷），第535页。

成。然而问题在于,"改造"真的就此完成了吗?

如果说文艺青年的政治抒情之作在经验与诗意上都未免过于直白与稚拙,那么丁玲则以其一贯敏感的笔触记录了知识女性第一次参加"重劳动"时真实细腻的身体经验。在1939年2月的生产动员大会上,时为马列学院学员的丁玲也报名加入了开荒队伍。在1950年代初的一篇未完稿《劳动与我》中,丁玲回顾了自己在寒风刺骨的清晨跟随队伍上山开荒、途中赤脚过河的体验:"过河了,河水刚刚解冻,同志们跳下去了,我能不跳下去吗?脚趾头抽筋了,牙齿冷得打战。旁边的人问我:'怎么样?'我努力把脸拉开,对他作出欢喜的微笑。我过河了,大队都过了河。比我年轻的不消说,比我年纪大的也过了河。还有比我身体坏的女同志也过了河。脚踩在沙土地上多舒服啊!大家都显出胜利的笑,我也真真的笑开了。"[①] 在知识分子要求自我改造的自发与自觉之外,这个细节更多透露出的或许是延安的群体政治为知识分子带来的无形压力。1939年秋,丁玲在散文《秋收的一天》中,书写了身体并不算好却决定参加"重劳动"的女知识青年薇底在秋收前夜失眠、忐忑、紧张的心理过程,以及第二天参与秋收的情景与体验。这篇小说化的散文虽以秋收劳动为叙事主体,但贯穿首尾的实则是女主人公从自我怀疑的紧张感到自我确证的"欢愉"感这样一条"成长"的心理线索。饶有意味的是,携带着丁玲自身的心理状态与劳动体验,薇底同样遭遇了上述那个"蹚水过河"的时刻。但与《劳动与我》中带着几分犹豫和勉强的丁玲不同,虽然身体上的痛感是一致的,但薇底表现得更加

---

① 丁玲:《劳动与我》(未刊稿),李向东、王增如:《丁玲传》上册,中国大百科全书出版社2015年版,第202页。

勇敢与坚决,她"卷高了裤脚管,赤着脚,满不在乎地踩下水去了",比起身边孱弱的女同志,薇底带着一种"庆幸"而"自满"的情绪:"她并不需要旁人帮助,她同大伙儿一样,凉的、深的河水阻挠不了她,她走过去了。薇底感到脚指头痉挛起来了,并不去理它,上了岸就慢步起跑,谦虚地回答一些送过来慰问的颜色和话语。"① 可以看出,薇底大概代表了丁玲想象中"成功"地克服了自我弱点、积极投身于生产劳动的知识分子形象(或是一个自认为已经完成"改造"的丁玲),并在接下来的叙事中,很快融入一片奋进有序的集体劳动的氛围中去了。

然而颇具症候性的是,在明快活泼的劳动场景中,抹不去的则是劳动带来的身体上的疼痛与疲乏,以及对这种"痛感"过于细致的铺陈:

> 收割的确比开荒省力,可是腰却更容易痛。既然弯着弯着似乎都伸不直了,就让它那么个姿势吧,勉强伸直倒是满难受的。看来捆扎是容易得多了,却也有它的苦处,腿没有休息,上去又下来,将别人割下的收拢在一处,用力地扎着,那些粗糙的茎,便在手指上毫无顾忌地擦着。小刺钻到肉里去了,血跟着流了出来,可是手又插进去,手上起了一层毛,密的、红的小栗在表皮上浮起来了。②

按照体力的差异,马列学院生产队将队员进行了分组和分工:

---

① 丁玲:《秋收的一天》,《丁玲全集》第 5 卷,河北人民出版社 2001 年版,第 119 页。
② 同上。

"身体棒的当苦力,把收割好的糜子运到山顶打谷场去;劳动力差些的,在镰刀的后边清捡着割下的穗子,把它捆扎好。"这段关于"痛感"的描述,当是身体素质并不好的丁玲的亲身体验,不仅充满了写实性的细节,又在显微镜式的笔法下放大了疼痛的触感。这意味着集体性的劳动并没有消融掉自我意识状态的强度,人与世界的关系也表现为一种感性化的触知。尤其是当劳动过后,"大家把四肢摊在地上",感受着"山头的大气"、温暖的土地与微凉的山风,感到"异样的舒服",自编自唱着新的《秋收小调》,一幅油画式的风景也继而展开:

> 秋天的陕北的山头,那些种了粮食的山头是只有大胆的画家才能创造出的杰作,它大块地涂着不同的,分明的颜色,紫、黄、赭、暗绿。它扫着长的、平淡的、简单的线条,它不以纤丽取好,不旖旎温柔,不使人吟味玩赏,它只有一种气魄,厚重、雄伟、辽阔,使你感染着这爽朗的季节,使你浸溶在里面,不须人赞赏,无言的会心就够了。①

如果说,关于劳动体验的书写更注重身心上的感觉而非物质上的生产性,那么在这里,自然的美也主要是以其形式(颜色、线条)而非内容(粮食、丰产)进入到抒情主体的视野中。值得注意的是,这一"自然美"并不是纯粹的自然状态,而是经过了生产劳动改造后的自然。通过一系列绘画式的修辞,"种了粮食的山头"也变成了和《秋收小调》一样的艺术创造物。换言之,从

---

① 丁玲:《秋收的一天》,《丁玲全集》第5卷,第120—121页。

人把握世界的这种感性化与审美化的方式上来讲,对于丁玲这样的知识分子而言,"劳动"与"艺术"本就属于同一种创造性活动。当劳动创造出艺术一般的"自然美",人与自然的关系也就变成了"无言的会心"这样精神性的联结。

在散文的结尾,薇底的脸"晒得通红的然而却非常安详",从最初的紧张、疑虑变得"单纯、愉快、坚定","用着一种小儿得饼的心情哼着一个刚学会的小调"——经过劳动改造的自我与经过生产改造的自然,开始分享同一种明朗欢愉的情调。应当说,这种对自我意识的高度关注,以及将"劳动"审美化的书写方式,颇近于1920年代流行的工读主义、新村主义的劳动想象。[①]但区别在于,丁玲笔下的劳动主体带有更浪漫化的激情,总试图将感性的人格向整个外部世界扩张开去,因而一具浪漫主义的"身体"势必还是要弥散到一个浪漫化的"世界"中去:"宇宙在等着,等着太阳出来,等着太阳出来后的明丽的山川,和在山川中一切生命的骚动啊!"[②]

在这种浪漫化的"风景"与"身体"背后,我们看到的其实是知识分子最初进入延安时的情感结构,以及他们最初理解"劳动"以及再现边区的生产实践与革命实践时的主要方式。浪漫主义的情感结构在大生产运动中既能够被转化为一种政治激情,又关联着对一个新的"自我"的发现与更生。对于这些知识青年而言,"劳动"的意义除表现为人与自然之间的搏斗与征服外,同时也是在为"自我"赋予一种崭新的"成长"感与价值感。在这

---

① 参见姜涛《公寓里的塔:1920年代中国的文学与青年》。姜涛关于1920年代新村主义、工读主义中的"劳动"观及文学青年实践转向的研究,对本章论述有很大启发,特此致谢。
② 丁玲:《秋收的一天》,《丁玲全集》第5卷,第124页。

样的劳动书写中,抒情主人公又往往表现为一个耽于抽象思考的形象,其视点是一个多少有些外在于劳动生活的、来自更大的"他者"的视点位置。这也使得这部分抒情之作在处理大生产运动中的观感和体验时,过快地上升到了精神的、观念的乃至理想性的层面,而跳过了现实性与实践性的层面。在这个过程中,被高度风景化、诗意化和审美化的"乡村"与"劳动",同时也被高度对象化与抽象化了。这其中所蕴含的与现实的疏离关系、个人主义的倾向以及与农村现实、农民生活之间的隔阂,势必会随着知识分子更深入地参与到生产劳动中,以及被更密切地组织进农村基层实践中,引发新的问题与困境。因此,从事文艺创作的知识分子如何认识和想象"劳动",既涉及艺术/审美与生活/实践、个人与集体、革命工作与农村现实之间的关系问题,又涉及文艺创作者如何在边区特殊的政治环境与文艺体制之下安放自身的位置问题。当然,从大生产运动的发动到延安文艺座谈会的召开,这种"安放"的方式也伴随着一个成长中的政党及其文艺体制的逐步确立而不断发生调整。

第三节 劳动的祛魅与"言/行"之辨

在前述众多相当类同又失之粗糙的抒情诗作之外,客居延安并随军访问的诗人卞之琳在1939年11月也创作了一首抒写知识青年开荒的诗歌——《给西北的青年开荒者》。1938年8月,卞之琳与何其芳、沙汀夫妇一道从成都来到延安。同年11月,卞之琳加入吴伯箫领导的"抗战文艺工作团",进入晋东南太行游击区。1939年5、6月间,他再次回到延安,"临时暂留鲁迅艺术学院任教一期",同年8月中则"按原计划"回到"'西南大后方'的行程中"。在卞之琳辗转于"前线"和"敌后"的这一年中,陕甘宁边区大生产运动的序幕也刚刚拉开。据卞之琳回忆,1938年秋后,诗人也曾"追随周围同志学会自背行李到城南十里铺农家住几天,帮助秋收,与农民相处融洽"[①]。与此同时,延安文艺界发起写"慰劳信"活动,卞之琳在"随军"前夕为响应号召,用诗体写作了两封并发表。一年后回到四川,诗人"起意继续用'慰劳信'体写诗,公开'给'自己耳闻目睹的各方各界为抗战出力的个人或集体而作","都是写真人真事",在不到一个月的时间之内,足成一本《慰劳信集》,旨在"宣传和歌颂全国上下八方齐心协力一致抗日侵略"[②]。其中大部分诗作与卞之琳记录其太行游击区见闻的报告通讯《晋东南麦色青青》之间具有极强的互文性[③],亦有抒写其"客居"时所见延安人事的篇什,而《给西北的青年开荒者》一诗正是《慰劳信集》中的倒数第二篇。

应当说,《慰劳信集》的写作既是卞之琳文学方式"转向现实"的转变之作[④],又包含了诗人对全国抗战"宣传"的响应与参与。在这个意义上,《给西北的青年开荒者》也多少分享了这一时期开荒书写中的某些"风景化"的倾向,以及一种开辟新世界与新时间的未来感。"朝阳/残夜"、"荒瘠/膏腴"、"苦/甜"、

---

① 卞之琳:《"客请":文艺整风前延安生活琐忆》,《卞之琳文集》中卷,安徽教育出版社2002年版,第111—113页。
② 卞之琳:《难忘的尘缘——序秋吉久纪夫编译日本版〈卞之琳诗集〉》,《卞之琳文集》中卷,第557页。
③ 参见姜涛《动态的"画框"与历史的光影——以抗战初期卞之琳的"战地报告"为中心》,《中国现代文学研究丛刊》2019年第5期。
④ 姜涛:《小大由之:谈卞之琳40年代的文体选择》,《新诗评论》第1辑,北京大学2005年版,第35页。

"原始／明天"等一系列对位修辞，蕴含着某种现实与未来之间的辩证结构，青年开荒者的劳动体验也同样携带着身体性的变化（"嫩手也生了硬茧／一拉手，女孩子会直叫"）。但相比于"人定胜天"的主客关系，卞之琳笔下的劳动者倒更像是在用一种近乎艺术的方式来改造自然：

> 把庄稼个别的姿容
> 排入田畴的图案，
> 你们将用了人工
> 顺自然丰美了自然。①

如果说，《慰劳信集》多少受制于战地访问的位置与"宣传"诉求，那么卞之琳于1941—1943年在昆明写下的长篇小说《山山水水》则以不同的视点位置保存了诗人在战时旅途中更为真切复杂的个人体验②。其中，残存下来的《海与泡沫》一章叙述了主人公梅纶年在延安参加开荒劳动时的情境与繁复细腻的心理过程。与"慰劳信"中那个"看风景"的大他者视角不同，《海与泡沫》进入了作为"青年开荒者"的诗人自身的劳动体验与意识状态的深处。虽然诗歌中的很多细节和对位性的概念也都在小说中复现（如开荒的男青年用磨出老茧的手拉住女同学的手、从土

---

① 卞之琳：《给西北的青年开荒者》，《卞之琳文集》上卷，第107页。
② 卞之琳在"整风运动"之前就离开了延安，如吴晓东所言，"抗战初期共产党的政策是来去自由，而卞之琳'无党无派，无所顾忌'，《山山水水》也是离开了延安在思想相对自由的西南联大写就，其中传达的人物心理体验相对来说可能就更为真实，也更有丰富性和复杂性。"吴晓东：《〈山山水水〉中的政治、战争与诗意》，《文学评论》2014年第4期。

里翻出"苦里带甜"的甘草根、工具的"原始"与面向"现实"等），但相比于诗歌中浅显而明亮的象征，小说的意味显得复杂而暧昧。无论是在总体基调还是主体意识上，小说与诗歌形成了一种奇异的、问题化的互文关系。

在《海与泡沫》中，主人公梅纶年的意识状态始终呈现出一种疏离感。从晨起洗漱到上山开荒，梅纶年一直笼罩在一种蒙眬的游离感当中："他跟一些人影蒙眬的点头招呼，蒙眬的看人影向人影招呼以及说些像影子似的话语。"这使得他既疏离于劳动本身，又疏离于劳动的集体：既不想涉入不同文艺组织之间的权力纠纷也不愿随意臧否人物，在劳动的间歇又总是陷入自己对于"象征意义"的沉思和辩难。在总体基调上，梅纶年的情绪显然也疏离于大生产运动热火朝天的劳动热情。从上山开始，他眼中的"风景"与"风景中的人"就带着一种荒凉怪异的感觉：

> 山头是热闹的，这群人却像一支孤军，佝偻着上坡，踩着像终古长存的一层灰暗的荒草。这些草莽似乎从没有吻过人的脚底。可是这些山头当不是从古就如此光秃秃的，而是由人，惟有人这种怪物，给它们一律剃短了头发。①

迎着太阳登山开荒的人也被比喻成"黑点子"："他们在蠕蠕地移动着，争着从阴处，从看不见处，投身到一圈金黄里作黑点子"，这完全不同于诗歌中"与朝阳约会""穿出残夜""争光明一齐争

---

① 卞之琳：《海与泡沫》，《卞之琳文集》上卷，第335—336页。

先"①的情调。换言之，小说洗去了"慰劳信"里的鼓舞感，开荒者的形象甚至显得渺小乃至卑琐。人与自然的对立不再对应于"顺自然丰美了自然"的和谐与美，而代之以"怪物""蠕蠕地""作黑点子"这类不自然的修辞。至少在审美体验上，这种带有现代主义色彩的写法已经与"慰劳信"拉开了距离。

在书写开荒的劳动场景时，诗歌《给西北的青年开荒者》中的图画感在小说《海与泡沫》中得到了充分的发展。但不同的是，占据画面中心的并不是人的形象，而是泥土：

> 每一块黄土的翻身，就像鱼的突网而去似的欢欣。正如鱼跳出了网就不见了，隐入了水中，每一块黄土一翻身也就混入了黄土的波浪里，这一片松土正是波浪起伏的海啊！而海又向陆地卷去，一块一块地吞噬着海岸。不，这是一片潮，用一道皱边向灰色的沙滩上卷上去，卷上去……②

开荒过程中泥土的形态与动态被赋予了如此细致的刻画，甚至衍生出一点轻微的无聊感。随着开荒队员的反复轮替，"劳动"完全成为一种"单调与平板"的运动：

> 还有什么呢？除了锄头的起落，土块的翻动。惟一的事故：谁的锄头从柄上脱下了，从外边换来了一把。一条弯曲的分线移前去，移前去。太阳底下，一片细长的交错的阴影让位给一片栉比的阴影，这是锄头在这一片单调与平板上所

---

① 卞之琳：《给西北的青年开荒者》，《卞之琳文集》上卷，第107页。
② 卞之琳：《海与泡沫》，《卞之琳文集》上卷，第338页。

> 作的惟一的描写。不,锄头的目的也不在于描写,也不在于像一个网球拍展示接球、发球的优美动作,不,目的就在于翻土,翻过来一块又一块,翻过来一块又一块……是的,这不是游戏,更不是逢场作戏。这一片单调与平板要持久下去的,今天,明天,后天……①

这既是正在开荒的梅纶年眼中看到的全部景象,也是他在劳动时引发的象征性联想。值得注意的是,泥土和不断被翻卷的动态也不再轻易生产出意义,如收获、果实、希望、明天或是"对于侵略战争的抗议"②,反而在语词的反复中传达出重复劳动的简单、枯燥和无意义感。又或者说,经由梅纶年的眼睛和意识,叙事者开始试图从这种单调的劳动中寻找其他意义感的来源,比如形式的、哲学的意味。这使得劳动这一原本向外的、及物的、改造世界的行动,反而重新回到了诗人思维内部的、不及物的、内卷化的感知结构之中,并最终将物质世界隔绝在抽象哲思的外面。这不仅褪去了开荒者身上浪漫化的主体感,也切断了浪漫主义的情感结构在自我意识与外部世界之间轻易建立起来的那种天真的联通性。与"黑点子"一般的开荒者形象一样,卞之琳笔下的"劳动"开始透露出一种反讽的意味。

梅纶年为"劳动"赋予意义的尝试无疑是失败的。尽管他使

---

① 卞之琳:《海与泡沫》,《卞之琳文集》上卷,第344页。
② 在《山山水水》下编总第三卷的另一章梅纶年翻看的日记片段中,也曾书写过代耕团帮农家犁地的劳动场景:"昨夜下过了一场大雨,土很湿润,地上树上都充满了生意。一路上到处见到人忙着犁地,完全不像战争随时会逼来的地方。每一块泥土的翻动仿佛都是对于侵略战争的抗议。"卞之琳:《山野行记》,《卞之琳文集》上卷,第334页。

用了"海""波浪""鱼"等种种意象,甚至直接使用关于艺术与游戏的修辞("描写""网球""书法""烘云托月"),从而试图将"劳动"艺术化,但他终于还是意识到,劳动不是游戏,也不是其他一切更重视形式感的活动。但除此之外,梅纶年最终还是发现,自己找不到别的方式来把握"劳动":

> 直到哨子又响了,让锄头给别人接过去了,自己在草上舒服地躺下了,纶年才捉摸到了海是什么,像海岸会捉摸到海,像面见于两条线,线见于四边的空白,像书法里有所谓"烘云托月"。可见比喻,不错,也只有靠比喻才形容得出那一片没有字的劳动,那片海。对了,是海的本体,而不是上面的浪花。浪花是字,是的,他忽然了悟了圣经里的"泰初有字"。这是建筑的本身,不是门楣上标的名称,甚至于号数。最艰巨是它,最基本是它,也是它最平凡,最没有颜色。至文无文,他想,他这些思想,这些意象,可不就是漂浮在海面上的浪花吗?不,他不要这些,不要这些……①

在梅纶年的象征体系中,"劳动"是海,思想是"浪花",而以哨声为界,海与浪花的出现,恰恰对应着"劳动"与"休息"两种时刻:在劳动时,"我"消失于"我们",浪花和泡沫都被海统一着;而只有在休息时,浪花和泡沫才会出现,"我"才能拥有自由思考的余裕——换言之,只有在休息的时刻,他才有可能用思想与象征的方式为"劳动"赋予意义。这构成了梅纶年这一哲

---

① 卞之琳:《海与泡沫》,《卞之琳文集》上卷,第345页。

思型主体（而非一个抒情主体）充满悖论的处境：他既承认"劳动"的本体性与第一性（最艰巨，最基本，最平凡，最为时代所需要），又难以融入其中，不能放弃个体性的精神活动；但如果劳动的意义是通过思想来把握和赋予的，那么思想为何又缺乏之于劳动的合法性和意义感呢？这也就是他最终领悟到的："浪花还是消失于海。言还是消失于行。""这正是文化人拿锄头开荒的意义：从行里出来的言又淹没在行里，从不自觉里起来的自觉淹没在不自觉里"。这构成了卞之琳看待"劳动"时的困境：在延安，他没有办法安置自己的位置和工作。换言之，如果他要接受"劳动"对于自我思想的改造，在一个绝对的意义上肯定体力劳动，就没法安置自己作为诗人或文艺创作者的身份和工作方式。

正如吴晓东指出的那样，《海与泡沫》对劳动的书写方式"反映了知识分子的本能和潜意识"，即通过隐喻和象征对现实进行"审美化观照而赋予意义"，强调"自我表现的价值以及诗性的意义"；而梅纶年对群体劳动"至文无文"的认识，又是"对象征的祛除"，因此《海与泡沫》也是"反思象征的文本"[①]。如果说，知识分子的工作方式必须要借助于象征、诗意和精神性的生产才能捕捉意义、生产意义，那么这便涉及两个根本性的问题：意义到底源于现实，还是源于创作？在无字的劳动（"至文无文"）与有象的思想（文、意象、象征）之间，谁才是最根本、最本质、最真实的？在这个意义上，《海与泡沫》思考的也就不只是一个集体与个人的关系问题，它也包含着一个生产实践与艺术创作之间的等级问题。前者是现实的、具体的，同时也是单调的、

---

① 吴晓东：《〈山山水水〉中的政治、战争与诗意》，《文学评论》2014年第4期。

乏味的、辛苦的;后者是想象的、虚无的,但却是个性的、诗意的、愉悦的。在浪漫主义的抒情主体忙着将"劳动"与"艺术"视为同一种创造性活动的时候,卞之琳却用一种审慎的反讽和自我辩难轻轻揭开了这二者之间难以弥合的界限与距离。

饶有意味的是,在梅纶年关于"劳动"的象征化沉思之外,还有另一个同属于知识分子的现实世界,它基本上是由老任与梅纶年的交谈带出的。在这个世界中,用老任的话来讲,知识分子的问题恰恰在于"心眼太多":两个文艺机构的负责人为了在《抗战日报》上出一个"新文字"还是"世界语"的"开荒专版"明争暗斗,"日报的负责人觉得太不切实际了",最终还是把这个专版给了木刻协会。在边区一般的通讯或诗歌里被描述得明朗欢畅的劳动竞赛场景和同志间的打趣玩笑,在卞之琳这里却透露出种种言外之意与幕后消息。这可能来自卞之琳对当时延安文艺界风气的短暂观察和体认。"开荒"作为大生产运动中的焦点题材,成为各个文化机构争夺的热点和晋升的跳板,却并不考虑边区群众的实际需要。卞之琳即使只是"做客",也敏感于整风前的延安文化界实际上充满了勾心斗角与不切实际的风气。这也正是毛泽东希望通过"整风运动"肃清和改造的宗派主义、主观主义倾向以及知识分子习气。抗战背景的单纯伟大与革命现实复杂卑琐之间的反差,大概也令卞之琳感到厌倦和失望。

当梅纶年向总务询问种小米的程序后,老任与总务有一个互不理解的对话:

"你看这多么原始。"老任插进来说。

"可是你要离开现实吗?"矮总务反问。

"我们是来做一个象征。"纶年想说,可是他现在连象征都不要,只是等着哨子再吹起来,好和大家一起再投身于劳动,没有字的劳动。①

在诗歌《给西北的青年开荒者》的末尾一节,"原始"和"现实"作为一组象征性的概念,对应的是"明天"和"希望"。然而在更熟悉生产劳动的总务听来,"原始"一语却更像是对"现实"的一种批评和疏远,而不会像梅纶年那样将"原始"视为一种孕育着未来的象征。在小说中,这些指向"新的时间"和"新的世界"的概念在对话的错位中拆解掉了原有象征意义的稳定性。在现实而切身的劳动体验中,卞之琳感到的是象征("言")的匮乏感和无意义,因为只有实践本身("行")才是有效的。② 应当说,卞之琳非常敏感,此时他或许隐约感到了以《给西北青年的开荒者》为代表的那一类写作在边区现实面前的无意义。大生产运动中的生产劳动需要的是身体力行、服从规训、做实际工作的人,而不是只懂得象征和譬喻或只顾"争地盘"的文艺家或文化人。换言之,卞之琳的延安之行带给他并不仅仅是个人与时代、诗意和政治之间的紧张感③,同时也是言与行、想象与实践、文艺

---

① 卞之琳:《海与泡沫》,《卞之琳文集》上卷,第 347 页。
② 钱理群指出,所谓"言还是消失于行","这是一种把'行'(行动,也即实践,也即作为生产实践的劳动,与作为阶级斗争实践的革命,等等)的意义、价值推向极端的哲学,以至于断定'言'(言说、思想)必须'消失'"。钱理群:《对话与漫游——四十年代小说研读》,上海文艺出版社 1999 年版,第 348—349 页。
③ 可参见吴晓东《〈山山水水〉中的政治、战争与诗意》,《文学评论》2014 年第 4 期;王璞《"地图在动":抗战期间现代主义诗歌的三条"旅行路线"》,《现代中文学刊》2011 年第 4 期;李松睿《政治意识与小说形式——论卞之琳的〈山山水水〉》,《中国现代文学研究丛刊》2012 年第 4 期;范雪《卞之琳的"延安":"文章"与"我"与"国家"》,《新诗评论》第 19 辑,北京大学出版社 2015 年版。

与现实之间的巨大张力。

作为一个"反思象征的文本",《海与泡沫》的确显示出一个"祛除诗意的想象的过程","还原的是劳动的本来面目",而劳动本身也在思想改造的意义上"表现为一种祛魅的境界"①。在大生产运动初期的文艺创作中,这种笼罩在劳动之上的浪漫主义之"魅",源于知识分子对内在自我的高度关注,与之相关联的正是当时流行于延安文化界的所谓"个人主义"与"主观主义"倾向,以及文艺创作者与农村现实之间的疏离关系。对卞之琳而言,这种与现实之间的距离感当与其从事战地文艺写作时"作客"的位置有关。②1939年9月,从前方返回延安后,卞之琳和吴伯箫对此亦有反思:"文艺工作者到前方去究竟应取何种方式?作客呢?还是参加地方工作或部队工作。当然最好是参加实际工作,因为这样可以避免'走马观花'、'浮光掠影'的毛病。"但矛盾在于:"可是这样文艺工作者又容易受繁重的实际工作所束缚,有时候不能作有利于文艺工作的活动。"③

不限于战地与前方,这种"实际工作"与"文艺工作"之间的矛盾在后方根据地与各边区也广泛存在。卞之琳在生产劳动中感受到的"言"与"行"的分离,以及"行"对于"言"的压力,既源于边区大生产和战地工作的实际需求,又与中共对马克思主义实践哲学的推崇有关。毛泽东1937年在《实践论》中针

---

① 吴晓东:《〈山山水水〉中的政治、战争与诗意》,《文学评论》2014年第4期。
② 姜涛:《动态的"画框"与历史的光影——以抗战初期卞之琳的"战地报告"为中心》,《中国现代文学研究丛刊》2019年第5期。
③ 吴伯箫、卞之琳:《关于战地文艺工作》,转引自解志熙《卞之琳佚文简辑校录》,《文学史的"诗与真":中国现代文学文献校读论集》,北京大学出版社2013年版,第381页。

对党内的教条主义与主观主义,已集中讨论过"认识与实践的关系"即"知和行的关系"问题。实践被作为"改造客观世界,也改造自己的主观世界——改造自己的认识能力,改造主观世界同客观世界的关系"的唯一方式,而"马克思主义者认为人类的生产活动是最基本的实践活动,是决定其他一切活动的东西。人的认识,主要地依赖于物质的生产活动,逐渐地了解自然的现象、自然的性质、自然的规律性、人和自然的关系;而且经过生产活动,也在各种不同程度上逐渐地认识了人和人的一定的相互关系"。换言之,生产实践既是认识的基础,也是改造认识的方式,"认识从实践始,经过实践得到了理论的认识,还须再回到实践去。"[①] 这也是解放区提倡的"从现实中来,到现实中去"的工作方针的认识论来源。在1942年的延安文艺座谈会上,毛泽东关于小资产阶级知识分子对农村工厂生活的"不熟,不懂","缺乏接近,缺乏了解,缺乏研究","把自己的作品当做小资产阶级的自我表现来创作"[②] 的批评,关心的正是小资产阶级知识分子能否以及如何通过文艺形式理解并把握延安的现实结构及其本质。在这个脉络上,自"整风运动"以来,知识分子参加生产劳动就不仅是一项改造自然的经济任务,还成为一项改造自我的思想任务。而在文艺作品中描写这一思想改造的过程也在延安文艺座谈会上得到了提倡。[③] 较之于此前知识分子在劳动中感受到的那种浪漫的"成长"感,整风后的生产劳动则带有更强的意识形态规

---

① 毛泽东:《实践论》,《毛泽东选集》第1卷,第296、282—283、292页。
② 毛泽东:《在延安文艺座谈会上的讲话》,《毛泽东选集》第3卷,第850、856页。
③ 毛泽东在《讲话》中提倡"我们的文艺应该描写他们的这个改造过程"。毛泽东:《在延安文艺座谈会上的讲话》,《毛泽东选集》第3卷,第849页。

训色彩。在这一过程中,艺术/审美(认识)与劳动/生产(实践)之间的界限不是消弭了,而是被明确和强化了。随着知识分子被更密集也更深入地组织进各种生产任务与劳动竞赛中,此前浪漫化的劳动体验也转而成为一种"自我"与"劳动"之间的对立体验。虽然劳动中的"成长"时刻仍然是书写自我改造的普遍模式,但不同的是,"成长"不再表现为一个内在自我的发现与更生,而是指向对一种实践理性的体认与掌握,以及"自我"在集体劳动中的消融。

第四节 "纺车的力量":实践理性与集体劳动

1944年新年后,解放日报社响应党中央和边区政府"自卫备荒"的号召,开展生产竞赛,每位工作人员都定出了各自缴交公粮的计划。"男同志以生产粮食为主,上山开荒种地;女同志以生产布匹为主,在家里纺纱。"经历整风之后的陈学昭加入了机关妇女纺织小组,定出的全年计划是:"交纳八斗半的粮食。每天在报社工作三小时半,其余五小时半用来纺纱,完成这八斗半的公粮。"[①] 在1949年写作的自传体小说《工作着是美丽的》中,陈学昭记录下了这段"非常痛苦而艰难"的"纺纱"体验:

> 当她第一次坐在纺车的面前,她不知道怎样去下手:一会儿锭子跳了,一会儿棉条断了,急得她一身大汗;这里拉一把,那里敲一下,两只手弄的满是污脏的油和灰土。她看

---

① 陈学昭:《工作着是美丽的》,浙江人民出版社1979年版,第268页。

着自己这一双手,心里不禁感叹着:"这本是一双弹钢琴的手呵!"还没有抽成三、四尺长的线,已经累得好象做了一天苦工,精疲力竭了。①

这是一次笨拙的、充满挫败感的劳动体验。人与生产工具的极度不配合,导致了身体上的折磨与消耗。陈学昭 1938 年作为记者第一次进入延安时,也曾以热情的旁观视角记录下大生产运动的盛况:"我真要替这些荒山僻地歌颂它们的幸福,这些多少年来未得人一顾的几十万亩荒地,(今年开荒六十万亩)一下子都得了翻身的机会,而且顷刻变成了一个灿烂的世界!""人们的脚步声,话语声同着歌声、笑声登上荒山去。几朝及时雨,使那些菜蔬、瓜果、小米玉蜀黍都展开了新鲜的绿叶子,含着微笑,将来,等待收成。"但在这一时期,陈学昭其实并未参加开荒生产,"只是到附近机关的厨房帮助切了三次菜","一共并起来,不到两三小时吧。"② 正如陈学昭自己反思的那样,"看人挑担不吃力",当一架纺车真的放在她面前时,劳动开始褪去浪漫化的色彩,"不耐烦、轻视、害怕、抱怨"等各种负面情绪也接踵而至。1944 年 4 月,陈学昭以这次纺纱经历为中心写下了《体验劳动的开始》,发表在《解放日报》上。在这篇思想汇报式的文章中,陈学昭反省了自己这些"复杂的不正确的心理"及其在思想上的根源:如认为纺纱是浪费时间,对纺车"这样原始的工具"感到失望和轻视,"总觉得现代机械的东西是容易学的",认为"应当利用熟练的生产技术才能更好地完成个人生产任务",

---

① 陈学昭:《工作着是美丽的》,第 268 页。
② 陈学昭:《延安访问记》,《陈学昭文集》第 3 卷,第 352—353 页。

而不愿去研究纺车自身的规律,也缺乏学习技术的耐心。陈学昭进一步地将其归咎于自己优渥的家境与长期的都市生活,导致缺乏对"劳动"的体认:"从来不知道劳动是怎么一回事","养成了贪图方便,依赖别人的习惯","从来也不了解一丝一缕,一薪一粟,来处的艰难。"①这种对自身携带的小资产阶级性的挖掘、剖析和否定,诚然带有意识形态话语的痕迹,但从1938年陈学昭在《延安访问记》中流露的对于劳动的态度来看②,这种在感性经验上与劳动的疏离感仍是十分真实的。在这个意义上,正确的劳动态度的树立也就意味着思想改造的完成,所谓"经过了一番矛盾的斗争,今天,我很耐心地坐在纺车旁边纺起纱来了"。

当然,在小说中,陈学昭面临的思想问题并非这么简单。对于刚刚被另结新欢的丈夫何穆抛弃、又因何穆制造的流言被排挤孤立乃至多次陷入审查的陈学昭而言,生产劳动背后"为群众"的价值感带来的是一种超脱个人情感困境的疗愈作用与"救赎"感。但抛开这些不谈,回到陈学昭的"纺纱"经验本身,更令人触目的还是"纺车"与"谈钢琴的手"之间的对立。这是一架原始的农村生产工具与一个现代知识分子或艺术家主体之间的对立关系。陈学昭甚至一度觉得,"开动一辆汽车恐怕还比摇动一辆

---

① 陈学昭:《体验劳动的开始》,丁茂远编:《陈学昭研究专集》,浙江文艺出版社1983年版,第55页。
② 初到延安时,因生活条件的艰苦,陈学昭不得不亲自做很多家务劳动,但也仅是在强健身心的意义上肯定劳动,并将日常劳动与专门工作对立起来:"每个人都要消费一部分精神与时间在劳动里,这类劳动是最好的而最实际的运动,原是很好的;可是我相信,对于有一些人,有专门工作的,终究还是一个损失。人终究是一种不平常的动物,求生的本能是那么大,很小时候,我没有洗过一块手巾,后来,环境的逼迫,我只好洗手巾同衬衣;在延安,我居然会洗被单。可是我的身体,比任何一年来的好。"陈学昭:《延安访问记》,《陈学昭文集》第3卷,第118页。

纺车容易些。比对付一架钢琴更困难。"① 有意思的是，无论是在当时的文艺创作还是事后的回忆文字中，在很多作家笔下，"纺车"都不是一件容易对付的工具。然而也许正是那种从"不知道怎样去下手"的窘迫到能够纺出"又细又匀的线，感到满意和幸福"② 的戏剧性转折，使得"知识分子纺线"成为书写思想改造的一种类型化的叙事。

在 1938 年以前的陕甘宁地区，纺纱并不是一项具有普及性的生产劳动。直到开展大生产运动以来，纺纱才逐渐成为边区一项重要的经济来源。据《解放日报》上关于 1943 年以前延安县经济建设的总结称："革命以前，延安县的妇女是从来没有见过纺纱的。当然也没有看见过织布。人民除了种庄稼赶些牲口外，再也没有其他的生产事业。只在这几年生产运动号召下，才逐渐地改变。"及至 1941 年，延安县已有 130 个纺纱组，1164 架纺车，1436 人参与纺纱，纺纱斤数达 11308 斤，与 1938 年时相比，纺纱人数翻倍，纺纱产量已高达五倍之多。③ 大生产运动以来，为保证机关学校自身的布匹自给、缴交公粮或换取其他生活开支，以及为在广大农村普及纺纱、组织开展妇纺运动培养工作干部，各党政机关学校的干部、青年学生与文艺工作者均要学习纺纱。正像吴伯箫后来在他那篇著名的散文《记一辆纺车》中所回忆的那样："那个时候在延安，无论是机关的干部、学校的教员和学员，部队的指挥员和战斗员，在工作、学习、练兵的间隙

---

① 陈学昭:《体验劳动的开始》，丁茂远编:《陈学昭研究专集》，第 54 页。
② 陈学昭:《天涯归客》，浙江人民出版社 1980 年版，第 177 页。
③ 吴力永:《延县的妇纺运动——写在〈延安县过去经济建设总结和一九四三年经济建设任务〉后》，《解放日报》1943 年 2 月 10 日，第 2 版。

里,谁没有使用过纺车呢?"①相比于开荒种地这样对身体素质要求较高的重体力劳动,纺纱几乎是一项人人都可直接参与,又能在工作学习的间隙随时进行的生产劳动。也正是因此,当知识分子响应"整风运动"的号召通过劳动进行思想改造时,纺纱也就成为一种最普遍的劳动改造方式。

然而,即使是在"毛纺突击手"②吴伯箫的笔下,纺线也是一项既不轻松又"很需要下一番功夫"的技术活儿。因此,"纺线之难"既是一个现实劳动中的技术问题,又构成了自我改造过程中的精神困境。如果说,陈学昭的《体验劳动的开始》更多是在检讨自身的思想问题,并对这些思想问题的克服过程一笔带过、语焉不详,那么方纪写于1945年的小说《纺车的力量》则几乎可以被视为一份关于知识分子劳动改造的详尽的精神样本。③在情节结构上,大部分"纺车"叙事其实都分享着同一个"知易行难"的故事。正如陈学昭在其"思想汇报"的一开篇就点明的那样:"知识分子要体验劳动,要到实践中去,劳动能改造自己的思想,这些正确的道理,是说过也听过的,但要做起来,却必须

---

① 吴伯箫:《记一辆纺车》,《延安文艺丛书》编委会:《延安文艺丛书》第四卷(散文卷),第421页。《记一辆纺车》是吴伯箫写于1961年的回忆散文,《延安文艺丛书》中将此写作时间标注为1945年,误。
② 赵超构1944年访问延安时,吴伯箫曾在接待中外记者团的文艺座谈会上作为代表发言,"气势昂昂的,声明他每天'照常吃三餐饭,而且是毛纺的突击手'"。赵超构:《延安一月》,第102页。
③ 既有研究大多是在延安对知识分子中心论的解构、整风话语的意识形态规训、延安知识分子的现实处境等方面关注《纺车的力量》,如李洁非、杨劼《解读延安——文学、知识分子和文化》,当代中国出版社2010年版,第240—241页;宋颖慧《论延安文学中的"纺车"书写》,《现代中国文化与文学》2017年第3期;田松林《大生产运动与延安文学的叙事选择》,《现代中国文化与文学》2017年第4期。

经过一番思想斗争。"① 其潜在逻辑在于,思想改造还是在思想的内部完成的。与之不同,方纪的小说提出了另一个问题:要解决"知"与"行"之间的矛盾,将自己真正改造为一个熟练的劳动者/成熟的革命者,在根本上,到底是要靠思想认识的转变,还是靠实践本身呢?

《纺车的力量》的主人公沈平是一个"出身很不坏"的电机工程专业的大学生。但与陈学昭不同,他倒并不是一个毫无劳动经验或轻视劳动的知识青年。相反,沈平进行自我改造的"起点"颇高:"他初来延安参加开荒的时候,以他青年人的热情,手上磨得出血,还以一天开三分生荒的纪录,成为开荒突击手,受到学校的褒扬。他凭自己单纯的热情,懂得生产是为了坚持抗战,为了革命利益。而且,他还常常说:'这也是一种锻炼呢!'"② 从一个"从来没有摸过镢头把"的大学生到"开荒突击手",如果放在大生产运动初期的那些浅白的抒情诗里,沈平的改造恐怕早已完成。然而,随着机关学校的生产改为了手工业——纺纱,劳动要求也发生了改变:"还不仅凭热情,卖力气;而且要有耐心,掌握技术。"正是这一新的生产形式提出的新要求,使沈平重新站在了学习劳动与自我改造的起点上。于是小说一开篇,我们看到的就是沈平坐在纺车前手忙脚乱、满身线头"生闷气"的情境:

> 沈平坐在纺车跟前生闷气,硬是比装置一部发电机要困

---

① 陈学昭:《体验劳动的开始》,丁茂远编:《陈学昭研究专集》,第54页。
② 方纪:《纺车的力量》,《解放日报》1945年5月20日,第4版。小说分两部分发表于1945年5月20日、21日的《解放日报》上。

难不知多少倍。他记得他在大学里学电机工程的时候,连在美国都要五十年后才能用得到的电机,都没有使他这样头疼过。可是现在,已经整一个上午了,他坐在这部原始的木制纺车前,抽不出一条完整的线来!①

这回站在"纺车"对立面的是比汽车和钢琴更先进的"电机"。于是,在"纺纱之难"带来的挫败之中,沈平迅速生出了和陈学昭一样的轻视与怀疑的情绪:"仅仅一个上午,他的满腔热情便为这个中世纪的生产工具磨冷了!他开始觉得自己无能,接着就是骂纺车,怨棉花,最后,他竟觉得这种生产毋宁说是生命的浪费了!"但尽管沈平表现出对这种落后的生产技术的不理解与不亲近,却依然非常真诚地在政治上肯定劳动的意义。当同志老袁仅把生产视为"经济任务",并从收益上批评纺线"不合算"时,沈平立刻严肃地反驳道:"但这是一种整风!""改造思想,与劳动人民结合……""劳动改造自然,也改造人类自己……""从这一架小小的纺车里,你可以认识现实,认识生活,认识劳动的一切意义……"应当说,沈平是一个对自我有着严格的政治要求和改造热情的知识青年形象,但这些鹦鹉学舌式的意识形态话语却既在辩论中显得空洞与教条,又对提升劳动技能毫无实质性的帮助。换言之,并不是执着于先进的思想或努力寻求自我规训,改造就能轻易完成。因此,这个关于劳动改造的"成长"故事,从起点上就蕴含了暧昧的、多层次的空间。

与其他"纺线"叙事不同,沈平的改造也不再是一场孤立无

---

① 方纪:《纺车的力量》,《解放日报》1945年5月20日,第4版。

援的精神探险,而是被放置在了一个集体劳动的氛围当中。学校及其纺织小组作为一个生产集体,为沈平提供了观念上的分歧者("经验主义者"老袁)、技术上的指导者(小组长大李)和实践上的领路人(纺纱突击手小于)。沈平批评老袁是狭隘的"经济观点"和"经验主义",然而如果套用沈平最爱读的"整风文件"中的评价标准,过于强调"主观努力"以及"用思想去工作"的沈平大概也正如老袁所批评的那样,犯了"教条主义"和"主观主义"的错误,而这恰恰是"整风运动"希望通过劳动改造加以肃清的。① 在小说中,沈平将一本"整风文件"随身揣在口袋里以便时时阅读,当与整风初期在各单位普遍开展的学习"二十二个文件"② 的大规模活动有关。整个学习过程包括粗读、精读、考试,如党校考试题目中就包括"什么是党的学风中的教条主

---

① "整风运动"的发起,尤其是对"教条主义"的批判,其政治针对性本在于中共党内所谓"言必称希腊"的苏俄派干部,意在肃清王明路线在党内的影响。因此在针对高层领导干部时,所谓"教条主义者""经验主义者"等提法都有其特定的宗派涵义与政治倾向上的针对性。但经过普遍的学习活动,"马克思主义中国化"作为新的思想路线普及到"学风""文风"以及工作路线的层面时,这些概念也衍生为更具有普遍性的话语,深入到了各级领导干部、行政人员与知识分子的思想学习与行动指导中。

② 中共中央通令全党在"整风运动"中必读的文件通称"二十二个文件",皆为毛泽东的论述以及经毛泽东审定编辑的文件。据高华的研究,毛泽东希望诉诸中国传统的教育手段,"以自己的路线、方针乃至作风、风格来吸引和教育广大党员和群众。"其中毛泽东的《整顿学风、党风、文风》和《反对党八股》占据最重要的位置,列为前两篇。"但在1943年4月3日中宣部颁布的《关于在延安讨论决定及毛泽东同志整顿三风报告的决定中,仅规定了18个文件为必读文件,在这18个文件中只有两份是斯大林的作品。4月16日,中宣部又增添4份必读文件,除1份为季米特洛夫的论述,其他3份均为斯大林、列宁的论述,这样就正式形成了'二十二个文件'。"其重大意义在于:"它以学习毛的论述为中心,结束了党内长期存在的,脱离中国革命现实,对马克思列宁主义经典著作漫无边际的泛泛学习,给全党提供了一个学习和思考的范围。"高华:《历史笔记》(I),(香港)牛津大学出版社2014年版,第195—196页。

义?""你自己在学习和工作中曾否犯过教条主义的错误?""什么是党的学风中的经验主义?""你如何改造自己的学习和工作"等问题,辅以做读书笔记、提问、漫谈、开讨论会等多种形式①,每人都要制定学习计划,力求使文件学习深入到各机关学校的日常工作生活中。在这种高强度、高要求的学习任务之下,中下层干部及知识分子对整风思想的学习虽然迅速,却难免死记硬背、生吞活剥,很可能像沈平一样只学到些话语的皮毛。在这里,小说其实揭示了"整风运动"内部的一个悖论,即反对教条的"整风"也可能成为新的教条。正如沈平在辩论中所苦恼的那样:"他也知道,改造自己的小资产阶级思想,只有面向工农兵,到实际中去。可是,从何改造起呢?"这意味着,"劳动改造思想"作为一种更高的理性,如果无法提供具体内容和实际方法上的指导,那么也可能沦为"教条",成为对自身所宣扬的理性的悖反。

更重要的是,在老袁与沈平的分歧背后,同时还潜藏着"生产"与"劳动"之间的分歧。前者关联着边区在经济困难的现实压力下以"生产"为中心任务的政策核心,而新的"劳动"观念的建立与宣传,也是在增加劳动力、生产效率和经济收益的需求下提出的。但在这一过程中,马克思主义的"劳动"概念本身所内涵的实践性、创造性和主体的解放等乌托邦潜能,又可能与"生产"中潜在的功利主义目的发生错位。这涉及的其实是中共这一时期在政治理念和治理方式上的"现实主义政治"倾向所内涵的悖论性困境。与之相应的是,解放区的政治话语往往将"生产劳动"统而论之,外部律令又缺乏指导现实的具体方法,这对

---

① 关于学习"二十二个文件"的三个阶段,参见高华《历史笔记》(I),第198页。

沈平这样抱有革命理想的知识分子而言,就必须通过自身的摸索去找到一条有效的实践道路,既能涤清来自主观主义的质疑,又能避免经验主义对实践的异化。

这条探索之途表现为一个逐步推进的过程。从独立摸索的苦闷到小组长的技术指导,沈平开始重新认识"技术"的重要性。但尽管改进了纺车、拣净了棉花,沈平仍然无法掌握"要快,也要好"的技术,导致在生产竞赛中败北,又很快陷入了"对于技术的苦闷"。沈平成长时刻的到来,来自姑娘小于的点拨。作为沈平进行自我改造(而主要不是技术学习)的领路人,小于是一个集合了沉静的态度、踏实的劳动和优美的劳动姿态于一身的理想的知识分子劳动者形象。在小于看来,"思想改造是贯穿在每件日常事物上的","能够把一份实际工作做好,就证明了自己思想的改造"。换言之,实践才是改造自我的唯一途径。小于教导沈平所谓"技术"首要在于"耐心",却揭破了沈平仅将纺纱当做"一种体验劳动的锻炼,而不能作为生产手段"这一"隐秘的痛处"。从此之后,沈平看待"纺车"与"劳动"的方式才开始发生质的转变:

> 从前天同小于谈话之后,他感到一种漠然的空虚。他发现自己所热衷于以劳动改造思想的努力,却正是他自己原来思想的另一种形式的表现。这使他觉得可怕——他所要竭力否定的东西,却以一种肯定的形式在他身上出现了!当他揭去自己所加给纺车的那层神秘的外衣,开始坐在纺车前把学习技术的努力来代替"体验劳动"的时候,他对纺车的那种视为神圣劳动工具的情感一点也没有了。纺车对他,也变成

了只不过用以完成生产任务的普通工具。他对它冷淡，但极力想接近它……在他的淡漠的空虚情感里，包藏着一种辛辣的不安和烦躁。①

沈平最初对纺车的态度其实是相当矛盾的：既是"神圣的劳动工具"，又是"落后的生产工具"。但事实上，正是前者这种浪漫化的劳动想象在阻碍沈平以踏实、耐心的态度去正视现实中的劳动。然而当纺车重新回归为一件普通的生产工具时，沈平也逐渐找到了真正有效的实践方式。在这个过程中，沈平经历了一个"淡漠而空虚"的时期，但不同于最初那种指向自我的苦闷感，这种对纺车的"冷淡"中包蕴了一种扎实而沉潜的实践的姿态，因而具有了一种指向外部的生产性：他不再着意于无谓的辩论或争胜，"只是不声不响地默默地纺着"，"上工早，下工迟，停工少"，开始注意从成绩和缺点中总结经验教训，从纺车的声音、反应等细节中观察与发掘"技术的全部秘密"。经过这一蛰伏式的训练，沈平终于完成了他的蜕变："他虽然没有给自己找出明确的思想性的回答，但坚持与努力使他达到了情绪上的乐观与技术上的自信。这使他对劳动产生了一种理性的实际的要求；不再是那种空泛的热情的'体验'了。"

小说以沈平在生产竞赛中夺得"突击手"称号告终，完成了这一曲折的劳动改造。沈平的改造与成长最终指向一种实践理性的获得。这也正是陈学昭在纺纱中学到的那一门"老老实实的学问，实践的学问"②。劳动使人摆脱了单纯的主观抽象而进入到

---

① 方纪：《纺车的力量》，《解放日报》1945年5月21日，第4版。
② 陈学昭：《体验劳动的开始》，丁茂远编：《陈学昭研究专集》，第55页。

具体的经验世界。如丁玲所说:"劳动和艰苦,洗刷掉我多少旧的感情,而使我生长了新的习惯。这种内部的、细致的、而又反映在对一切事物的变化上,只有我自己体会得到。"① 这是一个细微而全面的塑造过程,并终将由内而外地反馈为新的实践。在这个意义上,劳动就不仅是创造物质产品的过程,也是创造"理性的人"的过程。更重要的是,在这架具有古中国特色的、原始的"纺车"背后,是高级生产技术匮乏、生产力低下的西北农村现实。边区农村的现实问题并不是仅凭一腔革命热情和进步思想就能够解决的,真正需要的是对客观规律的敏感和耐心,是朴素而扎实的劳动,是需要逐步摸索和反复训练的技术,更是对现实结构的体认和变通。以"纺纱"为代表,知识分子与生产工具之间的磨合与协调只是第一步。换言之,只有能够亲身从事农业与手工业劳作,熟悉具体的生产环节与劳动程序,也才有可能获得对边区农村现实细致而体贴的认识。对于知识分子而言,这既是心性的试炼,也是工作态度的养成,更是对工作对象及其生产生活的初步了解。在这个意义上,"纺车"不仅是解决经济难题的生产工具,也不仅是意识形态改造的工具,同时还具有锻炼和培养农村基层工作者的政治教育功能。正如方纪这篇小说这个富于象征性的题目一样,这也就是"纺车的力量"之所在。

饶有意味的是,在沈平的"成长"时刻到来的前后,"风景"的问题也再度出现。在小于点醒沈平之前,苦闷的主人公正在春日傍晚的延河边散步。以前在沈平眼中,延河的风景是"欢乐"而"辉煌"的,总能带给他"新的满足"。然而此时,风景却忽

---

① 丁玲:《劳动与我》(未刊稿),李向东、王增如:《丁玲传》上册,第 203 页。

然失去了意义:"他已经三天没有到河边来了,而这熟悉的热情的水声和辉煌的夕照,并没有给他任何新的启示。"如果说,此前辉煌的风景本就源于一个充盈的浪漫化的自我,那么风景的失效也意味着那种浪漫化的劳动想象开始在现实问题面前失去自足性与生产性。随着成长时刻的到来,沈平获得了一种平实的劳动态度,自然风景也开始被欢快的集体劳动场景所取代:

> 大李在小组上提出了"集体纺,个别教"的办法之后,人们变得更加热烈起来。每天下午,在窑洞前的空地上,十几架纺车一起开动,响起一片震耳的嗡嗡声。纺车声中夹杂着不整齐的断续的歌声。小于的圆润响亮的女中音,给人们带来了安慰;而老袁的尖声的京戏常常引起一阵哄笑。不连贯的话头在纺车声中跳来跳去。有时沉默下来,只剩下一片纺车声整齐而规律地响着。①

更重要的是,沈平与纺车之间的关系也在这个过程中发生了深刻的改变:"情感上的冷淡和空虚,逐渐为新的劳动能力的增长所填补了。他对纺车发生了一种几乎是'爱'的情感;而纺车对他,也不再是那样顽皮不驯了,变得逐渐熟悉而亲热起来,他带着每天日益新鲜的情绪坐在纺车前,听着自己的和别人的纺车声混成一支雄壮的合唱,从他内心里,也发出一种愉悦的劳动的歌声。"从"骂纺车"到"爱纺车",再到置身于集体劳动中"与纺车结合成了一个不可分的整体",沈平开始对现实劳动产生了由

---

① 方纪:《纺车的力量》,《解放日报》1945年5月21日,第4版。

衷的理解与尊重,缔结了一种劳动者与其赖以生存的生产工具之间的深厚感情,并在贴身的融入中生产出新的自我——集体中的自我。正如吴伯箫所说:"在劳动的过程里,很少有人为了个人的什么斤斤计较;倒是为集体做了些什么有意义的事情,才感到是真正的幸福。"①沈平参加生产竞赛的最后一幕,在"均匀而整齐"的轰鸣中"几百部纺车象被同一支手摇着",与吴伯箫笔下犹如"沙场秋点兵"一般的宏阔场面有着异曲同工之感,每一架"纺车的力量"最终汇成了集体劳动的壮景。

如果说,源于内在自我的浪漫主义不得不在思想改造的过程中宣告退场,那么最终被保留下来的其实是一种书写集体的浪漫主义。这似乎意味着,改造过程中的疼痛与艰辛也只能经由集体劳动的仪式得到纾解与治愈。但饶有意味的是,丁玲在关于《在医院中》的检讨中也曾坦陈,自己在为陆萍走向何处、小说如何收尾所苦恼时,就"曾经想用生产的集体行动来克服,又觉得那力量不够"②。可见这样的思想方案或许也带有叙事上的假想与权宜性质。对于选择留在延安的知识青年或文艺创作者而言,"知"与"行"、想象与现实、个人与集体之间的紧张感,是和劳动的困难一样需要被克服的。正是在这种紧张感中,现代知识分子进入中国农村现实的复杂性与难题性才有可能获得更深入的认识。如姜涛所言,"如果将革命理解为一种更高的理性,那么它的展开必然包含了对困境的克服,如果没有这个困境,革命的展

---

① 吴伯箫:《记一辆纺车》,《延安文艺丛书》编委会:《延安文艺丛书》第四卷(散文卷),第424页。
② 丁玲:《关于〈在医院中〉》(草稿),王增如整理,《中国现代文学研究丛刊》2007年第12期,第100页。

开就缺乏说服力和内在性。"① 因此,重要的或许并不是用某种意识形态图景虚构一个克服的结果,而恰恰是要在"深入生活"的具体过程中摸索出克服的路径。在这个意义上,认识与想象"劳动"的眼光如何发生根本上的转换,仍有赖于实践本身的展开与重构。

---

① 姜涛:《公寓里的塔:1920年代中国的文学与青年》,第221页。

第二章

下乡：从"创作者"到"工作者"

1940年1月5日，张闻天在陕甘宁边区文化协会第一次代表大会上发表报告，在关于"抗日文化统一战线"的工作部署中对"文化人"的特点进行了细致的分析。张闻天将"文化人"定义为"精神劳动者"和"灵魂匠人"，条分缕析地从知识分子工作方式的特点中辨认其可能存在的思想倾向。诸如作为"精神生产品的生产者"，容易产生唯心论、超阶级的观点；"各有文化的一方面的特长"，加之对精神理想的强烈要求，使一部分人"容易流于空想、叫喊、感情冲动，而不实际、不真切、不能坚持，缺乏韧性"；习惯于单独的生活与工作环境，导致"发展个人主义"，与集体生活和群众生活产生隔膜；过于重视自我的作品，而"不愿埋头苦干，切实工作"①。从工作方式到思想倾向，这些问题也是文艺整风运动中知识分子自我改造的针对性所在。大生

---

① 洛甫（张闻天）：《抗战以来中华民族的新文化运动与今后任务》，《延安文艺丛书》编委会：《延安文艺丛书》第一卷（文艺理论卷），湖南人民出版社1984年版，第141—142页。

产运动对解放区知识分子的改造,既是认识论与世界观的改造,同时也是劳动观念与情感结构的改造。尤其对于从事文艺创作的知识分子而言,其中还蕴含了对自我与现实世界之间的关联方式的改造。因此,在文艺生产机制的意义上,参加生产劳动其实改变的是文艺创作者的身份、位置、自我意识和存在方式,更是认识与把握现实世界的方式。在"下乡工作""同吃同住同劳动"等具体机制的运作之下,新的文艺创作主体、经验形态、创作方式以及新的形式感也将由此生成。

第一节 下乡工作:从"小鲁艺"到"大鲁艺"

一、从"文艺家"到"文艺工作者"

解放区对于文艺创作者"定位"的转变并不是从文艺整风才开始的。为作家和艺术家赋予新的社会角色的规定性,在鲁迅艺术学院最初的教育方针和培养方式中已可见出端倪。1938年,毛泽东及艾思奇、周扬等人发起创办"鲁迅艺术学院"。《鲁迅艺术学院创立缘起》在谈到创办鲁艺的目的时即强调"我们应注意抗战急需的干部培养问题",所谓"干部决定一切":

> 艺术——戏剧、音乐、美术、文学是宣传鼓动与组织群众最有力的武器。艺术工作者——这是对于目前抗战不可缺少的力量。因之培养抗战的艺术工作干部,在目前也是不容稍缓的工作。①

---

① 《鲁迅艺术学院创立缘起》,《延安文艺丛书》编委会:《延安文艺丛书》第一卷(文艺理论卷),第781页。

鲁艺建院时,沙可夫、吕骥合作的《鲁迅艺术学院院歌》中有一句贯穿首尾的歌词"我们是艺术工作者,我们是抗日的战士"[1],鲜明地显示出中共赋予文艺创作者的新定位即"艺术工作者"或"文艺工作者"。

显然,这一定位看重的是文艺创作者发动群众与组织群众的政治功能。因此,服务于抗战和边区建设的文艺宣传也是其最主要的工作形式。1937—1938年,上海救亡演剧队第五队、第一队,北平学生流动宣传队、上海蚁社流动宣传队一分队队员陆续到达延安,鲁艺就是以这些文艺团体及其成员为基础建立的。在鲁艺创建初期,戏剧、音乐、美术各系学制定为六个月,每届分为两个阶段,每个阶段三个月。第一阶段结束后,分发到前方抗日根据地或部队实习三个月,再回院继续第二阶段的课程,即总共需九个月完成。[2]但实际上,当时的培养方式更近于短期训练班的性质,学员往往达不到规定的在校学时,并以到部队或地方"实习"为主,实习时间常常超过院部规定,很多学员甚至在实习后直接留在前方工作,不再返校。[3]这种情况并不限于鲁艺,到前方"实习"或随军报道,也是当时的边区文艺工作者主要的工作方式。这一时期的文艺工作者大多分布在各种战地文艺团体当中,从事一些流动性大、即时性强的战地创作。如丁玲所在的西北战地服务团,刘白羽、吴伯箫所在的抗战文艺工作团、陈荒

---

[1] 沙可夫作词,吕骥作曲:《鲁迅艺术学院院歌》,王巨才总主编,赵季平、冯希哲主编,吕品编:《延安文艺档案》第十六册《延安音乐 延安音乐作品·歌曲一》,太白文艺出版社2015年版,第154页。
[2] 参见钟敬之《延安鲁迅艺术学院概貌侧记》,《新文学史料》1982年第2期。
[3] 参见荒煤(陈荒煤)《关于文艺工作团的回忆》,任文主编:《永远的鲁艺》下册,陕西师范大学出版社2014年版,第215页。

煤所在的鲁艺实验剧团、罗工柳所在的鲁艺木刻工作团都是这样的"文艺工作团",曾分赴晋察冀、晋东南、晋冀豫、陇海线活动,担负着搜集战地材料、反映前线生活、推动文艺宣传、建立文艺组织的工作任务。

1938年4月28日,鲁艺正式宣布成立不久,毛泽东即到鲁艺发表讲话,特别强调实践之于创作的重要性:"你们的艺术作品要有充实的内容,便要到实际生活中去汲取养料。你们不能终身在这里学习,不久就要奔赴各地,到实际斗争中去,……没有丰富的实际生活经验,无从产生内容充实的艺术作品。要创造伟大的作品,首先要从实际斗争中去丰富自己的经验。艺术家固然要有伟大的理想,但像上马鞍子一类的小事情也要实际地研究"。这种对"实践"的重视直接决定了鲁艺"学习"与"实习"相结合的培养方式。然而,与吴伯箫和卞之琳在晋东南的战地文艺工作实践中所观察到的问题一样,毛泽东此时也已经察觉到战地实习式的工作方式所可能存在的问题:"要把中国考察一番,单单采取新闻记者的方法是不行的,因为他们的工作带有'过路人'的特点。俗话说:'走马看花不如驻马看花,驻马看花不如下马看花。'我希望你们都要下马看花。"①

如果说,此时毛泽东的表述还是以提高艺术技巧和创造"伟大的作品"为出发点,提出"到实际斗争中去"和"到群众中去"的要求,以汲取生活经验和群众语言的养料,那么到1942年的延安文艺座谈会时,毛泽东对"文艺工作"的定位则开始明确下来。《在延安文艺座谈会上的讲话》开宗明义地道出了召开

---

① 毛泽东:《在鲁迅艺术学院的讲话》,中共中央文献研究室编:《毛泽东文艺论集》,中央文献出版社2002年版,第18—19、19页。

这次座谈会的目的,即在于"研究文艺工作和一般革命工作的关系,求得革命文艺的正确发展,求得革命文艺对其他革命工作的更好的协助,借以打倒我们民族的敌人,完成民族解放的任务";"我们今天开会,就是要使文艺很好地成为整个革命机器的一个组成部分,作为团结人民、教育人民、打击敌人、消灭敌人的有力的武器,帮助人民同心同德地和敌人作斗争";而整个座谈会讨论的问题其实都可以归结为一个工作路线与工作方法的问题:"即文艺工作者的立场问题,态度问题,工作对象问题,工作问题和学习问题。"① 也就是说,"文艺工作"不仅是作为"一般革命工作"的协助,其本身就是整个革命工作的一部分;无论是歌颂与暴露,还是普及与提高,对于这些问题的讨论也都是以革命工作的需要、功能、效果或迫切性为出发点的。

延安文艺座谈会结束五天后,毛泽东在中央学习组会议上发表报告,其中第三部分延续了《讲话》中"为工农兵的文艺"的主题,再次提出了"文艺工作者要与工农兵相结合"的问题。但在这次报告中,毛泽东考虑的问题显然更加具体。在知识分子与工农兵的阶级性问题之外,他强调的一方面是文艺工作者如何与其他各方面的工作者(军队工作、党务工作、政治工作、经济工作、教育工作、民运工作等)双向结合的问题,另一方面则是"文艺工作者"内部的等级和差别问题。作为一个相对笼统的概念,"文艺工作者"的提法包含了对一切从事文艺创作、文艺学习以及文艺组织、普及活动的文艺干部的统称。其中既包括如丁玲、何其芳、冼星海这样成熟的、创作经验丰富的作家和艺术

---

① 毛泽东:《在延安文艺座谈会上的讲话》,《毛泽东选集》第3卷,第847—848页。

家,也包括很多自学成才或正在接受艺术教育的文艺爱好者或青年学生,更包括大量文化水平较低的工农兵文艺通讯员或尚待改造的民间艺人。也就是说,这其实是一个文艺水平和知识水准都相差甚远、分布极不均衡的文艺群体。在这次报告中,毛泽东罕见地并没有直接使用"文艺工作者"这一统称,而是将之具体区分为"文学家""艺术家""知识分子文艺家""高级文艺工作者"和"普通文艺工作者"等,并着重批评了有些"专门家"对群众艺术的萌芽(如民歌、民间故事、机关墙报、农村通讯等)以及普通文艺工作者的轻视。仍然是在一个"普及与提高"的结构中,毛泽东强调"知识分子文艺家"必须以工农兵为基础进行提高:

> 资产阶级、小资产阶级出身的文艺家是能够帮助我们的,其中一部分有决心工农化的,他们脱胎换骨,以工农的思想为思想,以工农的习惯为习惯,这样来写工农,也就能教育工农,并提高成为艺术。在阶级社会中有文人,在将来的社会主义社会也有专门的文学家、艺术家。将来大批的作家将从工人农民中产生。现在是过渡时期,我看这一时期在中国要五十年,这五十年是很麻烦的,这是资产阶级、小资产阶级出身的文艺家和工人农民结合的过程。①

在这一论述中,毛泽东为"文艺工作者"留下了一个结构性的位置。对于有待"工农化"的知识分子和有待"知识分子化"的工农兵而言,"文艺工作者"其实是被作为一种双重的过渡形态。

---

① 毛泽东:《文艺工作者要同工农兵相结合》,《毛泽东文艺论集》,第93页。

它既是资产阶级和小资产阶级出身的"文艺家"经过自我改造、与工农兵相结合后才能获得的身份定位与存在方式,又将是未来社会主义时代工农兵"文艺家"的前身。在这个意义上,"与工农兵相结合"首先就意味着要先缩小"文艺家"与"普通文艺工作者"之间的距离,要使文艺家"看中普通的文艺工作者",不仅要负责指导,"还要学习,要从普通的文艺工作者那里,从人民身上吸收养料"——"高级文艺工作者也只有和普通文艺工作者,和人民发生联系,才有出路,他才有群众,才有牛奶吃,这是老百姓给他的,不然便是空的。"①

以"文艺工作者"取代"文艺家",在创作上首先带来的变化便是文类体系的重构。对于"专门家"的取消,意味着取消不同专业的文艺创作者的自我限定,打破小说家、诗人、音乐家或画家的"小圈子",同时也打通了不同艺术门类之间的界限。一名合格的"文艺工作者"需要的是一种综合性的、"多面手"式的工作能力,既能够从事各种体裁的文艺创作,又能够综合运用不同的艺术形式展开宣传。1939年2月,鲁艺便在原有各专业之外开办了一个不分专业混合教学的"普通科","吸收前方已有一定实践经验的文艺干部或文艺青年来校学习,在较短期间内综合培养切合前方部队要求的'一专多能'的文艺及宣传工作人材。"② 而

---

① 毛泽东:《文艺工作者要同工农兵相结合》,《毛泽东文艺论集》,第94页。
② 钟敬之:《延安鲁迅艺术学院概貌侧记》,《新文学史料》1982年第2期。"普通科"的教学课目包括:1.政治常识;2.抗战艺术的一般问题;3.战时艺术工作;4.旧形式研究;5.军事常识;6.音乐(包括唱歌、指挥、作曲等);7.舞台技术(包括演技导演、大鼓、相声等);8.宣传美术(包括漫画、木刻、美术字等);9.写作(包括脚本、歌词、鼓词、诗词、报告文学、速写等);10.舞蹈;11.其他各种政治、学术讲演。参见《鲁迅艺术学院普通科招生简章》,孙国林、曹桂芳编《毛泽东文艺思想指引下的延安文艺》,花山文艺出版社1992年版,第495—496页。

在以不同艺术门类为专长的文艺工作者之间,则要建立起紧密合作的工作方式,对社会主义时期的文艺生产影响深远的"集体创作"模式的产生也与之有关。很多原有的"文艺工作团"也需要改变组织结构,离析出更多可以"单兵作战"的文艺干部以分散到更多的自然村中,同时组建出需要"配合作战"的文艺小组以从事综合性的艺术活动。著名的"西北战地服务团"即于1943年7月11日改编,将文艺、美术两部打散,下乡参加实际工作,又将音乐、戏剧两部混合编队,帮助乡村组织开展戏剧活动。在1944年三边分区抗战七周年的筹备工作中,美术工作者也突破了此前单一的"街头美术",试验"美术与音乐的结合""宣传画与口头演讲结合""漫画与地图结合"等方式,将连环画、漫画与拉洋片、大鼓书等结合起来,发明了"斗争洋片""图画大鼓""漫画地图"等全新的文艺形式。[1]

这种工作方式的转变,同时也取消了"现代文学"体制创生时建立起来的文类制度及其内在的等级关系。解放区的文艺生产从农村现实的实际需要出发,开始重新拣选和建立起一个文艺体裁的类别系统。在这个新的文类体系中,尤其是在1945年抗战结束之前,小说(尤其是长篇小说)在文艺创作中的优先性明显让位于其他更加通俗易懂、能够更直接、更有效地反映现实和组织群众的艺术门类。具象艺术、具有通俗性或"有声性"[2]的叙

---

[1] 参见贾怀济、平凡、刘漠冰、陈叔亮《几种美术宣传方式的经验》,《解放日报》1944年8月28日,第4版。

[2] 孙晓忠在《有声的乡村》一文中提出,赵树理的小说通过植入中国传统曲艺中的"声音",创造出一种全新的文本形式,从而找到了契合农民欣赏习惯和接收方式的宣传形式,也使自己的小说成为能"说"的农村"读物"。参见孙晓忠《有声的乡村——论赵树理的乡村文化实践》,《文学评论》2011年第6期。也是经由这种"有声性"、通俗性与民间性,赵树理的小说才能区别于一般新文学传统下成长起来的小说家,成为少有的受到农村接受者欢迎的小说作品。

事艺术,尤其是互动性强的表演艺术,如版画、通讯、活报、快板、说书、秧歌剧等等,成为更具有优先性的艺术门类。1943年11月7日,中共中央宣传部在《关于执行党的文艺政策的决定》中提出了当下文艺工作重心的问题:"由于根据地的战争环境与农村环境,文艺工作各部门中以戏剧工作和新闻通讯工作为最有发展的必要和可能,其他部门的工作虽不能放弃或忽视,但一般地应以这两项工作为中心。"而指导群众剧运与培养工农兵通讯员也成为文艺工作的核心任务,"专门化的文艺工作者必须深刻觉悟到过去对这个任务的不认识或认识不足。"① 由此,秧歌剧与通讯报告的写作也就成为了边区文艺工作的重中之重。但问题是,上述文艺工作要想得到有效的开展,其大前提仍然在于对边区现实和群众生活的深入。

二、从"文艺工作者"到"基层工作者"

1942年5月30日,即延安文艺座谈会结束一周后,毛泽东受周扬的邀请,又专门到鲁艺做过一次面向全校师生的演讲。在演讲中,毛泽东指出:"你们现在学习的地方是小鲁艺,还有一个大鲁艺,还要到大鲁艺去学习。大鲁艺就是工农兵群众的生活和斗争,广大的劳动人民就是大鲁艺的老师。你们应当认真地向他们学习,改造自己的思想感情,把自己的立足点逐步移到工农兵这一边来,才能成为真正的革命文艺工作者。"② 这一说法看似

---

① 《关于执行党的文艺政策的决定》,《解放日报》1943年11月8日,第1版。
② 中共中央文献研究室编:《毛泽东年谱(一八九三——一九四九)》(修订本)中卷,第384页。另见钟敬之《延安鲁迅艺术学院概貌侧记》,《新文学史料》1982年第2期。

泛泛而论，但实际上，从"小鲁艺"到"大鲁艺"的提出，在如何培养"真正的革命文艺工作者"的问题上自有其针对性所在。自1939年底周扬接任鲁艺副院长后，鲁艺的办学方针开始趋向"正规化"与"专门化"。原有的短期学制一律延长为三年，甚至从第三期开始不再派学生到前方实习。各专业系和工作团按专业归口，设立了文学、戏剧、音乐、美术四个专业部及各自的行政职能处，"使这个艺术教育中的各种专业，更趋于向提高的专门化的方向发展了"。在理论学习上，则提高了对社会历史知识与艺术理论的要求，各系按照培养目标增设各种专修科目与课程，也更注重创作实绩。其中由周立波、何其芳等讲授的"世界现实主义作家及名著选读"等文学课程在全校引起了强烈的反响。①然而，这种"专门化"的艺术教育方式与毛泽东致力于培养"文艺工作者"的设想之间，显然存在着巨大的分歧。毛泽东的这次演讲无疑是对鲁艺整风的一个推动。三个月后，周扬围绕"艺术教育的改造问题"，发表了对鲁艺教育方针的检讨与自我批评，这成为鲁艺整顿学风的总结报告。周扬用"关着门提高"概括了鲁艺"错误的全部内容"。他回归到毛泽东《在延安文艺座谈会上的讲话》中关于"普及与提高"的论述上，检讨鲁艺没有"从客观实际出发"，存在"理论与实际，所学与所用的脱节"以及"提高与普及，艺术性与革命性的分离"等问题。②

就毛泽东《在延安文艺座谈会上的讲话》而言，"普及与提

---

① 参见钟敬之《延安鲁迅艺术学院概貌侧记》，《新文学史料》1982年第2期；陆地《七十回首话当年》，《新文学史料》1989年第4期。
② 周扬：《艺术教育的改造问题——鲁艺学风总结报告之理论部份：对鲁艺教育的一个检讨与自我批评》，《解放日报》1942年9月9日，第4版。按，题目中的"部份"原文如此，应为"部分"，下同。

高"的论述内含着某种"同义反复"式的逻辑:"专门家"必须拿"工农兵自己所需要、所便于接受的东西"去向工农兵普及,"沿着工农兵自己前进的方向去提高",而"人民生活"又是文学艺术"唯一的源泉"。① 换言之,这是一个"取之于工农,又还之于工农"的过程:"普及"与"提高"以工农兵为对象,但内容、方向、源泉乃至形式都蕴含在工农兵自身的生活实践当中,这也正是"从群众中来,到群众中去"的逻辑。因此,文艺工作者所要做的就不仅是一个宣传和启蒙的工作,而是要发现、理解并确立工农群众自身的"文化"传统与形态,并从中提炼出可以作用于工农并为工农所喜闻乐见的经验和形式。但这个发现与提炼的过程,需要的首先不是"专门"的文艺与创作,而是普遍而深入的实际工作与生活实践。周扬的检讨从"关门提高"回归到了"普及"的层面,在"今后改进的方案"一节中,特别强调要将鲁艺的整个艺术教学活动与实际工作相关联,并在具体方法上恢复了鲁艺初建时期的一些举措,其中包括:

> 四、剧团及各研究室仍改为带工作性质的团体,并明确规定自己的工作任务,这样可以更主动地有计划地服务于当前的实际政治斗争,并和延安的读者观众听众的社会作更多的接触。
>
> 五、继续定期地外出实习,实习工作必须成为联络提高与普及的一种重要手段,改变过去那种错误看法和做法,以为实习仅为了收集材料,锻炼意识,以及派不能完成任务的技术初学者去实习工作。各部门按照自己特殊的技术性质在

---

① 毛泽东:《在延安文艺座谈会上的讲话》,《毛泽东选集》第3卷,第859—860页。

实习方式上可以互相不同,而且应该不同。

六、按照规定的教育目的,毕业同学都必须毫无例外地去做实际工作,主要是文化艺术教育的工作;放在职业的创作家,艺术家的位置,至少也须在做过一些实际工作之后。

七、创作家的教员,助教与行政负责者,按照工作上的实际情形与本人需要,应当给以参加实际生活和工作的一定的机会;适当地采用轮流教学,轮流工作的制度。

八、改变理论研究的方法,应当一、研究现状和历史为主,二、必须一定时期地参加实际的生活与工作。①

时任鲁艺文学系主任的何其芳也在整风中反思了鲁艺的文学教育,提出应根据实际需要培养能够从事实际工作的人才:"通讯工作者(包括自己当通讯记者,或者做通讯组织工作,或者教人家写通讯等等),文学教员(包括根据地的中级学校以上的和部队中的国文教员,或者文学教员),编辑(地方和部队中的一般刊物,报纸,或者文艺刊物,文艺副刊的编辑),以及其他宣传作品的写作者,通俗化工作者,等等。"② 这意味着,"文艺工作者"的定位不仅是对于"专门家"的取消,同时也会极大地冲淡"文学/艺术"作为一种特殊的精神劳动的独特性,实际上已经扩大到了广义上的"文化工作者"或"教育工作者"的范畴了。

但文艺整风的进一步部署迈出的步子,显然比周扬在检讨中提出的改进方案要大得多。如果说恢复"实习"和"工作团"的

---

① 周扬:《艺术教育的改造问题——鲁艺学风总结报告之理论部份:对鲁艺教育的一个检讨与自我批评》,《解放日报》1942 年 9 月 9 日,第 4 版。
② 何其芳:《论文学教育》,《解放日报》1942 年 10 月 16 日,第 4 版。全文刊于 1942 年 10 月 16、17 日两期。

组织形式,只是退回到"专门化"之前的培养方式,所谓"实际工作"也仍然"主要是文化艺术教育的工作",那么1943年的"下乡运动"则是从根本上调整了文艺工作者的身份定位、工作方式与实践重心。经过近一年的整风文件学习阶段,1943年3月10日,中共中央文委与中央组织部召开了"党的文艺工作者会议",凯丰在会上做了题为《关于文艺工作者下乡的问题》的讲话,提出要发动一场不同于以往的"下乡运动"。在讲话中,凯丰根据以往下乡的经验,主要提出了两点意见:一是"打破做客的观念",二是"放下文化人的资格"①。这两点其实都涉及一个"位置"与"身份"的改造问题。事实上,这两点要求的提出,与其说是在总结"经验"倒不如说是在吸取"教训"。在1942年以前,文艺工作者从事的"实际工作"基本上都是到前方或部队中进行战地文艺宣传,而随军访问的期限性与流动性势必会导致走马看花、浮光掠影的毛病。不限于战地,"浮"同时也是很多农村根据地文艺工作的通病。1942年4月,在晋西文联文学协会担任《西北文艺》编辑的卢梦便发现,晋西北文艺刊物上表现农民生活的作品非常少,写作者容易被新奇的事情吸引,"对于深入的了解农村,了解农民的工作却不大感到兴趣,或者缺乏决心与耐心"——"我们许多人在这样的浮冰上滑来滑去,已经有很长时间了。"②此时已从鲁艺调去晋察冀华北联合大学任文艺部部长的沙可夫也在文章中提醒道,即使是已经"下乡"或"入

---

① 凯丰:《关于文艺工作者下乡的问题》,《解放日报》1943年3月28日,第4版。
② 卢梦:《了解农村!了解农民!》,刘增杰、赵明、王文金等编:《抗日战争时期延安及各抗日民主根据地文学运动资料》下册,知识产权出版社2010年版,第981—982页。

伍"的文艺工作者"身体或许已经下了海,颈项上却吊着一个小小的'救命圈',于是,就在这'大海'水面上飘浮着,永远也探不到海底深处"①。而这些问题的解决,在根本上都有赖于"做客"位置的改造。对此,凯丰在讲话中指出:

> 这次下去,就要打破做客的观念,真正去参加工作,当作当地一个工作人员而出现。到部队里去就是军人,到政府里去就是政府的职员,到地方党去就是党务工作者,到经济部门去就是经济工作者,到民众团体去就是群众工作者。不管职务之大小,担任一定的职务,当一个指导员,当一个乡长,当一个支部书记,当一个文书,当一个助理员等等。……如果仍抱旧观念去下乡,虽然表面上可以做得很客气,但实质上必然会增加双方面的隔阂,至少是会增加双方面的顾忌。如果是去参加工作,是那里的工作人员,工作由那里分配,有意见在那里提出解决,那就无所谓麻烦不麻烦了,隔阂也就会在共同工作中逐渐消除。②

做一个"真正的工作者"而非"文艺客人",是凯丰对这次下乡的核心要求。与之相应,"放下文化人的资格"强调的也是文艺工作者身份定位的转换:"今天你做的不是文化工作,而是另一种工作,你就应当放下文化人的资格,以那种工作者的资格出

---

① 沙可夫:《开始第一步——关于"下乡"问题的几点零碎意见》,刘增杰、赵明、王文金等编:《抗日战争时期延安及各抗日民主根据地文学运动资料》中册,知识产权出版社2010年版,第725页。
② 凯丰:《关于文艺工作者下乡的问题》,《解放日报》1943年3月28日,第4版。

现……如果不把文化人的资格放下，别人也把你当作一个文化人看待，结果总把你看成一个特殊的人、外面来的人，而不把你当作他们自己的部门中的一个工作人员。"[1]可见对位置与身份的改造，首要目的在于消除文艺工作者与农村地方之间的隔阂，因此必须从"做客"的"文化人"这样一个临时的、外部的、旁观者的、甚至有些居高临下的位置，进入到基层工作的结构当中，转换为农村工作与生产生活的在场者与局中人。

在凯丰进一步的论述中可以发现，"打破做客的观念"具体针对的其实是以往下乡工作中的两种错误态度：一是"搜集材料"，二是"体验生活"。这也是文艺工作者在此前的战地文艺工作中所采取的两种基本工作方式。其中的逻辑在于，无论是搜集材料还是体验生活，都是以文艺创作为出发点，下乡或入伍只是作为创作的一个准备。但这次下乡显然在"文艺"与"工作"之间做了一个重心上的转移。凯丰特别强调："不要抱搜集材料的态度下去，而要抱工作的态度下去"；同时也"不要抱暂时工作的态度下去，而要抱长期工作态度下去"。并且只有如此，才能"取得丰富的经验和真实的材料"，"长期工作就是安心于当地工作，把工作做好，获得真实的、足够的写作材料为标准。"[2]这一关于"长期工作"与"真实材料"的辩证表述，揭示了一个重要的问题：这次下乡工作涉及的并不仅仅是实践重心的转变，同时也是一个创作机制的转变。具体而言，作为一种创作机制，"搜集材料"与"体验生活"其实蕴含着一种创作主体与现实生活之间的分离关系，内容的空虚贫乏与体验的浮泛虚假也都由此

---

[1] 凯丰：《关于文艺工作者下乡的问题》，《解放日报》1943年3月28日，第4版。
[2] 同上。

而来。徐懋庸在批评太行文艺界时就曾谈到，有些所谓的"调查研究"其实"只是搜集一些故事的皮毛；或者搜集老百姓的一些庸俗的口头禅，算是搜集了语汇了"，并举了一个相当生动的细节个案：

> 有一个同志，某次找一个老农调查某一个问题，当那农民正说得兴高采烈的时候，他忽然注意到这个老头儿的眉目的表情很特别，于是就一路的去想如何描写这个表情，把对方继续所说的话，完全置之度外了。①

在这种创作方式中，农民的口头禅、语汇或表情这些形式上的"皮毛"取代了农民生活的实质，而对于形式的过度关注也阻碍了创作主体有效地进入到实质性的现实生活及其问题中。与之不同的是，凯丰的要求看似完全以"工作"取代了"创作"，材料的获得与文艺创作更近于一个"工作"的副产品，但实际上，创作机制的变化恰恰蕴含在其中：只有进入到"工作"的位置和逻辑之中，不以"创作"为出发点时，才能从现实结构中发现真的问题，从形式的皮毛之外沉淀与析出真正有益于创作的"丰富的经验与真实的材料"。这也就是凯丰所说的，"在你参加工作后获得新鲜事物时，可能把旧的一套写作方法丢了，可是创造出一套新的写作方法来了"。正是对现实结构中所蕴含的历史"内容"的把握，决定了新的创作机制的生成。因此，凯丰在讲话的最后才要强调，下乡工作归根结底"不是为着别的，而是为着文艺运

---

① 徐懋庸：《太行文艺界歪风一斑》，刘增杰、赵明、王文金等编：《抗日战争时期延安及各抗日民主根据地文学运动资料》中册，第933页。

动","希望产生真正有内容的作品"①。换言之,这一新的文艺生产机制追求的正是历史主体本身和历史的实质。

作为这次下乡运动的总方略和"预防针",凯丰的讲话可谓一针见血。从何其芳、周立波等作家在会后发表的反思文章来看,这一讲话也戳中了他们以往文艺工作经验中的困扰和痛处。周立波反省了自己在部队和乡下短暂"做客"的经历,的确带来了种种"写不出"的难题:在前方"只能写出一些表面的片段,写不出伟大的场面和英雄的人物";在农村"只能写写牛生小牛的事情,对于动人的生产运动,运盐和纳公粮的大事,我都不能写"②。何其芳则非常敏锐地从凯丰的讲话中捕捉到了这种"工作者"身份的转换对于"自我"和"艺术"的双重改造意义。③响应党的文艺工作者会议的号召,延安文艺家纷纷要求下乡。据1943年3月15日的《解放日报》,"现诗人艾青、萧三,剧作家塞克赴南泥湾了解部队情况并进行劳军,作家荒煤赴延安县工作,小说家刘白羽及女作家陈学昭则已也准备到部队及农村去,高原、柳青诸同志已出发至陇东等地。丁玲同志及其他文艺工作者,已作好一切到下层去的必要准备。"④

经过文艺整风和下乡运动,"文艺工作者"的定位得以进一步确立下来,完成了从"创作者"到"工作者"的身份转换。随着文艺培养方针的转型,文艺工作者的具体定位和工作方式也从最初的"战地宣传工作者"转为"农村基层工作者"。在一般的

---

① 凯丰:《关于文艺工作者下乡的问题》,《解放日报》1943年3月28日,第4版。
② 立波(周立波):《后悔与前瞻》,《解放日报》1943年4月3日,第4版。
③ 参见何其芳《改造自己,改造艺术》,《解放日报》1943年4月3日,第4版。
④ 《延安作家纷纷下乡 实行党的文艺政策》,《解放日报》1943年3月15日,第2版。

文艺宣传之外，具体的生产劳动与乡村工作开始成为他们生活实践的重心。作为乡长、生产主任、乡文书或妇救会干部，文艺工作者面向边区乡村现实世界的新实践也就此展开。

第二节 共同劳动：一种"情感工作"机制的生成

一、文艺工作者下乡的情感困境

1943年春，"下乡工作"的热潮迅速在陕甘宁边区展开，并推广到各大根据地。然而正如沙可夫所提醒的那样，"下乡"只是第一步。除思想改造及对身份认同的调整外，文艺工作者势必还会遭遇物质上的、生活习惯上的尤其是工作上的困难。如何适应具体的工作环境，如何与本地干部以及农民群众进行沟通与磨合，都是凯丰在讲话中反复加以说明的，并由此引出了对"写光明还是写黑暗"这一问题的重申。这很容易使人想起丁玲在文艺整风中颇受争议的小说《在医院中》，小说讲述的正是一个具有文艺气质的知识青年被分配到乡下医院工作时遭遇的困难与挫败。丁玲于1941年春开始动笔写作这篇小说，经过多次修改却始终无法完成。最后由于文抗机关刊物《谷雨》编辑索稿很急，她才匆忙"塞上去"一个结尾，以《在医院中时》为题，于1941年11月15日在《谷雨》创刊号上作为首篇发表。1942年8月重庆《文艺阵地》第7卷第1期转载时改题为《在医院中》。①

---

① 关于《在医院中》的创作、修改、发表经过，参见丁玲《关于〈在医院中〉》（草稿），王增如整理，《中国现代文学研究丛刊》2007年第12期；李向东、王增如《丁玲传》上册，第254—255页。

这篇小说中对医院环境冷漠、麻木、愚昧的描写，使其于1942年6月在《解放日报》第4版上受到王燎荧头题文章的批评[1]，并因此直接上升到"歌颂"与"暴露"的问题。

小说的大部分叙述使用了陆萍的内视角，导致批评者很容易在丁玲与陆萍之间画上等号。然而据丁玲在1942年下半年对小说做出的检讨——《关于〈在医院中〉》来看，陆萍这一人物的发展在很大程度上也是在形式自律的规约下脱离了作者控制后的产物。[2]如果暂且不对小说做更多象征性的解读，而仅从现实性的层面上讲，陆萍与其环境之间的冲突，其实正是一个携带着现代知识和浪漫革命想象的文艺青年，与一个尚处于建设中的工作体制以及庸常琐屑的日常工作之间的冲突。将陆萍的形象定位为"文艺青年"而非"医务工作者"，源于陆萍最初对医护工作的强烈抵触，及其自我设计中流露出的浪漫主义的文学气质。抗大的教育并没有成功地将其规训为一名服从组织安排的"医务工作者"，相反，憧憬着作为一个"活跃的政治工作者"的陆萍和到达延安之前的那个"对于文学书籍更感兴趣"的陆萍一脉相承，

---

[1] 燎荧（王燎荧）：《"人……在艰苦中生长"——评丁玲同志底〈在医院中时〉》，《解放日报》1942年6月10日，第4版。文章批评作者"过分地使这个医院黑暗起来"，"显现它是一个恶劣的足以使人灰心堕落的环境"，"作者是在描写出了一个以牟利为目的的旧式医院还要坏的医院"。关于对《在医院中》的批判，《丁玲传》的作者注意到，在王燎荧文章发表的前一天即6月9日的《解放日报》用近整版批判王实味，6月10日第4版继续批判，既有对前一天伯钊《继〈读《野百合花》有感〉之后》的连载，又有蔡天心的批判文章，但头题文章却是王燎荧的文章，"如此版面处理耐人寻味，我们想至少有一点是可能的，即把《在医院中时》和《野百合花》归为一类，都看作有错误倾向的作品。"参见李向东、王增如《丁玲传》上册，第298页。

[2] 参见李国华《文学生产性如何可能？——丁玲〈在医院中〉释读》，《人文杂志》2014年第6期。

为其所分享的是一种与现实保持距离的、富于理想主义色彩的工作方式和热情。延安的教育只是使得陆萍身上原有的"文学力比多"（包括其中强烈的自我意识），以一种"革命力比多"的形式得到了转化和延续。① 换言之，陆萍对"革命"的想象过于抽象化与浪漫化。因此，当陆萍被迫来到这个离延安四十里地且刚开办的医院时，她在抗大被点燃的"革命力比多"在真实的具体的革命工作中便一直处在某种受阻的状态之中。

相比于陆萍期待与想象中的"政治工作"，医院的工作生活在她眼中基本被区分为两个世界：一个是知识职责的世界，拥有现代的卫生观念与医疗技术；另一个则是事务工作的世界，缺乏文化知识与办事效率，又充满了事务主义作风甚至官僚气息。在陆萍看来，这两个世界几乎是无法沟通和交融的。即使同样是从事医疗工作，陆萍也更羡慕郑鹏那样能够在战地有所作为的外科大夫，而不是自己这样的助产士。陆萍甚至不止一次不无鄙夷地自称为"产婆"，携带着一种对旧式职业伦理中等级低下的"三姑六婆"的轻蔑感。显然，陆萍并不能够完全认识到"助产士"

---

① 这类知识青年形象在延安同时期的创作中其实并不鲜见。如 1940 年进入马列学院学习后在新华社担任译电员的作家谢挺宇写于 1941 年 6 月的《第二代》写的也是一个"在医院中"的故事。热爱音乐和绘画的女主人公史玮一开始也很不愿意"去做技术工作"："同学们都知道她艺术的爱好，也懂得医院里工作的需要，她的不愉快的感应，同志间是很表同情的。但，这是为了革命的利益呵！"谢挺宇：《第二代》，《延安文艺丛书》编委会：《延安文艺丛书》第四卷（散文卷），第 258—259 页。但不同于丁玲笔下的陆萍，谢挺宇显然很轻易地令史玮顺利地完成了从"艺术力比多"向"革命力比多"的转化。当史玮得知所要看护的孩子的父亲壮烈牺牲的事迹之后，初生婴儿身上凝聚的浪漫化的象征和一种人道主义的感情很快使她反省了自己的错误观念，热情地投入到育婴工作中去了。与《在医院中》不同，这类故事大多表现的还是一种浪漫化的自我成长，也并不着重触及浪漫化的自我与现实工作之间的具体冲突。

的工作之于乡村卫生建设的重要性,也无法理解这一建设工作在面对农村卫生观念淡薄、专业人员与物资严重匮乏、外来人员与本地干部矛盾频发等现实问题时因陋就简的局限。① 因而值得追问的是,在陆萍的内聚焦之下,这一对医院工作环境的再现与批判是否完全可信呢?已有研究者指出,陆萍这一内视角其实并不稳定,并且不断暴露出裂隙与反讽②,这既是我们不能像王燎荧那样将作家与人物轻易等同的形式依据,也使我们需要对陆萍的视角有所保留。在检讨《在医院中》的草稿中,丁玲也承认在事务主义作风之外,这个在1938年11月延安城轰炸后才开办的医院的确存在很多现实性的困难:"设备很不好,工作人员少,行政

---

① 从陕甘宁边区1937—1942年的医疗卫生建设来看,陆萍显然低估了这一工作的重要性与难度。基于边区棘手的卫生环境、瘟疫的流行与婴儿的高死亡率,边区政府自1937年10月创办边区医院开始,不得不仓促建成11所设备与人员都很不完善的医院以应对基本的医疗需求。自1940年11月起,筹办中的边区卫生处在边区医院附设卫生人员训练班,由各县抽调青年入班受训,以一年为期授以政治、文化、自然科学、医院、医务行政等课程,并特别设置大量助产训练班,以培养大批卫生干部分赴各县开展卫生工作。当地的土法接生并不重视消毒与产妇营养护理,这使边区约有一半左右的妇女患有严重的妇科疾病,产妇和婴儿的死亡率很高,严重影响着边区人口的自然增长率。因此,培养助产士、推广新法接生一直是边区卫生工作的当务之急。1944年,中共中央西北局决定各分区筹办助产训练班,必须保证每个区有一个接生医生。此后,各地纷纷开始举办助产训练班,吸收干部家属、知识分子女性和民间接生婆参加,培养了一批新法接生员。边区文教大会之后的两年间,在农村开办接生班64处,培训接生员,改造旧产婆,在73%的地区推行了新法接生,大大提高了婴儿成活率。参见史天社《陕甘宁边区卫生防疫保健志略》,《新西部》2020年4月上旬刊;魏彩苹《从民生视角看抗战时期陕甘宁边区的医疗卫生事业》,《内江师范学院学报》2011年第5期。在丁玲接触小说原型并构思与写作的1938—1941年,边区各医疗机构还处于草创与扩充阶段,助产训练班也还未开始普遍设立,此时正是设备与人员最为匮乏的时期。陆萍(及其原型俞武一)这类在来延安之前已接受过专业训练的知识青年自然成为了边区医务工作者的首批人员储备。

② 李国华:《文学生产性如何可能?——丁玲〈在医院中〉释读》,《人文杂志》2014年第6期。

上医疗上的负责人都感到颇为棘手。"① 而这些问题之所以难以解决，也未必如陆萍所控诉的那样，应完全归咎于事务工作者的愚昧、麻木与冷漠。

在丁玲难以为小说结尾又必须赶着收尾的同时，为纪念鲁迅逝世五周年，丁玲写下了《我们需要杂文》。正如黄子平所观察到的那样，主人公陆萍与她的工作环境之间亦表现为一种"杂文"式的关系。② 当丁玲发现"故事的发展将离开我的原意"而难以"自圆其说"时，也"曾经想用生产的集体行动来克服，又觉得那力量不够"③。如本著第一章所述，用集体劳动的仪式疗愈个人主义与主观主义的思想病症，的确是当时知识分子自我改造叙事中常用的一种解决方案。然而并不是每一个"自我成长"的叙事都能在其形式逻辑的内部兼容这种来自外部的规训，也说明了集体劳动对一个"不消溶"的陆萍的无效。迫于交稿的压力，丁玲最终还是以"机械降神"的方式搬出一个先知式的人物"没有脚的人"，从他对陆萍的开解中，我们可以窥得那个阴暗冰冷的"事务工作的世界"的另一面：

"同志，现在，现在已算好的了。来看，我身上虱子很少。早前我为这双脚住医院，几乎把我整个人都喂了虱子呢。你说院长不好，可是你知道他过去是什么人，是不识字

---

① 丁玲：《关于〈在医院中〉》（草稿），王增如整理，《中国现代文学研究丛刊》2007年第12期。
② 参见黄子平《病的隐喻和文学生产》，《"灰阑"中的叙述》，上海文艺出版社2001年版，第164页。
③ 丁玲：《关于〈在医院中〉》（草稿），王增如整理，《中国现代文学研究丛刊》2007年第12期。

的庄稼人呀！指导员不过是个看牛娃娃，他在军队里长大的，他能懂得多少？是的，他们都不行，要换人；换谁，我告诉你，他们上边的人就是这一套。你的知识比他们强，你比他们更能负责，可是油盐柴米，全是事务，你能做么？这个作风要改，对，可是那末容易么？……"①

由此可见，事务工作的世界同时也是一个工农劳动者的世界，是由柴米油盐这些琐屑的日常劳动构成的，但这样的工作却是陆萍及其所向往的知识职责的世界做不了也不屑去做的。相比于陆萍"杂文"式的态度，无脚人提供了另一种对医院的世俗世界的看法。这并不是一个科学启蒙的眼光，不是鲁迅看待未庄的眼光，也不是嵌套在陆萍内视角之中的那个嘲讽的叙事者的眼光。相反，这是一种沟通的（而非对抗的）、理解式的（而非控诉式的）眼光，同时也是一种现实性的眼光。这种眼光倒未必是从阶级合法性的意义上为这些事务工作者辩护，而是以一种体贴的、设身处地的态度去考虑和理解革命的现实困境。陆萍性格中好空想、"不务实"的那一面使她可以充分察觉到现实的需求，但又认识不到现实工作在物质和精神条件上的匮乏。换言之，当陆萍痛心于"为什么连最亲近的同志却这样缺少爱"时，也并没有对这些事务工作者付出以同等的理解、同情与体谅。

在这里，陆萍遭遇了一种情感上的困境。她对于同志之"爱"的缺失感到痛心与失望，理想中的革命共同体在事无巨细的日常工作中变得四分五裂，充满冷漠与隔绝；拥有现代知识的

---

① 丁玲：《在医院中》，《丁玲全集》第 4 卷，第 252—253 页。按，引文中的"那末"原文如此，应为"那么"。

外来革命者与工农出身的部队干部、本地干部之间，更缺乏有效沟通、相互理解的情感联系。在无脚人看来，陆萍过于年轻而"没有策略"。虽然这或许是一个仓促且并不成功的结尾，但对于文艺青年与现实工作之间的冲突问题还是提供了某种解决的"策略"："谁都清楚的，你去问问伙夫吧。谁告诉我这些话的呢？谁把你的事告诉我的呢？这些人都明白的，你应该多同他们谈谈才好。眼睛不要老看着那几个人身上，否则你会被消磨下去的。在一种剧烈的自我的斗争环境里，是不容易支持下去的。"① 在这里，无脚人其实让渡出了自己的"先知"身份，换言之，从这席话中透露出来的某种全知视角（或至少是属于群众的旁知视角）弥补了陆萍的内视角对现实工作的偏狭态度。在《关于〈在医院中〉》的草稿中，正如丁玲所反思的那样，正是为了"突出这人物"、凸显陆萍的个人成长才不惜将医院的工作环境写得格外恶劣。虽然丁玲也曾想过把个别人（如指导员）写得好一点，但她还是很坦白地承认，这个环境真的"不可爱"，"我实在也没有对这些人起过很好的感情"。也是在这个意义上，丁玲对自己强加上去的那个"不自然的尾巴"所提供的那种更为客观的"态度和对事务的看法"也并不满意：虽然"比较辩证"，"但也可以看出我对这个态度和看法实际是很生硬而勉强的"②。

事实上，无论是延安文艺座谈会之前各种工作团成员分散的下乡实践，还是在1943年大规模开展的下乡运动中，这种情感上的隔绝之感与"生硬而勉强"的态度在文艺工作者中都并不鲜

---

① 丁玲：《在医院中》，《丁玲全集》第4卷，第253页。
② 丁玲：《关于〈在医院中〉》（草稿），王增如整理，《中国现代文学研究丛刊》2007年第12期。

见。周立波在1943年也曾谈道:"在前方,我敬爱战士,但止于敬爱,对于他们的生活,心理和情感,我是毫不熟识的。"① 有过多次下乡经历的孔厥也在回顾中坦陈:"尽管天天和群众在一起,精神上感情上和群众还是会有距离隔阂的!"② 在这些下乡经验中,工作的问题与创作的问题往往被归结为一种情感上的困境。

二、同吃同住同劳动:情感如何改造?

作为一种想象性的解决,陆萍最终还是被准许回到抗大继续学习,并没有真正完成她的成长。对于进入文艺整风中的丁玲来说,新一轮投身现实与群众生活的"学习"也重新开始。1944年6月丁玲在接待中外记者团的文艺座谈会上面对赵超构对"新作品"的询问,颇费了一些工夫来解释,"说是为了'学习',一年来很少写作",并在上台讲话时"红着脸"再次解释,"她是觉得从前的作品不适于现在的新环境,所以还需要学习新的写法"③。这一表白其实从反面印证了凯丰讲话中提出的重要问题,即"新的写法"的来源问题:只有"放下文化人的资格",以一个"真正的工作者"的态度下乡工作,上述那种"生硬而勉强"的态度才有可能发生改变,"新的写法"才有可能被创造出来。其实在赵超构访问延安之前,丁玲也并不是毫无产出。④ 和其他于1943

---

① 立波(周立波):《后悔与前瞻》,《解放日报》1943年4月3日,第4版。
② 孔厥:《下乡和创作》,《人民日报》1949年7月13日,第4版。
③ 赵超构:《延安一月》,第99、101页。
④ 在"整风运动"中,丁玲自1942年7月写完《十八个》之后到1944年5月写作的《三日杂记》之前,仅写作过两部作品,一篇《二十把板斧》,一部秧歌剧《万队长》,都是根据"听来的故事"写成的。《二十把板斧》是1944年新年时为写作秧歌剧,从在冀中工作的王凤斋处听来的故事,"本拟多写几篇的,因为自己觉得写出来的还没有王凤斋讲的动人,就觉得没意思了"。丁玲:《〈陕北风光〉校后感》,《丁玲全集》第9卷,第52页。

年春即赶赴农村的文艺工作者相比，丁玲的"下乡"要来的晚一些。在中央党校经历了艰难的"审干"运动之后，丁玲回到文协专职写作，直到1944年5月才与陈明一起来到柳林区第二乡的麻塔村下乡，随后很快写出了《三日杂记》，这也是丁玲经历整风两年后的第一次写作。①

《三日杂记》的情调与《在医院中》的幽冷阴暗全然不同，亦有别于《秋收的一天》里艺术化的劳动与风景。虽然散文一开篇仍然是对自然风光的铺陈，但充满了乡村优美的诗意与蓬勃的野趣。每一处景象和人事都是透过"我们"（即丁玲与陈明一行人）"新奇和愉快"的眼光看到的，而村庄与"我们"之间也构成了一种彼此打量的关系："几只狗跑出来朝我们狂吠。孩子们远远的站在树底下好奇的呆呆的望着，而我们也不觉的呆呆注视这村庄了。"就在"我们"专注地"瞧看"回栏的羊群、拦羊娃娃与抢着吃奶的羊羔时，麻塔村的村长茆克万以一个"陌生的声音"形象出场了。他告诉作家今年羊羔虽多却被豹子咬死几个：

> "豹子？吃了你几个羊羔？"
> "喽，豹子。今年南泥湾开荒的太，豹子移民到这搭来了。"
> "哈……豹子移民到这搭来了。"立刻我们感到这笑得不

---

① 据《丁玲传》，丁玲最初对《三日杂记》并不自信，仍提防着会不会流露出"小资产阶级意识"："写了以后怕吃不开"，"压了一年多才发表"。见李向东、王增如《丁玲传》上册，第318页。这也是丁玲在延安最后发表的一篇文章。在1944到1945年，丁玲经过了多次下乡下工厂，访问工农干部与民间艺人，在经过这些报告文学写作的训练之后又重新"把头一年未写完的《三日杂记》拿来修改，续完"。见丁玲《〈陕北风光〉校后感》，《丁玲全集》第9卷，第53页。1945年5月19日的《解放日报》上刊载的《三日杂记》正是续完的版本。

得当,于是便问道:"这是麻塔村么?我们要找茆村长。"

"这搭就是,我就是村长,叫茆克万。嘿,回来,回窑里来坐,同志!你们从乡上来,走熬了吧?望儿媳妇,快烧水给同志喝。"①

村长的语言在方言口语中挪用了"公家人"常用的新名词"移民",却用得巧妙有趣又应时应景。对这样的语言,丁玲无疑是敏感的。但比起1941年写作的小说《夜》中的乡长何华明,茆村长的形象却更写实也更接地气。不同于《在医院中》相对封闭的内视角,《三日杂记》里充满了这样的对话与声音。大多数时候,叙事者都只是作为乡村本身的倾听者,并试图用农民自己的声音为其形象与情感赋形。这个饶有意味的开头从一开篇就将一种浓厚、亲热而又生动的互动感和声音性笼罩在整篇散文之上。

丁玲和陈明原本的打算是去柳林区第二乡吴家枣园看望劳动英雄吴满有,但经在区里当副乡长的孔厥介绍,得知麻塔村的开荒和妇纺工作都搞得好,便约了画家石鲁一起改去麻塔下乡。在麻塔村,丁玲就住在村长家,天不亮就听到村长和变工队组长唱着歌"满村子去催变工队上山"。丁玲和得了柳拐子病(即大骨节病)②的村长婆姨睡在一起,"我对这老的残废妇人,心里有些疼,便同她谈起家常来"。几户要好的小女子背着纺车相约一起

---

① 丁玲:《三日杂记》,《解放日报》1945年5月19日,第4版。
② 柳拐子病即大骨节病,是一种地方性、多发性、变形性骨关节病,多发于山陕及东北地区。麻塔村水质不好,很多患病者身材矮小,四肢伸不直,关节向外突出,像柳树节一般,故当地老百姓称之为"柳拐子"。

到谁家的院子里纺线，丁玲就陪着她们一起纺线拉家常。组织妇纺的间歇，丁玲就和妇女们拉话，"她们对这谈话是有趣的，咱们拉的是怎样养娃娃"。从整个下乡过程来看，村长带领全村抓紧开荒、婆姨娃娃积极纺线的具体情况，实际上都是丁玲在"拉家常"的过程中听到和看到的。而村里的男男女女不仅跟他们谈生产劳动，也谈自己生活的历史、经验与苦乐。因而在"拉家常"中，丁玲听到的就不仅是数字与故事，还有农民细微的情感需求。村长婆姨因病行动不便，"整天独自坐在炕头上纳鞋底，纺线线，很少人来找她拉话，但我觉得她非常怕寂寞，她欢迎有人跟她谈，谈话的时候，常常拿眼色来量人，好像在求别人多坐一会儿"。正是带着这种细致体贴的眼光，丁玲在《三日杂记》中记录下的也就不仅是生产成绩与劳动英雄，而是细节更动人的日常生活场景：望儿媳妇悄悄告诉丁玲"说她欢喜公家婆姨"，兰道纺线纺了一半滚到娘怀里撒娇，金豆妈夸金豆纺线纺得好，打趣说"明日格送到延安做公家人去吧，要做女状元啦"。兰道一家坐在院子里一起劳动的场景，尤其流露出一种节制的温馨："三个人安置好纺车，便都坐下来开始工作。兰道的妈妈坐在她旁边纳捺鞋帮，爸爸生病刚好，啥事也不做，靠在木柴堆上晒太阳，望着他的小女子兰道。时时在兰道望过来的时候，便送给她一个慈蔼的笑。"[1]

更重要的是，在这个走门串户、"登堂入室"[2]的过程中，丁

---

[1] 丁玲：《三日杂记》，《解放日报》1945年5月19日，第4版。
[2] 沙可夫在《开始第一步——关于"下乡"问题的几点零碎意见》中以此提醒下乡的文艺工作者，"没有'登堂入室'，那么，结果什么'材料'也不能搜集到，什么'生活'也不能体验到。"刘增杰、赵明、王文金等编：《抗日战争时期延安及各抗日民主根据地文学运动资料》中册，第724页。

玲一行人还在村里原本"搞得很好"的生产劳动中发现了问题。自村长号召全村学习纺线掀起纺线热潮之后，村民的生产热情都很高，但随着工厂为提高质量评等级收购，村里因能纺出头等线的人太少，开始质疑"工厂把他的线子评低了"，向丁玲等人发牢骚，希望能"替她们想出一个好办法来使工厂能公道些，把她们的线评成头等"。在村民看来，文艺工作者作为"公家人"自然具有上传下达的能力，而丁玲等人则针对实际情况展开了调查，并设法帮助其解决生产问题：

> 我们看了她们的线，实在不很好，车子欠考究，简直是有些马马虎虎凑在一起就算了。于是我们替她们修车子，有的高兴了，有的人觉得车改了样，纺起来不习惯，又把车子弄回原来的样子。我们不得不同老村长商量，如何能提高她们的质量和速度。老村长同意我们在我们走的前一天，开一个全村的妇纺竞赛会。①

在"看谁纺得好"一节中，文艺工作者不再仅仅作为乡村的交谈者与倾听者，更参与到了生产劳动的具体环节中，帮助农民修理生产工具、提升劳动技能、提高生产效率，同时又要想办法使农民接受这些改进办法。在陈明提议的妇纺竞赛会上，婆姨娃娃背着纺车"像赶庙会一样的笑着嚷着"，"村长婆姨已经一年多没出过院子，今天也拿着一个线锤一拐一拐的走来看热闹"。经过比赛，"几个车子修理好了的都有了进步，棉条卷的好的线都纺

---

① 丁玲：《三日杂记》，《解放日报》1945年5月19日，第4版。

的比较匀",村民们这才"相信纺线线有很多门道",并争相要求丁玲等人去帮助他们修理纺车,改进技术。在这一节中,"最不善于写场面"①的丁玲开始表现出对场景的掌控感与生动的现场感,每一个纺线者的面目都鲜明而协调地安插在整个场面中。由此,劳动竞赛不仅成为推广劳动技术的有效手段,也在以家庭为生产单位的乡村中创造出一种集体劳动的空间与氛围,更使得这些外来的文艺工作者走进了农民的日常生活与情感世界:"这天下午到晚上,我们都成了这村子上妇女们的好朋友,我们一刻也不得闲,她们把我们当成了知己,一定留我们第二天不走,问我们下次啥时候再来。我们也不觉的更加惜别了,心里想着下次一定要再来才好。"②当天晚上,受村民的邀请,丁玲等人又参加了村里的青年歌会,本就擅唱歌爱热闹的陈明一进窑洞就和着胡琴和管子唱起了道情十字调,消除了青年们的拘束感,众人一路从旧民歌唱到新编调。在这场农民自发组织的歌会中,文艺工作者表现为忠实的欣赏者与热情的参与者,在丁玲记录下的多首朴素而新鲜的歌词和村民们各有所长的乐器与调子里,《三日杂记》展现出的是农民自己的娱乐生活与情感想象力,包含着一种天然、泼辣而又富于创造性的文艺能力。

《三日杂记》于1945年5月发表后,得到了毛泽东的赞赏,他见到丁玲说:"你能够和柳拐子婆姨睡在一块聊天,真不简单嘛!"③相比于对模范村生产劳动的报道,毛泽东更看重的是丁

---

① 丁玲:《关于〈在医院中〉》(草稿),王增如整理,《中国现代文学研究丛刊》2007年第12期。
② 丁玲:《三日杂记》,《解放日报》1945年5月19日,第4版。
③ 丁玲:《论写作》,《丁玲全集》第8卷,第262页;另见李向东、王增如《丁玲传》上册,第318—319页。

玲在这次下乡中与农民的共同生活，以及可能从中建立起来的情感关系。事实上，在《在延安文艺座谈会上的讲话》的那个著名段落中，毛泽东以其自身的戏剧性经验提出的正是一个"情感转变"的问题：

> 在这里，我可以说一说我自己感情变化的经验。我是个学生出身的人，在学校养成了一种学生习惯，在一大群肩不能挑手不能提的学生面前做一点劳动的事，比如自己挑行李吧，也觉得不像样子。那时，我觉得世界上干净的人只有知识分子，工人农民总是比较脏的。知识分子的衣服，别人的我可以穿，以为是干净的；工人农民的衣服，我就不愿意穿，以为是脏的。革命了，同工人农民和革命军的战士在一起了，我逐渐熟悉他们，他们也逐渐熟悉了我。这时，只是在这时，我才根本地改变了资产阶级学校所教给我的那种资产阶级的和小资产阶级的感情。这时，拿未曾改造的知识分子和工人农民比较，就觉得知识分子不干净了，最干净的还是工人农民，尽管他们手是黑的，脚上有牛屎，还是比资产阶级和小资产阶级知识分子都干净。这就叫做感情起了变化，由一个阶级变到另一个阶级。我们知识分子出身的文艺工作者，要使自己的作品为群众所欢迎，就得把自己的思想感情来一个变化，来一番改造。没有这个变化，没有这个改造，什么事情都是做不好的，都是格格不入的。①

---

① 毛泽东：《在延安文艺座谈会上的讲话》，《毛泽东选集》第3卷，第851—852页。

在这段同样充满身体性修辞的表述中,知识分子的改造被落实为一种"情感"的改造。"劳动"在这个过程中具有机制性的意义。与大生产运动之初大量诗歌里的"开荒"想象中伴随着疼痛感而强健起来的胸膛臂膀相比,劳动在这里改造的并不是知识分子的"身体"本身或包蕴在其中的"内在自我",而是以"干净"和"脏"这样的修辞为表征的"情感"认同。虽然毛泽东也在其中套用了"阶级"的表述,但与阶级立场、政治观念、思想认识的改造相比,"情感"的改造实际上要艰难得多。用托洛茨基的话来说:"根据科学的纲领性目标对幼年起开始形成的情感世界进行改造,这是内心的一件最困难的工作。并非每个人都能这样做。因此,世界上就有不少这样的人,他们像革命者一样思考,感情上却像小市民。"① 换言之,毛泽东所要求的正是要将观念和立场的转变深入到"情感"这一无意识的领域中去,由此才有可能再返身投射为形式与审美的转变。

为了抵达这种情感上的转变以避免下乡工作中的"格格不入",文艺工作者不仅主动要求"下乡",并且从日常生活的层面入手,努力抹消知识分子与农民在生活习惯和行为方式上的差别。像丁玲一样,与农民同吃、同住、同劳动,成为文艺工作者走进农民生产生活与情感世界的主要方式。有意思的是,毛泽东关于"干净"与"脏"的政治修辞学首先便落实在了卫生习惯的自我克服上。时任边区文协负责人的柯仲平告诉赵超构自己的下乡经验:"在乡农家里吃馍馍,即使给苍蝇叮过了的,也不可剥

---

① 〔俄〕托洛茨基:《文学与革命》,刘文飞、王景生、张捷译,外国文学出版社1992年版,第132页。

皮；和乡农一起睡觉，即使生了虱子，也不可埋怨。"① 在1943年12月延安各剧团下乡前的欢送大会上，柯仲平代表下乡剧团成员发言时还特别以他的烟斗为例讲到，"他在乡下时他的一支烟斗曾叫许多好奇的老百姓吸过烟，而他从未擦洗过，每次从老百姓手里接过来自己就吸起来，这样老百姓觉得他有点像自家人，说话就比较亲切了"②。美国观察员韩丁1948年在山西张庄参加土改时也感到"吃派饭是真正的考验"："我知道，在这些碗筷上面，在我们呼吸的空气里，都已经沾染了结核病的细菌，可是我必须作出若无其事的样子吃饭，这是每一个土改工作者全都经历过的毅力考验。如果你不愿意与人民同甘共苦，你就得不到他们的信任。"③ 换言之，唯有如此，革命工作者才有可能初步获得农民的认同与好感。

但问题在于，这仍然并不意味着知识分子就此完成了自身的情感转变。事实上，尽管文艺工作者主动改变自身的生活习惯与思维方式，全方位地参与农民的生产劳动与实际工作，努力接受并试图融入农村地方的风俗世界，却难以摆脱一种深刻的寂寞感。据丁玲晚年的回忆，她听到毛泽东在延安文艺座谈会上谈"情感转变"时其实"并不十分理解"："我说，我从来也没看不起农民嘛，我还要什么来个转变呢？"但她后来意识到："事实上我们同农民在思想感情上是有很大距离的。我不是说你能够在农民那里吃他的饭，你可以同他'三同'，睡一个炕，不是指这

---

① 赵超构：《延安一月》，第97页。
② 《贯彻毛泽东同志文艺方向　延安各剧团下乡工作　西北局办公厅召开欢送大会》，《解放日报》1943年12月6日，第2版。
③ 〔美〕韩丁：《翻身——中国一个村庄的革命纪实》，韩倞等译，北京出版社1980年版，第332、333页。

个。一个短时期和农民'三同'是比较容易做到的,但是必须长期地深入下去,不是打一转、走马看花能够了解的。"并且坦陈自己虽然写出了《三日杂记》,能够和柳拐子婆姨聊天,"但是从来没有想过我在那里有知己,我的知己还是作家";直到报告文学《田保霖》得到毛泽东的鼓励后,才认识到"老是在一个小地方,没有什么好处,所以我从那个时候就下决心:到老百姓那里去"。① 毛泽东的敏感在于,他在《三日杂记》中看到的其实是知识分子与农民建立情感关联的一种萌芽或可能性,但对于现实中的丁玲而言,这种内在的情感关联其实尚未建立起来。换言之,情感的改造不仅需要时间与过程,从根本上还需要一种内在的转变机制。与单纯朝向内部的自我认识与阶级意识的改造不同,真正艰难的是一种向外的、具有互动性和感染力的情感联结的建立。

三、劳动与人情:乡村日常生活的情感实践

在上述问题上,韦君宜发表于1947年的小说《三个朋友》作为一个症候性的文本,不仅写出了知识分子下乡时不遗余力的自我克服与偏偏难以克服的"寂寞"之感,同时也显影出某种"情感转变"的契机及其内在机制。这篇小说以第一人称讲述了,知识分子工作者老吴1943年到刘家庄下乡组织变工组时与"三个朋友"之间的交往:一个是老吴的房东、劳动英雄刘金宽,一个是做经济工作的知识干部罗平,另一个则是刘金宽的东家、当地士绅黄四爷。作为一个以知识分子自我改造为主题的文本,人

---

① 丁玲:《论写作》,《丁玲全集》第8卷,第261—262页。

物身上过于鲜明的阶级属性带来了不少概念化的嫌疑。但小说话语又自有其复杂性，携带着一种戏谑化的自嘲之感与急于表白的情态，这或许与酷烈的"抢救运动"带给韦君宜的深刻影响有关。① 比之于丁玲明朗优美的《三日杂记》，韦君宜的小说传递出一种难堪的真实，知识分子自身的弱点与动摇使这个"情感转变"的过程变得更加艰难，但也惟其如此，转变的发生也就变得饶有意味。

这并不是韦君宜写作的第一个"下乡"故事。1942年8月，作为"整顿三风中一个知识份子的一段反省笔记"②，韦君宜曾在《解放日报》上发表过另外一个短篇《群众》，写的是三个下乡去做群众工作的女知识青年如何认识"群众"的故事。这篇小说的主人公分享了陆萍、史玮这类文艺女青年对"革命"的浪漫想象，并主要表现在对"群众"的想象上。以三人中最年轻的女学生小墨为代表，她们想象中的"革命"是"广大的群众和为群众

---

① 1942年夏秋，负责绥德地委机关报《抗战报》的韦君宜及其任主编的丈夫杨述卷入"抢救失足者"运动中，杨述被打为"红色政策"下的国民党特务，女儿夭折，韦君宜则在恶劣的环境中患上了严重的美尼尔氏综合征，在极端困顿之下所作旧诗中曾有"自忏误吾唯识字，何似当初学纺棉"之语。直至1944年下半年，杨述给毛泽东的申诉信有了结果，经中央党校副校长彭真谈话，杨述摘掉了特务帽子，韦君宜夫妇也调至中央党校校部教务处工作。韦君宜在《思痛录》中回忆，审干运动结束后，毛泽东在中央党校的一次大会上脱帽致歉，"我们就全都原谅了，而且全都忘掉了"。韦君宜：《思痛录》（增订纪念版），人民文学出版社2013年版，第19—20页。1947年春，韦君宜随于1946年由新华社与《解放日报》合并成的新华总社转入晋察冀根据地平山县境内，9月13日中央召开全国土地工作会议后，她被派加入平山土改工作团，担任该县温塘区委员。在此期间，韦君宜在《晋察冀日报》上发表了小说《三个朋友》，并被1947年10月2日的《人民日报》（晋察冀版）转载。
② 韦君宜：《群众》，《解放日报》1942年8月2日，第4版。这是小说结尾附注的一句说明性文字。按，其中"知识份子"原文如此，应为"知识分子"。

献身的伟大工作",而关于"群众"的想象则是"黑压压的大海似的一片人头,冒着热气。还有火点子似的千千万万红缨枪在黑大海上乱闪"这样一幅"壮丽的画图"。但在她们眼中,现实中的群众却是滑稽、狭隘、自私、狡猾而愚蠢的,是从"空荡荡山坡的不知道什么神秘洞穴里"钻出来的"一大片老老小小":"全长得一样,圆头扁头,红裤绿裤,活像乡下年画上的画面。"① 小说的戏剧性和讽刺性皆在于:这种浪漫的"群众"想象竟使得三个女青年一直都意识不到现实中的"群众"的存在。而作为修辞的"壮丽的图画"与"年画"之间的等级关系,也在某种程度上印证了毛泽东所指出的,知识分子对于群众艺术的轻视。与和柳拐子婆姨睡在一起拉家常的丁玲不同,韦君宜写作这篇小说的戏剧冲突恰恰在于,这三个女青年无论如何就是不愿意和让出房子的小媳妇同睡一张炕。带着一种"办公事"的倨傲与"我们同你们不一样"的优越感,女青年们激烈地指责房东夫妇是"农民自私自利观念";而当她们终于把小媳妇赶出去独占了窑洞后,又很快用农家贴着"黄金万两"的小木箱搭成一个"写字台",用随身带着的地图和一幅"多罗列斯彩色画像"②将窑洞装饰了起来:"真好像变铁成金只需要举一举手指,这间破窑洞稍一打扮,就完全不是那个小媳妇的旧窝巢了。"③

与《群众》中这三个理直气壮地保留着知识分子习气并与农

---

① 韦君宜:《群众》,《解放日报》1942年8月2日,第4版。
② 多罗列斯,即在1936年西班牙内战中家喻户晓的西班牙共产党领袖、女演说家多洛雷斯·伊巴露丽(Ibárruri Dolores, 1895—1989),笔名"热情之花"。随着1930年代西班牙内战时期的报告文学作品被集中译介到中国,多洛雷斯也成为当时进步女青年心目中象征着"革命"的偶像。
③ 韦君宜:《群众》,《解放日报》1942年8月2日,第4版。

民群众存在巨大隔阂的女青年相比,《三个朋友》中住在农民刘金宽家的知识分子老吴则要自觉得多:

> 我每天尽我所能的想办法和他们在生活上打成一片,想使他们不看外我。除了做工作,我天天跟他们上山用心去了解什么"直谷""志谷""安种谷"……。自从下乡,几个月就没剃过胡子。刘金宽女人回娘家去了,我就赶着和他住到一个炕上。刘家的驴草完了我帮他们铡草,他家院子脏了,我替他们扫院。临下乡以前,故意连一本文艺书也不敢带,甚至因为刘老太婆天天用诧异的眼睛看我刷牙,我察觉了,就连牙都不敢刷了。
>
> 你也不能说我在那里整天都象充军似的,我也和他们一起说说笑笑。刘老太婆的母鸡开始抱窝,我拿着第一只小鸡,跑着笑着去送给他们看。驴子吃草忽然吃多了,我也高兴的和他们谈论一整晚上,有一个时期,连我自己也几乎相信我真的完全改变了。①

从共同劳动到共同生活,老吴几乎是尽其所能地试图融入农民的世界,但情感的转变似乎只是停留在一种自欺欺人的表象上,并没有他预期的那么顺利:"但是不行?挖土担粪我全不怕,只要咬牙就能成;只有一点终归骗不了自己,心里总好象有一块不能侵犯的小小空隙,一放开工作,一丢下锄头,那空隙就慢慢扩大起来,变成一股真正的寂寞,更禁不住外界一点刺激。"由此可

---

① 韦君宜:《三个朋友》,《延安文艺丛书》编委会:《延安文艺丛书》第二卷(小说卷上),湖南人民出版社1984年版,第307—308页。

见,同吃同住同劳动或许已经沉淀为某种下乡工作的经验模式,但并不必然地关联着真正的情感认同,反而构成了知识分子心理上的沉重负担。因此当接到成都女友充满诗意的来信时,寂寞的老吴再也无法忍受老刘家的生活,只好逃到自己原本讨厌的知识分子罗平那里寻找慰藉,听他讲讲城里的美术展、外国人与恋爱纠纷,"好象这些才是我自己那个世界里的东西"。

小说虽以《三个朋友》为题,但另外两个知识分子与绅士"朋友"显然都是在反语的意义上构成刘金宽这个农民朋友的陪衬。小说写的最细腻也最富于真实感的,也是"我"在与刘金宽交往时纠结苦闷又不断自我审视的心理过程,而"转变"的契机也正与上述这次"寂寞的出逃"有关。值得注意的是,在一般书写外来革命者获取群众信任的作品如《模范班》(小说,杨朔)、《过意不去》(小说,李明)、《麦收的季节》(小说,周而复)、《红布条》(歌剧,苏一平)、《张治国》(秧歌剧,联防军政治部宣传队集体创作)等文艺创作中,革命工作者仿佛不需要经过改造,先天就具有对群众的情感认同,需要被改造的是对革命工作者不接纳与不信任的农民群众。可以形成对比的是,小说《三个朋友》虽然同样书写了工作者与农民在情感认同上的"错位",但认同发生的次序却不尽相同。实际上,从双方的思维方式与情感结构上讲,"错位"的发生是必然而且深刻的。譬如老吴和老刘一起上山种谷子时,两人看"风景"的眼光就很不同:老吴看到雨后春山如风卷浪,忍不住极目抒怀,老刘却只从老吴口中的"好景致"中看到了好年成:"是啊!今年地里壤气实在好。你看那片麦地,齐格蓬蓬满山绿,保险请你老吴吃好面啦!"但也正是因为这种错位,导致刘金宽理解不了老吴的"寂寞",并错将这种低落的情绪理解为对自家淹死的小猪的忧虑。因而当别人夸奖刘金宽在减租中不瞒报垧数时,刘金宽特别强调不能"瞒哄老吴":"看人家老吴起早睡晚替咱们谋虑,跟咱上地受苦,心眼里全是为咱嘛!昨晚上因为我的猪娃子跌在毛坑里,老吴愁得饭都吃不下,就是自家老人,自家亲兄弟,看能不能赶上老吴这样待咱们亲!"

"转变"的时刻正发生在这里。刘金宽的话忽然让老吴意识到了彼此在情感认同上的"错位":

> 我脸上猛然一发烫。他这句话正撞上我心里自怨自艾的念头。我不说你自然也知道,我到那里本是专为去向他们进行教育的,尽管和刘金宽天天在一起,吃在一起,住在一起,但他在我心里的地位,只是我的一个工作对象,是许多对象中间的一个,犹如满山高粱中的一根。但是他对于我却正相反。他真把我当成知心朋友看,或者说比知心朋友还要高一层。①

在这种对比之下,老吴开始回忆起刘金宽对自己的种种"交心"之举,甚至将很多家事、错事、痛心事都"拿来和我这个相识只有一个多月,过去生活天差地远的人来谈",将心比心,"突然使我感觉到自己有点象旧小说里写的那种负义之徒"。也是从这一刻起,老吴看待刘金宽的眼光变了,更重要的是,他终于从自身的情感上走进了农民的世界:

---

① 韦君宜:《三个朋友》,《延安文艺丛书》编委会:《延安文艺丛书》第二卷(小说卷上),第311页。

实在的,以后我在刘家庄觉着心上轻松多了。吃饭说话洗脸刷牙,不再觉得象背着一个重担,你知道,一个施粥的慈善家和受施舍的穷人,是没有办法成为朋友的。我在刘家庄,开始觉得自己是他们中间的一个的时候,我就开始快乐起来。①

完成这一情感上的转变之后,老吴在生活的趣味和行为方式上也发生了转变,并开始真正将刘金宽作为可以信赖的伙伴:"我无论工作有困难或生活有问题,都更爱和刘金宽商量。因为刘金宽真能帮我解决"。当地主黄四爷对抗减租会又试图拉拢碍于面子的老吴时,也是刘金宽的提醒使老吴坚持住了自己的立场,最终保证了减租的胜利。虽然这一戏剧冲突的解决多少有些概念化,但按照《在延安文艺座谈会上的讲话》的逻辑延伸下去,建立情感认同的下一步,正是颠倒知识分子与农民群众之间的"教育"与"被教育"的关系。

需要指出的是,刘金宽对老吴的情感认同当然不是仅仅源于这个关于"寂寞"的误会,而是扎扎实实地建立在知识分子工作者对农民的生产劳动和日常生活的深度参与之上的。对于看重生产与收成的农民而言,协助农民劳动构成了一种情感交换的模式,正如由安波作词的《拥军花鼓》里唱的那样:"又帮咱割麦又帮咱种,哪一个百姓不呀领情"②——"领情"正是农民面对外来的知识分子发生情感转变的朴素起点。通过同吃同住同劳动,作为"外人"的知识分子才能成为农民眼中的"熟人"与"自己

---

① 韦君宜:《三个朋友》,《延安文艺丛书》编委会:《延安文艺丛书》第二卷(小说卷上),第312页。
② 安波:《拥军花鼓》,王立平主编:《百年乐府——中国近现代歌词编年选》(一),上海音乐出版社2018年版,第372页。

人",抽象的"革命"也才有可能在老百姓心中获得其肉身化的形式。① 换言之,"共同劳动"仍然是沟通知识分子与农民群众的重要机制,但关键是,这一机制的核心并不完全在于劳动,而在于一种同甘共苦、将心比心的情感逻辑。在丁玲的《三日杂记》、胡田的《我的师傅》、韩丁的《翻身》等作品以及很多文艺工作者关于"下乡"的回忆录中,都可以看到这种逻辑。如果借用裴宜理讨论中国革命时使用的"情感工作"的概念来看,"激进的理念和形象要转化为有目的和有影响的实际行动,不仅需要有益的外部结构条件,还需要在一部分领导者和其追随者身上实施大量的情感工作"②。但与裴宜理所分析的整风、土改、诉苦会、戏剧等群众仪式中的"情感提升"(emotion-raising)不同,这里所指的并不是一种以"感奋""鼓动"甚至"煽动"为主要形式的政治激情模式,而是一种诉诸日常生活的微观情感机制,它更近于中国民间社会与世俗世界的"小传统"中"人情"的层面。从运作机制上来讲,这种依赖于"共同劳动"而展开的"情感工作"是一个双向互动的过程:它不仅是针对农民群众展开的,同时也会反作用于知识分子本身。具体而言,在共同劳动的过程中,知识分子习得劳动经验的同时,也习得了经验性地观看世界与感受生活的方式,并以此感知人与土地、人与人之间的关系——这是对一种乡土式的伦理经验和情感经验的习得。所谓的

---

① 孙晓忠曾通过分析歌剧《红布条》指出,正是通过关心群众生活、从"小事"做起,"革命将'生人'和'外人'变为'熟人'和'自己人'"。孙晓忠:《创造一个新世界——延安乡村建设经验》,孙晓忠、高明编:《延安乡村建设资料》第1册,第4页。
② 〔美〕裴宜理:《重访中国革命:以情感的模式》,刘东主编:《中国学术》,商务印书馆2001年版,第99页。

"群众观点",在抽象层面上被称之为群众的立场、需要或趣味,但在具体的现实层面,则是人伦与人情、天真与世故,是你来我往、彼此信任与依靠、分享与商量的生活世界。换言之,抽象的"阶级性"或"人民性"最终必须落实到日常生活与劳动实践的具象世界中去,在文艺创作中则将落实为诸如具体的农民形象、叙述视点、"风景"装置、话语与声音等形式上的转变。而这种获取形式的方法也将根源于上述经验性地感知世界与人的方法。用周扬的话说,这样的创作机制正是"让生活自身以它自己的逻辑来说它动人的故事":"一个创作者必须更广泛地,多方面的,而且更深入地,即是在一种日常生活上去和人接触,你得和他们做朋友,谈家常话,心坎上的话,做到彼此心理上不再有一点戒备或隔膜。他们的心将会完全袒露出来任凭你看。这时候你就可以看到真正的民众,你所了解的就将不是民众的抽象概念,而是具体的有血有肉的个人了。"①

在《三个朋友》或《我的师傅》这类小说中,真正促使知识分子发生情感转变的也不仅是劳动,而是在共同劳动中建立起来的信任、合作、体谅与关心。这种"人心换人心"式的情感联结,使得知识分子与工农群众的关系不再是"五四"式的从上至下的启蒙,而是一种推己及人式的情感与伦理关联,这其实也就是费孝通在《乡土中国》中谈到"差序格局"时所谓的"人情冷热的问题"②。与《三个朋友》一样,胡田写于1945年的小说《我的师傅》虽在艺术上难称佳作,但同样十分难得地提供了知识分

---

① 周扬:《文学与生活漫谈(之二)》,《解放日报》1941年7月18日,第4版。全文连载于1941年7月17—19日的《解放日报》。
② 费孝通:《乡土中国》,上海人民出版社2007年版,第26页。

子情感转变的微观心理过程。《我的师傅》讲述的是一个脾气暴躁的伐木工人老王在"同志的友爱"下完成了自我改造后，默默学习着以同等"深厚的同志的友爱"关照前来学习伐木的知识分子"我"的故事，并最终使"我"放下了自己的偏见与"感情的隔离"①，和老王建立起相互信任、相互学习的关系。这类小说以相似的叙事模式以及"朋友""师傅"这样的语词重新定位了知识分子与工农群众之间的关系，同时也显示出这种横向上的、推己及人式的"情感工作"机制的可传递性。更重要的是，在这一机制中被加以传递的，并不是《在医院中》里的陆萍所呼唤的那种抽象的"人性爱"或人道主义感情，也并不完全是政治话语所呼唤的阶级感情，而是一种关联着中国乡土世界经验的情感形式。

在这个意义上，文艺工作者的下乡工作与共同劳动也是一种重要的"情感实践"。在政治文化的意义上，不同于政策条例或政府机构的实践方式，"情感工作"特殊的运作机制与重要功能尤其值得重视。不限于知识分子下乡，军队生产与义务劳动等新的劳动形式也是在帮助农民生产、抗灾、抢种抢收的过程中树立起了"工农子弟兵""军民一家亲"的自我认知与群众印象。正是这些带有浓厚的亲情意味与家庭想象的命名与修辞背后所蕴含的情感工作模式，既改造了军队习气又改善了军民关系，塑造了新型的政党与群众的关系。对于文艺工作者而言，更重要的是，这种情感实践不仅发生在日常生活世界，也将生成一种形式生产的机制。除了知识分子对自我情感转变过程的精细记录，小说叙事与图像艺术中的"风景"装置也在随之发生转变。对于农民接受者而言，秧歌剧强烈的"怡情"与"移情"功能，都将在"情

---

① 思基（胡田）：《我的师傅》，《解放日报》1945年10月1日，第4版。

感实践"的意义上被加以讨论。文学艺术对于"情感"运作之微观过程的体贴把捉,以及其以情感的方式创制出来的形式世界,是要言不烦的政策、律令或政治理论未必涉足之地。这或许也是为什么毛泽东的政治表述总是会启用一些文学化的方式来弥合政治理论、阶级话语与现实结构之间的缝隙,或是翻转出新的思路。在这个意义上,当我们已疲于谈论解放区"文学的政治化"时,或许还应反过来观察"政治的文学化"。在创作者与工作者、政治实践与文艺实践、政治文本与文艺文本高度统一的状态下,政治与文艺常常分享着同一种结构性的位置与功能,又伴随着复杂的拮抗或协同、争辩与僭越。这意味着政治设计可能会经由文学化的修辞与实践方式,承载或修正自身关于人的情感、意识以及精神结构之复杂性的理解与想象,进入到革命主体或治理对象的感觉结构与生活世界当中。

第三节 "古元的道路"(一):农民劳动生活的日常情景

一、被发现的古元:"文化真正下乡的道路"

在1943年3月"党的文艺工作者会议"召开前一个月,作为这场大规模"下乡运动"的某种先声,时任《解放日报》总编辑的陆定一在《解放日报》第4版发表了题为《文化下乡》的头题文章,将古元的木刻年画《向吴满有看齐》作为"一个很好的范例"与"榜样",号召文艺工作者学习。但文章的重点并非介绍这幅年画,甚至也不在于提倡"民族形式"的老调,而在于以古元的经验引出"文化"如何"下乡"的问题。文章虽是漫谈,但与凯丰一个月后的讲话所关心的问题和提出的希望是一致的。陆定一同样观察到此前知识分子下乡存在的问题:"身子已经到了乡里,但是他们的心,有的始终与农民格格不入","即使主观上完全懂得文化下乡的重要,即使自己很接近农民群众,都还需要经过一个时期,甚至经过一个很长的时期之后,才会真正懂得农民的情绪与需要,了解农民的生活与语言,才会真正实现'文化下乡'"。正是在这个意义上,古元被发现了。陆定一引用古元的话,为"从城市里来的革命智识份子文化人"提供了一系列可资借鉴的经验:

> 古元同志又说:他所以能够画边区农民,因为他曾在延安川口一乡政府帮助工作十个月,因而熟悉了农民的生活。他又说:今后要画连环画,还须更多知道农民生活。例如二流子变为生产者,这是很好的连环图画题材,但要画它,必须先去看看许多二流子,他们的衣服怎样穿法,帽子怎样戴法,举止神情又是怎样,然后画将起来,一望而知是个二流子。他又说:了解生活,不但是去看看而已,还必须去工作,比如要画运盐而且有教育意义,最好自己当过运盐队的政治指导员。①

并在文章结尾特别提出:"不但在木刻方面如此,就是在歌咏、戏剧、文艺等等方面,都值得研究古元同志所走的道路,并把它应用到自己的活动中来。"由此,"古元的道路"也被确立为"文化真正下乡的道路"。

---

① 陆定一:《文化下乡——读〈向吴满有看齐〉有感》,《解放日报》1943年2月10日,第4版。按,引文中的"智识份子"原文如此,应为"智识分子"。

陆定一对古元的发现并不是一个偶然。当时，古元只有24岁，已有《农村小景》《冬学》《选民登记》《离婚诉》《哥哥的假期》等许多出色的木刻作品问世，并于1941年获得"延安青年文艺甲等奖"。1942年10月，周恩来将延安木刻带到重庆参加"全国木刻展"，徐悲鸿在其评论文章中不无激动地写道："我在中华民国三十一年十月十五日下午三时，发现中国艺术界中一卓绝之天才，乃中国共产党中之大艺术家古元。"① 古元，1919年生于广东中山县那洲乡的一户农家，中学时自学绘画，1938年9月奔赴延安，先后进入陕北公学和鲁迅艺术学院，在学习和下乡工作期间创作了大量习作与优秀的木刻作品。他既是一个绘画上的天才，又被视为在中共领导下艺术教育的一则成功范例。在《文化下乡》中，古元在创作上的成绩被主要归于其成功的下乡经验，即一种切实深入的工作态度以及对农民生活的熟悉。陆定一特别提到的那次长达10个月的下乡，指的是1940年6月古元自鲁艺美术系第三期毕业后，到延安县川口区碾庄乡参加农村基层工作的经历。而被徐悲鸿称之为"中国近代美术史上最成功作品之一"的木刻《锄草》正是古元在这次下乡期间创作的作品。② 也就是说，在其他文艺工作者还在苦于如何调整自己的身份定位与工作方式时，古元早在整风之前就已摸索出了一条"真正的文化下乡的道路"。与"赵树理方向"相类，古元的"被选中"也显示出某种个人实践与政党路线之间不期然的暗合，下乡运动甚至有可能是直接从古元的下乡经历与创作经验中得到了某种启

---

① 徐悲鸿：《全国木刻展》，《徐悲鸿谭艺录》，湖南大学出版社2009年版，第122页。
② 古元参展的作品题为《锄草》，徐悲鸿在评论中记作《割草》，可能是徐误记，但古元的很多木刻也的确存在一作多题或改题的情况。

发。以至在古元日后的创作谈中,"到'大鲁艺'去学习"这类实则晚于其下乡经历的流行表述又反过来被画家自我追认为这一创作道路的思想资源。① 如果抛开这一"倒放电影"式的视角,

---

① 古元对自己创作道路的回顾主要是在 1949 年之后。在此之前,除了美术作品之外,并不喜欢也不擅长理论表述的古元几乎没有创作谈类的文字见诸报刊。这些回顾性文章几乎无一不提及 1940 年到碾庄下乡的这段经历。"到'大鲁艺'去学习"的说法,始见于古元 1962 年发表的《到"大鲁艺"去学习》(《美术》1962 年第 4 期)一文。文章开头记述了 1940 年夏天从鲁艺毕业时,毛泽东会见全校师生并提出了"到'大鲁艺'去学习"的指示,几天后古元等人便"遵循着毛主席的教导"下乡工作了。此后,关于古元创作道路的论述大多采用这一说法,将古元的这次下乡经验归于对毛泽东这一指示的遵循。但古元的这一记述存在诸多疑点。此前,古元发表于 1950 年的《在人民生活中吸取创作题材》以及 1958 年的《回到农村去》在记述这段下乡经历时,都没有提到这次重要的会面(后文也只是记述了院长周扬在其临行前的嘱咐)。据《毛泽东年谱》,1940 年 6 月 9 日,毛泽东的确出席了鲁艺成立二周年纪念大会并发表讲话,但未留下讲稿,年谱中所记讲话要点也未提及"大鲁艺"等语。而在古元 1962 年的这一记述中毛泽东指示的具体内容,则与 1942 年 5 月毛泽东在鲁艺的讲话内容高度一致。虽然并不排除毛泽东可能在正式讲话后又与鲁艺师生有过交谈,但在当时与古元一同分配到碾庄下乡的同学孔厥、葛洛等人的记述中却都没有谈到这次会面(可参见孔厥《下乡和创作》,《人民日报》1949 年 7 月 13 日,第 4 版;葛洛《古元之路——记青年古元的一段经历》,《古元纪念文集》,人民美术出版社 1998 年版,第 382—386 页;《宝贵的一课》,《中国作家》1992 年第 3 期);在其他鲁艺师生如张庚、钟敬之、罗工柳等人的回忆文章中,他们第一次听到"大鲁艺"的提法则皆是在毛泽东 1942 年 5 月的讲话中(可参见张庚《回忆延安文艺座谈会前后"鲁艺"的戏剧活动》,《张庚文录》第 3 卷,湖南文艺出版社 2003 年版,第 265 页;钟敬之《延安鲁迅艺术学院概貌侧记》,《新文学史料》1982 年第 2 期;罗工柳《小鲁艺与大鲁艺》,《人民日报》2002 年 5 月 23 日,第 12 版);而且也并未见到其他关于毛泽东在 1940 年 6 月提出"大鲁艺"的记载。因此可以推测,古元的这一记述可能存在记忆上的误差。而从古元任教中央美院后数十年来反复教导学生要"到'大鲁艺'去学习"来看(可参见古元《没有劳动人民的气质画不出好画——古元在中央美院开学典礼上的讲话纪要》,《美术》1959 年第 3 期;单应桂《怀念古元老师》、赵瑞椿《始终不忘人民大众——悼念古元》,《古元纪念文集》,第 208、263 页),他的确非常真诚地认同毛泽东这一主张。或者说,延安的艺术教育对于深入现实、深入群众的要求对古元的确存在深刻的影响,而毛泽东在文艺整风中提出的这一主张与古元自身创作经验的高度契合,使古元得到了理论上和政治上的自我确证,因此也就反过来构成了古元表述其创作道路时自我追认的思想资源与话语资源。

我们更倾向于将古元的这次下乡经历视为1943年下乡运动的某种个人性与先导式的经验资源与创作机制。事实上，对于古元个人的创作生涯而言，这段令他念念不忘的下乡经历的确具有某种"发生器"式的意义。古元以艺术的方式创造性地解决了"工作"与"创作"之间的矛盾，并在农村基层工作与农民劳动的日常生活中找到了一种贴切而深刻的形式感。这段下乡经历之所以值得我们仔细剖析，正是因为其中既内涵着某种带有创造性与普遍性的文艺生产机制，又以一种难得的自洽感构成了这条道路的不可复制之处。

1940年7月，鲁艺分配古元和文学系毕业的四个同学孔厥、葛洛、岳瑟、洪流来到延安县川口区碾庄村①，并遵照县政府的安排参加碾庄乡政府的工作。下乡之前，周扬曾专门找五位学员谈话，叮嘱他们要"到实际工作中去锻炼，首先要把工作做好，跟干部和群众的关系搞好"②，"到乡下要和农民打成一片，向农民和村干部学习，要参加基层工作，积极参与火热的斗争，不要做旁观的客人，只有这样才能体会得到农民的思想感情，从而改造

---

① 延安川口区碾庄村，即今延安市宝塔区碾庄村。据陆定一《文化下乡》与孔厥1949年《下乡和创作》中的记述，按照当时中共边区的行政区划，古元一行人下乡到"延安中区一乡"（即今延安市碾庄乡）。碾庄乡包括十几个大大小小的村庄，碾庄村作为全乡最大的一个村，也是乡政府驻地。但在古元1950—1960年代的记述中则都将其称为"念庄"。据当地村民说，1950年代北京知识青年下乡时误将"念庄"作"碾庄"，后地名也随之改为"碾庄"。但据《中华人民共和国地名词典》中"陕西省·延安地区·延安市·碾庄"条目："延安市碾庄乡人民政府驻地。在市区北12公里。清光绪年间（1875年）以村旁有大石碾得名。"《陕西省》编纂委员会编，陆耀富主编：《中华人民共和国地名词典 陕西省》，商务印书馆1994年版，第347页。由此推测，亦可能是身为广东人的古元将带有陕北口音的"碾庄"听成"念庄"。本著叙述据地名词典作"碾庄"，但在古元的有关引文中仍保留"念庄"的原文。

② 孔厥：《下乡和创作》，《人民日报》1949年7月13日，第4版。

自己的思想感情,将来才有可能创作出优秀的文学艺术作品。"①根据鲁艺校方的意见,乡政府安排葛洛担任副乡长,古元担任乡文书与文教副主任,其余三人分别担任锄奸副主任、优抗副主任和生产副主任等职,辅助担任正职的原有乡干部开展工作。古元和葛洛住在兼作乡政府办公室的一孔石窑里,其他三人则选居在乡上的三个自然村。②平日,古元与农民一起劳动一起生活,跟着农民上山"受苦",在农民家中"吃派饭",每个月更换一家,"在那家吃饭时,帮助房东做挑水、推磨压碾、劈柴、烧火等家务劳动,伙食费按干部下乡派饭的标准支付"③;并和乡里的基层干部一起组织农民发展生产,建立互助组、变工队,开展锄奸保安、支援前线与文教卫生等工作,有时连夜开会布置任务,"往往要熬到鸡叫才能休息"④。

对于初出校门的几个学员而言,初下乡的生活无疑是陌生而新鲜的。但正像韦君宜在小说中描述的那样,伴随着繁重的劳动与工作,继之而来的是生活上的不适应与精神上的寂寞感。孔厥和葛洛都曾记录下这段下乡经历中的种种困难。尽管孔厥在鲁艺时就曾下过乡并在晋西北前线实习过几个月,但仍深深苦恼于碾庄的荒凉、贫苦与迥异的生活习惯:饭菜上落满苍蝇,"夏天也是热炕,还有许多'墙虱'",没有空窑就只能住在自卫军连长家中,和牲口同住在一个窑洞,几个学员因此患上了眼病、肠

---

① 古元:《回到农村去》,《美术》1958年第1期。
② 据葛洛的说法,当时孔厥住在乡长折艮开家所在的折家坂,岳瑟住在十一里铺,靠近劳动模范杨步浩的家,洪流住在先进村郝义沟。参见葛洛《宝贵的一课》,《中国作家》1992年第3期。
③ 古元:《创作琐忆》,《西北美术》1991年第1期。
④ 孔厥:《下乡和创作》,《人民日报》1949年7月13日,第4版。

胃病，并在瘟疫中病倒。① 但更难以抵挡的还是寂寞。1941年3月，何其芳曾到碾庄来看望葛洛、古元等人，并在《给G.L.同志》一诗中记录下了葛洛向他倾诉的寂寞："你说一切都好／只是有时在工作的空隙中，／在不想做事情的时候，／有些感到空虚"；"你们在乡下那样缺乏娱乐和游戏。／你说你们有时用石头来当做铁球投掷，／我仿佛看见了在田野间，／在夕阳下，／你们的寂寞的挥手的姿势。"② 这个扔石头解闷的地方是碾庄村外的一条幽静的小山沟，被葛洛等人命名为"风景区"或"思索沟"，几位学员每逢乡政府开会都要到此一聚，"在那里谈天说地，偶尔还有谁大声背诵一段哈姆莱特的独白词或普希金的抒情诗，只有这时我们才感到是舒畅的，快乐的。"③ 对于学员们所接受的艺术教育，碾庄的百姓当然也无法理解。当时在鲁艺任教的周立波于1941年也曾到碾庄下乡近两个月，在他后来写作的那篇所谓"只能写写牛生小牛"的小说中就曾写到农民们聚在乡政府的窑洞里谈天，"随便地翻看着鲁艺派到乡下工作的古元带来的一些书和画"，一个青年人翻到一幅人体画时惊叫道："你看这个婆姨，连裤子也不穿，唉，可难看死了。"④ 除了生活与文化上的隔膜，更大的困难来自语言上的障碍。如孔厥所说："语言的困难最使我

---

① 孔厥：《下乡和创作》，《人民日报》1949年7月13日，第4版。
② 何其芳：《给G.L.同志》，《解放日报》1942年2月17日，第4版。
③ 葛洛：《宝贵的一课》，《中国作家》1992年第3期。
④ 立波（周立波）：《牛》，《解放日报》1941年6月7日，第2版。小说全文分两期连载于1941年6月6日、6月7日。周立波在1943年的《后悔与前瞻》中反省的正是这次在碾庄下乡的经历，文中也提到了下乡时的"寂寞"之感："在延安的乡下，我也住过一个多月，但是我是在那里写我过去的东西，不接近农民，不注意环境"；"譬如在乡下，我常常想到要回来，间或我还感到寂寞"。立波（周立波）：《后悔与前瞻》，《解放日报》1943年4月3日，第4版。

痛苦。我听不懂别人的话，别人更听不懂我的话。这需要我不但能听，还要能说。我可是连普通话都不怎么会讲。而且学土话不仅是口音、语汇、说法的问题，同时也是生活内容的问题。"①葛洛和古元也同样听不懂大部分陕北话，老乡们也听不懂葛洛的河南口音与古元的广东话。②这既会带来工作上的障碍，也加深了文艺工作者与农民在情感上的隔膜。

然而值得注意的是，古元在回顾这段下乡经历时却从来没有谈起过这些困难或寂寞。这倒并非意味着古元没有遭遇过这些问题。但的确与自小在苏州长大、曾在商务印书馆当学徒的孔厥和出身旧知识分子家庭的葛洛不同，古元从小长在农家，熟悉而喜爱乡村生活，虽与陕北农村存在地域和语言上的隔阂，但他与农民生活之间的距离可能并没有其他文艺工作者那么大。事实上，在很多鲁艺人的印象中，古元与陕北农村反而有一种天然的亲和性，甚至就像一个"土生土长的艺人"或"土生土长的陕北小伙子"③。加之在下乡过程中，古元跟随农民一起"下地耕种、背柴、推磨、铡草，学到了很多实际知识"，常常感佩于农民那种"积

---

① 孔厥：《下乡和创作》，《人民日报》1949 年 7 月 13 日，第 4 版。
② 参见葛洛《宝贵的一课》，《中国作家》1992 年第 3 期。
③ 蔡若虹：《人民画家古元》，《怅望苍空忆落霞——纪念古元逝世两周年》，《古元纪念文集》，第 21、24 页。力群也在《谈〈古元木刻选集〉》中说，古元"就像一个西北劳动人民的儿子似的和革命根据地的农民生活在一起，劳动在一起"。参见《力群美术论文选集》，人民美术出版社 1958 年版，第 88 页。与之相比，即使是在延安文艺座谈会以后，对下乡工作已经相当熟稔并能够做出成绩的孔厥还是与农民之间存在距离感，陈凌曾对孔厥说："老乡们似乎很'尊敬'你；这个'尊敬'恐怕不好啊！"对此，孔厥反思道："是的，大概我还是群众之'上'的人，没有成为群众中的一个；尽管天天和群众在一起，精神上感情上和群众还是会有距离隔阂的！"孔厥：《下乡和创作》，《人民日报》1949 年 7 月 13 日，第 4 版。

极、健壮和乐观"的朴素的劳动生活①，这使得情感转变的过程可能的确比其他人来得更容易也更快一些。更重要的是，不同于孔厥等人苦闷于"实际工作"与"创作"之间的矛盾②，古元恰恰是通过艺术创作找到了与农民沟通和开展工作的方式。为了克服语言上的障碍，古元一方面在与本地干部的结对工作中积极学习当地方言，另一方面则想办法利用自己的绘画技能教农民识字。碾庄42户人家除了在外上学的儿童之外只有一人识字。作为农村文教工作的一项重要任务，边区政府提出了成年人"识一千字"的号召，组织各地成立夜校或冬学。但古元经过观察发现，碾庄的农民由于"白天下地劳动，到天黑才回到家中，吃完了晚饭要铡草喂牲畜，还有很多家务活"，因此并不大愿意办夜校。为此，古元想出了一个简易的办法：他在工作之余，"将土制的麻袋裁成很多小纸片，在每张纸上画上简单的图画，写上一两个文字，比如画一头牛，写上一个'牛'字，画一只大公鸡，写上'公鸡'两个字。每天画写二十多张，分送到二十多户人家，乡亲们利用酸枣刺把这些识字图片钉在墙上，见到图画就认识图上的文字，记得住，又不耽误生产，一天认一两个字，一个月就能认几十个字，这个办法很受群众的欢迎。"③平时在乡政府或老乡们的集会上，古元往往一边听发言，一边画速写，还常常应老乡的要求为他们画肖像，因为画得像，得到了农民们的交口称赞。④

古元很快发现，他发明的"识字画片"并不仅仅被农民作为

---

① 古元：《回到农村去》，《美术》1958年第1期。
② 孔厥：《下乡和创作》，《人民日报》1949年7月13日，第4版。
③ 古元：《创作琐忆》，《西北美术》1991年第1期。
④ 参见靳之林《古元同志回碾庄记》，《美术研究》1994年第2期。

识字之用，还具有艺术欣赏的功能："后来，墙上的识字画片太多了，他们就除下一部分，比较喜欢看的就留着，然后把高粱杆破开，将图片成串地夹起来，钉在墙上供欣赏之用。他们留着的是画着大公鸡、大犍牛、骡马猪羊象征六畜兴旺的图片，因为这类图片形象好看。他们喜爱家畜，这是和他们发展生产有密切关系。"①应当说，古元创作的这些画片已经很难算得上是纯美术作品，而更近于一种集看图识字、艺术欣赏和室内装饰等多种功能于一体的实用美术，达到了知识传递与艺术教育的双重功能。事实上，实用艺术或工艺美术也是边区美术工作和鲁艺艺术教育中的一个重要部分。古元初到延安在陕北公学学习时就经常为墙报和"救亡室"搞装饰，画插图。②鲁艺美术系则组织美术供应社和美术工场，为边区的工厂机关设计花布、徽章和陕北土产地毯的新图案，组织"泥工队"制作陕北乡土风格的泥塑玩具，承担生产展览会、边区建设展览会等活动的装饰布置、英雄画像以及图表工作等等。③从事木刻的美术工作者则为《解放日报》刻写美术字，为手工业产品设计包装和图案。1943年后，古元还为丰足牌火柴和曙光牌、红星牌、金星牌香烟的包装刻过图案，还刻过光华牌的肥皂模。④这种美术服务工作和实用性的美术设计大多是出于边区军民生产生活的实际需要，因此也培养了美术工作者从实际出发的创作意识。通过识字画片，古元将艺术融入到农民的日常生活中，在不耽误生产的前提下，以绘画丰富了农民生

---

① 古元：《创作琐忆》，《西北美术》，1991年第1期。
② 参见古元《信念与追求》，《艺圃》（吉林艺术学院学报）1986年第1期。
③ 参见胡蛮《抗战八年来解放区的美术运动》，《解放日报》1946年6月19日，第4版。
④ 参见《回忆延安》，《美术》1962年第3期。

产劳动之外的闲暇生活,既不构成负担,又为农民生活增添了知识与趣味,达成了知识分子与农民之间的有效沟通和情感交流。古元的敏锐在于,他还从中发现了农民作为艺术接受者的特点及其审美需求的多重性。不同于城市观众与批评家通过画展、美术展或艺术书籍对绘画进行较为纯粹的审美观照,农民的艺术欣赏是在日常生活的内部展开的。从牛羊牲畜到水桶镰刀,古元所画的都是生产资料与劳动工具,它们是农民生活中常见与必需之物,与生活本身息息相关;而农民喜欢的画作又兼具"寓意吉利"与"形象好看"两个特点。由此可见,这种对艺术的接受是混合着欣赏性、娱乐性、知识性与功利性的。在这个过程中,艺术也变得不再纯粹,而被赋予了多重功能。事实上,对于农民而言,可能他们本身就不存在一个"纯艺术"的概念。就民间自身的艺术传统而言,年画、历画、剪纸这些艺术形式,以及民谣、秧歌、社火这类文艺活动,本身就在审美之外同时具有娱乐、娱神、劝善、求祈、仪式等功能,它们作为农民的自我表达,深深扎根于现实生活本身,混合着生活的欲望与强烈的愿景。古元将识字功能引入绘画创作,在审美之外增添了教育的功用,同时也将教育审美化与生活化了,也就更加契合农民的生活习惯与审美需求。

通过这样的方式,古元也逐渐熟悉了全村四十多户人家"每家的情形和每个人的脾气",与他们培养起了深厚的感情。村里的老乡如邻近的刘起生、刘起兰兄弟以及妇联主任王美英等就常常主动到乡政府的窑洞寻求帮助或串门聊天。老乡们尤其是娃娃们都很喜欢向古元讨画,古元也很乐意为他们作画。在这种情感互动的机制之下,古元不仅了解了农民的审美趣味,一种新的形式感也开始逐渐从农民的日常劳动生活中浮现出来,如古元所说:"我很喜欢他们,我看见他们的生活情景,像看见许多优美的图画一样,所以在工作之余,我便把他们的生活景象刻成木刻画。"①在农民收割储粮、整修农具、赶牛羊下山、铡草喂牲口、农妇拾麦穗、送饭、喂鸡等日常生活与劳作中,古元发现了幽僻无人的"风景沟"之外的新风景,创作了《入仓》《准备春耕》以及以《农村小景》为总题的《牛群》《羊群》《铡草》《家园》等一批相当出色的木刻作品。作为边区与各根据地最主要的美术创作形式,木刻版画在1938—1942年,基本以罗工柳、胡一川、彦涵、江丰等人组成的鲁艺木刻工作团在前线和敌后创作的抗战宣传木刻为主。与之相比,古元的这些木刻在政治主题上或许并没有那么鲜明,却第一次如此集中而专致地将艺术的眼光投向了农民劳动的日常生活。

二、劳动中的人与"日常情景画"

对古元个人而言,这倒并不是他第一次刻画劳动。自1939年1月进入鲁艺学习后,古元就曾以鲁艺在大生产运动中的师生劳动为题材,创作了《开荒》《播种》《秋收》《挑水》《运草》等木刻习作。早在家乡读中学时,古元就很喜欢读丰子恺写作的《西洋画巡礼》一书,尤其对法国十九世纪写实主义画家米勒情有独钟:"米勒是画农村题材的,我是从农村出来的,对家乡的生活很有感情。中国和法国虽然距离十分遥远,但是我感到米勒的感情和我们很接近。他画牧羊人,画母亲喂孩子,画打毛线,画农民扶着锄头休息,画拾麦穗……由于感情的接近,

---

① 古元:《回到农村去》,《美术》1958年第1期。

使我看了他的画感到十分亲切。"① 在鲁艺学习期间，鲁迅编选和引介的《珂勒惠支版画集》《麦绥莱勒版画集》以及一本《苏联版画集》，都构成了古元学习木刻时最初的艺术资源。如古元1939年创作、1941年在延安木刻展上展出的连环木刻《走向自由》（又名《自由在苦难中成长》）在情节和构图上都与麦绥莱勒的《一个人的受难》非常相近。在《开荒》《秋收》这类作品中，从紧凑堆叠的构图、对人物形体的集中表现、粗大的手脚和简单的线条上都可以看出珂勒惠支的痕迹。这也是胡一川、力群等较为成熟的版画家将1930年代左翼新兴木刻的经验带入鲁艺后形成的主要风格。在这类表现劳动场景的木刻作品中，以《开荒》（图2-1）为例，虽然风格上仍是

图2-1　古元《开荒》（木刻版画），1939年，珠海古元美术馆

---

① 古元:《信念与追求》,《艺圃》(吉林艺术学院学报) 1986 年第 1 期。文中提到他中学时"很喜欢读丰子恺写的《西洋画巡礼》。这本书介绍了欧洲的画派、画家，诸如古典派、浪漫派、印象派、野兽派以及现代的各种流派"。此书可能是指丰子恺 1931 年在开明书店出版的《西洋名画巡礼》，丰子恺 1930 年还曾在开明书店出版过一本《西洋画派十二讲》。两书内容相近，可能是古元对书名的记忆略有讹误。文中提到米勒所画的这些农村劳动题材的作品，分别指的应是《牧羊女》(1852)、《喂食》(1872)、《巴比松草原的牧羊女》(1863)、《扶锄的男子》(1863)、《拾穗者》(1857) 等米勒在巴比松乡村的创作。

图 2-2 古元《秋收》(木刻版画),
1939 年,珠海古元美术馆

图 2-3 古元《播种》(木刻版画),
1939 年,珠海古元美术馆

写实的,但劳动中的人仿佛与背景中的土地、荒山截然分成了前后两层,劳动与劳动的对象显现出某种彼此疏离的关系,反而给劳动形象本身也带来些许概念化的嫌疑。《秋收》(图 2-2)甚至将扬场、入仓、拾麦穗等不同空间中的劳动姿态强行并置在同一幅画面当中,虽然看得出古元已在尽力协调三者之间的空间结构,但仍然有一种勉强之感。从总体上讲,古元在鲁艺学习时期的木刻基本上沿袭了西欧木刻对造型的高度概括和线条的简练有力,但尚未形成自己的风格。不过,从《播种》(图 2-3)和《运草》(图 2-4)两幅木刻中似乎已可见出古元自我摸索的努力。这两幅木刻都使用了几乎没有背景的、中国画式的"虚白"手法。①《播种》中的农人赤着脚在泥土里边走边播撒种子,虽在线条和肢体上仍受到珂勒惠支的影响,但在构图和形象上却与米勒的《播种者》有着非常相似的姿态、步伐与韵律感。而《运草》则十分注意农民挥鞭时微微后仰的身体、手的姿势以及鞭子舞动的形态和牲口动作的准确性②,"如实地表现

图 2-4 古元《运草》(木刻版画),1940 年,珠海古元美术馆

---

① 艺术史研究者莫艾指出,古元的《运草》背景刻画完全用"虚白"手法,借助鞭子和阴影的动态感来营造空间。参见莫艾《历史的挫折与偏向——对建国初期新年画创作模式的解读》,《人间思想·第三辑·作为人间事件的新民主主义》,人间出版社 2015 年版,第 92—123 页,又见 https://crlhd.xmu.edu.cn/93/3e/c11914a234302/page.psp.,2016 年 11 月 23 日。
② 古元的大女儿古安村曾回忆古元讲起自己赶马车的体会:"如果两匹马拉同一部车时,它们的力量必须非常匹配,否则走得快的会被累死,走得慢的会被打死。一挂车,如果超过一匹马,它们必须是一个最棒的搭配,每匹马身上好几条绳子,左转、右转只能拉不同的绳子。套车的人如果套得不好,就叫'乱套'了。"并提到版画家广军对这幅画的评论:"《运草》中赶车人手的态势非常生动,一看就是赶过大车的人才能画得如此生动。只有这样的姿势才能将鞭子甩得特别响亮,把赶车人的意图准确地传达给马,作品的线条、构图、生活气息,一下子就会深深地吸引住观者。"换言之,古元构图和细节的真实法则与其劳动经验息息相关。参见古安村《父亲古元的延安木刻》,《中国艺术报》2012 年 5 月 25 日,第 6 版。

了辕骡和套骡在行进中的不同的挣扎和奔驰"①，飞舞的鞭形、马车行进的动势和地面上的阴影则巧妙地营造出了一种具有整体性的空间感。②这幅作品也被力群誉为"一首描写农村生活小景的抒情诗"③。在这两幅画中，在农民的手掌和泥土之间播撒开来的种子，以及马蹄和车轮下飞溅起的泥土草籽，都从细节上将劳动的人与土地牢牢地牵连在一起，而不再是彼此疏离的符号或概念。

如果说古元在鲁艺学习时已初得米勒之"形"，那么在与碾庄农民朝夕相处、共同劳动的过程中，古元则渐渐获得了一种农民式的经验视角、情感与趣味，开始逐步淘洗其木刻中的欧化气息。以《农村小景》为代表，虽然选取的同样都是农民劳动生活中最寻常不过的场景，但与并不重视精细刻画的米勒不同，古元的木刻中充满了丰富的细节。为徐悲鸿所盛赞的那副《铡草》（图 2-5），刻画的是农民下地归来的傍晚，在院子里铡草准备喂牲口的情景。画面的近景是两个正在合作铡草的农民，左侧手握铡刀的人微微佝偻着腰站立着，右侧往刀下送草的人则蹲在地上盯着刀口，二人一高一低，黑白错落，铡刀则停留在将要落下的那一刻，以一种稳定的结构和动作上的关联感构成了整个画面的构图中心。然而饶有意味的是，在这二人略具紧张感的结构缝隙之中，还安置着一个远景中的形象，那是一个带着轻松笑意的孩子，亲昵地依偎在一匹骡子旁边，用手抚摸着骡子。在这里，古

---

① 力群：《谈〈古元木刻选集〉》，《力群美术论文选集》，第 87 页。
② 参见莫艾《历史的挫折与偏向——对建国初期新年画创作模式的解读》，又见 https://crlhd.xmu.edu.cn/93/3e/c11914a234302/page.psp.，2016 年 11 月 23 日。
③ 力群：《谈〈古元木刻选集〉》，《力群美术论文选集》，第 87 页。

图 2-5 古元《铡草》(木刻版画),1940 年,珠海古元美术馆

元刻画了一个相当微妙的细节:那匹骡子的眼神仿佛通人性似的,带着一种温柔与娇憨,让人分不清到底是孩子贴着骡子的脸,还是骡子在用头昵昵地蹭着孩子。这个细节之令人瞩目,在于它构成了某种奇妙的透视关系,当我们将目光集中在孩子和骡子身上时,近景中那种忙碌而紧张的动作感便仿佛在这组静谧而安宁的远景中消融掉了。孩子和骡子的眼神相互交叉,仿佛望向铡草的人们,却又越过了铡草的人们,带着无声的笑意漫无目的地沉浸在这一富于家庭气息的劳作生活本身之中,将一种惬意、温厚并且挥之不去的情调弥散在整个画面当中。由此可见,相比于近景的构图中心,孩子和骡子才是这幅木刻的主题中心。构图中心与主题中心的分离,丰富了这一劳动场景的层次感,呈现出

了劳动与生活、工作与闲暇在乡村时空中的参差交融。更重要的是，这一主题中心以极其精微的笔法，揭示出了人与劳动、人与牲畜之间亲密无间的情感关系。

事实上，古元总是能从农民劳动生活的日常情景中发现这些蕴含着情感容量的细节，并以此为中心，构建起一种"关系"式的人物结构与图像叙事。《农村小景》中的另一幅木刻《家园》（图2-6），表现的是一位农妇带着孩子去拾麦穗，在回家的路上驻足的片刻。这幅画的场景就取材于乡政府窑洞的隔壁、农民刘起生家的窑垴头和下面的牛圈。① 这幅木刻对环境的刻画非常

图2-6 古元《家园》（木刻版画），1940年，珠海古元美术馆

---

① 参见靳之林《古元同志回碾庄记》，《美术研究》1994年第2期。

细致,以从窑顶上延伸下来的斜坡为界,窑洞和坡上的人物各自占据着画面一角的重心,又以木栅门、草棚、砖石铺成的线条之"满"与人物背后的天空和远山之"空"搭建起整体的黑白布局。这一次,构图中心与主题中心并没有分离,都集中在劳动归来的农妇和孩子身上。但和《铡草》一样,古元同样选取了一个细节别致、充满意趣的时刻:农妇一手挎着装满麦穗的篮子,一手牵着孩子,孩子的另一只手里攥着一把拾来的麦穗,一头小猪则紧随其后,追着孩子手里的麦穗。农妇和孩子在体态上还欲向前行走,孩子却被这只悄悄造访的小猪拉住了,两人半吃惊半好笑地回头望着它,小猪却咬住麦穗不放。正是这个牵牵扯扯、充满张力与连动感的时刻,增添了画面的叙事性,构成了这幅木刻形式趣味的来源。更有意思的是,这还并不是这幅画里唯一有趣的细节:坡上坡下,还另外散落着几只在地上找食吃的猪和鸡,其中一只鸡仿佛也发现了坡上发生的这一幕,正伸长了脖子盯着看。可以想见,这很可能是在一个日之夕矣的傍晚,家禽家畜等不及劳动归来的主人,只好自己四处觅食,而一只聪明的小猪抢了先机。这既是乡村生活中带有偶然性的小小戏剧,又是常常发生、合情合理的生活即景。在这些丰富饱满而又相互呼应的细节里,人与土地、原野、粮食、动物共享着同一个浑融而整全的时空,仿佛在用同样亲近的眼光打量着彼此。流淌在画面中的是一种女性化的、亲切而细腻的情感语言,正如木刻的标题所提示的那样,它揭示的是生活在同一个"家园"中,彼此分享、相互依存的情感结构。

古元的这些作品很容易使人联想起米勒在巴比松乡下创作的一系列以农民的劳动生活为题材的现实主义杰作,尤其是《嫁接树木的农夫》《种苹果树的夫妇》《担牛犊》《树下小憩》这类充满乡间亲和气氛的作品。《家园》很容易让人想起米勒的《喂食》,尽管在构图和形象上都毫无相似,两幅作品却分享着同一种内在的情感和氛围。应当说,古元并不是在技法上,而是在情调和韵致上深得米勒创作的神髓。而从米勒之"形"到米勒之"神",古元在碾庄把握到的其实是农民与土地、与劳动之间深刻的情感关联。古元的木刻正是通过发现与刻画这些蕴含着丰富的情感容量的细节,将其释放出来。换言之,古元的木刻不仅是在表达画家自己对农村劳动生活的感情,更是通过选取和塑造有意味的形式,将自己在具体的劳动生活中体味到的农民情感世界呈现出来。也是在这个意义上,"下乡劳动"才有可能成为一种形式生产的内在机制。

《农村小景》刻成后,古元将其拓印了很多幅,"分送给乡亲们,供他们朝夕欣赏,他们高兴地议论着刻的谁家的娃娃,谁家的院门……"① 可见农民对于绘画的欣赏,首先就在于从图画中辨认出自己的形象与生活。更重要的是,在农民接受艺术熏染的同时,这也是一个相互教育的双向过程。用古元的话来说,"我的木刻画是在农民的炕头上'展出'了,周围的老乡们就是我的观众,也是我的老师"。农民不仅欣赏、品评,而且也为古元的创作提出意见和建议:

> 他们把我送给他们的木刻画张贴在炕头上,每逢劳动后归来,坐在热炕上,吸着旱烟,品评着这些画。我在旁

---

① 古元:《创作琐忆》,《西北美术》1991年第1期。

边倾听他们的评论:"这不是刘起兰家的大犍牛吗,真带劲!""画的都是咱们受苦人翻身的事,咱们看的懂,有意思。"观众的笑容引起我内心的喜悦,我享受着创作劳动的愉快。有时,他们提出很好的建议。有一次,一位老乡指着《羊群》那幅画说:"应该加上一只狗,放羊人不带狗,要吃狼的亏。"另一位老乡补充说:"放羊人身上背上一条麻袋就带劲了,麻袋可以用来挡风雨,遇到母羊在山上产羔,就把羊羔装进麻袋里带回来。"我就依照他们的指点在画面适当的地方加上一只狗;又在放羊人的手上添上一只出生不久的小羊羔。经过这样修改后,比原来的好得多了。①

这段记述生动地记录了农民进行艺术欣赏和批评的过程,更呈现出古元的创作与农民接受之间直接而细腻的互动关系。从中可见,农民审美趣味的核心在于"看得懂"和"有意思",而"带劲"这种强烈的审美快感则往往来自细节的真实感和丰富性。老百姓对绘画首先关注的是"像不像"。例如《牛群》和《准备春耕》刻画了犍牛、母牛和牛犊或走或站或卧的多种姿态,形象皆是具体而健美的,"都是在农村经常可以见到的,是农民家里饲养的牲畜。由于长年拉车、犁地,都有一副经过'劳动锻炼'的身架,决不是某些动物画中画的概念化的牛和驴。"②《准备春耕》中那个蹲在牛身前修犁铧的老汉则是在给邻近乡政府的农民刘起兰所画的速写基础上刻出来的③,正是因为人也像、牛也像,才能

① 古元:《到"大鲁艺"去学习》,《美术》1962年第4期。
② 周建夫:《跟古元先生学习》,《古元纪念文集》,第239页。
③ 参见靳之林《古元同志回碾庄记》,《美术研究》1994年第2期。

被农民一眼认出画的是谁家的牛。古元提到的这幅《羊群》(图2-7),刻画的是一个晚归的放羊娃怀抱着在山里新出生的小羊羔,赶着羊群回圈的情景。力群特别提到这幅画中细节的逼真:"古元用非常精致的手法刻出了羊圈的门和羊羔的眼睛。直到今天还有多少粗枝大叶的画家把羊的眼睛画成了牛的眼睛,而古元第一次画羊就正确地描绘了羊的独特瞳仁"①。为了获取放羊娃的形象,古元的确曾"带上干粮同牧羊娃一起上山放牧,直到天黑才回来"②。更重要的是,他在草图的基础上,听取了老乡们的意见,选择性地添加了远处山坡上眺望羊群的狗和放羊娃怀里的小

图 2-7 古元《羊群》(木刻版画),1940 年,珠海古元美术馆

---

① 力群:《悼念杰出的版画家古元》,《美术》1996 年第 10 期。
② 葛洛:《宝贵的一课》,《中国作家》1992 年第 3 期。

羊羔。古元从这只初生的羊羔身上又一次捕捉到了情感所具有的形式潜能，继而以其为中心组织起整个画面与氛围：放羊娃大步向前的动势里带着一种按捺不住想要赶紧把小羊抱回家给人看的心情，羊羔右下方挂着铃铛的头羊则微微仰着头，眯着眼睛望着小羊羔，画面靠右侧的一只正要进圈的母羊也停了下来，回头望着放羊娃怀里的羊羔。整个空间的内在关系正是在牧羊狗、放羊娃、小羊羔、头羊和母羊彼此交织的目光中组织起来的，这使得劳动中的人和他的劳动对象紧密地结合在一起。

  作为西北农村一项常见的农牧劳动，对"放羊"或"羊群"的刻画在边区美术创作中也并不鲜见。胡一川于 1939 年也创作过一幅同题的木刻作品《羊群》(图 2-8)，刻画的是一个牧羊人

图 2-8　胡一川《羊群》(木刻版画)，1939 年，《胡一川版画速写集》，湖南美术出版社 2003 年版

坐在山崖上,羊群在他背后的山坡上静静吃草的情景,是其连环木刻《在敌人的后方》中的第一幅。据他1939年2月10日的日记,胡一川已将连环木刻的故事编好,并为每一幅木刻做了文字说明。关于这一幅《羊群》,胡一川这样写道:"羊群:春天的太阳,爬过太行山岗,温柔地投在羊群背上。"① 从后续的情节说明中可以得知,画中人是胡一川设定的一个角色"牧童张小毛"。然而画中的放羊人形象与这个设定之间却显得并不那么协调:过于突出的五官尤其是高耸的鼻子、略嫌贴身的黑色上衣以及紧紧并拢的双腿,既带有某种欧化人物的痕迹,也并不很像一个正在放羊或放哨的农家孩子。更重要的是,人物的姿态、目光与背景中的自然环境以及羊群之间呈现出一种疏离感,甚至带着一点忧郁。人物的目光游离在太阳和远山之间,更近似一种抽离于劳动和羊群之外的精神存在。因而与其说这是一个山陕农村的放羊娃,倒不如说他更像是一个孤独的、带有诗人气质的"看风景的人"。事实上,胡一川也的确透过他的眼睛看到了文字说明中的风景。换言之,与古元的《羊群》相比,胡一川的《羊群》更像是一幅风景画。它分享着与茅盾的《风景谈》中一样的视点位置,将劳动中的人变成了"风景中的人"。

这两幅《羊群》的差别并不仅仅是技法或风格上的。在风景画中,"劳动的人"只能被回收为"风景"的一部分,甚至是被排除在"风景"之外。正如米切尔所指出的那样:"雷蒙·威廉斯说:'一个劳作的乡村几乎从来就不是风景。'约翰·巴瑞尔

---

① 胡一川:《红色艺术现场:胡一川日记(1937—1949)》,湖南美术出版社2010年版,第130页。

也指出劳动者如何被隐藏在英国风景的'黑暗面'里，以免他们的劳动破坏了观看者对自然美的哲学沉思。于是，'风景'必须将自己表现为'土地'的对立面，表现为与'实际地产'无关的'理想地产'，表现为爱默生所说的'诗意的'的财产而不是物质财产。"① 所谓的"自然美"，当然也"不是劳作中的乡下人眼中的自然"②。1942年春，张仃在《画家下乡》中则指出，中国古代的文人画虽多赞美"田园之乐"，却"很少看到真正的'田园'——在高山流水之间，偶尔点缀一两个平民，不是担水的和尚，便是垂钓的渔翁，过着神仙一般快乐的生活；最普遍的题材，还是画家生活的自画像"③。古元的木刻画不存在与"土地"相分离的"风景"，"劳动的人"也并不是构成风景的某种元素，而是绝对的前景与在场，是意义的根本来源。古元从农民的劳动生活中提取的日常情景，不是脱离了地方与时代界限或社会生产现实的抽象的山水、田园或乡村，而是一种具体的、生活化的、具有情感性的实存。正如张仃所期待的那样，古元的木刻是"从劳动与土地结合过程中去寻找构图"④。无论是《锄草》《家园》还是《羊群》，古元的乡村景象总是处在一种目光的交织关系当中，将人与其赖以生存的世界勾连成一个难以分割的整体。这也同时泄露了画面外的那个同样在场的、带着参

---

① 〔美〕W. J. T. 米切尔：《帝国的风景》，米切尔编：《风景与权力》，杨丽、万信琼译，译林出版社2014年版，第16页。
② 〔英〕雷蒙·威廉斯：《乡村与城市》，韩子满、刘戈、徐珊珊译，商务印书馆2013年版，第27页。
③ 张仃：《画家下乡》，《解放日报》1943年3月23日，第4版。原刊文末注明"1942年、春天、蓝家坪"。
④ 同上。在张仃这篇文章中，其实古元本身就是一个正面教材，张仃认为古元的木刻表现出了"党教育下的、觉悟的革命农民"。

与性和亲近感的视点位置。如托多罗夫所言,"在日常生活场景没有孤立人物,它表现了投身于生活中的个体。"① 因此,与"风景画"的概念不同,我们可以将古元的木刻称为一种"日常情景画",其核心在于人的情感对场景、人物、细节和空间的有机组织。如果说风景画的抒情来自一个疏离于生存世界的"大他者"的视点,那么在古元这种日常情景画中,情感及其形式并不高于或外在于日常生活本身,而是根源于生活世界的内部。古元之所以能刻画出牛羊骡马与农民之间的亲近感,是因为他"像饲养它们的农民一样把它们当做和自己一起干活的'伙伴',是自己家里的'劳动成员',喜欢它们,对它们有感情"②。更重要的是,对原本庸常、琐碎而艰苦的乡村劳作与农家生活进行艺术性的再现,为其赋予一种有机的情感形式,正是从日常劳动生活中发现美的过程。正如艾青在"边区美协1941年展览会"上看到古元的《农村小景》等作品时所由衷感慨的那样:"他是如此融洽地沉浸在生活里,从生活里汲取无限的美","这些农村的美并不是士大夫们的田园诗里的美,却是土地之子的真挚的眼睛所看见的日常的美"。也是在这个意义上,艾青将古元的木刻称为"农村生活的赞美诗","充分地表现了作者对于农村生活的爱"③。

---

① 〔法〕茨维坦·托多罗夫:《日常生活颂歌:论十七世纪荷兰绘画》,曹丹红译,华东师范大学出版社2012年版,第41页。
② 周建夫:《跟古元先生学习》,《古元纪念文集》,第239页。
③ 艾青:《第一日(略评"边区美协1941年展览会"中的木刻)》,《解放日报》1941年8月18日,第2版。

第四节 "古元的道路"(二):"小米一样的艺术"

一、经验、情理与真实:农民眼中的真与美

古元对农村劳动生活高度集中的艺术观照,将日常生活中的细节提升到了主角甚至主题的地位。对深受左翼新兴木刻影响的延安木刻而言,古元的木刻不仅是创作题材的迁移,也预示着创作风格的转向。通过把握农民接受者的审美趣味,接受农民的批评与建议,古元的木刻获得了一种扎实而富于美感的具体性与逼真性,几乎就像是农民劳动生活的一面"镜子",但又不止是"镜子"这么简单。当农民从古元的画中辨认出自己的形象和生活时,也是在透过画中的形式与美感重新认识自己的劳动生活。但在此之前,农民尽管深刻地依赖着劳动生活,却未必会将其与"美"联系在一起。陕北的农民将生产劳动称之为"受苦""熬"或"扛",这些语汇都直指劳动带来的痛苦、折磨与消耗。再加上土地的贫瘠、频发的灾害与沉重的地租,农民与土地、与劳动之间的天然感情其实很容易被扭曲或掩盖,而产生一种"怨土地""恨土地"①的情感形式。

---

① 如方冰写于1943—1944年的诗歌《一个老农的歌》即模拟一个老农的口吻,道出了减租减息之前对"受苦"和"土地"的厌恨之情:"穷累两个字,/写尽了我的一生。/我是一个受苦的人!""一辈子/在土地上,累断了筋骨,穷断了根。"方冰:《一个老农的歌》,《延安文艺丛书》编委会:《延安文艺丛书》第五卷(诗歌卷),第43、49页。张铁夫的诗歌《土地的歌》则是以土地的口吻书写农民重获土地前后的情感变化,土改前"我还不属于你们,/你们把我耕种,但是收获的不归你们,/那条现在运送自己庄稼的路/就是往日给地主送粮的路啊!"导致农民活不下去,只好"含着泪逃走,和我离开。"张铁夫:《土地的歌》《延安文艺丛书》编委会:《延安文艺丛书》第五卷(诗歌卷),第329页。这类作品往往采取今昔对照式的写法,对比减租减息或土改前后农民的命运及其情感结构发生的翻转。

换言之，正是旧有土地制度中土地与劳动的分离，造成了人与土地、与劳动在情感上的疏离。古元的特殊性在于，碾庄是一个在西北红军时期就较早完成了土地改革，并逐步建立起属于自己的乡政权的地区。在古元下乡的1940年，碾庄的粮食生产也较为丰足，42户的粮食年总产量可以达到216万斤，即使在当时较高的公粮征收计划之下，仍可以保证家有余粮。① 由此可见，古元面对的其实是一种正在复苏的农村生活情感图景。而他从碾庄农民的劳动生活中攫取的场景也往往是出于对这种新生的情感形式的发现。② 因此，古元的创作也就不仅是对农民与劳动之天然情感的还原，同时也透露出新的政治力量如何复苏了农民的日常生活与情感能力。因而当农民从《入仓》《羊群》《牛群》中看到属于自己的粮食和牲畜，看到收获的喜悦和劳动的美感，也就自然而然地接收到审美形式背后的现实依托及其政治内涵，正所谓"画的都是咱们受苦人翻身的事，咱们看的懂，有意思"③。换言之，古元的木刻不仅是对农民生活进行精细的写实主义再现，而且是通过农民在欣赏绘画时的自我辨认，将其中的美和愉悦返身投射到他们对劳动生活的认知之上，使其重新认识到人与劳动、与土地亲密无间的共生关系。

对农民而言，"劳动"本身就是一个外来的陌生概念。无论是"劳动光荣"还是"劳动致富"，都必须要得到经验和形式上

---

① 参见靳之林《古元同志回碾庄记》，《美术研究》1994年第2期。
② 古元在《起步》中回顾自己的创作道路时曾说："见到一个农民把收获的粮食倒进仓里，我即时就想到：'这可不是地主的粮仓'，于是创作了一幅木刻《入仓》；见到区政府的办公室，虽然是一间简陋的房子，但它是劳动人民当家做主的自己的政府啊！于是创作了《区政府办公室》。"古元：《起步》，方正、刘剑编：《撞击艺术之门》，中国文史出版社1997年版，第526页。
③ 古元：《到"大鲁艺"去学习》，《美术》1962年第4期。

的双重确证,才有可能被农民真正理解和接受。当古元刻画出日常劳动的美,也就是在引导农民接受者重新对习焉不察的现实生活投之以审美化的目光,以一种自由、欢愉的视角重新认识劳动,也重新认识自己。这是艺术拟像对现实生活的再生产。正如托多罗夫在谈论十七世纪荷兰风俗画时所说的那样:"绘画不再是映照美的镜子,而是揭示美的光源。"① 而古元恰恰"有这样一种本领,善于从别人身后捡起那些被忽略了的美,特别是在农村的土道上"②。对劳动生活的艺术再现,在根本上是要通过揭示劳动与生活之美,促使农民赋予它们新的意义与更高的价值,从而在政党的政策理念与农民的感性体验之间嫁接起桥梁。以陆定一在《文化下乡》中所肯定的那幅古元的木刻年画《向吴满有看齐》为代表,解放区的美术工作尤其是"新年画"的创作其实就是在对农民的日常生活进行一个形象符号的系统更新。1943年春,古元和艾青、刘建章到三边下乡,到沿途的百姓家搜集了大量窗花。此后,古元便开始以农民的劳动形象如开荒、送饭、耕地、播种、植树、捡粪、锄草、运盐、养羊、喂猪、秋收、扬谷、拾柴、纺纱等等为图案创作木刻窗花。1944年,陕甘宁边区文教大会展出了这些搜集来的民间剪纸以及陈叔亮、孟化风、夏风、罗工柳等美术工作者创作的新窗花。古元有24幅木刻窗花参展(图2-9),其中《拦羊》一幅几乎就是《羊群》中的放羊娃、小羊羔和头羊的窗花版特写。据陈列室的招待员说:"老百姓非常喜欢这些新的窗花,其中尤以古元同志的《卫生》《装粮》

---

① 〔法〕茨维坦·托多罗夫:《日常生活颂歌:论十七世纪荷兰绘画》,曹丹红译,第161页。
② 周建夫:《跟古元先生学习》,《古元纪念文集》,第249页。

图 2-9　古元《装粮》《背柴》《拦羊》《送饭》(木刻窗花), 1943 年,《西北剪纸集》, 晨光出版社 1949 年版

《喂猪》《送饭》这四幅最受欢迎。有的老百姓来看了好多次。"①秧歌剧《钟万财起家》的结尾也写到一个很相似的场景：村主任来看望改造好了的二流子钟万财，特别提到"边区参议会上还有你的图像呢！"钟妻问画上有没有自己，村主任说："有嘛，他在前面掏地，你在后面打土坷垃。哎，那镢头举得高得很"，边

---

① 艾青:《窗花剪纸》, 艾青、江丰编:《西北剪纸集》, 晨光出版社 1949 年版, 第 6 页。

说还边模仿着画上的动作。亲自看过画的钟万财大笑着确认道："噢！高的很。"① 当农民自己的劳动形象取代了神仙画像或单纯的吉祥图案出现在窗花、剪纸和年画上时，"丰衣足食""人财两旺"的愿景也就与自身的劳动关联在一起，而非依赖于对某种超验力量的祈望。这种由新艺术传递出来的"美"以及"美"的理念，同时也就构成了新的认识和新的道德。在这个意义上，艺术的生产性也就不仅是审美上的，还是伦理上的和政治上的。以农民的日常劳动生活为中心，文艺生产不仅创造出新的形式，也创造出新的现实，劳动的价值感、道德感和尊严感都将得到提升。

作为农民日常劳动生活的"镜"与"灯"，古元木刻的写实主义风格其实也处在一个不断调整的过程中。古元的写实从一开始就不是自然主义式的逼真模仿，而是一种有条件的真实。古元对画面细节的选取和表现，往往是出于对"生活情趣"②的捕捉，即重视细节中的情感性与趣味性，因此能够得到农民的认可和喜欢。但由于在具体线条和明暗关系的表达上仍保留着西方木刻的技法，还是造成了农民接受上的障碍："老乡们对于一些不喜欢的东西便直率地提出意见。比如对一些木刻技法处理不妥当的地方，他们说：'为啥这人脸半边是白的那半边又是黑的？''脸上为啥画上这许多道道？''乌黑一大片的咱们看不明白。'"③ 而这也是鲁艺木刻工作团在晋东南前线进行木刻宣传工作时所遇到的问题。农民不仅无法理解西洋木刻技法中的明暗关系与黑白

---

① 军法处秧歌队：《钟万财起家》，章炳南、迪之、晏甬执笔，《延安文艺丛书》编委会：《延安文艺丛书》第七卷（秧歌剧卷），湖南文艺出版社 1985 年版，第 114 页。
② 在古元的创作谈中，"生活情趣"也是个被经常提及的概念，是"使艺术作品具有感染力"的重要因素。古元：《创作琐忆》，《西北美术》1991 年第 1 期。
③ 古元：《到"大鲁艺"去学习》，《美术》1962 年第 4 期。

布局，对于整个西洋绘画所内在遵循的透视法、解剖学、构图学、色彩学其实都存在认知方式上的隔阂。换言之，在审美趣味与接受习惯的差异背后，其实是认识世界的不同方式。对于农民而言，他们更习惯于擅用线条、平涂色彩、多点透视、不重背景的中国画或民间画法，而无法理解光影明暗、色团色块、焦点透视、近大远小、背景环境等西洋画的表现形式。然而，在1941年前后，尽管胡一川、彦涵、罗工柳等人已经意识到了这些问题并开始积极寻求新的形式，但在当时正转向"正规化"的鲁艺那里，木刻工作团的这些新尝试并未得到重视和肯定。① 在如何利用"旧形式"创造绘画的"民族形式"的问题上，仍然存在着到底哪一种画法才更"真实"、更便于群众接受的争论。

1941年12月，江丰便撰文提出"看懂的条件是肖似，最能达到肖似的，是新形式而非旧形式"，他坚持认为西洋画法才"真是实的描写"。在江丰那里，老百姓之所以会有"为什么把人脸画的一面黑一面白？把树叶画成团块？把人画得比山还高？"这样的疑问，是"由于知识简陋和不习见"；而"一般事物正常的发展规律，只有进步的东西才能融化落后的东西，后者必须服从前者"，因此他简单地认为，只要向老百姓加以解释，"就不会看不懂"②。这一表述显然忽略了不同文化传统中的观看者在认知装置上的根本差异。事实上，农民在欣赏绘画时，"首先注意的是内容"③，他们对于"真实"的认知与判断在于画中的形

---

① 参见周爱民《延安木刻艺术研究》，河北教育出版社2009年版，第220页。
② 江丰：《绘画上的利用旧形式问题》，《解放日报》1941年12月2日，第4版。
③ 《关于年画》，《解放日报》1945年5月18日，第4版。这是一组由四位美术工作者分别撰写的年画创作总结，引文出自其中第四篇罗工柳的总结。

象有无现实根据，是否合乎农村生活的日常经验和伦理限度，而农民眼中的"美"也是建立在这样的"真"的基础之上。农民对于生活形象的观看方式显然不同于焦点透视所要求的那样——站在某一个固定视点去观察事物，而是散点化甚至全景式的。因此对于农民而言，焦点透视看到的光影明暗是可以通过变换视点位置而消除的，自然也就不能算作事物的真实形象。与之相关，农民喜欢的图像表达也就不是从某个固定视点出发看到的"真实"，而是基于事物本身的"内容真实"所做的审美提炼或综合。蔡若虹曾记述过一段与农民的对话：

> "你看看我的脸上，这半边不是比那半边亮一些吗？那半边不是比这半边黑一些吗？"
> "我知道，我看得见。"
> "我这鼻子下面，我这下巴下面，不是黑乎乎的一片吗？"
> "我看得见。"
> "那为啥我画出来你还说是阴阳脸呢？"
> "看得见的，不一定都要画出来嘛！"
> "为啥不画出来？"
> "不好看，不美。"①

从这段对话中可以看出，农民并非看不到江丰所谓的"真实"，但如果这种"真实"有违事物直观的"真实"，就无法激发农民观众的审美体验。鲁艺的美术年画研究组在收集农民群众对新年

---

① 蔡若虹：《鲁迅与年画的收集和研究》，《延安鲁艺回忆录》编委会：《延安鲁艺回忆录》，光明日报出版社1992年版，第397—398页。

画的反应时就曾发现，虽然"群众不满足于质朴的'画得像'，更要求'俊一些'"，但"美化要根据事物实际的特征，不能超过尽情合理的一定限度"，否则就会引发群众有关真实性的质疑与批评："这些脸孔太红了，不像真人。""生了五个娃娃的婆姨，那里还有这样年轻？""一满是资本家，受苦人那像这样妖里妖气！"①并不擅长理论表述的古元在这一时期并没有关于如何利用"旧形式"的文字见诸报刊，但在1942—1943年，古元显然更加重视碾庄农民关于木刻技法的批评，特别对其1940—1941年的一系列作品进行了修改性的重刻以寻求一种新的木刻语汇，开始从技法着手向农民看待世界的方式和标准靠拢。可以这样说，江丰实际上是以"科学"话语的方式在中国/西方、乡村/城市、传统/现代两类观看者不同的认知结构之间建构起了某种"进步"与"落后"的等级判断，因此面对如何消除"老百姓与'高级艺术'之间的距离"②这一问题，他给出的方案其实是通过解说和教育改造群众的认知方式，使其接近外来的艺术形式。而古元的选择恰恰是通过接近农民的认知模式，反过来改造艺术形式本身。

根据农民的意见，古元借鉴了民间木刻年画以阳刻为主的技法传统，将西洋木刻的黑白趣味转向明快的单线，也吸收了传统复制木刻、民间绘画和装饰艺术中喜庆凡俗的情感风格。已有研究大多强调古元的木刻风格在1942—1943年间发生的"急速转变"：他重刻了1940—1941年创作的《哥哥的假期》《结婚登记》《离婚诉》三幅颇有影响的作品，其中"重刻的《哥哥的假

---

① 王朝文：《年画的内容与形式》，《解放日报》1945年5月18日，第4版。按，引文中的"那"原文如此，应为"哪"。
② 江丰：《绘画上的利用旧形式问题》，《解放日报》1941年12月2日，第4版。

期》保持了画面原有的构图和人物形象，只是在刀刻技法上，更多采用了'阳刻'的方式，减弱光影层次变化，使画面明亮起来。《结婚登记》和《离婚诉》则是重新构图，重新安排人物形象，原作与新作相比在技巧和风格上完全是两样。在这两幅新作中，古元减弱了背景空间的描绘，以人物为中心，突出画面的故事性和情节性，在技法和风格上，由块面的光影层次向线条塑造转变，由多种繁复的阴刻刀法向单纯简练的阳刻刀法转变"[1]。但需要辨析的是，这一转变其实并没有中断古元在碾庄下乡时就已形成的某些核心的形式机制，反而在叙事性、生活细节、对新情感的发现等关键点上延续甚至强化了这些经验。古元进行修改重刻的底本，选取的都是一些本身就具有叙事性，能够表现农民生活中的新事物、新风俗、新情感的作品。更重要的是，古元创作中丰富的细节并不因线条和刀法的简化而减少，反而能够在删繁就简中提炼出更具有典型性的形象和道具进行重组。换言之，线条的减少并不意味着生活内容的缩水或表现力度的降低。例如在《结婚登记》《离婚诉》两幅作品的修改中，虽然极大地削减了对空间场景（乡政府办公室）的描绘，却通过对道具的提炼（信插、文件）明确地标示出人物所处的环境，而人物表情和姿态的丰富化、对人物关系的重新搭建，都可以显示出一种更加明确化与精细化的调整，以及对"内容真实"的重视。

以古元1940年创作的《结婚登记》（图2-10）和1943年重刻的《结婚登记》（图2-11）为例，修改后的作品明显比修改前减少了排线的用法，为适应农民对明亮画面的偏爱，不喜欢阴

---

[1] 周爱民：《延安木刻艺术研究》，第226页。

图 2-10　古元《结婚登记》(木刻版画)，1940 年，《走向自由——古元艺术的内在精神》，广西美术出版社 2016 年版

图 2-11　古元《结婚登记》(木刻版画)，1943 年，《古元木刻选集》，人民美术出版社 1993 年版

影繁多、黑乎乎的画面色彩，古元不仅删减了以大量排线表现的空间场景，还调转了"镜头"的朝向，从一个横向铺开的中景构图集中到了原画面中心的近景，人物的位置安排也做了调整。其实，在1940年的第一稿中，古元已经开始清洗人物脸上的线条和阴影，黑白布局也已有所调整，对"黑"的运用往往都分布在衣饰、物体的固有色上（如工作人员的深色上衣、墙上的挂包等），而不再是出于对阴影的表现。修改前，前来登记的姑娘身旁有一个好奇地趴在炕沿上仰着头张望的小孩子，本是这幅木刻中的传神之笔。但由于小孩子紧靠在姑娘身边，容易使人误解两者的关系，继而有可能使人将这个未婚女子误认为一位母亲。姑娘一条腿垂下，另一条腿蜷起，虽是陕北农民的常见坐姿，但略嫌随意；加之三个主题人物同坐在炕上；小伙子又坐在炕桌的内侧，与外侧的工作人员进行着眼神和语言上的交流；如此倒显得这对未婚夫妇更像是窑洞的主人，在接受工作人员的来访。这都可能导致农民（尤其是不识字、无法认读标题的农民）难以从中看出"结婚登记"的主题。因此从图像对主题内容的表达上来讲，就是"不够像"。重刻后，未婚夫妇整体移至画面右侧，且空间较为疏朗。两稿中的姑娘形象都戴着花头巾，头发短而未束，与《离婚诉》中留着陕北妇女传统发髻的女性不同，表明这是一个未婚而且受过革命教育而剪了辫子的青年女子。但修改稿可能是考虑到画面的亮度以及陕北土布的样式[①]，省去了初稿中女子棉袄上的花纹，只保留了一条纹路简单的花围腰，并且去掉了

[①] 1945年在总结"新年画"的创作时，罗工柳就曾提到一位乡支书看到年画上的胖娃娃后批评说："这娃穿的是外边的洋花布，不像咱边区的娃娃。"《关于年画》，《解放日报》1945年5月18日，第4版。

衣裤上大面积的阴影与排线，只以头巾和鞋子保留其固有色以形成黑白的对比与呼应。尤其是姑娘的形象由侧脸转为正脸，表情刻画也更为精确。姑娘表情显得柔和、腼腆而带有笑意，安静地并拢着腿坐在条凳上，十分符合登记结婚时的小儿女情态。这一修改显然比初稿更符合新媳妇的身份和情感状态。而围观的群众与好奇的孩子则改在主题人物的另一侧，空间比较密致。孩子被围观的妇女拉在怀里，与新婚夫妇保持了足够的距离，小孩子揣着小手睁大眼睛的样子仍不失童真稚气，既不会引起误会，又保证了主题，也不会减损画面的趣味性与丰富性。比较两稿中主题人物之间的位置结构，桌凳取代了土炕与炕桌，但墙上的信插仍然保留，桌子将未婚夫妇和工作人员分隔在两侧，小伙子站起来介绍情况，工作人员则伏案专心记录，俨然一副前来乡政府办事的情景。如此不仅人物关系更加明确，空间特征也更为鲜明，画面的主题也呼之欲出了。

　　从逼真性的角度来看，初稿在人物、环境描绘的细节和生活氛围上可能更具魅力，但是当这种逼真性影响到农民接受程度的时候，就需要考虑什么才是农民眼中的"真"和"美"。对于农民而言，西方现实主义绘画讲求的逼真性并不是"真实"的绝对标准，而古元对于真实感的追求则是以农民日常生活中的经验与情理、习惯与趣味作为标尺的。换言之，这种"真实感"并不是从一种教条的"现实主义"原则甚至自然主义的方法出发的事无巨细的摹仿，而是要以农民眼中的"真"和"美"作为参照的。因此，当古元意识到在农民的认知结构中并不存在明暗光影的意识时，这种一味强调光影的"逼真"就必须被舍弃，而代之以明亮的色彩和单线阳刻的语汇。换言之，画面从"黑"向"白"的转变，表面上是对群众意见的听取或对传统形式的借鉴，蕴含的则是对农民看待生活与艺术的真实观的理解。更重要的是，对于"真实"和"情理"的细腻考量，又并非"剔黑为白"这么简单。考虑到农民对内容真实的重视，古元必须重新选取和调动画面中的细节与空间关系，删改可能引起误解的枝蔓，以准确地表达出主题。在古元此后的很多创作中，我们会发现线条越来越简单，环境也越来越简略，甚至成为全无背景的"虚白"，人物越来越成为唯一的中心"在场"。从整体上讲，转变后的古元木刻表现出一种朴拙甚至是稚拙的风格，但仍然保留和延续了碾庄时期对农民情感体贴入微的观察与捕捉。这既是出于接受上的通俗性考量，同时也形成了一种新的技法与风格语言。从西方绘画的传统和技法体系看来，这些新的语汇或许不够精妙甚至显得粗糙，但它却在很大程度上克服了左翼新兴木刻直接挪用西方木刻技法服务于当下革命时的"水土不服"，它所追求的是一种本土化的艺术语言，在根本上则源自古元对中国农民传统认知结构的理解和体贴。

二、下乡经验与形式的再生产

孔厥在写于1949年的《下乡和创作》中回顾道，当碾庄下乡的工作结束时，"时机一到，我就忙着回鲁艺去了。仿佛那学院才是我的老家，下乡去不过是临时客串了一个什么角色似的"，然而他回到鲁艺之后的创作却仍是"四不像"[①]。与之相比，从古元1940—1943年的风格调整可以看出，碾庄下乡为其提供的创

---

① 孔厥：《下乡和创作》，《人民日报》1949年7月13日，第4版。

作经验不仅成功,且并没有随着下乡的结束而消失,相反,它具有一种持续的生产性。一方面,古元养成了下乡的工作习惯,1943年即跟随运盐队下乡,到三边搜集窗花,还两次到南泥湾垦区驻军慰问①;另一方面则能够不断调用其碾庄下乡时期的经验和形式资源进行艺术的再生产。这种创作机制也是以情感和记忆上的延续性为基础的。古元结束下乡被调回鲁艺后,仍然保持着与碾庄农民的情感联系:"念庄的农民有时到学校来看我们,我们有时到念庄去看他们,我们对念庄的人们有着深厚的情感,我们对边区的农民也有着深厚的情感了。"更重要的是,这种情感还持续地作用于文艺工作者的日常生活与创作。当时鲁艺的大部分工作者都阅读《解放日报》,他们更关注其中的国际国内新闻,并不太留意边区农村的报道。但在农村长期工作过的古元则不同,他不但"非常关心边区农村的消息,如同关心自己家里消息一样",还能够敏锐地从中发现新的创作题材:

> 当我看到报上登载着绥德分区的农民斗争地主,要求退回多交的地租的消息时(绥德分区在尚未分配土地时,全国抗日民族统一战线已告成立,分地政策即时就停止,该地区的地主到以后依然保有大量出租的土地),我发觉自己比

---

① 古元表现运盐的木刻作品有《加紧运盐》(组画两幅)、《放青驮盐》(又名《宿营》,见《古元木刻选集》,人民美术出版社1952年版),表现南泥湾军垦的木刻作品有《延安民众慰劳金盆湾驻军》《同志,你健康吗——林主席慰问金盆湾驻军》(《解放日报》1943年3月7日),以及正面表现南泥湾部队生产劳动的《南泥湾驻军秋收图》(《解放日报》1943年11月16日,收入《古元木刻选集》时又名《部队秋收》)、《丰衣足食,学文习武》(《解放日报》1943年11月17日,后更名为《练兵》)。

别人对这一消息有较多的注意,当时我觉得这是一幅动人的图画的素材,后来我就决定要把这幅图画创作出来。我并没有跑到绥德分区去实地搜集材料,只是参看报纸的报导,并依据在念庄时所得到的生活体验。当时我想着:假如这一场斗争会是在念庄闹起来,念庄的积极分子郝万贵等人在这会上是表现出什么样的行动;贫农孙国亮——善于说幽默诙谐话的老头子,他会怎样;中农朱继忠他会露出什么姿态和颜色……。我回想起在念庄许多开会的场面,许许多多人们的活动情况,我以这些人物的思想和感情,以及其周围环境事物的形象作为依据,把它刻画出来,作成《减租会》这一幅木刻。①

这是一场发生在木版上与刻刀下的"想象中的革命",却富于具体真实的形象、场景与细节。这幅《减租会》(图2-12)采取了中心聚拢式的构图,刻画农民与地主之间的减租斗争。画面中的人物以多种不同的姿态和表情透露出各自的身份,以及在减租斗争中的不同位置。整个画面充满声音和动感,对"手指"姿势的运用尤其丰富,加之农民们从四面八方聚焦到地主身上的眼神,共同营造出一种强烈的戏剧冲突。古元在道具的选择上也颇为讲究:画面中心的木桌拉开了地主与农民的距离,又为农民大幅度的行动姿势留下了空间;在木桌的两侧,地主身后是一把高背雕花扶手椅,农民身后则是一张简陋的条凳,与皮袍和补丁的差别形成照应;同时选取账本、算盘、粮斗等标识性的道具

---

① 古元:《在人民生活中吸取创作题材》,《美术》1950年第6期。

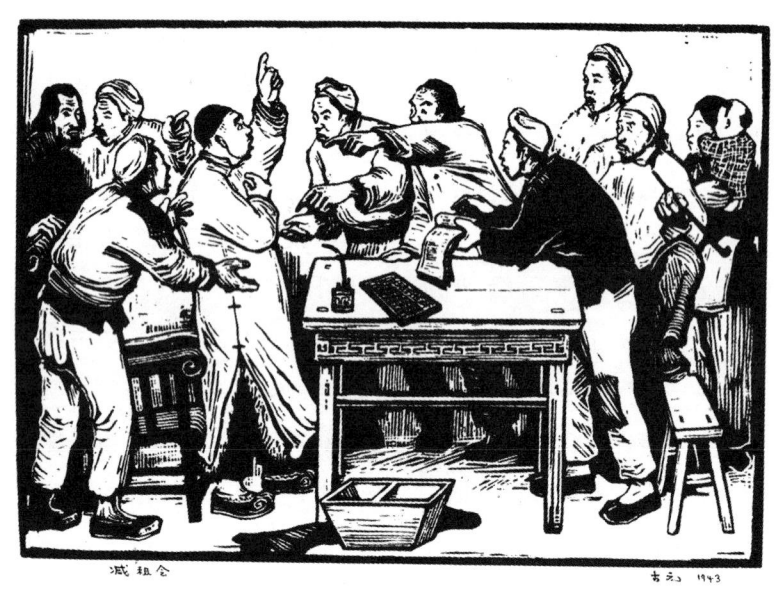

图 2-12　古元《减租会》(木刻版画)，1943 年，珠海古元美术馆

来表现要求减租的斗争内容。这些经过精心选择的道具，包括中心围拢的构图方式，以及"千夫所指"式的斗争姿态，后来都成为 1945 年后土改斗争图像中的重要符号与叙事语言。① 正如有研究者所评价的那样："人物众多，但表情神态各异，形象动作无一不鲜明生动，既符合了主题揭示的需要，又没有扭曲真实的面貌；陈设道具皆富于典型性，画面黑白对比处理精到，组织布局张弛有度，场面戏剧感强"，在关于农村斗争场面的图像表述上是"堪称典范的一幅作品"②。

---

① 如彦涵木刻《斗争地主》(1947)、马达木刻《土改》(1947)、施展木刻《清算》(1947)、莫朴木刻《清算图》(1949)等作品都沿用了《减租会》中的构图方式、斗争姿态和典型道具。关于土改斗争会的图像表述与符号特征的研究，参见胡斌《视觉的改造：20 世纪中国美术的切面解读》，广东人民出版社 2016 年版，第 25—27 页。
② 胡斌：《视觉的改造：20 世纪中国美术的切面解读》，第 8 页。

古元将这种创作方式总结为"访问、观察、联想"[①]的三部曲。在这个经验—想象—再现的过程中,碾庄的经验开始突破其具体性与地方性,上升为某种具有普遍性的形式资源。这种对农民的事如同对家事般的"关心",直接构成了古元的创作动力。下乡工作中的共同劳动、共同生活,为古元日后的创作源源不断地提供着形象和场景的素材,构成了形式的再生产。如古元自己所说,"后来我虽然离开他们,还经常想念着他们。我眷恋着这一块美好的土地,他们的生活情景,给我留下极深的印象,他们的形象也常常很自然地出现在我后来的作品中。"[②]与这幅著名的《减租会》一样,古元之后创作的《马锡五调解婚姻纠纷案》《逃亡地主又归来》等同样颇具影响的杰作都是这样创作出来的。事实上,古元对其创作中的这一情感机制非常自觉,他在创作谈中反复强调自己与乡村、农民之间深厚的感情,其创作欲望的激发也都源自"感奋""喜爱"或"关心"这类情感的作用。力群曾谈到古元一幅为艾青所盛赞的木刻《骡马店》:"这幅木刻的创作,说明古元对于陕北骡马店的兴趣,对骡马店的喜爱。而这对我却很有震动,我想:我自幼就出入于类似的骡马店,对它够熟悉的了,可为什么我却熟视无睹,没有想到歌颂它,没有想到要刻画它,而古元却刻画了呢?结论是古元来到陕北感到什么都新鲜,什么都可爱,所以他刻了骡马店。而我却可能不如古元对陕北地区和人民所具有的那么深的感情。"[③]在"熟悉的地方无风景"的老调之外,力群也揭示了在古元的创作中"情感"是如何发现"形式"的。因为喜农民之所喜、关心农民所关心的一切,所以

---

① 古元:《创作琐忆》,《西北美术》1991年第1期。
② 古元:《到"大鲁艺"去学习》,《美术》1962年第4期。
③ 力群:《悼念杰出的版画家古元》,《美术》1996年第10期。

古元画的"都是他们日常生活中喜爱的或关心的事物"[①]。换言之，古元不是从对艺术的关心出发裁剪农村生活，而是以艺术的方式关心农村生活本身。

在这个意义上，我们可以说，古元的作品都是一些"关心"之作，因为关心而发现，也因为关心而深细、体贴。古元在碾庄的下乡经历与木刻创作，构成了解放区文艺工作之"情感实践"的重要经验。这既是文艺工作者从事具体乡村工作的基层政治实践，又构成了艺术创作上的形式实践。古元的经验提出了这样一种情感机制：艺术表达和接受的核心在于一种情感的发生与传递，对农村生活有所关心的创作者传达出的是一种与外部生活世界具有连带感的情感，而不只是一种自我表现的、个人性的情感；农民接受者通过欣赏这样的作品，又能够将其从形式美感中获得的情感体验投射到对自我和劳动生活的道德认知与政治认同之上。这是一个"发乎情而达乎情"的过程。在这个意义上，陆定一在1943年提出"古元的道路"，以及随后发动的那场大规模的"下乡运动"，都是为了使更多的文艺工作者更深入也更贴切地进入到农村劳动生活的伦理世界与情感世界中去，将政治意识层面的思想认识落实为一种"乡里乡亲"式的情感联结，从而把握到这种"情感实践"的内在机制。

在家庭出身、性格气质、审美趣味乃至艺术天分这些方面，古元成功的碾庄经验的确有其不可复制之处。事实上，无论是在无意识层面建立起情感认同，还是化解"工作"与"创作"之间的矛盾，为这一新的情感赋形，都不是一件容易的事情。即使

[①] 古元：《在人民生活中吸取创作题材》，《美术》1950年第6期。

仅是作为一种经验模式，很多文艺工作者仍然需要经过曲折反复地摸索才能获得。孔厥在结束碾庄下乡时，便深深苦恼于语言上的"大杂拌"："心里倒是想用群众的语言写，企图作到'大众化'。写起来可是'吃力不讨好'。"经过多次失败的尝试，孔厥终于发现"语言是跟生活分不开的"，于是重新投入到下乡工作中去："慢慢地我能够和农民相处得比较好。工作上也学会了一些办法。"但这个过程仍然伴随着很多由于不了解农民需要而产生的错误，在写作上也仍然感觉"自己和群众还隔着一层什么看不见的东西"，"常常觉得自己是在矫揉造作，给一种虚伪的感情支配着。终究我们还不能够很自然地写农民，也常常写不出他们的真实的感情"。直到经过榆横新区的土改斗争，又在冀中、平津保三角地区的"反扫荡"中与当地农民同甘共苦、一起出生入死，他才真正与老乡们"结成知心朋友"，离开后"我们也经常给他们写信，由衷地关心他们的生活，在感情上，似乎是跟群众进一步地联系了"[①]。"情感"的核心问题如果得不到解决，下乡也只会带来形式上的"四不像"与表面化等问题，甚至是出于对某一成功经验的依赖而导致在形式上简单模仿、堆砌素材甚至概念化倾向。周扬就曾在《论赵树理的创作》中隐含着对某些作家在小说中过度使用方言、土语、歇后语，只是"为了眩耀自己语言的知识，或为了装饰自己的作品来滥用它们"[②]的批评。如徐冰所说，这反而会将这样的经验变异成"一种采事忘意的标本捕捉和风俗考察。以对区域的、新旧的类比的把握作为把握生活最可靠

---

① 孔厥:《下乡和创作》,《人民日报》1949 年 7 月 13 日, 第 4 版。
② 周扬:《论赵树理的创作》,《解放日报》1946 年 8 月 26 日, 第 4 版。

的依据。似乎谁找到北方鞋与南方鞋的不同，谁就发现了生活。这种对局部现象和趣味的满足，使创作停留在琐碎的、表面的、文人式的狭窄圈篱中，反倒失去了对时代生活本质和总体精神的把握，与社会现实及人们的所思所想离得远了"①。情感机制的关节不加以打通，就无法从形式表象直抵历史内容的真实。因此，这些形式问题只能在下乡工作的普遍推开与深入参与当中，反复地加以淘洗和持续的塑造，才有可能得到根本上的解决。

与古元这样年轻、单纯、几乎完全是在解放区艺术教育的培养下成长起来的艺术工作者相比，胡一川、罗工柳、彦涵、力群这类在1930年代就已经拥有丰富创作经验与革命经验的艺术家则面临着更大也更为艰难的转换。从城市转入农村，原有的革命工作经验也必须经过调整，鲁艺木刻工作团也在前线和敌后的实际工作中摸索着新的工作方式与创作道路，如在各根据地建立木刻工场，印制年画和其他木刻政治宣传画和传单等。但到1943年春，最后一批木刻工作团成员返回延安后，又要面对从战地宣传工作向农村基层工作的转换。1943年3月20日，胡一川给周扬写信要求下乡，检讨自己的创作"还经常无意中强调着个人的兴趣"，于是决心"要真正地深入到下层的群众中去体验生活"，并从《解放日报》上刊登的扎工队消息中发现了新的题材，提出"为了要能更真实地反映这个题材，我想下乡亲身生活在那个圈子里面去，以我个人的体力和认识，我相信自己可以帮忙他们做些工作"②。一个月后，胡一川来到南区协助组织春耕，参加生产

---

① 徐冰：《我心中的古元》，《美术研究》1997年第1期。
② 胡一川：《红色艺术现场：胡一川日记（1937—1949）》，第330页。

动员会，组织变工扎工，替二流子制定生产计划，查路条以免农民进城卖柴耽误耕种等，同时"利用一切空余时间跑到村头村尾和到每个老百姓家里去画速写"，写杂记，并跟随扎工队一起上山开荒，发现了很多"不是用脑子可以想象出来的"，"也是画室找不出来"的形象姿态。① 1944年4月，胡一川在这次下乡经验的基础上创作了著名的套色木刻《牛犋变工队》，不仅得到好评，还被要求拓印二十份作为送给外国记者团的礼物。1946年，胡一川再次向组织提出要到冀中参加土改，跟随区、村干部动员群众参加农会，组织游行，"我跟着队伍跑，我观察着各种各样的人物、表情、服装"，不放过每一个场景、形象与姿态：

> 我真正看到了所谓农民轰轰烈烈向地主斗争的场面，我看到了各种各样的地主，我看到了农民怎样获得土地所有权，我抓紧了一切时间和机会，甚至于连晚上也不放松，画了许多速写，我现在已经变为一个怪物了，我到哪里老百姓就围到哪里，他们赞美着我画的速写，尤其是看到地主最先是那么狡猾，但斗争结果是头不得不低下来的各种脸型，和真正看到他们自己的斗争姿态。我一面画一面还做些宣传，据地方工作的负责同志说，我这工作对于发动群众和作各种斗争是起着很大作用，他们不愿意我走。②

和古元一样，在下乡工作中，胡一川通过画速写、记杂记，既找到了有效的工作方式，又发现了丰富的形式资源。农民从他的画

---

① 胡一川：《红色艺术现场：胡一川日记（1937—1949）》，第332—343页。
② 同上书，第439页。

中第一次看到了自己的斗争生活,并从斗争姿态的行动力与斗争胜利的叙事性中获得了审美的快感,从而完成了对这种新生的、反抗的主体性的自我确认。尽管在风格和技法上,仍如胡一川此前常常被批评的那样,存在细部刻画不足的问题,但正因取材于实际斗争,所以他的刻画往往更具有现场感和生动性;加之"斗争"这一主题又很契合胡一川对主观真实和动态形式的偏好,因而更具有真实的表现力。通过下乡工作,胡一川不仅与农民群众建立了情感联系,激发了艺术拟像的政治动能,同时也找到了个性化的艺术语言。由此可见,尽管胡一川在风格主张上更偏爱"大笔调有气魄"①的创作,与古元强调细节的写实主义相差甚远,但最终在工作方式和创作机制上,仍然是在"古元的道路"上获得了成功。

因此,陆定一提出的"古元的道路",并不完全是一个艺术风格的问题,也不仅仅是美术创作或某一个艺术门类内部的问题,甚至也不仅是"创作"的问题,还是深层的"工作"方式的问题。古元的创造性在于,他不仅能够协调"工作"与"创作"之间的矛盾,将二者妥帖地加以融合,有效地启动工作/创作中的情感机制,并且能够在西方绘画的焦点透视、明暗关系与中国民间绘画的散点透视、单线平涂这两套技法系统与认知装置之间保持一种融通的态度,对艺术语言自身的问题作出细致的改造与建设。古元的特殊性或许在于,在他身上我们看不到在其他文艺工作者那里很容易见到的分裂与拉扯,却能发现一种内在于中国农民和民间传统的低调与柔韧。古元既能在艰苦的下乡工作

---

① 胡一川:《红色艺术现场:胡一川日记(1937—1949)》,第349页。

中保持自我创作的敏感与热忱,对于繁杂的美术供应工作也从无抱怨,并能够根据题材、受众的不同熔炼其木刻技法和语汇,因此才既能发明出《新旧光景》连环木刻画、《文化课本》插图这样兼具教育功能与趣味性的通俗形式,又能创造出《战胜旱灾》《焚毁旧契》这样精致的、具有历史纵深感和强大艺术感染力的杰作。或许正是在古元这样的创作者身上,中国共产党发现了其理想中的"文艺工作者"的主体形态与工作方式,"古元的道路"正内涵着生活实践、情感实践、创作实践与政治实践之间的统一。

事实上,自 1939 年大生产运动起,生活、劳动、艺术之间的区隔几乎是不得不开始弥合。对于美术工作者而言,不仅是开荒种地,就连教室、画室、绘画的工具和材料都要靠自己建造和生产,用炮弹皮、钢伞骨或钢笔尖制成雕刻刀,用马兰草造纸,用杜梨木作木板,自己砍柳条烧炭笔。用蔡若虹的话来说,这种"一手拿锄,一手拿木刻刀"的生活也"把过去脑子里存在的关于城市的概念,课堂和画室的概念,通通打得粉碎"。换言之,艺术创造不再是独立于生产、生活之外的超越性空间,而是必须还原到劳动生活的内部,也唯有此才能获取其工具与形式上的双重质料。蔡若虹曾不无激动地在日记本上写下:"现代的盘古——用锄头和木刻刀——代替双斧——在黄土高原的脊梁上——生产小米——和小米一样的艺术。"[①] 作为一种象征性的概括,"小米一样的艺术"或许道出了解放区文艺的某种理想形态:它是从土地、劳动和农民生活的内部生长出来的,又能够反过来

[①] 蔡若虹:《窑洞风情》,艾克恩主编:《延安城头望柳青:毛泽东同志〈在延安文艺座谈会上的讲话〉学习文集》,文化艺术出版社 1991 年版,第 431—432 页。

哺育农民的劳动与生活。1943年的下乡运动作为一场大规模的试验，正是希望找到某种具有普遍性的文艺生产机制，以达成社会生产与文艺生产、政治工作与艺术创作之间的统一。在这个过程中我们也会看到，新的形式与新的现实是如何相互发明的。

第三章

"新写作作风":作为生产的艺术

1943年2月6日,延安文化界两百余人在青年俱乐部举行欢迎边区三位劳动英雄的座谈会。农民英雄吴满有、工人英雄赵占魁以及机关学校"种菜英雄"黄立德,先后就其翻身历史与生产事迹做了报告。与会的文化工作者范文澜、艾思奇、张仲实、丁玲、艾青等人听完报告后,检讨了自己与劳动英雄在感情和行动上的差距,纷纷表示"要好好的向你们学习",决心将"笔杆与锄头、锤子结合起来"①。在锦旗和礼物之外,吴玉章、艾青及音协的文艺工作者还当场向三位英雄赠诗并配以朗诵,还演唱了以劳动英雄为题材改编的民歌小调。②时任边区文协副主席的丁

---

① 莫艾:《笔杆锄头和锤子——特写文化界欢迎三英雄》,《解放日报》1943年2月10日,第4版。
② 莫艾在报道中记录了劳动英雄听到改编歌曲时的反应:"三位英雄,当他们听着他们自己的故事所编成的歌曲的时候,他们是多末高兴呀!吴满有的嘴唇不是始终都没有合拢么?他底头不是不住的点着吗?'三绣英雄,要把我绣在荷包上呢!哈……哈……哈'。"莫艾:《笔杆锄头和锤子——特写文化界欢迎三英雄》,《解放日报》1943年2月10日,第4版。由此推测当时演唱的歌曲可能是改编过的民歌《绣荷包》。艾青在这次座谈会上发表了诗歌《欢迎三位劳动英雄》,

玲感慨道："过去总有些感伤的性情，今天几位新的英雄已经给予我们新的健康的题材了。"①《解放日报》记者莫艾在报道这次座谈会时很快从中读解出了某种"新的创作"的"萌芽"②。2月10日，古元的木刻年画《向吴满有看齐》与陆定一的《文化下乡》一同刊发在《解放日报》上。一个月后，部署文艺工作者下乡的"党的文艺工作者"会议召开，毛泽东在延安文艺座谈会上的讲话的部分内容也于3月13日在《解放日报》上发表。随着下乡运动的大规模展开，自1943年3月起的连续数月，《解放日报》陆续发表了以边区劳动英雄为题材的特写、报告、小说、诗歌、版画、歌曲等大量不同体裁的文艺作品。③ 1943年11—12月，

（接上页）并配以朗诵。莫艾在报道中提到了艾青在劳动英雄面前朗诵该诗的情景；艾克恩《延安文艺运动纪盛（1937.1—1948.3）》等史述中亦称是艾青自己朗诵的。但该诗发表在1943年2月17日的《解放日报》上时，诗末标明："这诗曾在'延安文化界欢迎吴满有、赵占魁、黄立德三位劳动英雄大会'上朗诵，朗诵者是朝鲜威乡同志"，而非艾青本人。

① 参见李向东、王增如编《丁玲年谱长编（1904—1986）》上卷，天津人民出版社2006年版，第179页；另见艾克恩《延安文艺运动纪盛（1937.1—1948.3）》，第418页。莫艾在当时的报道《笔杆锄头和锤子——特写文化界欢迎三英雄》(《解放日报》1943年2月10日，第4版)中亦转述过这一说法："丁玲同志不是也说了么？已往过年总带着感伤，而今年，新的英雄，给她新的写作题材了。"

② 莫艾：《笔杆锄头和锤子——特写文化界欢迎三英雄》，《解放日报》1943年2月10日，第4版。

③ 自1943年3月16日至1943年底，《解放日报》上发表了以书写劳动英雄的各类体裁作品数十篇，如荒煤《模范党员申长林同志》（特写，3月16日）、田方《马丕恩在召唤》（特写，3月16日）、师田手《李位和其他五个劳动英雄》（特写，4月19日）、石秋《女参议员路芝》（特写，4月22日）、董诉《参加生产的军人家属》（特写，5月10日）、李得奇《我见了赵占魁》（诗歌，5月10日）、王朗超《刘雨云怎样起家》（特写，5月11日）、师田手《开荒英雄霍殿林》（特写，5月12日）、田方《劳动人民的旗帜——记警区模范党员劳动英雄刘玉厚》（特写，5月18日）、贺敬之、庄映《赵占魁运动歌》（歌曲，5月18日）、潘湘《女队长》（报告文学，5月22日）、方驰辛《贺生云》（特写，5月

延安召开了第一届劳动英雄代表大会与边区生产展览大会，大生产运动也在这一年达到高潮。

1943年的下乡运动其实是伴随着边区的劳模运动共同展开的。为应对边区1940—1941年遭遇的巨大财政危机以及因征粮过重引起的党群矛盾，同时希望提高农民生产劳动的积极性，自1942年春耕集中发起的劳模运动成为大生产运动中的一项主要的组织形式与工作方法。因此，为响应毛泽东《在延安文艺座谈会上的讲话》中"与工农兵相结合"的要求以及下乡运动的号召，作为"到群众中去"的第一步，访问、书写劳动英雄也成为相当一部分文艺工作者下乡时的一项工作任务，或是在暂时无法下乡从事基层工作时的替代性工作[①]。自1943年后，正如已有研究者所阐发的那样，对"劳动英雄"形象的发现与塑造，不仅在生产运动中建立起了一套独立的制度体系，将工农劳动者推上

（接上页）23日）、朱婴《折聚英》（散文诗，5月23日）、师田手《突飞猛进的朱占国》（特写，6月11日）、师田手《模范班长白银雪》（特写，6月15日）、古元《打盐英雄李文焕》（木刻版画，6月15日）、师田手《三个模范的青年战士》（特写，6月16日）、式微（陈学昭）《访马杏儿》（报告文学，10月5日）、张帆《焦大海》（特写，10月5日）、刘漠冰《罗专员和打盐队》（特写，10月6日）、马烽《张耿凤运动的热潮》（报道，10月7日）、纪叶《模范炊事员周良臣》（特写，11月13日）、田方《刘王厚的光辉》（特写，12月7日）、孔厥《新的英雄》（通讯，12月7日）等。参见艾克恩《延安文艺运动纪盛（1937.1—1948.3）》，第433—434页。

① 如陈学昭自1943年2月起开始参加大生产运动，但其下乡工作的请求一直没有得到批准，直到1943年冬劳动英雄大会时才被《解放日报》社分配去采访劳模，写作了《访马杏儿》（另据陈学昭晚年的回忆，她还写作了关于女劳模折聚英和另一位男劳模的报道，应指《为党工作（记劳动英雄胡华钦）》）。劳模大会后，她则被调往中央党校四部做文化教员，教习工农干部学文化、改作文。参见陈学昭《天涯归客——两次去延安的前后》《关于写作思想的转变——听了毛主席〈在延安文艺座谈会上的讲话〉以后》，丁茂远编《陈学昭研究专集》，第152—154、243—245页。

"英雄"的主体位置,显现出"尊严政治"与"德性政治"①的形态;还逐渐发展为一种文化现象,引发了文艺工作者以"真人真事"为题材的写作运动②。如周扬所说,"写真人真事,是'文艺座谈会'以后文艺创作上的一个新现象,是文艺工作者走向工农兵,工农兵走向文艺的良好捷径。"③但值得注意的是,在艾青、丁玲、赵树理等作家那里,这一写作运动实际上包涵着相当丰富且自觉的形式探索,并不能简单等同于劳模运动的政策宣导,也不仅是知识分子进行思想改造的一个环节。恰恰是在文艺的"形式"问题上,创作实践与政治实践展现出更为复杂的内在关联,

---

① 蔡翔在其《劳动或者劳动乌托邦的叙述》中认为中共对于"劳动"这一现代革命力量的征引具有强大的"解放"机制,尤其是在政治和经济的合法地位之外,劳动者还将获得一种"尊严",而这种"尊严"也是一种"尊严政治",与中国乡土世界的"情理"和"德性"相关联,"爱劳动"的新观念也是对"德性政治"传统的延续。参见蔡翔《革命/叙述:中国社会主义文学—文化想象(1949—1966)》,第222—246页。黄子平则在与蔡翔研究的对话中指出,这样的"尊严政治"只是将"劳心"和"劳力"的等级关系做了一个颠倒,劳动在符号秩序里很崇高,但在客观世界中则是贬义的;而集体劳动则破坏了德性政治传统的延续,当个体劳动与集体劳动相冲突时,"尊严"也将无法维系。参见黄子平《当代文学中的"劳动"与"尊严"——在中国人民大学的演讲》,《当代文坛》2012年第5期。
② 关于解放区"劳模文化"与"劳模写作"的研究,可参见王彩霞《延安时期"英雄"角色的置换——陕甘宁边区的文艺与劳模运动》,《中国社会科学院研究生院学报》2011年第2期;周维东《"英模制度"的生成:历史塑造与文学书写》,《励耘学刊》(文学卷)2014年第2期;周维东《被"真人真事"改写的历史——论解放区文艺运动中的"真人真事"创作》,《中山大学学报》(社会科学版)2014年第4期;宋颖慧《论延安文学中劳动英模形象的创构》,《海南师范大学学报》(社会科学版)2015年第12期。其中周维东的研究基本将劳模书写作为一种"英模制度"的社会学文本,并认为这类写作并不是要"重写"劳动英雄,而只是让已经被政治运作树立起来的"英雄"形象"永久地进入艺术的世界",并为之增加政治内涵,因此将其视为一种影响力并不算大的宣传手段。
③ 周扬:《谈文艺问题》,《周扬文集》第1卷,人民文学出版社1984年版,第502页。

同时呈现出一种突破"文学/艺术"原有的概念边界与形式规定性的特点。换言之,这一写作运动不仅从劳模运动中发现了新的题材和内容,也生产出了新的形式。对于"劳动英雄"的书写既是文艺工作者从其实际工作经验中获取新的文学/艺术主人公的过程,也内含着对"五四"以来的新文学体制以及文艺形式本身的试验性改造。

第一节 劳模运动与"泛报告文学"写作

美国学者马克·赛尔登在其关于"延安道路"的论述中指出,劳模运动在"1943年的大生产运动高潮中应运而生"①,这一论断并不甚准确。一方面,劳模运动的展开在很大程度上首先是为了应对"皖南事变"后国民党对陕甘宁边区的军事与经济封锁造成的财政困难,尤其是要用实际奖励的方式安抚和激励对大幅增长的征粮负担产生强烈不满甚至举家搬迁逃避的农民群众。另一方面,作为一种组织生产的形式,其实早在1937—1938年,在陕甘宁边区及各敌后根据地已经开始局部地、小规模地开展"劳动英雄"的表彰活动并实施奖励,产生出各种"突击手""开荒英雄""纺线能手"等模范人物,但主要还是作为"春耕运动"这项常规活动中的一种奖励机制。②1939年底,边区政府在总

---

① 〔美〕马克·赛尔登:《革命中的中国:延安道路》,魏崇明、冯崇义译,社会科学文献出版社2002年版,第249页。
② 如1937年2月19日公布的《中央土地部关于春耕运动的决定》就将"增加收成,奖励生产"作为当年春耕运动的一项口号与要求,赋予春耕运动中积极劳动、成绩突出者劳动英雄的称号,给予荣誉和宣传。1937年5月6日《新中华报》报道了子长县春耕运动中的农民党传世母子、模范红属贺文高、伤残军

结生产任务顺利完成的原因时发现,劳动英雄的创造对生产运动起到了相当积极的作用,因此在荣誉和物质上给予奖励也被确立为完成生产工作任务的重要方法之一。①这一经验在陕甘宁以外的各根据地很快得到推广,并逐渐在1940—1941年发展出"群英会""英雄榜""劳动竞赛""给奖大会""工农业展览会"等形式。②但值得注意的是,已有社会史研究指出,这一时期劳动英雄的产生大多采取的是"自上而下"的方式,例如由县政府布置推选任务,甚至事先提供候选人名单,导致下达到区乡之后出现"拉夫"现象,而群众则认为劳动英雄是"官封"的,是"政府捧的",是为了替公家说话、征粮的。故而不仅群众不信服,就连当选的农民也对"劳动英雄"缺乏自我认同,因此反而"背离

(接上页)人张飞以及妇女儿童群体。1938年1月抗日军政大学举办了"延安工人制造品竞赛展览会",评定、奖励并宣传了先进工厂、合作社(共计10个)以及147位先进个人,《新中华报》在报道中称之为"劳动英雄"。1938年春耕运动中,甘泉县向安塞县、靖边县向安定县发出挑战,提出了创造劳动英雄的问题。边区政府建设厅于1938年底在延安县政府召开给奖大会,奖励劳动英雄。参见杨忠虎、张用建主编,中国延安精神研究会编《陕甘宁边区劳模运动》,中央文献出版社2016年版,第8页。

① 《陕甘宁边区群众机关生产工作的初步总结报告提纲》,陕甘宁档案馆、陕西省社会科学院编:《陕甘宁边区政府文件选编》第1辑,第492页。

② 如1940年1月16日,陕甘宁边区政府举行了第二届农工展览会,经评判有三千余名劳动英雄受奖。同年2月18日,召开生产总结给奖动员大会,毛泽东在会议上讲话,李富春作了总结报告,各机关选出甲、乙、丙三等劳动英雄数百名,并颁发奖章、奖状和奖金。1941年3月25日,边区开展了生产大竞赛,一个月后召开竞赛总结大会推选劳动英雄,并在"五一"纪念大会上加以奖励。参见杨忠虎、张用建主编,中国延安精神研究会编《陕甘宁边区劳模运动》,第11页。在晋察冀边区、晋绥边区和晋西北地区也相继展开同类活动,如1942年1月13日,晋西北劳动英雄检阅及生产建设展览大会在兴县召开,即晋西北第一届"群英会",选出劳动英雄百余名,他们不仅得到农具、毛巾、奖状等奖励,还得到续范亭的接见与称赞,受到战斗平剧社的演剧慰劳。参见吕改莲、张敬平、胡苏平主编《三晋史话》(吕梁卷),三晋出版社2015年版,第279页。

了中共一贯倡导的群众路线"①。也就是说,"劳动英雄"的产生如果缺乏公信力,违背工农群众自身的意愿,不能使群众理解劳动英雄、组织生产与其自身生产利益之间的关系,仅靠单纯的精神与物质刺激,仍然很难成为有效的工作方法。随着陕甘宁边区1941年重大财政危机的出现,面对1942年尚未发展起来的春耕运动(或者说是越来越难发展起来的春耕运动),中共亟待建立起一套有效的提高农民生产劳动积极性的组织形式与工作方法。

在苏区时期的"革命竞赛""生产竞赛"经验以及上述在边区和根据地局部开展的一系列表彰活动的经验基础上,1942年的春耕运动开始深度借鉴苏联的"斯达汉诺夫运动"②,希望能够在

---

① 参见王建华《革命的理想人格:延安时期劳动英雄的生产逻辑》,《南京大学学报》(哲学·人文学科·社会科学)2016年第5期。
② "斯达汉诺夫运动"是苏联在1935年为提高工人生产积极性而发起的一项社会主义竞赛运动。阿里克谢·斯达汉诺夫(Alexey Stakhanov, 1930—40年代还曾译为斯达哈诺夫、斯泰哈诺夫、斯泰汉诺夫等)本是苏联顿巴斯煤矿的一名普通的采煤工人,因在三人小组中采取"分工"方法,在1935年8月31日在一班工作时间内超出规定工作额度的13倍,并继续创造新的挖煤记录。但这一纪录实际上只是将三人合作的工作量计算在了一人身上。在媒体的广泛宣传下,斯达汉诺夫成为先进劳动工作者的代名词,以他命名的生产竞赛运动在全苏联迅速展开,得到斯大林的高度评价。斯大林1935年11月7日在全苏联"斯达汉诺夫工作者第一次会议"上的讲话在一个月后,被南京出版的《苏俄评论》(1935年第6期)报道(《苏联举国若狂之斯泰哈诺夫运动》);1936年艾思奇在《通俗文化》(1936年第3卷第10期)杂志上撰文《斯达哈诺夫为什么工作得很好》,从主观能动性的角度对斯达汉诺夫运动进行了阐释。关于斯达汉诺夫运动对中共劳模运动的影响之研究,参见余敏玲《形塑"新人":中共宣传与苏联经验》,"中央研究院"近代史研究所2015年版,第263—266页;高海波《斯达汉诺夫运动与典型报道》,《国际新闻界》2011年第11期。余敏玲认为,苏联开展斯达汉诺夫运动时中共正在长征,江西苏区时期虽也有生产竞赛,但只有"开垦荒田的光荣模范""生产战线上的女英雄"等提法,并未上升到具有政治意义的"劳动模范"概念,因此并不是出于对斯达汉诺夫运动的效仿。余敏玲和高海波都认为,中共对这一运动的学习始于延安时期,而真正的效仿(包括发掘典型、总结经验、组织宣传、开会表扬)是自1942年开始的。

边区大生产中找到一个斯达汉诺夫式的、堪为表率的模范人物。广为人知的农民英雄吴满有、工人英雄赵占魁以及其他生产单位的劳动模范如机关英雄黄立德、军队英雄李位、合作社英雄刘建章，都是在这种语境下被相继发现和树立起来的。在发现赵占魁的过程中，当毛泽东得知赵占魁坚持生产、革新技术的事迹后马上指示中央职运会书记邓发，要将此前针对个人的奖励机制提升到"树立模范"的高度："奖励赵占魁这件事做得很好，这不是奖励一个人的问题，而是全边区和其他根据地提高生产、改进工作的新生事物。平时我听你们要找斯达汉诺夫，赵占魁同志就是中国式的斯达汉诺夫。你们把他的优点总结起来，树立标兵，推广到各工厂各生产单位去！"[1]

---

[1] 王光荣：《穆青与边区劳动英雄赵占魁》，《党史天地》2001年第1期。但据已有研究的梳理，"英雄赵占魁"其实是在"狄建德事件"的爆发中被偶然发现的。1942年，边区难民农具厂（后合并为军工局第一兵工厂）的工会主任狄建德反对新合同准则，要求提高待遇，组织工人罢工。中央职运会书记邓发派李劼伯和边区总工会生产部长章萍调查这一事件，他们由此发现了一位与狄建德截然相反的工人赵占魁。总工会在处理狄建德的同时，也对赵占魁不计报酬、主动革新创造、成绩突出的事迹进行了奖励。在毛泽东的指示下，赵占魁的先进事迹和经验被广泛宣传和推广，并发展为著名的"赵占魁运动"。值得注意的是，在狄建德与赵占魁的两极化背后，其实隐含着边区工人的工作境遇问题。据朱鸿召的考察，"整风运动前，工人们，尤其是公营工厂里的技术工人们，享受着很高的工资待遇和精神自由"，但边区工厂的劳动实际上带有义务性，本就存在增加工时、削减工资的情况。同时，工会的职能也发生了转变，从1930年代左翼革命时期的领导工人斗争转为了组织工人生产。工人内部成分复杂，既包括产业技术工人也包括手工业雇工，而技术工人与红军干部之间也矛盾频发。在"皖南事变"后的财政危机下，公营工厂亦陷入困顿，边区农具厂缺乏熟练工人、设备和原料，因此周转资金短缺，加之物价飞涨，工人工资难以维持。终于在1942年5月订立增加工时、重定工资标准的新合同准则时酿成工潮。因此，"赵占魁运动"实际上也是为应对1942年的经济与生产危机而发起的，以平息工厂工潮，对工人加以教育改造，以保证边区工厂生产的继续开展。参见朱鸿召《延安日常生活中的历史（1937—1947）》，广西师范大学出版社2007年版，第33—56页。

但正如负责寻访模范的《解放日报》记者莫艾所言:"找一个模范的,而且是为众所公认的农村劳动英雄,可就很不是易事。自从春耕运动开始以来,我们就在农村中访问这样一个对象,好介绍出来,让大家向他学习,向他看齐。一两个月以来,我们走过了不少的农村,各个主要城市的县上、区上、乡上,我们也都调查过,好的例子很多,可总难找出一个,能叫每一个人心里都折服的劳动英雄。"直到在延安县检查春耕工作的区长联席会议上,柳林区区长尹登高"郑重地提出了吴满有的名字:'地种得多,荒开得多,粮打得多,缴起粮来踊跃争先,数量既多,质量都好,是一个抗属,模范的农村劳动英雄。'"根据这条线索,莫艾很快在柳林区第二乡吴家枣园找到了吴满有。吴满有,1894年出生于陕西省横山县,1928年携妻女逃荒到延安吴家枣园村落户,租种土地,打柴做工,为饥贫所迫先后卖掉两个女儿,妻子病故。土地革命后分得一架荒山,因勤于开垦经营,家底很快殷实起来。更重要的是,吴满有在自己致富之外还非常关心边区"公事"。据莫艾了解,吴满有1941年种地33垧,收粮34石,却主动缴交公粮14石3斗、公草1000斤、公债150元、公盐代金665元,远远高出其他农民,还"发动他村上的每一个邻舍,切实春耕。尽自己的力量,解决他们在春耕中所遇到的困难"。区长尹登高也说:"我们这区上有个模范吴满有,公事就好办,他一个人的行动,比一百张嘴的解释还更有效。"为落实吴满有的模范事迹,莫艾还通过村长召集了全村14户村民听取意见,农民们对吴满有交口称赞,并尤其佩服他的勤于劳动与乐于助人:"他不称英雄谁配称英雄?""老吴哥受苦第一,不要说咱们全县找不出第二个,恐怕全边区也找不出来。""特别是受苦的精神，真叫人感动。"①由此可见，吴满有在革命翻身之后，不仅积极参加生产劳动，还自愿多交公粮，热心于抗战，并且在群众中拥有很高的威信。就这样，莫艾发现了陕甘宁边区的第一个劳动英雄的"典型"。

1942年4月30日，《解放日报》以头版头条报道了吴满有积极开荒、踊跃交粮的模范事迹②，并配发以《不但是种庄稼的模范　还是一个模范公民》为总题的两条消息以及《边区农民向吴满有看齐》的社论。在革命翻身之外，这些文章主要强调的还是吴满有"对生产事业，有着高度的积极性"以及"正确的认识和了解"③，并花费大量篇幅介绍了吴满有早起晚睡、深耕细作、勤于锄草上粪、不违农时等劳动经验。将这一树立劳动模范的时间特别选定在四月底并加以大规模的宣传，既是为了配合春耕运动以及四月里的一场及时雨④，也是为了赶在"五一"国际劳动节时扩大这一典型人物的影响。经过边区政府和延安县政府认定，吴满有当选"全边区的农村模范劳动英雄"，并于1942年5月1日在延安县柳林区二乡南庄召开给奖大会，向吴满有颁发奖状并奖赠物品，边区政府主席林伯渠、副主席李鼎铭联名号召农民"向吴满有看齐"⑤。《解放日报》在5月5日头版报道了给奖大会的盛

---

① 莫艾：《模范英雄吴满有是怎样发现的》，《解放日报》1942年4月30日，第2版。
② 参见《模范农村劳动英雄吴满有　连年开荒收粮特多　影响群众积极春耕》，《解放日报》，1942年4月30日，第1版。
③ 《边区农民向吴满有看齐！》，《解放日报》，1942年4月30日，第1版。
④ 在莫艾第一次访问吴满有时，吴满有刚带领兄弟、儿子和一个难民雇工开完荒，正赶上一场及时雨："现在雨又下了，他的心里更是无限的欢喜，'这样一来，公家就不用愁了'。"莫艾：《模范英雄吴满有是怎样发现的》，《解放日报》1942年4月30日，第2版。
⑤ 《边府号召边区农民向吴满有看齐》，《解放日报》1942年5月5日，第1版。

况并刊登了这一号召的全文,又在第 2 版刊登了莫艾的特写《忘不了革命好处的人——记模范劳动英雄吴满有》,并在 5 月 6 日继续刊登了以《吴满有——模范公民》为题的社论,号召广大农民"抓紧雨后开荒播种的好机会,全力推动春耕运动,组织生产竞赛,更进一步提高生产热忱,创造更多的吴满有!"① 在这样的宣传影响下,不仅是吴满有所在地区,乃至边区 1942 年的开荒数量与粮食产量都有所增加。② 基于这样的成效,1943 年 1 月 11 日的《解放日报》发表社论《开展吴满有运动》,正像苏联的"斯达汉诺夫运动"一样,一场以边区农村的劳动英雄命名的"吴满有运动"就此展开了。

从"吴满有运动"到之后的"赵占魁运动",以及由此在个人、单位、区县之间发动起来的一系列劳动竞赛,劳模运动开始发展为一种群众运动。中共对"劳动英雄"已不止于一般性的提倡、表彰和奖励,而是有组织、有计划地在群众中发展"典型",通过报刊、集会、政治仪式、文艺活动等各种形式在全边区加以推广,号召边区群众向他们学习,同时通过在各条生产战线树立起多个"典型"以形成更大规模的运动网络来全面促进各行业生产的发展。中共对这种树立"典型"的运作机制非常自觉:"劳模运动是边区生产和各项建设工作的组织形式和工作方法,也是创造典型和推广典型的运动",而且在各种工作方式中被认为是"新的、比较有效的一种"③。值得注意的是,这种政治运作方式在根本

---

① 《吴满有——模范公民》,《解放日报》1942 年 5 月 6 日,第 1 版。
② 参见《边区积极发展农业生产 今年开荒四十五万亩 增加细粮五万石》,《解放日报》1942 年 12 月 20 日,第 2 版。
③ 陕甘宁边区财政经济史编写组:《抗日战争时期陕甘宁财政经济史料摘编》第 2 编(农业),陕西人民出版社 1981 年版,第 752 页。

上源于对"典型"这一马克思主义文学批评概念的借用。在马克思和恩格斯关于莎士比亚、巴尔扎克、拉萨尔、欧·仁苏、玛格丽特·哈克奈斯等作家的批评中,一个"典型的"人物既具备丰富的个性,又体现了历史的力量。卢卡契则"用'典型的'一词表明按照马克思主义观点看来是最有历史意义和最进步的潜在力量,它们显示社会的内在结构和动力。现实主义作家的任务是通过真实可感的个人和行动,有血有肉地表现这些'典型的'倾向和力量"[1]。普列汉诺夫受别林斯基的影响,同样认为艺术反映社会现实,最重要的是创造"典型"形象。1930年代,瞿秋白将以恩格斯为代表的马克思主义典型理论译介到中国。1936年,胡风与周扬就典型理论展开论争,但二人在基本思想上都接受别林斯基、高尔基和恩格斯关于"典型"的观点:"他们对典型的普遍性给予特别的重视,强调典型的创造要抓住人物的本质特征。"[2] 从总体上讲,马克思主义的"典型"理论因其强调"典型"所具有的普遍性特征与历史力量,的确内含着从文学领域拓展到政治领域的潜能。又或者说,马克思主义文学批评中的"典型人物"本身就具有某种政治性。苏联与中共的劳模运动汲取了这一文学批评概念中的政治能量,在某种程度上其实也是在使用叙事、虚构、戏剧化等文学化的方式来构建一种体现着新的历史力量的政治典型。[3]

---

[1] 〔英〕特里·伊格尔顿:《马克思主义与文学批评》,文宝译,人民文学出版社1980年版,第32—33页。

[2] 有关"典型"概念及理论在中国的流变,参见旷新年《典型概念的变迁》,《清华大学学报》(哲学社会科学版)2013年第1期,第129页。

[3] 必须指出的是,"典型"的塑造既带有理想性与未来性,又与边区阶段性的经济路线以及现实主义政治的运作策略密切相关,因此也会带来话语和实践上的矛盾与冲突。《解放日报》对"吴满有方向"的大力提倡曾一度引发读者关于其"经济本质"的质疑:"能不能把富农的方向(吴满有的方向)当作边区全体农

而作为这一"典型政治"①的运作环节,解放区的报刊媒介与文艺创作也为其所征用,就此展开了以劳动模范的"真人真事"为题材的写作运动。

自吴满有被树立为"典型"以来,《解放日报》除了刊登关于吴满有的消息、通讯与社论,还刊登了大量以各种体裁书写英雄吴满有的文艺作品。1942年8月13日,柯蓝发表《吴满有的故事》,并配以古元为吴满有所作的木刻肖像;11月3日,莫艾以"穆亥"为笔名发表《劳动的果实——吴满有的秋庄稼》;1943年2月10日,与古元的木刻年画《向吴满有看齐》同版还发表了柯蓝的《吴满有和他的庄里人》。有意思的是,柯蓝和莫

(接上页)民的方向?"《解放日报》编辑部当即以公开信的形式承认了"富农经济是允许其存在并成为新民主主义经济中的一个组成部分的",并将吴满有定义为"新民主政权下一种新型的富农"和"革命的富农"。《关于吴满有的方向——复赵长远同志的信》,《解放日报》1943年3月15日,第1、2版。关于"吴满有方向"以及边区中农、新富农阶层的崛起在实践性话语与话语性实践中引发的难题,可参见李放春《北方土改中的"翻身"与"生产"——中国革命现代性的一个话语—历史矛盾溯考》,《中国乡村研究》第3辑,社会科学文献出版社2005年版,第247—254页。此外,在剧烈变动的政治局势面前,典型政治又极易陷入悖论性的困境。1947年3月,胡宗南大举进犯陕北,吴满有作为民运部长积极支前,在1948年4月的一次战斗中被俘,后传出"叛变声明",被开除党籍,此后便不再出现在劳模宣传中,但事件真相仍有争议。参见李锐《劳动英雄吴满有真的叛变敌了吗》,《炎黄春秋》1995年第4期。更重要的是,当大生产运动中以"富农经济"为主导的政治经济构想发生改变时(如到土改时期),像吴满有这样的"富农英雄"一方面很可能由于固守其小农生产伦理而迅速被典型政治淘汰,另一方面也可能发生动摇,改变其政治选择,或转而成为具有投机性质的积极分子或坏干部。这恐怕也是劳模运动在当时的经济政策下塑造这类"典型"时未能纳入考量的。由此可见,在典型政治的实际运作中,"典型"在历史方向性与现实功利性之间存在某种悖反,成功的典型在两党斗争中也更易被利用。

① 关于"典型政治"的运作逻辑,可参见冯仕政《典型:一个政治社会学的研究》,《学海》2003年第3期;钟贤哲《"典型政治":国家治理的逻辑》,《武汉理工大学学报》(社会科学版)2012年第5期。

艾的这些作品在文体上非常模糊，很难说清到底是通讯、特写、报告文学、散文还是小说。尤其是柯蓝的《吴满有的故事》，在正文开始前，甚至有一段新闻"导语"式的文字介绍吴满有的身份，号召群众向他学习，正文则选取三个日常劳动生活即景，分为"吴满有种庄稼""吴满有和他的长工""吴满有上新市场"三节，通篇采用非常生活化与口语化的语言写成。除了吴满有和村长进行劳动竞赛的场景外，柯蓝很少使用描写，并以大量朴实而鲜活的对话展开叙事。这使得这篇作品更像是一组精炼易读的通俗小故事。此外，文艺工作者还选取了各种不同的艺术门类来表现吴满有的模范事迹。除上述这类叙事性散文外，艾青创作了长诗《吴满有》，连同诗人记录写作过程的"附记"以及吴满有的木刻肖像，整版刊登在1943年3月9日的《解放日报》第4版上；4月21日，安之平发表诗歌《我想吴满有》；同月，贺敬之分别与马可、刘炽合作，创作了歌曲《吴满有挑战》和《生产大竞赛》；行政学院的于光远还自编自导自演了秧歌剧《吴满有》；1946年，王尊三创作的《吴满有鼓词》以及秀万的《说唱鼓词劳动英雄吴满有》也分别在晋察冀和苏中地区出版；1946年春，陈波儿编写了电影剧本《边区劳动英雄——吴满有》，并于同年秋天以"延安电影制片厂"名义组织拍摄，这也是解放区最早自力拍摄的第一部故事片①。值得注意的是，与前述叙事性散文中存

---

① 由于内战开始，影片最终并未摄制完成。电影的基本创作人员有导演伊明、翟强、冯白鲁，摄影程默，美术设计兼制片钟敬之，场记高维进。除凌子风专职饰演吴满有外，其他演员向延安各单位借调，如从中央党校借调阿甲饰演黄克富，李波饰演吴妻，还从西北文工团、民众剧团以及"延安保小"借调了演员。主创人员曾到吴家枣园与当地农民一起生活，拍摄了很多准备素材，1946年9月中旬抢拍了村民打谷扬场、农妇纺线、娃子放羊等劳动生活场景，但土地革

在的文体模糊现象相应,在这些不同体裁甚至是不同艺术门类的作品中,也存在着文体交叉的现象。这些作品在吴满有的形象塑造、"翻身"前后命运对比的叙事方法以及通俗化的修辞上,与那些报道吴满有的通讯、特写或报告文学的写法其实非常相近。事实上,不单是书写吴满有,这类以劳动英雄的"真人真事"为题材的创作在整体上都表现出一种相近的文体风格,即一种可以称之为"泛报告文学"的创作倾向。

作为一种兼具纪实性与即时性的现代新兴文体,报告文学不仅是以新闻报道式的眼光攫取社会生活现象,同时也呼应和承载着历史的动势与深具现实感的历史内容。而与1930年代尤其是全面抗战初期蔚为流行的"战地报告"不同,陕甘宁边区的报告文学写作则具有更强的组织性、针对性与建设性。1943年11月7日,中共中央宣传部作出了《关于执行党的文艺政策的决定》,特别提出:"在目前时期,由于根据地的战争环境与农村环境,文艺工作各部门中以戏剧工作与新闻通讯工作为最有发展的必要与可能,其他部门的工作虽不能放弃或忽视,但一般地应以这两项工作为中心。"并针对新闻通讯的写作进一步强调:"报纸是今天根据地干部与群众最主要最普遍最经常的读物,报纸上迅速反应现实斗争的长短通讯,在紧张的战争中是作者对读者的最好贡献,同时对作者自己的学习和创作的准备也有大的益处。那种轻

(接上页)命前的部分尚未拍摄(仅在钟敬之的回忆文章中保留了脚本上的一段土地革命前的戏),便因战局于1946年11月上旬由西北局决定暂停拍摄。已经完成的部分未能单独编制成片,但先后被《还我延安》和《红旗漫卷西风》等长短纪录片以及后来的《延安岁月》《毛泽东》等革命历史文献影片采用。参见《延安第一部有声片〈吴满有翻身〉开拍》,《风下》1946年第40期;钟敬之《影片〈边区劳动英雄〉拍摄的前前后后》,《电影艺术》1985年第8期。

视新闻工作，或对新闻工作敷衍从事，满足于浮光掠影的宣传而不求深入实际、深入群众的态度，应该纠正。"① 这一文艺工作重心的确立，一方面显示出通讯、报告的写作也是伴随着文艺"创作者"向"工作者"的身份转换，同时发生的工作方式的转换，要求的都是从"走马观花"的虚浮态度转为深入群众的实际工作；另一方面则透露出，理想的通讯、报告写作并不应满足于对现象的捕捉或对政策的"宣传"，而是应当进入到历史内容的深处，洞察社会的内在结构与潜在的历史动力。这也正是马克思、恩格斯和卢卡契在谈论"现实主义"与"典型"概念时的核心意旨。

关于解放区"真人真事"题材文艺创作的既有研究，曾以"摹写运动"概括这种与新闻通讯高度相近的劳模书写。围绕艾青写作长诗《吴满有》时逐字逐句向吴满有征求意见的创作过程，研究者联系《解放日报》对吴满有形象的先行塑造，认为"其本质便是知识分子对现实生活中工农兵的'摹写'"，"说到底，它是知识分子对党的政策的'摹写'。"② 对于少数照搬通讯素材的写作而言，"摹写"概念具有一定的解释力，但有几个问题还需加以辨析。首先，这一判断主要是基于作品内容的层面提出的，尚有待于形式层面的细致探讨。即使在内容层面，很多创作者也都是经过对劳动模范的实际访问、下乡调查甚至共同生活后进行的创作（如艾青、丁玲、欧阳山、孔厥、赵树理、陈学昭、杨朔、柯蓝、穆青、莫艾、海稜、张铁夫等很多作者

---

① 《关于执行党的文艺政策的决定》，《解放日报》1943年11月8日，第1版。
② 周维东：《被"真人真事"改写的历史——论解放区文艺运动中的"真人真事"创作》，《中山大学学报》（社会科学版）2014年第2期。

的劳模书写，都经过实地访问与下乡调查），并非是对已经"成型"的真人真事进行摹写。而在吴满有、赵占魁这类经过大规模新闻宣传的"边区特等劳动英雄"之外，很多地方如县乡或机关单位的劳动英雄在接受文艺工作者访问之前，也并不存在一个所谓"成型"的新闻形象。换言之，这些文艺工作者所做的恰恰不是在摹写典型，而是在创造典型。在这个意义上，这些劳模书写当然也不是对现实生活中的劳动英雄进行自然主义式的摹仿。另一方面，"摹写"的概念其实是将文艺工作者仅仅作为政策宣导的传声筒，切断了艺术典型（包括政治典型）与历史之间的关联性。更关键的问题在于，既有研究大多没有注意到这些文艺创作在体裁和形式内部发生的微妙的改造，因此抹消了这类"泛报告文学"写作在把握现实结构与历史动态的努力，以及在文体形式的交叉杂糅和文体边界的漫漶交融之中所显示出的新的生产性。

第二节 艺术生产工具的改造

本雅明曾在1934年的一篇题为《作为生产者的作者》的演讲中提出，比之于将政治倾向性与文学质量、内容与形式相对立的批评论争，"辩证的做法必须将它们置于活生生的社会关联之中"[①]。他并不认为政治倾向性一定会损害艺术性，并提出克服上述这类二元对立的切入点以及分析的中介恰恰在于创作"技术"。在本雅明这里，"技术"是一个涵义宽泛的概念，既包括报纸、

---

① 〔德〕瓦尔特·本雅明：《作为生产者的作者》，王炳钧译，河南大学出版社2014年版，第6页。

电影、摄影、广播、唱片这类艺术生产、传播的方式与物质技术手段，也包括一定技术条件下的艺术形式以及作家的创作技巧。其中，本雅明特别看重"报纸"的意义，他引用自己同年发表的一篇题为《报纸》的文章指出，在报纸上（尤其是在"苏维埃的报界"）正在发生一场"剧烈融合的进程"："不仅超越了体裁种类之间、作家与诗人、学者与普及者之间的传统区分，而且甚至对作者与读者的划分进行修正"[①]，因此必须从"广阔的视野出发，来借助我们今天形势下的技术条件重新思考有关文学形式或体裁种类的观念，以便找到构成当前文学活力切入点的表达形式"[②]。也就是说，报刊带来的这一在文类或体裁之间的融合，呼唤着一种新的艺术与形式的观念。如本著第二章所述，解放区"文艺工作者"位置的确立及其工作方式的转变，要求的是多文类/跨文类的创作实践以及一种综合性的创作技艺，它不仅取消了"现代文学"的文类制度及其内在的等级关系，还根据战争和农村环境的实际需要，重新拣选和建立起了一个新的文艺体裁的类别系统。因此，以"泛报告文学"写作为代表的艺术生产当中，其实蕴含着一种松动既有的艺术秩序继而建立新的形式的可能性。

但这只是一个开始。如果说"真人真事"的劳模写作只是使本来从事不同文类的创作者都经过了这一创作"技术"的训练，使其习得了通讯、报告所携带的那种观察现实与历史运动的方式，那么更深刻的融合与改造还是要回到其"当行本色"的形式创制当中加以试炼。然而，如伊格尔顿在谈论"形式"时所指出的那样："在选取一种形式时，作家发现他的选择已经在意识形

[①] 〔德〕瓦尔特·本雅明：《作为生产者的作者》，王炳钧译，第12页。
[②] 同上书，第9页。

态上受到限制。他可以融合和改变文学传统中于他有用的形式，但是这些形式本身以及他对它们的改造是具有意识形态方面意义的。一个作家发现手边的语言和技巧已经渗透一定的意识形态感知方式，即一些既定的解释现实的方式；他能修改或翻新那些语言到什么程度，远非他的个人才能所能决定。这取决于在那个历史关头，'意识形态'是否使得那些语言必须改变而又能够改变。"① 这构成了各种文艺体裁以及形式传统发生融合时具体的形式问题。表现在劳模书写上，其实很难说这种"泛报告文学"倾向与小说、诗歌、民歌、鼓词这些形式传统到底是谁改变了谁。或者说，在一种融合性的文类"地震"发生的时刻，这些形式传统的板块确实发生了迁移和碰撞，并且远比外部现实的政治变革要来得含混、暧昧。在这个意义上，艾青的长诗《吴满有》恰好以其在不同的文艺体裁、形式传统及个人的创作脉络之间丰富的"化合反应"为我们提供了一个生动的试验"现场"。

一、形式与主体："新的农民"如何创生

1943年2月15—17日，经过去吴家枣园寻访吴满有并向其征求修改意见，艾青最终修订完成了长诗《吴满有》。在亲自访问吴满有之前，艾青的确应是从《解放日报》关于吴满有的报道中获取到写作素材。1944年7月的一篇评论文章即已敏锐地从中发现了"叙事诗"这一"新形式"与报告文学之间的关联："它里面有人物事件的发展和运动，而且是实人实事的报导；当然不一定完全是实人实事，可以更深刻的形象化，只要是有充分

---

① 〔英〕特里·伊格尔顿：《马克思主义与文学批评》，文宝译，第30—31页。

的现实性就行。"① 全诗分为九个部分：一、"写你在文化界的欢迎会上"，二、"写你受苦的日子"，三、"写你翻身"，四、"写你勤耕种"，五、"写你发起来了"，六、"写你爱边区"，七、"写你当了劳动英雄"，八、"写你叫大家多生产"，九、"写你的欢喜"②。在劳动英雄、模范公民等基本的形象定位、对比叙事以及语言的通俗化这三个层面上，这首诗对吴满有形象的塑造确实并没有超出新闻报道的范围。③ 但如果仅停留在内容和形式的最表层加以判断，很多饶有意味的形式问题则很可能被忽略。

这首长诗突出的形式特点首先在于人称与呼语的使用。全诗通篇使用第二人称"你"展开叙述，并多次使用了"好老吴"或"老吴"的呼语，仅在两处短暂地转入"吴满有"这样的第三人称叙述，但很快又回到了第二人称的叙述中。长诗在结构上采取了倒叙的手法，从文化界欢迎边区三英雄的座谈会写起，再追溯吴满有由"受苦"到"翻身"再到"发家"的经过。第一节记述了吴满有在欢迎会上亮相并接受文化界致敬的情景，从外貌、衣着、神态勾勒出了一个过着"好光景"的"新农民"形象。值得注意的是最后一个小节：

> 你说话了——
> 慢慢的，一口陕北腔，

---

① 其雨：《从〈吴满有〉说到大众的诗歌》，刘增杰、赵明、王文金等编：《抗日战争时期延安及各抗日民主根据地文学运动资料》下册，第1234页。
② 艾青：《吴满有》，《解放日报》1943年3月9日，第4版。
③ 参见周维东《被"真人真事"改写的历史——论解放区文艺运动中的"真人真事"创作》，《中山大学学报》（社会科学版）2014年第2期。

你说着过去的日子。①

正是自这个小节后,诗歌开始转入吴满有的翻身历史与发家事迹。这当然是吴满有在欢迎会上作报告的情景写实,但在长诗《吴满有》中,这个"你说话了"的场景也奠定了叙事展开的方式与整体的声音基调。更重要的是,一个由话语和声音构成的"吴满有"形象正是伴随着叙事结构的展开逐渐树立起来的。在"受苦"一节,吴满有只在安慰贫病的妻子时说过一句话,并且绝望而徒劳。进入"翻身"一节后,伴随着吴满有兄弟参加革命,诗歌开始以自由间接引语的形式出现声讨地主、债主的声音。艾青使用了非常口语化的语言,这使得这一节对外部世界的描述也更像是从农民眼中看到的情景。从"勤耕种"一直到"叫大家多生产",连续五节开始越来越多地出现以"你说"领起的排比句或排比段。尤其是"叫大家多生产"一节几乎完全是由"你说""你又说"领起每个小节的。吴满有的这些话语几乎都是从已有的通讯报告中对吴满有语言的记录中撷取的,如"我受过革命的好处,/我是革命里爬起来的,/我忘不了革命,/我真心爱边区。""八路军在前方,/和日本鬼子拼着命,/就是为了老百姓,/没有他们,/边区怎能够太平?"等等。艾青还穿插性地以直接引语或自由间接引语的形式挪用了通讯报告中的很多其他农民谈说吴满有的话语,如"老吴人算是第一,/老吴受苦算是第一","好老吴是有良心的","好老吴眼光看得远"等等。除了韵脚上的修饰外,艾青还很注意将这些话语和吴满有的话语组

---

① 艾青:《吴满有》,《解放日报》1943年3月9日,第4版。

织成一个个微型的对话场景。特别值得注意的是第六节"写你爱边区",在该节标题之下还附有一个副标题"一个歌",直接在叙事中引入了民歌的形式。在这段"拟民歌"当中,艾青就将莫艾访问吴家枣园时村民们评说吴满有的话语引入诗歌,构成了由"好老吴"领起、再由"你说"回应的两组"对唱"式的段落。这不仅构成了这一节诗歌不同于其他各节的形式趣味,也营造出一幅英雄助人、急公好义,百姓领情、交口称赞的和乐乡村生活图景。

大量的"你说"不仅为长诗带来一种声音性,还关联着吴满有形象中的主体感的生成。伴随着叙事上的翻身、发家、做英雄,从"说话"到"歌唱",吴满有逐渐获得的是说话的能力和自己的声音。1944年的评论者已经发现《吴满有》"可以朗诵,可以吟咏",更重要的是它是"用吴满有式的语言,来歌唱吴满有式的英雄与事业"[①]。当然,这一形式上的灵感很可能源自注重捕捉人物语言的通讯报告。尤其是柯蓝的《吴满有的故事》,也直接使用了"听"或"你听,吴满有说"这样富有对话性和声音性的叙事方式。但艾青的创造性在于,他在人称上重新组织了对话的结构。如果说柯蓝的做法是"我讲一个吴满有的故事给你听",将读者牢牢地安放在了"你"的位置上;那么艾青则是让主人公吴满有占据了"你"的位置,来倾听写作者"我"的表白与颂赞。于是,读者的位置就变得很微妙。这种对话关系的重构在阅读上会带来一种双重的代入感:读者既有可能将自己代入到"我"这样一个追慕者的位置上去,又有可能代入进"你"这样

---

① 其雨:《从〈吴满有〉说到大众的诗歌》,刘增杰、赵明、王文金等编:《抗日战争时期延安及各抗日民主根据地文学运动资料》下册,第1233页。

一个被倾诉的位置上去。这就使得吴满有所占据的位置不再是一个单纯被叙述的、遥不可及的英雄模范，而成为一个人人皆可向往、可以通过自身劳动抵达的、具有召唤性的空位。换言之，不同于通讯、社论中"创造更多的吴满有"①这样的政治宣导，艾青的诗歌正是以形式的改造重构了艺术与现实、主人公与读者的关系，构造出了一种向群众敞开的"英雄"图景。

在诗歌中使用大量的第二人称，倒也并非艾青自《吴满有》才开始的尝试。正相反，这本就是艾青自身创作脉络中一个突出的形式特征。有意思的是，长诗由欢迎会起笔，还原的其实也是艾青第一次见到吴满有时的情景。因此在第一节中，在透过许多个"你"紧凑地连缀起来的"吴满有"背后，我们仿佛也能感受到诗人紧紧追随的目光，以及一种强烈的"献诗"式的口吻。对于1941年才抵达延安且此前的诗歌创作已相当成熟的诗人艾青而言，《吴满有》也是他第一次尝试以新的方式去观察和想象"新的农民"②。但事实上，这首长诗虽然表现出高度的叙事性，但仍延续了艾青自《大堰河——我的保姆》以来就形成的某种稳定的抒情方式、口吻和语感。艾青大量书写土地、农夫与村庄的诗歌其实都可以借用他1942年《献给乡村的诗》中的一句来概括，即"我的诗献给乡村里一切不幸的人"③。这些诗歌总是将丰饶的自然与穷困坚忍的农人并置在一起，写法也往往是"献诗"

---

① 《吴满有——模范公民》，《解放日报》1942年5月6日，第1版。
② 比起长诗《吴满有》，艾青在1943年2月6日欢迎会上的那首赠诗《欢迎三位劳动英雄》在粗糙之外甚至也不够真诚，充满了生硬的表白与宣传口号，唯一具有形象感和经验性的段落是对自己失败的生产劳动的反省，但也显得有些油滑，并且通篇都没有正面书写劳动英雄。
③ 艾青:《献给乡村的诗》，北门出版社1945年版，第8页。

或"赞美诗"式的,第二人称"你"或"你们"常常带着浓烈的抒情冲破第三人称的铺陈和密集的意象组合,带着忧郁而又热切的感情捧出诗人一颗深沉的心。虽然在语言和意象上,《吴满有》都极力追求简单通俗,但还是延续了自身创作脉络中对农家日常生活情景细致动人的描绘。在第五节写吴满有发家后的"好光景"时,尽管艾青已经有意将此前稠密的长句拆分成由短句和词组构成多个独立的小情景,并试图以一种从容的语调冲淡以往倾注、纠集在绵密物象之中的浓郁情感,但不变的仍是艾青对农家生活的丰富意象与生动细节的浓厚兴趣。同样地,《吴满有》对第二人称的大量启用以及"献诗"式的抒情方式,也与其一直以来的形式脉络保持着一致。但差别在于,《吴满有》第一次以有声的"你说"取代了无声的"你"或"你们"。不同于艾青以往诗歌中那些高度象征化的、不变的、沉默的、痛苦的、隐忍的、被侮辱与被损害的农民形象,由大量的"你说"和富于事件性的动作构成的吴满有,则是一个改变了命运的,有话语、有声音、有主张、有行动、有自觉意识的农民形象。

客观地讲,从诗歌的修辞水平来看,艾青对于吴满有这样的农民其实是相对陌生的。尽管他使用的语言的确是"朴素的,简单明快,而且差不多完全撇开了旧的诗的辞藻,而代替以不少新的群众口语"[①],但在轻浅的诗意之外,其实还尚未达到贴切自然的形容与俗白流利的美感。诗人邵璞在其1947年的评论中,虽然将《吴满有》誉为"人民的诗",但也对其中淘洗得有些过度的语言提出了批评:"诚然,这诗的语言是明朗的,朴质的,大

---

① 其雨:《从〈吴满有〉说到大众的诗歌》,刘增杰、赵明、王文金等编:《抗日战争时期延安及各抗日民主根据地文学运动资料》下册,第1233页。

众性的,但是,有些地方却过于简朴,因此失去了诗的丰富的色彩。"① 如前所述,艾青真正擅长的是描绘农家生活的日常情景,但在刻画吴满有时则会偶尔泄露出一种语词上的局促与矫情。例如在写吴满有接受文化界致敬时,艾青写他"像采果子一样自然,/像娶亲一样快活,/像选举一样严肃",写吴满有欢喜地看着自己的羊群时,"你快乐得像在梦里,看见一大堆银子"。尽管也是在努力揣摩农民的情绪和心理,但还是显得有些生硬,不够自然。在和长诗一同发表的"附记"中,艾青详细地记录了他来到吴家枣园,将诗稿一句一句念给吴满有听,"一边从他的表情来观察他接受的程度,以便随时记下来加以修改"。从吴满有的反应和修改意见中,艾青发现"农民欢喜具体,欢喜与他直接相关的事,欢喜明快简短的句子,欢喜实实在在的内容"。除了在具体细节真实性方面的补充和调整之外,艾青特别记录下了吴满有的这样一条修改意见:

> 在"你像一株树"这一句前面,原来有"人家叫你老来红"一句,吴满有非常不喜欢"老来红"这称呼,他说:"叫我劳动英雄,我高兴,叫我老来红,我不要!"我问他"为什么?"他就说了好多,意思是当劳动英雄是光荣的,这是他好多年来受苦换来的;老来红是暴发户,是侥幸的结果,他不是"老来红"。我一面把那句涂掉,一面说如果以后他听到人家念还有"老来红"三个字,他可以到延安找我去,他笑了,他说:"好,不要写上。"②

---

① 邵璇:《人民的诗〈吴满有〉》,《十月风》1947年创刊号。
② 艾青:《吴满有》,《解放日报》1943年3月9日,第4版。

在北方的民间俗语中,"老来红"是个很常见的语汇,在很多歇后语如"八月的高粱——老来红""八月的柿子——老来红""石榴开花——老来红"中都可以见到,以成熟见老的作物变红形容人到晚年交上了好运。但吴满有显然并不喜欢这个比喻,他敏锐地从"老来红"中感受到了一种对"命运"的迷信而不是对自我劳动和实践的确信,而这恰恰是与"劳动英雄"的政治涵义相悖的。英国记者斯坦因在1944年对吴满有的访问记中也谈到了这件事:吴满有"说使他成功的不是幸运而是勤劳的工作,请求诗人删掉这一句;因为我们需要的是苦干的人,不是幸运的人"①。在吴满有关于"老来红"和"劳动英雄"的分辨中可以看出,他很明白,"英雄"是靠劳动挣来的,是一个可以依靠自己争取的主体位置,而不是因为勤劳而获得的命运奖赏,同时他也明白"劳动的人"与边区的政治需要之间的关联。

据艾青的观察,"吴满有的感受力,是超过一般普通农民的",他"是有意识地努力发挥自己的政治热情,他知道奖励生产的特别意义",因此的确是一个"萌长着"的"新的农民典型"②。对艾青这样的艺术工作者而言,通讯、报告提供的是一种具有总体感和现实性、但同时也带有一定政治功利性的观察方式,他必须学习如何以新的视角和语汇去看待和想象吴满有这类"新的农民"。但事实上,艾青旧有的诗歌方式及其在陕北农村初学到的某些地方形式或民间形式,尚不能妥帖地把握这样的农民及其所包含的历史内容。然而,吴满有这样的农民自身对这

---

① 〔英〕G·斯坦因:《红色中国的挑战》,李凤鸣译,希望书店1946年版(1980年内部翻印),第70页。
② 艾青:《吴满有》,《解放日报》1943年3月9日,第4版。

个"新世界"却相当敏感。据斯坦因的观察,"这个老人的语汇里面充满了共产党的新名词,但是对于他,每一个都有具体的意义和目的,关于若干口号,他解释得比若干更有学问的人清楚得多。"① "老来红"这样的语言看似更加口语化、通俗化以及民间化,但在面对新的历史内容时,其实已经丧失了准确再现世界与生产意义的能力。换言之,在伊格尔顿所谓的"历史关头",正是每一种形式传统所蕴含的"解释现实的方式"决定了它们能否被改造,以及被如何改造。与之形成对照的是,吴满有还是对艾青诗中反复出现"你说"的段落更感兴趣:"我念'写你爱边区',他说:'我不爱边区,还能做劳动英雄么?'""在我每次念完'你说……'的时候,他总是说:'我说过的,''我说过的。'"② 作为诗歌的主人公和接受者,吴满有从诗歌中得到的是自我形象和意识的再确认。由此可见,在长诗《吴满有》中,艾青对于形式最大的生产性并不主要在于语言,而在于这种由对话性和声音性建立起来的新的主体感。

全诗最后一节"写你的欢喜"在叙事时间上又回到了欢迎会的这一天,写的是吴满有戴着大红花走在延安大街上看到的热闹景象,以及回到吴家枣园后继续劳动的快乐心境。在吴满有"看见样样都新鲜"的春节场景中,"个个场子都有锣鼓声",学生们"有的抬图像,有的跳舞有的唱":

这里"扭秧歌","打花鼓",
那里"莲花落","走高跷",

---

① 〔英〕G·斯坦因:《红色中国的挑战》,李凤鸣译,第70页。
② 艾青:《吴满有》,《解放日报》1943年3月9日,第4版。

> 看完了"老汉推车",
> 接着是"坐旱船"……①

这既是陕北农村"闹社火"的节庆活动,也是动员春耕的一部分。在劳模运动中,选举、表彰和奖励劳动英雄的给奖大会往往都选在冬季农闲时节或准备春耕之前,尤其是春节这样的传统节庆期间举行。记者张沛就曾在一篇特写中记录了1943年春的一场给奖大会上的情景:

> 喧天的锣鼓,由远而近,秧歌队的后面,一面大红旗引导着一列人群,走进了会场的大门。象大海里起了风浪,一种巨大的声音澎湃着,红缨枪在半空中舞动。"欢迎劳动英雄,学习杨朝臣、张万库!"秧歌队,那农民自己组成的歌舞队,伴弄着各种各样的表情。"劳动英雄杨朝臣,家住小樵湾,他一把锄头起了家,光景过得好!"他们唱着昨天晚上刚编好的歌,那一个拿着红灯,在场子中间串来串去的,是这个歌舞队的主角,打花鼓的都看着他移动自己的步伐。②

劳模运动结合乡村民间节俗的文艺形式展开政治仪式,而新的劳动生活与政治生活也为农民自己的农闲娱乐和情感抒发提供了新的空间与素材。1943年冬,陕甘宁边区政府更是将以往地区性、小规模的表彰活动扩大为面向全边区的劳动英雄与模范工作者代

---

① 艾青:《吴满有》,《解放日报》1943年3月9日,第4版。
② 张蓓(张沛):《劳动英雄们的节日——杨朝臣、张万库给奖大会特写》,《解放日报》1943年3月24日,第4版。

表大会与边区生产展览大会。大会当天,吴满有、赵占魁、申长林、黄立德等劳动英雄的11幅画像排列在主席台前;大会开始前,延安大学宣传队在边区政府办公厅的广场上,演出了《向劳动英雄看齐》《赶骡马大会》《兄妹开荒》等秧歌剧。前来参加活动的工农群众多达三万人,甚至还有上千农民从三十里地以外的乡村闻讯赶来,"兴高采烈的来看一看这些庄稼汉中的'状元'"以及"久已传闻的老百姓和'公家人'的生产成绩"①。由此可以推知,《吴满有》中这片欢闹的春节景象也就不再是一般的年节娱乐,而是劳模运动中的政治仪式和文艺活动创造出的新风俗。

在这个"闹春节"的场景之后,那个一直隐藏在"献诗"语调背后的叙事者与颂赞者"我"终于按捺不住地出场了:

> 好老吴,你知道么——
> 今年春天
> 为啥这样欢?
> 让我一件件告诉你——②

接下来的四个小节分述了英美提出废除不平等条约、斯大林格勒保卫战、生产运动年和拥军爱民运动四件发生在1942到1943年初之间的大事,从内容上看,也就像四节宣传国际战局和边区政策的"街头诗"或"墙头诗"。但问题在于,正是由"我"的声

---

① 《中国劳动人民空前荣典 两大盛会昨隆重开幕》,《解放日报》1943年11月27日,第1版。
② 艾青:《吴满有》,《解放日报》1943年3月9日,第4版。

音和这四小节诗的插入，将前面八个章节所铺叙的吴满有的个人形象与生活史引入到了一个更广阔、更宏大的时空语境中去，从而将农民吴满有的生活以及延安百姓的新风习和整个边区甚至整个民族国家的命运勾连在一起。事实上，在1943年之前，艾青的诗歌创作脉络中并不乏以反法西斯战争为题材而展开的写作，但几乎没有与其书写中国乡村和农民的诗歌系统发生过交集。但在《吴满有》中，艾青开始将一种国际性的视野带入到对中国农民的书写之中，并为以吴满有为代表的新型农民找到了一个结构性的位置：在这四个小节之后，艾青再次转回到了吴满有身上："老吴知道自己是个庄稼汉，/ 主要的任务是多生产。"并反对人们要给他做寿的提议："你说：/ '把日本打下了，/ 再慢慢来……'"从诗艺的角度讲，这四个小节插入得并不高明，在农民的接受上恐怕也并不讨好。但作为某种最初的、尝试性的写作，经过这一形式上的改造，《吴满有》也脱离了艾青此前农民书写中的忧郁抒情，开始获得一种具有整体性和动态感的历史视野。"新的农民"也不再是诗人抒情观照下的"沉默的大多数"，而是在一场历史大变革之中能说亦能歌的、对新的现实有所敏感、有所认识的主体形象。通过这样的方式，艾青激活了自身创作脉络中对乡村、土地和农民深沉的感情，引入多种不同的形式传统，获得了新的文学主人公，完成了对诗歌既有形式的更新。在这场形式试验中，可以说，艾青是以一种自洽的方式完成了对"赞美诗"的转换：如果说他此前书写农民和乡土的诗歌赞美的是深沉的苦难下中国农民的坚毅和韧性，那么《吴满有》则开始赞美苦难如何终结，以及从坚韧中生长出来的希望。

二、新形式的生成：形式传统的改造与融合

从长诗《吴满有》的写作中，我们可以看到艾青如何在不同的文艺体裁、形式传统及其自身的创作脉络之间进行形式改造。作为一种初步的试验，这一改造还存留着很多杂糅的痕迹或生硬的粗糙感，但其意义值得重视，也因此提供了很多建立新形式的可能性。在融合性极强的"泛报告文学"写作中，这样的改造并不鲜见。在不同的文艺工作者那里，更丰富的体裁类型与形式传统不断被引入到报告文学式的劳模书写当中。杨朔写于1945年的《英雄爱马》写的是连队养马的劳动英雄程金明，比起人物特写或报告文学，文章倒更像是一篇剪裁精到、颇有余味的小说。文章从连里一匹瘦得皮包骨头令人犯愁的青马起笔，写到连长派程金明来养马，极简练的几笔就带出了程金明从赶脚、贩牲口到入伍参军的个人史，接着叙述程金明如何一心扑在养马上，仅经过一个月就将瘦马养成了一匹膘肥体壮的"千里马"。文章前半部分这个浓墨重彩又笔致从容的故事，分享着一种民间故事式的"遇到困难——众人无法——无名英雄降临——众人不信任——困难解决——英雄扬名"的情节结构，既奠定了程金明高超的养马本领与悉心、耐心的劳动态度，又带出了他此后一系列靠养马"发展生产"的事迹。更重要的是，杨朔在讲故事的过程中十分注意刻画程金明对马的感情。初见瘦青马时，程金明发现连队的养马条件非常糟糕：

他扫净槽，拿土垫了垫栏，可是他拿什么东西喂马呢？队伍新从前方开来，家务还没安好，草缺草，料缺料，要割

青草,又没镰刀。他望着那匹怪可怜的瘦马,搔搔脖子,对它说:"你先别急,老程不会错待你!"①

老程自制了镰刀割了草,又给马添料,"马用鼻子急切地去拱料吃,他轻轻地骂:'抢什么? 也没人和你争嘴!'"其中流露出一种对待孩子式的亲昵感。在整篇文章中,类似这样的温情时刻出现了多次。"爱马"是杨朔在程金明身上找到的一个"抓手",既以此为线索流畅地贯穿起养马、贩马、医马、割草几项主要的生产事迹,又凝聚着程金明对牲畜和劳动深厚的感情,是人物性格的核心。有了这条情感线索,以及从这些温情时刻中浮现出的人物的面影、声音和温度,将这些事迹的片段紧紧地围绕在人物的周身,树立起了一个鲜活的"劳动的人"的形象,巧妙地消化掉了这类以人物为中心的通讯报告中最容易出现的平铺直叙、面面俱到的"新闻体"问题。②

以"绝招"写"英雄",以连缀的事件片段写人物,既带有民间故事的色彩,其实也延续了自《史记》以来的志人传统。《英雄爱马》使用了一种乡里传奇人物式的写法,在叙事方式和笔调上颇有明清笔记之风,与汪曾祺写于1947年的《鸡鸭名家》《戴车匠》这类书写手工匠人与传奇技艺的小说很有些相

---

① 杨朔:《英雄爱马——记劳动英雄程金明》,《延安文艺丛书》编委会:《延安文艺丛书》第四卷(散文卷),第75—76页。
② 赵铁夫、穆青1942年写作的《赵占魁同志》作为一篇从劳动技能、劳动态度、领导工作、参与边区政治等方面全面塑造工人英雄赵占魁的人物通讯,虽然充满了丰富的细节,但在结构上也奠定了某种面面俱到的叙述方式,逐渐成为此类书写劳模的报告文学的某种形式惯例。例如艾青1945年用叙事散文的形式写作的《养羊英雄刘占海》《金炉不断千年火——佟玉新记》就多少存在这样的问题。

近。语言以利落、凝练的短句为主,亦称得上"不事雕饰而自有风味"①,虽未用方言,但通俗易读,对口语的使用都经过精心的提炼,使叙事语言和人物对话在风格上非常协调,是相当干净、醇厚的白话形式,又洗去了一定的文人气。与汪曾祺小说中隐隐流露出的那种绝活手艺无以为继的挽歌情调不同,在杨朔这里,劳动的技艺和经验恰恰是可传递的。基于劳模书写的现实功用,通讯报告的写作本身也承担着向工农读者传授生产经验的功能,但难得的是,在《英雄爱马》中,这种知识性的传授并没有破坏形式的圆融。杨朔不仅巧妙地将养马、相马、治马的经验融合在叙事当中,还在文章最后的部分构筑了一个战士们围着程金明谈天、请教养马本领的场景,引出了程金明大段关于相马秘诀的讲述,不仅勾勒出主人公"和气老实,人缘更好"的形象侧面,也为有实际需要的农村读者提供了可直接借鉴的生产经验与技能。更重要的是,对这些经验的传达并不是教科书式的枯燥知识,而是用了许多干脆、流利、民谚式的短句。从程金明口中说出的,如"先买一个装样,后买一个皮毛","先买一张嘴,后买四条腿","天包地,吃草利,地包天,吃草厌","尾巴小,太胆小;尾巴大,不害怕","后蹄掩前蹄,能走一百里,后蹄超过一虎口,能走一百九","草喂饱,料喂力,水喂精神"等等,更像是一些朗朗上口、好听好懂又好记的歌谣口诀。比起《解放日报》的"科学"版或"卫生"版上介绍生产生活知识的文章,这些口诀不仅读起来更有趣味更易接受,也凝结了很多经验性的民间智慧。它以这样的形式透露出,这不仅是程金明个人的经验

---

① [明]王世贞:《震川先生传》,[清]黄宗羲编:《明文海》卷一二三,中华书局1987年版,第1242页。

总结，也是从数代人长久的劳动实践中沉淀下来的古老记忆。这种民谚口诀的形式，不仅是在内容而且是在形式上，与农民的生活更贴近，尤其是与农民的劳作方式存在着思维和逻辑上的内在关联。

在文章的结尾，杨朔再次总结了程金明对马的感情："古语说：'世有伯乐，然后有千里马！'他不但能识别千里马，就是对病马、老马，也是从心里爱护。"并用一个凝练的短句道出了"爱马"与"英雄"之间的关联："英雄才爱马，难怪他变成英雄。"这表面上看似是在沿用项羽与乌骓、关羽与赤兔、秦琼与黄骠马这些古老的故事，实际上却暗中置换了这些故事里"宝马配英雄"的逻辑：今天的"英雄"并非因其是帝王将相才得配好马，而是因为爱马、爱劳动，才能养成好马，"变成英雄"。在上述这些叙事、形象、笔调、语言、修辞的细微之处，作家在通讯报告的基本形式和功能要求之下，撷取、改造与综合了小说、笔记、谣谚、民间故事等多种形式传统，创造出了一种兼及审美性、趣味性、实用性以及政治性的新形式。

对这样的形式改造更为自觉的当属赵树理。与一般的劳模写作相比，赵树理写于1944年的《孟祥英翻身》《战斗与生产相结合——一等英雄庞如林》进行的形式改造恐怕更大。《孟祥英翻身》于1945年3月30日由华北新华书店出版时，题后标明"现实故事"。与一般书写孟祥英"生产渡荒"事迹的通讯报告不同，赵树理甚至一开头就声称："因为要写生产渡荒英雄孟祥英传，就得去找知道孟祥英的人。后来人也找到了，可是得到的材料，不是孟祥英怎样生产渡荒，而是孟祥英怎样从旧势力压迫下解放出来。""至于她的生产渡荒的英雄事迹，报上登载得很多，我就不详谈了。"① 对比孟祥英自己的回忆，即使是对采访所得的"翻身"材料，赵树理也并没有照原样实录在其作品中，而是有意进行了选择性的剪裁甚至虚构性的处理。② 与书写"真人真事"的报告文学相比，《孟祥英翻身》更像是一篇小说，但在"现实故事"这样的自我定位下，其形式又并非现代文类体系中的"小说"概念即可容纳。《战斗与生产相结合——一等英雄庞如林》则直接使用了"鼓词"③的形式，用相当干净又娴熟的曲艺语言将旧鼓词翻出了新花样。这首鼓词写的是山西寿阳县的一

---

① 赵树理：《孟祥英翻身》，《赵树理全集》第2卷，大众文艺出版社2006年版，第375页。
② 参见《太行山麓忆华年——孟祥英同志采访录》，李士德编选《赵树理忆念录》，长春出版社1990年版，第105—110页。据孟祥英的回忆，赵树理在访问时从一开始就带有某种寻找素材的方向性："大会在黎城县南委泉举行。会上，老赵找我谈过两次话，象唠家常一样。我把自己怎样组织全村妇女和带动邻村妇女进行生产渡荒活动的情况谈得很细，他默默听着，似乎不太感兴趣。他反复打听的倒是我怎样受婆婆气，挨丈夫打，又怎样不屈服、闹翻身等方面的详情。我象个受屈的女娃，遇到了亲人，向他倾吐了全部苦水。"而比照孟祥英关于自己生平的叙述，《孟祥英翻身》中一个很重要的改动在于隐去了孟祥英分家后即与丈夫离婚以及再婚的情节，为丈夫和婆婆的转变留下了一个开放性的结尾。赵树理1958年在北京市职工业余文学知识讲习班召开的一次座谈会上曾针对一个工人提出的"报道特写真人真事和塑造典型人物的小说怎样的区分"的问题给出解答："报道和小说不同。我认为对于一个先进生产者，事后去访问访问，只能写成报道。报道，一般只是记取生活中某一些事例加以主观的渲染。写小说就不是这样，不能只在访问上打主意。如果只根据访问所得，把一个先进生产者创造出来的事迹写成小说，是有困难的。如果只单纯地访问某个人创造先进事迹的经过，而不和他在一起劳动生活，那么访问一千个一万个先进工作者也没有用。访问多了脑中也可能会形成一个概念，会写出一个总结来，但也只会是一个概念化的东西。文艺作品读后要对人的感情上起点作用，不是光让人家知道一件事，晓得一些概念就完了。"虽是1958年时的表述，但在赵树理的写作中有其贯穿性，可以形成一定参照，从中亦可见出赵树理在"小说"和"报道"之间的文类意识，以及对共同劳动生活、情感作用等创作机制的重视。参见赵树理《和工人习作者谈写作》，《赵树理全集》第5卷，第86—87页。
③ 1945年1月，《战斗与生产相结合》由新华书店出版时，题后注明"鼓词"。

等英雄庞如林如何在村中组织变工,并发明了"卖工队"到附近敌占区的乡村一边卖工挣粮,一边打游击夺粮的英雄事迹。全本每节换韵,使用了鼓词中典型的"二二三"句式,以及以七字句和八字句为主、兼有长句的杂句形制,句式错落,节奏动听。叙事上剪裁精当,少铺叙描写,多情节动作,既有对绿林好汉、劫富济贫、惩恶扬善这类传统英雄故事桥段的穿插借用,又以本土化的语言和"一波既平一波又起"的戏剧性,写出了庞如林在生产、战斗中强大的组织能力与创造性。如总结庞如林组织互助组:"借小米收来无粮户/担粪收来庞拴清/捉懒汉收来庞二驴/反特务收来庞二红/别的人那个看见互助好/只要参加就收容"①,用一个"收"字既写出了效果,又写出了办法;而在鼓词前文的具体情节中,每一次"收来"的过程又都是一个小冲突的兴起与克服。在这种"穿珠"式的自然讲述中,除了互助变工,优待难民、改造二流子、反特锄奸等诸多根据地政策也一同被有机地组织进了这个有起有落、有声有色的故事里。

从在太行山从事文化工作时,赵树理就一直很重视对民间曲艺形式的利用。据赵树理约在1966年末所做的第三次检查中的自述,他在1939至1940年间主编《山地》《人民报》《中国人》三个小报的过程中,"也写了几十万字的小鼓词、小小说、小杂文"②。对此,李国华将"强调文艺作品的可'说'性"作为赵树理太行山时期对文艺宣传工作的一种设想:"赵树理发表在《中国人》上的各类文章都是能'说'的,如鼓词、相声、有韵话、

---

① 赵树理:《战斗与生产相结合——一等英雄庞如林》,《赵树理全集》第2卷,第397—398页。
② 赵树理:《回忆历史 认识自己》,《赵树理全集》第6卷,第465页。

童谣、歌、快板等等,其中尤其明显的是将毛泽东《论持久战》改写为通俗易懂的《漫谈持久战》,将新闻改为口头能'说'的故事或者编为鼓词",并将赵树理1941年发表的《茂林恨》①和1944年出版的《战斗与生产相结合——一等英雄庞如林》,都算作是"以鼓词形式写作的新闻"②。值得注意的是,这种对民间曲艺形式的利用不仅反馈在赵树理小说创作的"可说性"或"有声性"③层面,而且还直接涉及对民间曲艺形式本身的运用和改造。1940年,赵树理专门写过一篇《怎样利用鼓词》,其中提到:"抗战以来,有些做宣传工作的同志,为了便于宣传,有时也巧妙地借鼓词的形式去说大道理。这个动机固堪钦佩,可惜鼓词本身在说理上不是一种利器,用它说理,一弄不好,则往往会成为干部已不需读而大众仍不能懂且不感兴趣的作品,我觉得这倒是颇值得商讨的地方。"并主张"利用鼓词,尚不能失鼓词的本色,通过了故事,把大道理溶化到人物生活中,则效力更大"④。可见赵树理非常清楚鼓词不同于通讯、报告、小说等叙事性体裁的形式承载力,并试图从鼓词自身的形式传统中找到形式规律并加以利用。1950年赵树理在一篇题为《"说"和"唱"的分野》的文章中发现,在有些鼓词和戏曲创作中,"叫板"存在随意切换说、唱的问题:"凡是不按情节,只觉得说得久了该唱唱了的人,写叫板往往好写个普通的'叫我道来',而唱起来又是些'叫××

---

① 赵树理的《茂林恨》发表在1941年3月25日《抗战生活》革新号第1期上,署名"王甲士",题后标明"鼓词"。
② 李国华:《农民说理的世界:赵树理小说的形式与政治》,第187页。
③ 参见孙晓忠《有声的乡村——论赵树理的乡村文化实践》,《文学评论》2011年第6期。
④ 赵树理:《怎样利用鼓词》,《赵树理全集》第1卷,第231页。

上前来听我言讲,你听我言共语说端详'一类的可有可无的老套。"而"老解放区开始演唱新戏曲的旧艺人"正是由于把握不住"叫板"的时刻总是引观众发笑。赵树理则从鼓词和旧戏本身的规律内部找出了应当叫板的"正经地方"——"正是动感情的部分",如此写出来的唱词"往往是有诗意的"①。在这些带有理论性的表述之外,赵树理自己的鼓词创作实践也的确相当尊重这一形式传统本身。但以《战斗与生产相结合——一等英雄庞如林》为代表,恰恰是通过将"大道理"溶到"讲故事""人物生活"和"感情"当中,鼓词自身很多形式上的积习和"老套"也在与现实生活的碰撞中被瓦解掉了,从而翻新了这些民间曲艺形式想象世界与解释现实的能力。②

无论是艾青尚显粗糙的融合试验,还是杨朔用心经营的浑然天成,又或是赵树理对各种文类体裁和形式传统有意识、有理论的利用与更新,都显示出一种对文艺形式本身的改造。通过形式的改造,文艺工作者其实是在创造新的认识世界和自我的方式,

---

① 赵树理:《"说"和"唱"的分野》,《赵树理全集》第3卷,第414—415页。
② 赵树理1958年在一次曲艺座谈会上的发言中提出:"古人把话艺术化了。从政治上说,它也有政治性,虽然没有成套的大道理,但它的目的是达到了。拿《红楼梦》来说,作者的确是把他的政治目的化为艺术了,而我们还没有很好的做到这一点。这是因为我们对今天人民的生活入得不深,而古人对他们自己的生活入得很深。今天的工农大众对自己的生活是深入的,但知识分子还没有深入到工农大众的生活中去。"参见赵树理《从曲艺中吸取养料》,《赵树理全集》第5卷,第261页。以此为参照可以看出,赵树理用改造形式的方式,并不是单纯的借用或仿效,而是要从这些曲艺形式的传统和规律内部,去寻找古人与其生活之间的关系,并以这种"深入生活"的关系作为形式改造的核心机制。正如孙晓忠发现的那样,在赵树理的作品中,快板、说书词、相声、剧本等说唱文体其实远多于他的小说,很多小说又被改编成戏曲,并发现赵树理对"小戏"的重视即"因为和古装大戏比,地方小戏更接近他们的现实生活"。孙晓忠:《有声的乡村——论赵树理的乡村文化实践》,《文学评论》2011年第6期。

并以此从旧有的文化权力网络中翻转出新的主体感和存在方式。赵树理所谓"一步一步地去夺取那些封建小唱本的阵地"①，正是试图通过对既有形式的夺取和改造而建立起新的文化阵地。在这个意义上，有效的形式改造必然是具有政治性和生产性的。换言之，新的文艺在根本上改造的是创作者与接受者、艺术与现实之间的关系。用伊格尔顿的话来讲，"文学形式的重大发展产生于意识形态发生重大变化的时候。它们体现感知社会现实的新方式以及（我们后面将谈到）艺术家与读者之间的新关系。"②在《作为生产者的作者》中，本雅明就很看重这一对"关系"的改造。他的基本出发点其实是将马克思关于生产力与生产关系的理论转移到了艺术领域，认为艺术生产同物质生产领域一样，也存在着对艺术生产方式与生产关系的改造问题。而艺术的"形式"不仅是经验方式和思想方式的具体化，而且也体现了艺术家与群众之间的生产关系。因此艺术家的任务正在于改造旧有的艺术生产方式，改造艺术生产所依赖的创作"技术"，尤其是改造"形式"这一具体的艺术生产工具。正如伊格尔顿所概括的那样："真正的革命艺术家不能只关心艺术目的，也要关心艺术生产的工具。'倾向性'不止是在艺术中表现正确的政治观点；'倾向性'表现在艺术家怎样得心应手地重建艺术形式，使得作者、读者与观众成为合作者。"③也就是说，这种对作为艺术生产工具的"形式"的改造，还蕴含着一种将接受者转化为生产者或行动者的能力。

---

① 李普：《赵树理印象记》，黄修己编：《赵树理研究资料》，知识产权出版社2010年版，第15页。
② 〔英〕特里·伊格尔顿：《马克思主义与文学批评》，文宝译，第28—29页。
③ 同上书，第68页。

而这一对形式、主体和现实进行再生产的机制,也是我们将要在接下来的讨论中继续考察的问题。

第三节 新写作作风:"模范"及其再生产

1944年6月末,丁玲在边区合作社主任联席会议上采访了靖边县新城区五乡民办合作社的主任同时也是三边的"合作社英雄""模范工作者"田保霖后,写作了报告文学《田保霖》,与欧阳山的同题材报告《活在新社会里》一同刊登在6月30日的《解放日报》上。第二天毛泽东便致信邀请丁玲与欧阳山前来一叙,并在信中热情地称赞两位作者收获了"新写作作风"①,又在晚饭时再次称赞丁玲的《田保霖》是"写作工农兵的开始"②。据丁玲回忆,除了这封信,毛泽东还不止一次在合作社会议和高干会议等公开场合称赞过《田保霖》:"丁玲现在到工农兵当中去了,《田保霖》写得很好;作家到群众中去就能写好文章。"③

面对毛泽东的高度赞誉,丁玲其实并不是很理解,甚至有些不以为然。丁玲在1980年代谈起毛泽东对《田保霖》的肯定时说:"当时我心里想,怎么这才是开始?《田保霖》之前我就写过工农兵嘛。"④"《田保霖》那篇文章有什么好呢?就是个开会记

---

① 毛泽东:《给丁玲、欧阳山的信》(1944年7月1日),《毛泽东文集》第3卷,人民出版社1996年版,第177页。
② 庄钟庆、孙立川:《丁玲同志答问录》,《新文学史料》1991年第3期。此为1982年4月3日庄钟庆、孙立川访谈丁玲的录音整理稿,并经丁玲、陈明审阅。又见丁玲《谈写作》,《丁玲全集》第8卷,第261页。
③ 丁玲:《毛主席给我们的一封信》,《丁玲全集》第10卷,第285页。
④ 庄钟庆、孙立川:《丁玲同志答问录》,《新文学史料》1991年第3期。

录嘛,不是深入生活写的东西嘛!"①丁玲和欧阳山都认为,毛泽东当时对他二人的褒扬只是出于一种鼓励。②但问题或许并非这么简单。尽管写作者自身尚未自觉,但正如毛泽东从《三日杂记》中看到了知识分子与农民群众建立情感关联的某种萌芽与可能性,毛泽东在《田保霖》中看到的可能也并不仅仅是一种"新文风"而已。在1980年代的访谈中,尽管丁玲喜欢强调自己写工农兵并不是到延安后甚至是《在延安文艺座谈会上的讲话》之后才开始,但她其实还是能意识到在此前后书写工农兵时的两种不同的认识状态:"过去没想得这么多,只想到写工农大众写普罗文学,写无产阶级。学习《讲话》后明确认识到,如果不到工农兵中间去,怎么写好工农兵呢?一定要下去,长期在他们中间,改造自己的思想和生活、兴趣。"③可能也是在这个意义上,

---

① 丁玲:《谈写作》,《丁玲全集》第8卷,第261页。
② 丁玲在《论写作》和《毛主席给我们的一封信》中谈到,"我明白,这是毛泽东在鼓励我,为我今后到工农兵中去开绿灯","毛主席写这封信和在大会上的一些讲话,我想都是为了我们,至少是为我个人在群众中恢复声誉"。《丁玲全集》第10卷,第285、286页。欧阳山在1982年回忆起这封信时也谈道,"我们事前都丝毫没有这种预见",这两篇"很粗糙"的短文会引起毛泽东的兴趣,并将这封信视为毛泽东对他初试工农兵写作的一种"关怀和爱护","鞭策和鼓舞"。欧阳山《想起毛泽东同志这封信》,《欧阳山文选》第4卷,花城出版社2008年版,第99页。不过丁玲还是肯定这对她思想转变的意义:正是在毛泽东的鼓励下,丁玲认识到"老是在一个小地方,没有什么好处,所以从那个时候就下决心:到老百姓那里去"。丁玲:《谈写作》,《丁玲全集》第8卷,第262页。
③ 庄钟庆、孙立川:《丁玲同志答问录》,《新文学史料》1991年第3期。丁玲晚年在访谈中多次提出不能把《在延安文艺座谈会上的讲话》简单地作为写作工农兵的分界线:"不能说《讲话》之前我们写的文章对工农兵就没有什么感情,还是有的"。如本著第二章已经辨析过得那样,虽然当时丁玲并不十分理解毛泽东讲"情感转变"的意义所在,但还是马上意识到了自己的思想感情与农民仍然存在差距。换言之,在长期生活在工农兵中间之前,知识分子对于工农兵的认识还是抽象的、概念化的。

毛泽东从《田保霖》中看到了具体的生产生活之中的工农兵形象，而不是丁玲1930年代在《田家冲》《水》中所写的那些粗犷模糊的农民群像。而作为一篇报告文学，如周扬所说，"我们写的真人真事大半是群众中的英雄模范人物和英雄模范事迹，他们本身就是新社会中的典型，就带有教育的意义。"① 因此《田保霖》中的主人公也不再是丁玲1941年在《夜》中所写的何华明那样彷徨自苦的农民干部，而是周扬所谓文艺工作者都必须学会描写的"新的人物和事实"②。

但这仍然只是停留在内容表面的观察。所谓"新写作作风"，指向的并不仅仅是丁玲个人写作脉络中"新的人物"的出现，而在《田保霖》发表的1944年，《解放日报》上也早已不缺这样的劳动英雄"典型"。在关于《田保霖》到底"好在哪儿"的问题上，有研究者指出毛泽东主要是着眼于其"所传递出来的是边区的官民关系的实质变化"，"不是好在写出组织合作社的具体过程，也不是作为经济史的材料，而是以'真人真事'形象化的方式写出一个新的'党员'的形象。"③ 但其实早在1942年，伴随着吴满有、赵占魁这些劳动英雄的发现，《赵占魁同志》《人们在谈说着赵占魁》等报告文学作品已经以相当鲜明、形象的方式塑造出了一个工作积极、负责、有威信，"能够代表大家的利益和意见"的"工人参议员"④和一个"好的共

---

① 周扬：《谈文艺问题》，《周扬文集》第1卷，第502页。
② 同上书，第503页。
③ 刘卓：《"新的写作作风"——探讨丁玲整风之后的报告文学写作》，《中国现代文学研究丛刊》2016年第1期。
④ 张铁夫、穆青：《赵占魁同志》，《解放日报》1942年9月14日，第4版。全文分两天连载于9月13日、14日两期，引文见于9月14日《解放日报》。

产党员"①形象。就"合作英雄"而言，莫艾1943年以被树立为"方向"的延安南区合作社主任刘建章为中心写作的《刘主任》，更是详尽而形象地提供了一个"懂得群众的感情和需要"的"群众的佣人"②形象。如果从"官民关系"或"党员"形象来看，这些作品所传达的典型性可能更强。因此，对于《田保霖》和《活在新社会里》而言，重要的或许不仅在于写了什么，还在于怎么写的。

事实上，面对劳模运动中层出不穷的通讯报告，丁玲并不满意。1944年，斯坦因访问丁玲时，就曾听她谈起对报告文学的意见："我们必须学习好的报告文学。关于老百姓生活工作问题的写得成好的有力的报告，在现在比文学还重要。我们现在还做不好这一点。写文学的人不喜欢这种工作，报纸记者训练不够，写不好"，并表示"自己愿意发展一种新型的报告"③。在1942—1945年底离开延安之前，丁玲主要的创作都集中在报告文学上，《田保霖》后来连同其他一些人物报道一起被收入《陕北风光》。在1950年的"校后记"中，丁玲相当肯定地将这部分作品视为一个"新的开端"，一个"有意识地去实践的开端"。尽管丁玲对于《田保霖》并不满足，但她也承认这是"一点点萌芽"④。因此，如果我们一定要追问《田保霖》到底哪里"新"，还是得从形式本身入手，去发掘这一写作在报告文学尤其是劳模写作中的意义。

---

① 穆青：《人们在谈说着赵占魁》，《解放日报》1942年9月7日，第2版。
② 莫艾：《刘主任》，《解放日报》1943年2月13日，第4版。
③ 〔英〕G·斯坦因：《红色中国的挑战》，李凤鸣译，第137页。
④ 丁玲：《〈陕北风光〉校后记》，《丁玲全集》第9卷，第52页。

一、从"成长"的英雄到"学习"的故事

与一般的报告文学写作不同,《田保霖》的叙事起点并不是一个成型且自觉的英雄模范,也不是人物小传式的从头说起,与"翻身"故事中常见的倒叙或正叙方式相比,《田保霖》恰恰是从中间写起的。对于农村读者而言,"从中间写起"的西方叙事模式在接受上其实并不讨好,但对于故事的主人公而言,这个由"中间"切入的横切面则往往意味着个人史上的重要转折或"成长"时刻。① 文章一开头,田保霖还没有开始办合作社,而是刚刚从区长那里得知自己当选了县参议员,但这显然并不在他能够预料和认知的范围之内:

> 黄昏的时候,把两手抱在胸前,显出一副迷惑的笑容,田保霖送走了区长之后,便在窑前的空地上踱了起来,他把头高高的抬起来望着远处,却看不见那抹在天际的红霞;他也曾注视过窑里,连他婆姨在同他讲些什么他也没有听见,他心里充满了一个新奇的感觉,只在盘算一个问题:
>
> "怎搞的?一千多张票……咱是不能干的人嘛,咱又不是他们自己人;没有个钱,也没有个势,顶个球事,要咱干啥呢?……"

---

① 吴晓东在 2009 年 4 月 16 日北京十月文艺出版社在北京大学主办的"张爱玲《小团圆》首发式"上的发言中谈到,《小团圆》的叙事结构是"张爱玲在美国之后学到的西方的叙事模式,也就是讲故事从中间讲起,不是从刚刚出生讲起。像我们熟悉的中国作家的传记,一开始就写一个婴儿落地,或者从死亡开始写,一个巨星陨落之类的。西方人喜欢从中间开始。所谓中间从时间切进去的横切面,往往是对个人有划时代的转折意义"。详见 https://www.douban.com/group/topic/6152653/.,2016 年 12 月 12 日.

第三章 "新写作作风":作为生产的艺术

> 他被选为县参议员了,这完全是他意外的事。
>
> 他是一个爱盘算的人,但也容易下决心,这被选为参议员的事,本没有什么困难一类的问题,也不需要下什么决心,像他曾有过的遭遇那样,不过他却被一种奇怪所纠缠,简直解不开这个道理。①

以这个开头为代表,《田保霖》的前半部分基本都是在主人公的内视角中展开的,并且一直纠缠在这种"迷惑""奇怪""解不开"的感觉和田保霖反反复复的"盘算"之中。相比于吴满有能够迅速认识到"翻身"与革命、自己的劳动与边区需要之间的紧密关联,初当选县参议员的田保霖对此却并不自觉。在这种"新奇的感觉"中,丁玲很自然地以田保霖"盘算"式的回忆,引入了他从因欠账被迫出门做买卖,到"靖边县翻了个身,穷人都分了土地"后返乡发家的历史,但他也只是觉得"共产党还不错,可是,咱就过咱的日子吧,少管闲事"。与"模范公民"②吴满有相比,田保霖的想法其实更近于一个小农生产者更关心自己切身利害的真实心理。更重要的是,尽管田保霖诚实正派有公心,在政府调剂征粮时主动借粮,并"每天到各乡去借,维持了许多贫苦农民的生活",但他实际上并没有意识到自己的能力以及在群众中的威信;而且当田保霖面对县政府自认为"不是他们自己人"的时候,其实也并没有将这些"公家人"当成"自己人"。在这里,叙事稍稍溢出了主人公的内视角,道出了田保霖之所以当选的原因:"他是被他不了解的这号子人所了解的"。也就是

---

① 丁玲:《田保霖》,《解放日报》1944年6月30日,第4版。
② 《吴满有——模范公民》,《解放日报》1942年5月6日,第1版。

说，田保霖和公家人之间存在一个彼此认识上的错位。政府看重田保霖的诚信、公心与口碑，但对于田保霖而言，这其实只是传统乡村伦理世界内部的一种道德感的体现，而尚未转化或上升为一种政治觉悟。质言之，文章开头弥漫着的那种"解不开"的迷惑感，正是因为田保霖"不接近这号子人，也不理解他们"。

这种"不理解"构成了文章前半部分的一个主要的叙事动力，而主人公内视角的逐步展开，正是田保霖对边区政府的一个认识过程。经过盘算，田保霖决定还是到县上去看一看。在县参议会上，田保霖目睹了政府如何克服困难兴修水利，又如何计划剥小麻子皮、割秋草、栽树这些"好像不重大，算起来利可大的太"的"好事"。田保霖由此逐渐"解开了"文章开头的疑惑："从前田保霖解不开参议会是个啥名堂，老百姓都说是做官，现在才明白，白天黑夜尽谈的怎个为老百姓做事啦。"从此"才算开了眼界，渐渐他明白了他们，他们活着不为别的，就只盘算如何把老百姓的生活搞好"。换言之，田保霖在县参议会上见识到的是一种与推敲个人利害的"小盘算"不同的"大盘算"。

由于使用了田保霖的内视角，参议会和组织生产的情景写的也就不仅是边区政策及其实施，而是着重于田保霖在面对这些提议、计划和实践时具体、细腻的感受、疑虑和思考。例如当听到县委书记惠中权提出修水利时，文章写的是田保霖从农村的实际情况出发，考虑土地瘠薄、劳动力缺乏、土地归属以及权利划分等问题；而各村水坝、水道的逐步修成，也是通过田保霖的眼睛看到的。因此，书写这一心理过程的意义也就不仅在于疑惑的打开，同时也隐含了主人公如何在一种潜移默化当中，从旁观者、观察者逐渐转变为参与者和行动者的过程。终于在惠中权的多次劝说之下，田保霖对自我的认识也开始发生转变："觉得自己没意思，人应该像他们一样活着，做公益事情。"因此，当惠中权劝他办合作社时，田保霖的"盘算"也转变了："人多不怯力气重，只要政府里能帮咱，咱就好好的干出一番事业吧，也不枉在世一场。"

　　从"解不下"到"解开了"，从"小盘算"到"大盘算"，《田保霖》写的其实是一个"成长"与"觉悟"的故事。伴随着意识上的转变，叙事也从田保霖的内视点转为了全知叙事的外视点。在文章后半部分的叙事中，"盘算"也就不再表现为田保霖的心理活动，而是在包运公盐、收麻子办油房、开展妇纺、办义仓这些具体的行动事迹中，表现为一种灵活的、有创造性的经营能力和组织能力。也是在这个"替人民办了事"的过程中，田保霖当选了模范工作者，最初那种不自信的"新奇的感觉"也被一种"新的经验"所取代："人人都说他能行，能办大事"。至此，一个作为"劳动英雄"的田保霖才正式出场了。由此可见，《田保霖》写的并不是吴满有那样始终有所自觉的"英雄"，而是一个英雄或模范的成长历程。通过田保霖的心理活动和意识转变，丁玲写出的是一个带有政治自觉的主体意识如何建立起来的过程，即如何从急公好义、慷慨助人这样一种传统而朴素的道德感转化为一种"为人民服务"的政治意识。更重要的是，与其他"翻身做英雄"的劳模书写相比，《田保霖》揭示了这样一个问题：英雄的"成长"并不是伴随着"翻身"必然发生的，而是需要一种实践性的、可传递的、能够提供政治参与的培养机制。在文章的后半部分，这种机制取代了田保霖的心理活动成为新的叙事动力。田保霖当上合作社主任以来的几项主要生产事迹尤其是发展妇纺和办义仓，也包括其自身的成长过程，都是在一种"参与"和"学习"的机制中实现的。靖边妇女普遍不会纺线、又缺乏学习的热情，因此靖边县缺乏生产布匹的能力，每年都需从"友区"高价购买。为开展妇纺，田保霖造了两百多架纺车，找到了会纺线的难民邹老太婆，请她带着一架纺车开展流动教学，亲自到各家各户、各村各乡去教，"在三个月中教会了卅五个。田保霖又要这卅五个再教人。关于邹老太婆，去年就上了报，也成了有名气的人"。

欧阳山的人物速写《活在新社会里》写的就是田保霖发展妇纺的事迹。但这篇速写更像是同时写了两个主人公，从邹老婆子如何从一个逃荒的"叫花子"变成各乡争取的"纺线红人"的故事来写田保霖。在欧阳山笔下，田保霖对邹老婆子的发现并不是一个偶然，也不是为了完成生产任务临时搜寻来的，而是早就在对难民的长久帮助中了解到她有这门手艺。因此在田保霖组织妇纺时，邹老婆子也相当热心，"自己的生活好坏都顾不上"，"到各处宣传，一户一户的教"[①]，不仅受到各乡的欢迎，还获得了合作社的帮助和区县上的奖励。在这里，田保霖以其具有创造性的组织形式不仅发展了生产，而且还生产出凭借自己的劳动技能获得尊严感的新主体。丁玲和欧阳山的写作都力图呈现出田保霖与邹老婆子之间的这种具有联动性的关系。

仔细观察就会发现，《田保霖》中其实嵌套着很多个不同层次上的"教"与"学"的故事：田保霖从县参议会上逐渐学到了"为百姓做事"的意识与方法，组织妇纺时又让邹老太婆教各村

---

① 欧阳山：《活在新社会里》，《解放日报》1944年6月30日，第4版。

各乡学纺线,各个村庄内部再人教人;田保霖向边区特等英雄、关中的张清益学办"义仓"积粮备荒;五乡的合作社成了总社,新城区的合作社又来向田保霖"打听行情,学习方法",学着开油房、栽树、赚钱;田保霖到延安参加边区合作社主任联席会议,还想向"边区合作英雄"刘建章学习延安南区合作社的经验方法,"学习到能把合作社办成老百姓的亲人一样,人人相信他,依靠他。他也要把他的经验告诉别人,为大家研究"①。在这样一个环环相扣,又像涟漪一样逐步向外推开的过程中,《田保霖》又进一步将一个英雄"成长"的故事推演成了一个"学习"的故事,它呈现出的是"劳动英雄"如何作为一种培养机制,在辐射式的经验推广与相互学习中生产出新的工作方法、组织形式与新的主体。

二、劳动主体与政治主体的再生产

如果说在关于吴满有的报告通讯或文艺作品中,吴满有这样一"翻身"仿佛就拥有了政治觉悟的农民更像是一个难以企及的"英雄",那么《田保霖》中的"英雄"则是可"学"的。因此它所突出的也就不仅是"英雄"的个人才能、道德修养或公民意识,而是"模范"以身作则、推广带动的引导性与示范性。丁玲通过叙述视角的转换,既写出了英雄成长的心路历程,又显影了培养英雄的"学习"机制。对于大多数和丁玲1941年的小说《夜》中的乡长何华明一样尚未真正理解边区政策、缺乏政治自觉的工农干部而言,《田保霖》更像是一部娓娓道来的"经验谈"

---

① 丁玲:《田保霖》,《解放日报》1944年6月30日,第4版。

或循循善诱的"教科书",引导和帮助他们从"解不下"到"解得开",从"不会干"到"学着干"。换言之,《田保霖》并不仅仅是在内容上讲述了一个"模范"的人物,还是在形式上呈现出一种成长经验和培养机制的可传递性,从而拉近了"模范"人物与一般工农干部读者之间的距离。在这个意义上,《田保霖》的写作指向的其实是"劳动英雄"与基层干部的再生产。

自1943年冬首次召开的边区劳动英雄代表大会和边区生产展览大会取得良好收效之后,边区政府将"全边区劳动英雄和模范生产者大会"正式作为一项"新的组织形式与新的工作方法"加以"定型化,合法化",并在1944年9月5日的《解放日报》的社论中特别指出,从革命斗争中产生的老干部已经"非常不够",亟待引进一批"新的干部",而劳模的选举和奖励机制"又是出产和培养干部的一种好方法,因为他们是从群众中和实际工作中锻炼出来的",不仅在生产中有成绩有创造,"并且这些人大都为人正派,又和群众有密切联系,对政治也有较高的认识,这些都是做为一个干部的基本条件"。而有些地方的劳模已经开始被引进到各种工作部门中来,为这一干部培养机制的推广提供了重要的经验。[①]1945年1月10日,陕甘宁边区劳动英雄和模范工作者大会召开,毛泽东在讲话一开篇就提出了英雄、模范的"三种长处"与"三种作用":

> 第一个,带头作用。这就是因为你们特别努力,有许多创造,你们的工作成了一般人的模范,提高了工作标准,引

[①] 《采用新的组织形式与工作方式》,《解放日报》1944年9月5日,第1版。

起了大家向你们学习。第二个,骨干作用。你们的大多数现在还不是干部,但是你们已经是群众中的骨干,群众中的核心,有了你们,工作就好推动了。到了将来,你们可能成为干部,你们现在是干部的后备军。第三个,桥梁作用。你们是上面的领导人员和下面的广大群众之间的桥梁,群众的意见经过你们传上来,上面的意见经过你们传下去。①

由此可见,毛泽东看重的不仅是劳动英雄在劳动技能、生产经验和积极性方面的示范性,更看重他们在组织能力和群众威信方面的作用。事实上,从最初的发现劳模到之后的选举劳模,当选者的群众基础基本源自农民们对一种乡土伦理和道德标准下的"肯吃苦""好人""正派""忠厚""办事公正""有公心"这类品质的认可。以此为基础发展乡村基层干部,其实是以"劳动光荣""公民意识"这类新的观念方式和话语方式,接续和转换了上述这些传统道德中的固有价值,树立起"劳动英雄"的政治威望,赋予其参与政治生活的权力与能力,从而逐步替换和更新旧有的、"恶绅化"②的乡村权力文化网络。赵超构访问延安时

---

① 毛泽东:《必须学会做经济工作》(1945年1月10日),《毛泽东选集》第3卷,第1014页。
② 关于"绅权"问题,1948年上海观察社出版的《皇权与绅权》一书集合了费孝通、吴晗等社会学家、历史学家的一系列演讲。其中,社会学家史靖在《论绅权的本质》中谈道近代以来乡村基层政权已被几种不易分别也不可分离的几种人分割掉了,如有钱有势、干预地方政权的暴发户,利用亲戚权势在本乡本土炫耀之人,新制度下由保甲制度出来的地方行政人员,无权势可依在地方政要之间周旋的向上爬者,大户人家的没落子弟与地痞流氓交好,以及维护经营的富农小地主这类保产主义者。他提出,由于城乡关系的脱节,绅士继替的常轨发生障碍,导致上述人物常常滥竽充数,取代了"绅治"。由此恶习继起,进一步破坏和腐蚀了正当的传统绅粮,绅权在本质上也变质没落掉了。因此,

观察发现,这些看起来和普通农夫没什么差别的"劳动英雄"竟然"能够不感羞涩地和我们坐在一起吃饭喝酒,并且能够认真说出'组织'、'批评'、'决一个定'、'发展'、'转变'、'斗争'、'法西斯'这一套的新名词",而"有几位劳动英雄,不仅是有经验的农夫,并且被证明是很好的行政人员。他们要以自己的努力的为中心,使自己住的地方成为模范村模范乡"①。自1942年以来,劳动英雄的确不断发展成各自生产集体的轴心。赵占魁办事耐心仔细,总是先人后己,又会做领导工作,边区农具厂"一切的工作都随着他在转动"②。在接受斯坦因的访谈时,吴满有谈到村里的百姓都"跟着我学","现在,我提议什么改革,他们都响应我的号召了"。吴满有联合延安附近一个模范农场的场长一起选种,并向植物学家提供当地环境的知识以及向保守的农民推广新种的经验,"假若吴满有把他的名字和某些新的事物连结在一起,并且在他的田里试验,农民就更乐于接受"。斯坦因感叹道:

(接上页)费孝通所谓的"双轨社会"其实是从乡村内部瓦解掉和解掉了。这与毛泽东在《农村调查》中的观察也有一定的契合度,大地主大多与政权结合,剥削方式更隐蔽,而小地主的剥削方式则更残酷,如高额的地租与利息等。在赵树理的很多小说如《福贵》《李家庄的变迁》《李有才板话》《刘二和与王继圣》中都可以看到这类"恶绅"式的地主或经营者(同时可能还是族长)及其子女仍然把持着村长、文书、合作社会计之类的基层政治位置,并和乡长、县长等更高一层的政治权力保持着血亲、姻亲等各种形式的利益关联。在边区的乡村治理中,村民大会、参议会的一大功能就在于由群众评定、推举或推翻基层干部。如海稜1941年冬在就《两个村代表》中书写了延安南区第一行政村村代表主任杨得春这样徇私、不公、剥削佃户的坏干部,在大会上被要求撤换。但必须指出的是,即使在劳模运动展开后,也存在"假劳动英雄"把持村政权的问题,如延安市劳动英雄田二鸿其实是当地的一户恶霸,为创建模范村还曾强迫群众订立"耕二余一"的计划。

① 赵超构:《延安一月》,第205、208页。
② 张铁夫、穆青:《赵占魁同志》,《解放日报》1942年9月13日,第4版。

"他的村子现在已经成为他的试验所了。"① 绥德地区王家坪村的农会主任王德彪在村中组织变工、开义田、办妇女合作社、改良农作法、组织读报组，成了"王家坪的一根轴子，把全村转动起来向前开动"，并和乡长、村主任"亲密合作"，"成为王家坪的三个头子，然后再通过党员和群众中的积极分子去开展工作"②，将王家坪这个以二流子众多而著称的"坏村子"变成了"模范村"。

由此再看《田保霖》，大概就不难理解，毛泽东为何要如此热情地替两位作者庆祝，竟至于要"替中国人民庆祝"，并多次在各种干部会议上高度评价丁玲的这一"新写作作风"。③ 丁玲和欧阳山的写作不仅显影出劳模运动如何作为生产农村基层干部的主要机制，还以其形式创造参与到这一关于新主体和新现实的再生产当中。通过这样的报告文学写作，丁玲和欧阳山呈现了一种边区乡村政治的联动机制，即如何发挥英雄个人的"模范"作用带动分散的农村生产单位，通过对生产劳动的组织实现对乡村文化权力结构的革新。

---

① 〔英〕G·斯坦因：《红色中国的挑战》，李凤鸣译，第63、69页。
② 张铁夫：《新英雄的出现——绥德模范村和王德彪》，《解放日报》1944年12月26日，第2版。
③ 毛泽东之所以在信中邀请丁玲和欧阳山前来一叙，还有一个原因："合作社会议要我讲一次话，毫无材料，不知从何讲起，除了谢谢你们的文章之外，我还想多知道一点"。毛泽东：《给丁玲、欧阳山的信》（1944年7月1日），《毛泽东文集》第3卷，第177页。在这之后的第三天即1944年7月3日，中共中央在杨家岭大礼堂招待出席边区合作社会议的全体代表，毛泽东应邀做了关于合作社方针和业务的讲话，提出"每一个模范合作社，都是一本活的教科书！"《毛主席谈合作社业务 发展边区经济文化 中共中央招待合作社代表》，《解放日报》1944年7月4日，第1版。这一讲话并未入集，仅可于报道中见到部分引文。可见毛泽东在丁玲和欧阳山的写作中更看重的还是这种"模范"的机制及其"教科书"式的功能。

三、创作主体与文化主体的再生产

写完《田保霖》之后，1944年8月，丁玲又到安塞难民纺织厂住了两个多月，搜集了工厂发展的全部材料，准备写作一部厂史但最终并未完成，只留下了一篇《记砖窑湾骡马大会》的短文。丁玲在1950年是这样描述这一时期的写作的："在写了这几篇之后，我对于写短文，由不十分有兴趣到十分感兴趣了。我已经不单是为完成任务而写作了，而是带着对人物对生活都有了浓厚的感情，同时我已经有意识的在写这种短文时练习我的文字和风格了。"① 在1944年秋的文艺工作者代表大会上，丁玲紧接着写出了《民间艺人李卜》，又在劳动英雄大会上以安塞纺织厂带领难民工厂走向企业化与正规化的工人干部袁广发为主人公写作了《袁光华——陕甘宁边区特等英雄》，发表在《解放日报》上，还修改并续完了之前未完成的《三日杂记》。② 通过报告文学的写作，丁玲获得了新的观察与认识现实与人物的方式，她不仅在这个过程中完成了情感的转换，也开始对写作和形式本身做出有意识的改造。在这段致力于"训练自己的笔"，"训练如何描写新人物的方法"③ 的写作试验中，丁玲开始有意转换自1930年代就形成的冗长缠绕的语言形式，开始侧重写动作、写对话、写事件，对写作形式本身做出有意识的改造。到写《民间艺人李卜》时，丁玲的语言和笔调已经变得轻松而老到：

---

① 丁玲：《〈陕北风光〉校后记》，《丁玲全集》第9卷，第52页。
② 参见丁玲《〈陕北风光〉校后记》，《丁玲全集》第9卷，第52—53页；李向东、王增如《丁玲传》上册，第329—325页。《丁玲传》对丁玲这一时期的写作及其风格转变有详尽的爬梳与分析，对本论有很大启发，特此致谢。
③ 丁玲：《关于自己的创作过程》，李向东、王增如：《丁玲传》上册，第331页。

> 一九二五年，甘肃省平凉、隆德一带，来了李卜。他是从洛川一个戏班子逃出来到蒲城，现在又逃到甘肃来的。他穿了一件旧单褂，带了顶旧麦秸帽子，胳肢窝里夹了一个小包包，走在别人门前或柜台前边一坐，把右腿往左膝上一放，仍像在台上那样，再把一个三岔岔板拿出来一敲，小眼睛一睁一闭，他就唱了起来……①

在"一坐""一放""一敲""一睁一闭"等一连串动作中，李卜的出场活灵活现，呼之欲出，干脆的短句俗白可喜，上口易读，已然洗去了《田保霖》开头时还带有的那一点新文艺腔。

和丁玲接受斯坦因访谈时提出的观感相近，赵超构对延安的报告文学也有所批评和分析："新小说的读者必须是中学程度以上的知识分子。报告文学以其简洁有力，却正是工人士兵以及乡村干部的合适读物，但事实上现在延安的报告文学，还不算是十分成功。一般老作家的作品，技术虽成熟，对于民间生活究竟不能完全无隔膜。每每写出一篇，在同行中得到了赞许，却被熟悉民间生活的读者指出了笑话，或者是动作错误，或者是说话不像。至于一般工农兵出身的青年作者，对于民间工作熟悉但技术幼稚。弥补这一种缺陷的方法，就是'学习'，老作家向群众学习生活语言，新作家向老作家学习技术。"② 1943年的《关于执行党的文艺政策的决定》在提出以"通讯报告"作为两大文艺工作重心时曾如是部署："新闻通讯工作者及一般文

---

① 丁玲：《民间艺人李卜》，《丁玲全集》第5卷，第227页。
② 赵超构：《延安一月》，第130页。但此时赵超构看到的报告文学代表作还是丁玲的《十二把板斧》，尚未看到丁玲此后的写作。

学工作者的主要精力,即应放在培养工农通讯员,帮助鼓励工农与工农干部练习写作,使成为一种群众运动。"①就像田保霖组织妇纺时采用的工作方法,对于1944年的丁玲而言,"发展一种新型的报告"的试验同样也是一个"教"与"学"的过程:"一面自己学,一面教人","有时在乡村或工厂中住几个月,和老百姓生活在一起,熟悉他们的问题,帮助他们的文化工作,训练工厂乡村'通讯员'为壁报写报告。"②在这个意义上,报告文学的写作不仅是对作家自身的改造与训练,其实也是一种"工农写作者"的培养机制,在培养其文化能力与写作能力的同时,更赋予了他们进行自我表达、认识现实、创造意义的能力。由此可见,报告文学写作的生产性不仅在于能在形式和现实的层面生产出新的劳动主体和政治主体,还能够进一步生产出新的创作主体与文化主体。

如伊格尔顿所言,"如果艺术工艺的变化改变了艺术家与群众的关系,他们同样也改变艺术家之间的关系。一提到作品,我们本能地想到这是作家孤立的、个人的产品,大多数作品确实这样产生的;但是,新的工具或者是经过改造了的传统工具,开创了艺术家之间的新的合作的希望。"③在艾青、杨朔、丁玲、赵树理以及更多的解放区文艺工作者那里,我们都可以发现这种改造艺术生产工具的试验,甚至是不同形式传统下的艺术创作者之间的相互改造与合作。1940年冬,鄜鄠戏艺人李卜在观看民众剧团演出时,向柯仲平提出了在音乐上改用鄜鄠调的建议,因为

---

① 《关于执行党的文艺政策的决定》,《解放日报》1943年11月8日,第1版。
② 〔英〕G·斯坦因:《红色中国的挑战》,李凤鸣译,第137页。
③ 〔英〕特里·伊格尔顿:《马克思主义与文学批评》,文宝译,第73—74页。

"郿鄠吐音更清楚,更听得真"①,柯仲平相当重视李卜的意见,帮助李卜解决生产生活问题,吸引其加入民众剧团,称其为"军中一员大将"②。加入剧团后,李卜除担任唱腔和做工的指导工作,有时还亲自演出,1942年后,戏剧家马健翎拜李卜为师学习郿鄠调,创作了著名的郿鄠小戏《十二把镰刀》和《两亲家》,音乐家马可、安波、张鲁都先后来向李卜学习,以改造秧歌剧的音乐。③1945年春,陕甘宁边区文协成立了由林山、安波、陈明等组成的"说书组",随着诗人贺敬之对说书艺人韩起祥的发现,"新说书运动"在不到两年之内"就遍及陕甘宁边区"④。据《丁玲传》,丁玲也经常跟随说书组一起去找韩起祥,参与编写新说书的工作,并在陕北说书的启发下想要"尝试用章回体写长篇",陈明还将安塞聚财山"红鞋女妖精"的故事写成了新说书《平妖记》。⑤在1944—1947年,韩起祥在与林山、陈明、安波、柯蓝、高敏夫、程士荣、王琳、龙白等文艺工作者的合作之下,创作了两百多部新书,还根据作家袁静所写的秦腔剧本《刘巧儿告状》改编成著名的新书《刘巧团圆》,被誉为"说书英雄"。伴随着各自的形式传统及其所内涵的认识现实的方式之间的碰撞与化合,文艺工作者与民间艺人的合作最终重构的将是工农观众对生活和自我的认识与想象。

---

① 丁玲:《民间艺人李卜》,周扬、萧三、艾青等编:《民间艺人和艺术》,东北书店1946年版,第12页。
② 刘锦满:《柯仲平与边区剧作——抗日战争时期柯仲平在陕甘宁边区轶事偶拾》,《新文学史料》1989年第4期。
③ 参见任国保《李卜与眉户剧》,《延安文艺研究》1986年第3期。
④ 林山:《盲艺人韩起祥》,钟敬文编:《民间文艺新论集》,北京师范大学出版社1951年版,第157页。
⑤ 参见李向东、王增如《丁玲传》上册,第335—336页。

在解放区的文艺活动与下乡运动中，从事文艺创作的知识分子完成了从"创作者"到"工作者"的身份调整以及工作方式的转换，这在根本上还意味着"文艺"本身的性质（或者说对这一性质的认识）也将发生改变。相对于作为创作者的个人思想或情感的表达，艺术活动首先是一种社会实践，是与其他形式的社会生产并存的、相关联乃至相统一的一种生产活动。[①]因此，真正具有生产性的艺术不仅能够打破旧的艺术秩序，而且能够提供一种新的形式，引导更多的接受者成为艺术的参与者、生产者甚至是行动者。所谓"新写作作风"，指向的正是这一对形式、主体和现实进行再生产的文化政治机制。如本雅明所言，这样的艺术产品"必须具有一种组织的功能。而且它的组织作用价值绝不能只限于宣传。仅仅是倾向是做不到这一点的"，因为"倾向是作品的组织功能的必要条件，但绝不是充分条件。作品的组织功能还要求写作者有引导与教导人的行为方式"[②]。在报告文学写作或新说书运动之外，陕甘宁边区1944年春节掀起的"新秧歌运动"也充分发挥了这样一种以艺术"组织"现实的能力。但在接下来的讨论中，我们也将进一步发掘这一"组织"的限度与困境。

---

① 这不仅是在艺术家"生产精神产品"或"劳心"与"劳力"相统一这样的意义上，将艺术创作与工作实践、生产劳动相等同。事实上，即使是在主张"为艺术而艺术"的资本主义文化体系中，在商品生产的意义上，马克思也同样将艺术创作视为一种生产劳动。

② 〔德〕瓦尔特·本雅明：《作为生产者的作者》，王炳钧等译，第25、26页。

第四章

文艺与劳动的相互"组织"(上)

1943年11月29日,毛泽东在中共中央招待陕甘宁边区劳动英雄的大会上,发表了以"组织起来"为主题的讲话。在总结1943年生产运动成绩的基础上,这一讲话的核心在于肯定并强化了1942年冬中共中央西北局高级干部会议的主要方针,即"把群众组织起来,把一切老百姓的力量、一切部队机关学校的力量、一切男女老少的全劳动力半劳动力,只要是可能的,就要毫无例外地动员起来,组织起来,成为一支劳动大军。"① 这一方面意味着,生产运动要将一切可能的与潜在的劳动力都动员起来。包括劳模运动在内,"改造二流子"②、强调妇女作为生产劳

---

① 毛泽东:《组织起来》,《毛泽东选集》第3卷,第928页。
② 据孙晓忠的考证,"二流子"一词最早出现在延安大生产运动时期,指的是乡村中脱离生产、好吃懒做、不务正业,以烟、赌、偷、盗、阴阳、巫神、蛮婆、土娼为生之人。1939年之前,当地百姓多称其为地痞、牛毛、爬鬼、二流答瓜等,为区别于穷凶极恶的地痞流氓故称为"二流子"。"改造二流子"既是为了解决移民运动中的游民问题,充分动员劳动力,也是解放区改造家庭运动的一部分。参见孙晓忠《延安时期改造二流子运动》,《中华读书报》2010年7月28日,第13版。孙晓忠还在研究中指出,"二流子的出现是一个现代性事件",

动力的"四三决定"①、边区儿童的劳动教育以及"文教与生产相统一"②等一系列工作，都是围绕着增加劳动力这一核心诉求展开

（接上页）是"赢利性经纪的出现，使得传统乡村社会解体"的产物。延安"组织起来"的政治实践正是通过对家庭组织的改造创造了新型的乡村劳动组织，在集体劳动中真正改造了二流子的劳动观念与主体性。孙晓忠：《当代文学中的"二流子"改造》，《文学评论》2010年第4期。

① 1943年2月，中共中央发布了由中央妇女委员会起草并经毛泽东修改的《中国共产党中央委员会关于各抗日根据地目前妇女工作方针的决定》，简称"四三决定"。该决定批判了原有的妇女运动中存在的"没有把经济工作看为妇女最适宜的工作，没有把握动员妇女参加生产是保护妇女切身利益最中心的环节"的问题，强调"战斗、生产、教育是当前的三大要务，而广大的农村妇女能够和应该特别努力参加的就是生产，广大妇女的努力生产，与壮丁上前线同样是战斗的光荣的任务"；并安排"各地妇委!救要以研究组织农村妇女个体与集体的生产为首要工作，深入村庄，教育帮助与解决农村妇女参加生产战线中的困难，农村妇女生产工作的好坏，是测量妇女工作的尺度"，并要"以生产合作及各种生产方式（如纺织小组等）去组织她们"。陕西省妇女联合会编：《陕甘宁边区妇女运动文献资料选编1937—1949》，内部资料，无出版社信息，1982年，第162—164页。

② 早在1938年，陕甘宁边区教育厅就制定了以"劳动教育"为抗战时期小学教育的主要方针："使儿童青年从事劳动，使他们在集体劳动中锻炼他们的身体，发展他们的集体精神，训练他们的组织能力，并且养成他们的劳动兴趣和重视爱好劳动的习惯。学生不只在校内做劳动工作，同时还应参加校外的生产劳动工作。"见《一年来边区的国防教育》，陕西师范大学教育研究所编：《陕甘宁边区教育资料（小学教育部分）》，教育科学出版社1981年版，第1—2页。1940年后，边区小学教科书中30%的内容都是关于各类生产劳动实践的初级入门，除正确的劳动观念的灌输之外，还有对农作物与农作法知识的介绍。关于边区各级学校"教学劳动化"的研究参见徐兰君《儿童与战争：国族、教育与大众文化》（北京大学出版社2015年版）之第二章"劳动与教育：'乡村儿童'的发现和战时孩童的抗战宣传实践"。1942年后，边区学校的教育工作亦以生产劳动为重心，帮助学生订生产、节约计划，教学内容以切合使用的自然知识（如医药卫生、除虫害、防治羊瘟等）和社会知识（如选举登记、户口调查、制定生产计划等）为要，提出"新教育不但是要和政治结合起来，同时还要和劳动携手"。见《小学教育中的巩固学生问题》，《解放日报》1942年9月3日，第1版。在乡村展开的社会教育中，要使读报、识字与生产相统一，并特别强调文教"无论如何不能妨碍群众生产"，选择农闲时节开展夜校与冬学，使"教育与生产密切结合，不仅是在教育内容上，而且在教学时间支配上，特别是组织形式上是与生产组织统一的"，"力求不误工、不误活、不误时以及上学地

的。另一方面，这一讲话则提出了以劳动互助的方式克服农村分散的个体经济状况，通过"逐渐地集体化"走上列宁所说的合作社道路。无论是组织变工队、扎工队（农业生产合作社）、运盐队（运输合作社）、纺织厂、油坊（手工业合作社），还是以延安南区合作社为代表的集生产合作、消费合作、运输合作与信用合作于一体的综合性合作社，都属于这种"建立在个体经济基础上（私有财产基础上）的集体劳动组织"①。也就是说，动员生产劳动力与组织集体劳动，成为这一时期生产运动的工作重心。

由此，"组织起来"在1943年后成为解放区生产运动中的一个广为流行的口号。与大生产运动初期主要指向经济目标的"自己动手，丰衣足食"相比，"组织起来"则更强调一种集体化的劳动形式，以及如何在更大程度上有效地将农村分散的劳动力调动并组织起来的工作方法。这不仅要求"每一个共产党员，必须学会组织群众的劳动"②，也意味着边区农村的劳动形式、乡村治理与文化生活将在一种高度组织化的行政动员、文化宣教与群众运动中发生新的变化。换言之，"组织起来"不仅是对生产方式的改造，还涉及人与主体、劳动观念、生产伦理、生活方式以及乡村共同体的改造等一系列问题。

在这个过程中，文艺扮演了重要的角色。1943年以来的新秧歌运动、改造说书运动、群众歌咏运动、乡村戏剧运动等一系

（接上页）的方便"，提倡生产与学习相统一的"一揽子冬学"。张德生：《关中文教工作的总结》，《解放日报》1944年10月4日、5日，第2版；《边府关于冬学的指示》（1945年10月23日），甘肃省社会科学院历史研究所编：《陕甘宁革命根据地史料选辑》第3辑，甘肃人民出版社1983年版，第36—39页；习仲勋：《关于开展冬学运动的正确方向——周家圪崂一揽子冬学介绍》，《解放日报》1944年11月23日，第4版。

① 毛泽东：《组织起来》，《毛泽东选集》第3卷，第931页。
② 同上书，第932页。

列群众文艺运动的展开,也构成了对"组织起来"这一具有统摄性的乡村政策的强烈因应。解放区的文艺工作者不仅通过下乡工作与共同劳动,深切地参与了改造二流子、组织变工队或妇纺小组等具体工作,其文艺实践的组织方式以及文艺形式本身也在这个过程中得到了深刻的形塑。同时,乡村社会内部对于这一政策的各种反应、农民作为组织对象和革命主体的复杂性,以及开展组织工作的具体方法与困境,也进入到文艺工作者的经验视野与创作实践当中。换言之,"对于劳动的组织"与"对于文艺的组织"之间存在某种相互生成与映照的关系。文艺在"组织"现实的同时,也从现实中得到了"组织"自身与获取形式的方法与路径。而在新的劳动集体与文艺组织的相互依托之中,也隐含了从"为工农的文艺"向"工农自己的文艺"转化的可能。

需要指出的是,关于这一组织动员工作以及群众文艺运动的现有研究,确已注意到解放区的政党政治、文艺实践与乡村社会之间的互动关系,开始着眼于基层社会与地方民众的反应,并试图揭示文艺如何作为一种政治动员的技术,实现政治意识形态对乡土社会的高度介入。[1]但正如新革命史研究者反思的那样,无论是从正面意义上肯定政党对农村社会的建设意义,还是从负面意义上批判政治意识形态对农村社会的控制与规训,现有研究仍有可能受制于传统的"政策—效果"模式,忽略了农民在社会变

---

[1] 这类研究如周维东《被"真人真事"改写的历史——论解放区文艺运动中的"真人真事"创作》,《中山大学学报》(社会科学版)2014年第2期;熊庆元《延安秧歌剧的"夫妻模式"》,《文学评论》2014年第1期;李军全《政治宣传与民俗需求:中共对传统年画的利用和改造(1937—1949)》,《河南师范大学学报(哲学社会科学版)》2015年第3期;李军全:《消"毒":中共对华北地区乡村戏剧的改造(1937—1949)》,《党史研究与教学》2016年第3期。

革中复杂的主体状态,进而遮蔽了革命进程中的难题性。① 由这一反思性视角出发,我们的研究首先需要关注的恰恰是农村群众面对诸种剧烈的社会变革时,其意识状态内部的复杂性与不稳定性,以及他们与革命政治及革命文艺之间具体的互动机制与张力关系。同时也必须注意到,不同于村民大会、生产动员大会这类具有较强的组织力与规约性的行政动员方式,以秧歌剧、乡村戏剧、歌谣、说书为代表的群众文艺活动所依赖的恰恰是艺术形式的感染力、可参与性以及艺术媒介的传播性,与乡村社会的舆论环境、伦理基础之间形成的是一种相互制约、利用与改造的复杂关联。客观地讲,解放区文艺对群众生活的组织自有其"能"与"不能"。因此,如何看待文艺组织劳动的能量及其限度,仍有待于深入到形式实践的层面加以探究。

第一节 "转变"的故事:"观念剧"及其限度

一、从"舞"到"剧":秧歌如何表意?

"秧歌"作为山陕农村农闲时节的一项具有普及性的娱乐活动,早在延安文艺座谈会召开之前就已进入解放区文艺工作者的视野,被视为一种可资利用的民间文艺形式。但与1944年春节

---

① 李金铮认为,在中共革命与农民的关系研究中存在一种"政策—效果"模式,这类研究大多将共产党和基层社会之间的关系理解为单向的'挥手'与'追随'、'控制'与'被控制'的关系","进而大大遮蔽了中共革命的复杂性和艰巨性。因为它忽略了农民参加革命的主体性,忽略了传统社会与革命政策的关系,忽略了农民的犹豫和挣扎,忽略了共产党遇到的困难、障碍和教训"。李金铮:《向"新革命史"转型:中共革命史研究方法的反思与突破》,《中共党史研究》2010年第1期。

之后以《兄妹开荒》《一朵红花》《动员起来》为代表的"秧歌剧"为主要创作方向的"新秧歌运动"不同,文艺工作者最初注意到的其实是"秧歌舞"的形式。关于"秧歌"的起源,从其流行的不同地域之地方文化、出土文物与民间传说来看,大抵有起源于劳动、祭祀与战争几种不同的说法。① 1941年5月,在晋察

---

① 据清人李调元《南越笔记》记载:"农者每春时,妇子以数十计,往田插秧,一老挝大鼓,鼓声一通,群歌竞作,弥日不绝,是曰秧歌。"[清]罗广元、[清]李调元等:《清代广东笔记五种》,广东人民出版社2015年版,第197页。另据清人杨宾《柳边纪略》记其在宁古塔见闻:"上元夜,好事者轧扮秧歌。秧歌者,以童子扮三四妇女,又三四人扮参军,各持尺许两圆木,戛击相对舞,而扮一持伞灯卖膏药者前导,傍以锣鼓和之,舞毕乃歌,歌毕乃舞,达旦乃已。"[清]顾永年、[清]杨宾:《梅东草堂诗集·柳边纪略·塞外草》,黑龙江大学出版社2014年版,第420页。可见秧歌南北皆有,但歌舞形制及功能、起源各不相同。1945年春节,戏剧史家黄芝冈在《新华日报》社举办的春节秧歌晚会后写作了《秧歌论》,后又写就《从秧歌到地方戏》的长文。在《秧歌论》中,黄芝冈认为秧歌是南方各地"农人插秧、耘田,在田里相聚群唱或对唱、竞唱的一种歌",并将其与山歌、采茶、樵歌、渔歌、船歌等农人劳动时的歌唱视为同一种,而之所以被从插秧时节移到新年而成为社火,则与古代的"蜡与傩"有关。黄芝冈指出"蜡祭用土鼓节秧歌","和上举田祖祀典相同",是"岁十二月慰劳万物和农民使它们暂得休息的祭典";而"傩"作为"一种除灾侵的巫术"和"化妆跳舞","以古代进军克敌和田猎驱禽时鼓与谏的相须为用作为证明"而伴以大鼓,而插秧时的秧歌移到新年后则与傩舞(舞狮)相结合,正是秧歌从"歌"向"舞"的转换。黄芝冈:《论秧歌》,《从秧歌到地方戏》,中华书局1951年版,第134—136页。陕北秧歌主要流行于陕北延安、榆林等地,其游村转乡进行巡回表演的活动特征保存了宋代民间舞队的一些遗风,其中很多具体的舞蹈动作与姿态则与出土于绥德、米脂地区的东汉画像石上记录的杂舞、百戏非常相近。"神会秧歌"保存了陕北秧歌的原始形态,在庆祝丰收之外,更有祭祀敬神的目的,具有春秋时期乡人"驱傩"仪式的遗风。参见中国戏曲志编辑委员会《中国戏曲志·陕西卷》,中国ISBN中心出版社1995年版,第123页;李开方等编著《延安新秧歌运动研究》,陕西人民出版社2014年版,第14—16页。此外,清末民初时期,以祁太秧歌、襄武秧歌为代表的秧歌小戏流行于山西各地乡村。据韩晓莉的考证,民间流传着各种关于秧歌起源的传说,如太原秧歌起源于李自成进京路经太原时村民为祝贺义军即兴演唱的时调,义军去后歌声未绝,演为秧歌;介休秧歌起源于北宋期间赵德芳和寇准被困幽州,杨家将持红伞、锣鼓扮作歌舞伶人攻城营救。韩晓莉:《文化展演中的乡村社会——清末民初山西秧歌小戏与乡村社会生活》,《清华大学学报》(哲学社会科学版)2009年第5期。

冀担任华北联合大学文工团团长的剧作家丁里在《秧歌舞简论》一文中，试图从一般舞蹈的原始形态来解释"秧歌舞的起源"：

> 当追溯到舞的原始时，它产生的根源实起于劳动的快适而引起的对劳动过程中的憧憬和摹拟，而造成了与他自身生活相关系的舞。如他怎样与自然的搏斗，怎样获得了生活的资料，怎样战胜了慓悍的敌人，怎样诱得了异性的满足……这一切都成了他摹拟的材料。无论猎食也好，争斗也好，他的生产手段，争斗的武器，全靠了一副坚壮的体魄与力；这样，手舞足蹈变成了艺术创作的唯一的材料。因为生活样式的同一，便形成了集体的群舞，不同生活样式的一群，也便产生了各异的而与他自己生活想联系的舞，这是舞的原始形态。
> 秧歌舞的起源也只能作这样的解释……①

丁里的这个解释从"起源"的角度概括了秧歌的两个重要的特点：一是其舞蹈的动作与姿态源于对劳动生活的摹仿，二是其组织形式是基于共同的"生活式样"而形成的"集体的群舞"。事实上，这两点也正是解放区的文艺工作者最初瞩目于"秧歌"的两个最为重要的形式要素。

关于"秧歌舞"的集中讨论，最早是伴随着"旧形式"如何利用的问题在晋察冀边区的文艺工作者中间展开的。1941年3月15日，《晋察冀日报》的副刊"晋察冀艺术"刊登了冯宿海的《关于"秧歌舞"种种》一文，由此引发了来自林采、任均超、

---

① 丁里：《秧歌舞简论》，《解放日报》，1942年9月23日，第4版。全文刊于1942年9月23日、24日两期。

康濯、更石等人的批评与讨论。①除了对旧形式的价值判断之外，论争的中心其实主要在于"秧歌舞"的发展道路问题。基于对晋察冀的乡村文艺如何利用秧歌舞来宣传抗战的观察，冯宿海发现，秧歌舞的舞法与新加进去的"抗战歌子和小调"其实并不协调："这些内容和动作，完全不一致，彼此无关系，成了两回事，内容和形式，不是有机的统一的整体了"；而且舞蹈形式"过于简单"，"加上舞与歌子的貌合神离，且这些歌子是不连续的，观念的，于是就不能形象的反映现实，进而歪曲现实"。至于如何改造"秧歌舞"，冯宿海提出了一条"街头化的歌舞剧"的道路：以"完整的故事""有个性的人物"使观众得到一个"整体的印象"，这也就要求秧歌舞的动作要具有能够"适应一定内容形式"的表意性和情感性，使"形式和内容统一起来"②。然而冯文恰恰是在这一问题上招致了林采和任均超的批评。在林、任二人看来，从"舞"到"剧"的改造是"不可能而且不必要的"，这样的改造只会取消掉"秧歌舞"本身所具有的形式上的灵活性、易接受性与"群众性的集体舞蹈"的性质。③

与一味肯定旧形式并拘泥于"舞"的形式的批评者相比，康

---

① 据 1941 年 3 月 29 日《晋察冀日报》的"编者按"："自边区各协主编之《晋察冀艺术》上先后发表了《关于"民族形式"问题》和《关于"秧歌舞"种种》以来，本报接到各方批评的文章多件"，并自该日起选登了第一篇针对冯宿海的批评文章即林采的《从"秧歌舞"谈旧形式——略评〈关于"秧歌舞"种种〉并关于旧形式的利用问题》。在此后长达两个月的时间里，《晋察冀日报》又先后选登了任均超《关于〈关于"秧歌舞"种种〉》（1941 年 4 月 3 日）、康濯《秧歌舞——零碎想起的一些意见》（1941 年 5 月 7 日）、更石《秧歌舞的化装》（1941 年 5 月 30 日）等多篇争论文章，加上其他刊物上的相关文章，共有十余篇之多。
② 冯宿海：《关于"秧歌舞"种种》，《晋察冀日报》1941 年 3 月 15 日，第 4 版。
③ 参见林采《从"秧歌舞"谈旧形式——略评〈关于"秧歌舞"种种〉并关于旧形式的利用问题》，《晋察冀日报》1941 年 3 月 29 日，第 4 版；任均超：《关于〈关于"秧歌舞"种种〉》，《晋察冀日报》1941 年 4 月 3 日，第 4 版。

濯对"歌舞剧"道路的态度就显得更为融通。虽然康濯并不赞成对秧歌舞评价过低,但他也注意到目前的秧歌舞对新、旧形式的杂糅过于广泛,在"唱与舞""故事的表演与群众舞的进行"之间存在"复杂的冲突",导致"在内容上、形式上往往没有关联,或关联极少,这未免支离破碎些"。因此他认为,"歌舞剧"的道路未必就是对秧歌舞的"取消"或不合时宜的拔高,而是一条试图以"完整故事的整体"救弊的必要途径。[1] 应当说,冯宿海与康濯对于"秧歌舞"的批评是相当敏锐的。秧歌舞的形式问题在于缺乏有机的形式感,导致其缺乏意义生成的有效机制。集体舞的形式虽然具备组织上的群众性,但同时也会带来表意上的肤浅、断裂与混乱。[2] 即使抛开艺术形式的芜杂与粗糙等问题,仅从抗战动员或政治宣教的层面上讲,"秧歌舞"也很难获得良好的收效。[3]

---

[1] 康濯:《秧歌舞——零碎想起的一些意见》,《晋察冀日报》1941年5月7日,第4版。

[2] 丁里的长文《秧歌舞简论》亦指出:"由于在内容上未能以适当的调节和选取,而造成生硬的堆积,无所表现的表现,以致在内容上而成为多元的,不能再单一的主题下去发挥,去求得在一个主题下的多样性,而成为若干主题在一个形式下的平行发展、庞杂、紊乱、混淆不清。什么都表现了而什么又都没表现:只有广泛的面,而无从说明它的深,飘忽而浅肤的量的堆积,无疑表现更深刻的内容,而止于是,只是企图表现强大的内容和政治意义的标语口号化,应看成秧歌舞之发展上的一大阻碍。"丁里:《秧歌舞简论》,《解放日报》1942年9月23日,第4版。

[3] 康濯即指出,对于宣传抗战而言,各色抗日人士与日寇、汉奸的表演者,以及大众舞员中穿红戴绿的男女、儿童、小丑混杂在一起,"这就形成了一截一截的"断裂感。康濯:《秧歌舞——零碎想起的一些意见》,《晋察冀日报》,1941年5月7日,第4版。这也造成了群众在接受上的困难。更石就记录下了一些农民观众的尴尬反应:"在有些没有故事性的表演中,好像是成了一套公式似的,在整个表演的笑乐愉快情绪中,也一定的掺杂着'日本鬼子',于是就有人发问:'这算什么呢?日本鬼子怎么也跟咱中国人一齐跳舞呢?''大概是投降过来的吧。''可是你没有看见他那一脸的凶劲儿?!'"更石:《秧歌舞的化装》,《晋察冀日报》1941年5月30日,第4版。

在这场论争发生的1941年，延安文艺界的戏剧工作还集中在排演国统区或国外戏剧家的名剧等所谓"大戏"上。① 与之相比，晋察冀、晋绥、冀中等敌后根据地的文艺工作因频繁流动于前线部队与敌后乡村，显然具有更为丰富的活报剧、街头剧、秧歌舞等创作、演出经验。1942年延安文艺座谈会后，时任鲁艺戏剧系主任的张庚撰文检讨了边区剧运中的偏向，提出要重视从部队和根据地带回来的、由工农青年参与创作的、老百姓看得懂的活报、舞蹈等"小形式"，并将其视为"从进步工农中所涌现出来的新艺术萌芽"②。文艺整风后，伴随着延安各剧团的下乡工作，"秧歌"开始成为边区最受重视的民间文艺形式，并在1944年春节达到了高潮。而晋察冀文艺界的这场论争也最早为秧歌的改造提出了从"舞"到"剧"的方向与思路。③

---

① 1940—1942年，延安先后上演了多部国统区名家剧作或外国戏剧。自1941年元旦鲁艺上演了曹禺的话剧《日出》后，演出"大戏"成为一时风气。"所谓'大戏'，乃是外国的名剧和一部分并非反映当时当地具体情况和政治任务的戏，而这些戏，又都是在技术上有定评，水准相当高的东西。"见张庚《论边区剧运和戏剧的技术教育》，《解放日报》1942年9月11日，第4版。华北根据地的文艺工作者在1941年时已经开始反思"演大戏"的问题。受延安戏剧运动的影响，根据地的戏剧工作也出现了"想演大戏"，"看不起小戏"的风气。参见戈红《演"大戏"和开展农村剧运》，张秀中《从演大剧谈到敌后戏剧运动》，郁野《敌后戏剧往何处去》，以上文章均见于孙晓忠、高明编《延安乡村建设资料》第4册，第244—245、249—251、252—253页。

② 张庚：《论边区剧运和戏剧的技术教育》，《解放日报》1942年9月11日，第4版。

③ 丁里在《秧歌舞简论》中对秧歌舞提出了很多中肯的批评与改造的设想，但总体上认为秧歌舞不应向歌舞剧的方向发展，文章作为这场论争中的意见之一种在1942年9月的《解放日报》发表。1944年，沙可夫在总结晋察冀新文艺的经验教训时特别谈到了这次论争，并批评林来、任均超、丁里等人认为"秧歌舞"不能发展为新的歌舞剧的论断"没有从实际出发"，"把舞与剧，把秧歌舞的改造与新的歌舞剧的创造过程割裂开来看"，"他们基本上不了解，舞与剧是可以结合的，新的歌舞剧可以从'秧歌舞'的改造与吸收其他戏剧与歌舞形式的优良成份的过程中创造出来的。今天陕甘宁边区在实践中新的群众歌舞剧（秧歌剧）的产生便是一个最好的证明"。沙可夫：《晋察冀新文艺运动发展的道路——点滴经验教训的介绍》，《解放日报》，1944年7月24日，第4版。

1943年春节，鲁艺秧歌队突击排演了一整套秧歌节目到延安各地去演出，既得到了毛泽东、周恩来、周扬等人的肯定，又在群众中引起了热烈的反响，"有些老百姓，一直跟着秧歌队走，演到哪里，他们看到哪里，一天演上四、五场，他们也看上四、五场。"①秧歌队"每走到一处，锣鼓一敲，全体演员都扭起大秧歌，扭完接着就演唱小节目"②，除改编过的花鼓、小车、旱船、挑花篮外，还新创作了《王小二开荒》和《二流子变英雄》两出秧歌剧。据李波的回忆，老乡们激动于"把我们开荒生产的事都编成戏了"，以至于散戏后对熟人"不说看的是《王小二开荒》，而是亲切地说看了《兄妹开荒》"。就这样，《兄妹开荒》"演遍了延安"③，取代了原来的剧名在群众中流传开来，并被作为"新秧歌"的代表作加以肯定和推广。④

安波在总结这次鲁艺秧歌的创作经验时发现，"大秧歌舞"的表现其实并不成功，腰鼓、旱船也都"不及老百姓舞的生动活泼"。因此，尽管他预期秧歌应从集体舞、化装演唱、街头歌舞剧三个方面加以发展，但还是从《兄妹开荒》里得到了更多的成

---

① 张庚：《回忆延安文艺座谈会前后"鲁艺"的戏剧活动》，《张庚文录》第3卷，第268页。
② 李波：《黄土高坡闹秧歌》，任文主编：《永远的鲁艺》上册，第166页。
③ 同上。
④ 1943年4月，《兄妹开荒》的配谱剧本在《解放日报》上连载，同时相继刊发了《正确的艺术方向》（1941年4月24日）、社论《从春节宣传看文艺的新方向》（1941年4月25日）以及王大化关于《兄妹开荒》的创作谈《从〈兄妹开荒〉的演出谈起——一个演员创作经过的片段》（1941年4月26日）。以《兄妹开荒》为代表，《解放日报》又先后发表了《夫妻识字》《动员起来》《七枝花》《好庄稼》《张老汉参军》《生产舞》《南泥湾》《棉花咋价打卡》等秧歌剧目。1943年下半年，延安华北书店即出版了鲁艺编辑的《秧歌集》，包括《兄妹开荒》《春天里》等13个剧目。

功经验。①应当说，鲁艺秧歌队在整套秧歌的编排上还是遵循了陕北秧歌的传统规程，即在"大场秧歌"中嵌套"小场节目"。事实上，"秧歌剧"正和旱船、推车、挑花篮一样，属于小场节目中的一种，是由陕北秧歌中旧有的"小对对戏""闹回回"或"踢场子"②这类以两到三个人物表演简单故事情节的小场节目改造而成的。在此基础上，秧歌剧又取法街头剧、活报剧在演出场景和服装道具上就地取材的灵活性，以及话剧中写实的表演方法，集说、演、唱、舞于一体，突破了旧秧歌局限于喜庆、戏谑或调情式的传统表演模式，从而纳入了具有现实性的戏剧主题。到1944年春节，按照周扬的说法，秧歌剧已经发展为"秧歌的中心节目，甚至是唯一的节目"，大秧歌舞则"可以做秧歌剧的一种开台，或是说前奏，以及它的尾声。同时按着剧情的需要，还可以做剧中的伴唱"③。及至被普遍推广到各乡各村形成群众运

---

① 参见安波《由鲁艺的秧歌创作谈到秧歌的前途》，《解放日报》1943年4月12日，第4版。
② 对对戏是陕北民间流行的一种小型戏剧节目，大多以一旦一丑两个角色表演简单的故事情节、人物矛盾以及农村生活情趣，常是一剧一曲、一曲到底，没有丝弦伴奏。如流传关中各地的唱秧歌和"韩城秧歌""渭华秧歌"，以及陕北各地常见的"对子秧歌"等，都属于民间小对对戏的形式。关中秧歌一般在地摊或舞台上演出，男角以说干嘴为主，并即兴地编唱一些应景的四六调唱词，然后请出女角，二人对唱，或由女角独唱，男角陪舞，服化道都很简单，只用打击乐器配合。此外，陕北秧歌中特有的小场节目"踢场子"与"闹回回"也具有和对对戏相似的戏剧结构与表演方法。"踢场子"可分为："二人场子"（多为表现一男一女年轻人间的爱情生活的双人舞），"三人场子"（多为表现一男两女大小老婆争风吃醋的闹剧的三人舞），"老人场子"（又称"丑场子"，是以蛮婆蛮汉表现老头老太婆嬉戏打闹的调笑场景）。"闹回回"或"闹丝弦"采取生旦各半，为一问一答的对歌形式，带有一定的故事情节。参见中国戏曲志编辑委员会《中国戏曲志·陕西卷》，第122—123页；李开方等编著《延安新秧歌运动研究》，第26、103页。
③ 周扬：《表现新的群众的时代——看了春节秧歌以后》，《解放日报》1944年3月21日，第4版。

动后,秧歌剧则以精炼、灵活、流动性强的"小形式"逐渐取代了必须在广场中和节庆时才能进行的大场集体舞,将田间地头、村舍院落都变成了随时可以利用的表演空间。更重要的是,秧歌剧在一定程度上弥补了秧歌舞"表意不能"的形式缺陷,提供了一种叙事、论辩与宣教的能力。正是在这个意义上,秧歌剧具备了双重的"组织"功能:文艺工作者一方面可将其作为组织乡村生活与集体文化的有效手段,另一方面又能利用其相对完整的表意形式来进行新观念、新政策的宣传,展开政治动员。

二、"假冲突"与"真问题":观念剧的形式困境

从1943年春节的《兄妹开荒》《二流子变英雄》起,组织生产劳动的主题开始大量进入秧歌剧的创作。值得注意的是,无论是改造二流子的《刘生海转变》《刘二起家》《钟万财起家》,或是动员妇女参加生产劳动的《十二把镰刀》《二媳妇纺线》,还是宣传变工互助的《动员起来》《变工好》,其实都可以概括为一种讲述"转变"或"改造"的戏剧叙事模式。其中,构成戏剧冲突与剧情转折的关键在于主人公观念的转变,即如何使好逸恶劳的二流子转变为热爱劳动、使从事家务劳动的妇女接受生产劳动、使一贯以家庭为生产单位的个体劳动者接受变工的集体劳动形式。这就使得这些秧歌剧在人物关系的搭建上,往往呈现为一个"施教者"与"被教育者"的结构模式。施教者可能是一个进步的丈夫/妻子,教育家庭中观念落后的另一方;也可能是一个来自家庭外部的村干部,将二流子夫妻一同作为教育对象,或是协助进步的一方来教育另一方。由于秧歌剧在戏剧容量上的短小和角色设置上的精简,这类"转变"的故事大抵是在家庭空间中,

由两到三个人物完成的。

值得玩味的是这个"转变"的过程。作为这类"转变"叙事的开端,《兄妹开荒》的故事虽并未直接以"改造二流子"为主题,但也是围绕着"是否积极劳动"展开的:在山上开荒的哥哥有意要跟前来送饭的妹妹开个玩笑,假装偷懒,消极怠工,引起妹妹的担忧与苦口婆心的规劝。但哥哥不仅不听,还句句反驳,差点将妹妹气哭,这才点破玩笑,以二人言归于好、共同开荒的欢快情景作结。① 故事虽起于玩笑,但却并非玩笑这么简单。《兄妹开荒》实际上是通过哥哥"玩笑式的"言谈和表现,引入了相当一部分农民靠天吃饭的心理惯性、对生产技术的轻视以及对边区政策和生产动员的不解甚至漠然,也反映出很多二流子的真实心理与认知状况②;同时又通过妹妹的规劝,

---

① 王大化、李波、路由编剧,安波作曲:《兄妹开荒》,《延安文艺丛书》编委会:《延安文艺丛书》第七卷(秧歌剧卷),第1—18页。
② 哥哥假装为偷懒睡觉找借口说是由于昨夜开会"睡觉睡得晚",又表示区长在生产会议上的讲话"问题太复杂","我一满解不下";面对妹妹将马丕恩父女引为榜样,哥哥只说:"人家搞的好呀,人家的手艺巧;咱们何必费大事,够吃就算了,够吃就算了。"这正反映陕北农民靠天吃饭的观念,缺乏积极生产的意识和相应的生产技术;而共产党频繁召开的各种动员会议实际上也给农民带了不小的负担,即使是村干部开会的积极性也并不高。胡一川1943年下乡协助乡干部组织生产会议,就在日记中记录下开会时各村干部零零落落、懈怠推诿、敷衍抱怨、沉闷消极的态度。参见胡一川《红色艺术现场:胡一川日记(1937—1949)》,第332—334页。陈学昭1938年访问延安时,曾从边区抗敌后援会主任齐华处得知:"今春我们曾动员开荒,就是春耕运动,老百姓他们是不知道粮食生产直接有关抗战,他们只顾自己够吃,或者求稍微宽裕一些就满足了,不愿再多耕了。至于这里的土地,其实并不瘦。""这里的老百姓不知道用肥料。人口少,土地多,他们往往把这块地种了几年,嫌它不肥了,就把它荒起来,让牲口与人自然去下肥料,另外找一块来耕。""为了老百姓不用肥料,肥料不被重视,牛粪马粪满街堆,我们曾经教他们使用肥料,并且组织拾粪队,动员小孩子去拾粪。但他们已经那样习惯了,一个时候不容易得到效果。"陈学昭:《延安访问记》,《陈学昭文集》第3卷,第120—121页。据孙晓忠的研究,"二

引入了对政策的通俗化解释，传播了"移民英雄"马丕恩父女的生产经验，实际上是承担了对哥哥所谓"一满解不下"①的边区政策进行翻译与宣传的功能——这也是解放区文艺本身的一个重要的功能定位。但问题在于，《兄妹开荒》构建的戏剧性情境有一个打不开的死结，即无论妹妹如何解释政策、树立榜样、好言相劝，当哥哥仍然不买账，表现出不愿开荒的怠惰情绪时，妹妹实际上毫无办法，因此在情绪上只能表现出气愤和哭闹，甚至是带有恫吓意味地提出"报告刘区长，开会把你斗，开会把你斗"。换言之，如果这出秧歌剧不是从一开始就将哥哥的"怠工"处理成一个"玩笑"，那么这一戏剧冲突其实很难仅在兄妹二人之间得到化解，只能诉诸一个外部力量，采取更为公开、激烈的方式解决。

戏剧的冲突起于哥哥的玩笑，却以"点破玩笑"告终。说到底，戏剧冲突的解决并不是在说理的意义上使被教育者最终信服于施教者，而只能终结于一个"开不下去的玩笑"。据张庚回忆，这个"玩笑"的设计的确是有意为之的："既是戏剧，就要有矛盾，主题既是生产，似乎就应当写成一个积极、一个不积极才好，但仔细一考虑，一共才两个人，其中就有一个不积极，

（接上页）流子"的产生在客观上与陕北人源于游牧民族的习性相关："这里土地贫瘠，地广人稀，当地农民普遍都是撒下种子后回家抽大烟，庄稼靠天收。女二流子的出现则与这一地带多数女子不下田劳动的传统习俗有关。""这些人由于长期养成了懒散、抽洋烟等恶习，即便土改分得了土地，也会卖地卖耕牛，继续玩乐，因此不利于巩固土改，他们虽然有的打点短工，但是今朝有酒今朝醉，从来不积累财富，因此也不利于农村工商业经济，影响政府税收。"孙晓忠：《延安时期改造二流子运动》，《中华读书报》2010年7月28日，第13版。

① 陕北口语方言，即"一点也不懂"的意思。解放区秧歌剧常在唱词中使用这类陕北口语。

那么怎能表现边区人民生产的热情呢？于是这才把戏改成了一场误会。"① 由此可见，《兄妹开荒》构造出的戏剧情景本身就是一个"假冲突"，但问题在于，现实中真正可能发生的"真问题"却被悬置了。哥哥借由玩笑提出的一个又一个消极的诘问，使妹妹的规劝多少显得有些无力，这恰恰透露出：面对频繁的生产动员，边区农民感受到的负担、困惑以及新政策、新观念与乡村原有的劳动方式或生产伦理之间的矛盾，并没有得到一个足够有效的、入情入理的解释。《兄妹开荒》虽然构建了一个家庭内部的劳动场景，并力图借助家庭的力量完成改造与动员，但妹妹对哥哥的规劝要么是鹦鹉学舌式的政策传达，要么就搬用外部权威来进行压制性的逼迫，并没有真正站在农民的心理、认知与生活惯习的内部去处理这一问题。在某种程度上，妹妹对于政策的宣导及其解释不了"真问题"的无效性，正隐喻着解放区文艺的位置与困境：尽管文艺工作者希望通过情感实践的方式，努力走进农民的生活世界，但很多时候，他们还是只能作为政策的传声筒站在农民生活的外部。1946 年，艾青曾在一篇讨论秧歌剧创作方法的文章中总结出一套如何确立秧歌剧主题的方法："作者根据现实生活中所产生的问题（这就很自然地和政策合致了），用具体的方法（政策），解决问题（通过艺术的形式），这个过程，就是主题。"② 但这一方法未免对政策处理现实问题的能力过于信任，更放弃了以艺术的方式独立地观察、再现与思考现实结构的

---

① 张庚：《回忆延安文艺座谈会前后"鲁艺"的戏剧活动》，《张庚文录》第 3 卷，第 267—268 页。
② 艾青：《论秧歌剧的创作和演出》，《新文艺论集》，群益出版社 1951 年版，第 69 页。

可能。^①按照这样的创作方法，一旦政策无法妥帖、有效地解决现实问题，或是与现实结构之间发生了摩擦，也势必会在艺术形式内部留下缝隙。

正是在这个意义上，《兄妹开荒》《刘二起家》[②]这类以构造"假冲突"作为戏剧结构的秧歌剧暴露出了其内部的形式问题。一方面，从主演王大化对《兄妹开荒》演出经验的总结中可以看出，秧歌剧的表演的确非常注重"给人以情绪上的感染力"，力图通过兼具写实性与舞蹈性的动作、体态的创造，与观众建立起"情感上的交流"，从而"接近了角色的情感动作"，引起群众"内心的共鸣"。演唱的核心也在于"情感的真实性"，甚至可以为了配合情感的形式牺牲或调整其他形式要素：

> 唱时一定得唱出情感来，而应和表演情感的一贯发展不能分开。在必要时为了整个情绪的发展可以按情节处理曲调的休止和延长等。在有些时候为了更适当表现你的情感，你宁可牺牲某节曲调之音而加以适当的声音表情。不要以曲调

---

① 在这个意义上，艾青提出的这种"问题剧"式的创作方法，恰恰和赵树理的"问题小说"是相反的。1959年，赵树理在《当前创作中的几个问题》一文中将自己的写作概括为"问题小说"："我的作品，我自己常常叫它是'问题小说'。为什么叫这个名字，就是因为我写的小说，都是我下乡工作时在工作中所碰到的问题，感到那个问题不解决会妨碍我们工作的进展，应该把它提出来。"即以小说作为发现现实结构中存在的问题的方法。参见《赵树理全集》第5卷，第303页。
② 《刘二起家》的主人公是一对已经完成改造、发家致富的二流子夫妻，戏剧冲突源于一场误会：刘二到了晌午还没回家，刘妻怀疑他又出门赌博；刘妻做好午饭等不回丈夫在门口张望，刘二看到后怀疑她又要出去串门子戏耍。解决冲突的方式则是通过对话回忆二人转变的心路历程，以互诉转变的决心。因此其戏剧结构的核心仍然是一个"假冲突"。参见丁毅编剧《刘二起家》，《延安文艺丛书》编委会：《延安文艺丛书》第七卷（秧歌卷），第51—67页。

而限制了情感的真实性。①

以王大化、章秉楠为代表,秧歌剧创作者的这种从情感机制寻求形式创造的意识是非常自觉的②,而这也正吻合民间秧歌自身的形式机制。黄芝冈在《秧歌论》中即指出,秧歌的锣鼓技法其实非常平板单调,但却"孕育着复杂的舞的行进",个中关窍正在于不守成规:"正如秧歌所唱的歌,唱来唱去都只是那几个调子,但唱的人能自由移入自己的情感,且能自由采择各种表情的舞的方式,使那几个调子更能够很轻巧而适切地表现各种农村生活情调。"③换言之,秧歌剧克服了秧歌舞仅从形式的表层"拿来"曲调、舞步等资源的生硬做法,而深入到了民间秧歌以"情感"作为形式创造的来源这一内在机制当中。这也是《兄妹开荒》在故事的本土化与通俗化之外,能够吸引农民观众最重要的原因。但另一方面,从秧歌剧的接受和认知状况上看,尽管《兄妹开荒》在表演上为群众所喜欢,但农民观众在对剧情的理解上却发生了巨大的偏差:"《兄妹开荒》被不识字的农民看成《夫妻开荒》,虽经解释,而仍以为是'哥哥向妹妹骚情',这是违背作者表现

---

① 王大化:《从〈兄妹开荒〉的演出谈起——一个演员创作经过的片段》,《解放日报》1943年4月26日,第4版。
② 秧歌剧《钟万财起家》中钟万财的扮演者章秉楠也曾在其创作谈中讲述过类似的经验,即特别注重与观众的情感交流以及情感上的真实性:"演员的感情,与观众的情感上的感应是非常直接的,一个好的表演能引起观众的共鸣",极形象的动作要"在观众面前停留片刻,把那一缕情感,给观众一个思索想像的余地";而"所谓真实主要的是把剧中人的思想情感真实的表现出来,而不仅仅是那种生活上的模仿"。章秉楠:《漫谈秧歌剧的表演——一个演员的点滴经验》,《解放日报》1945年3月10日,第4版。
③ 黄芝冈:《秧歌论》,《从秧歌到地方戏》,第130页。

生产积极性的初衷的。"① 事实上,创作者本是有意以"兄妹"代替"夫妻"以取消旧秧歌中的调情意味②,没想到非但不成功,还引起了农民观众在伦理上的误解。但退一步讲,即使是"夫妻开荒",农民观众主要接收到的还是其中情感层面的内容,而非关于生产积极性的观念主题。应当说,《兄妹开荒》这个关于"玩笑"的设计或许构成了赵超构眼中艺术性的来源,所谓"充分表现出劳动者的愉快与幽默"并"极富乡村情调"③,但在面对农民受众进行教育和动员的话语逻辑上却遭遇了尴尬与困境。这可能也正是《解放日报》社论虽然肯定其为文艺的"新方向",但仍批评其"表现还不够深刻"④的原因所在。

从根本上讲,《兄妹开荒》仍然没有解决"秧歌舞"时期内容与形式不统一的"观念化"问题。在形式创造的核心机制上,秧歌剧敏锐地汲取了民间秧歌的"移情"机制,同时也延续了民间秧歌的"怡情"功能;但在新观念的表达上,秧歌剧的话语逻辑尚未在乡村基层社会的内部做到"尽情尽理"。尤其是在缺乏动态的影像记录的史料条件下,案头剧本形态的秧歌剧在今天看起来更近于一种"观念剧"。但对于当时真正活跃在乡间广场上的、演出形态的秧歌剧而言,唱词或对白必须结合演员的表演、

---

① 王朝闻:《年画的内容与形式》,《解放日报》1945年5月18日,第4版。
② 据张庚回忆:"原来民间的小秧歌多半是一男一女互相对扭,内容多少总带些男女调情的意味,如《小放牛》、《钉缸》、《摘南瓜》、《顶灯》等等。这是流行在山西、陕北和关中一带的小歌舞形式。当时为了老百姓喜闻乐见,就采取了这个形式,但决定要去掉它调情的成分。原本想写成夫妻二人,为了免去调情的感觉才改成兄妹的。"张庚:《回忆延安文艺座谈会前后"鲁艺"的戏剧活动》,《张庚文录》第3卷,第267—268页。
③ 赵超构:《延安一月》,第107页。
④ 《从春节宣传看文艺的新方向》,《解放日报》1943年4月25日,第4版。

动作、舞步、身段、唱腔等一切具有"表情达意"功能的形式要素,才能最终构成秧歌剧的完整形式。在后面的讨论中我们会发现,正是这些被文艺工作者统称为"表情"[①]的形式要素,既可以协调起歌、舞、戏三者之间的有机关联,也蕴藏着为观念赋予感性形式的契机。

第二节 组织起来:村庄"软规范"的改造与困境

一、改造"软规范":乡村舆论情境的引入

《兄妹开荒》中的"假冲突"作为秧歌剧创作之初的一种形式上的症候,倒并非意味着所有"转变剧"中的冲突都必须以虚拟的方式展开。但它隐含的问题在于:秧歌剧能否表现真的问题与冲突?按照艾青的设计,如果所有的现实问题都可以诉诸政策得到完美的解决,那也就不存在什么无法化解的冲突了。但这种近乎公式化的创作方法,也为那些从正面展开戏剧冲突的秧歌剧打上了一个问号:剧中人物的转变真的能够如此轻易地完成吗?从戏里的二流子到戏外的农民观众,真的能够接受剧中的"施教者"喋喋不休的规劝与说教吗?在《兄妹开荒》和《刘二起家》中,我们已经可以感受到施教者的无力,不得不搬出"区长""村长"或"妇救会主任"这样的一个不在场的外部权威,以达到言语上的恫吓或警醒。发展到《钟万财起家》《刘生海转

[①] 在周扬的名文《表现新的群众的时代——看了春节秧歌以后》以及王大化《从〈兄妹开荒〉的演出谈起》、张庚《鲁艺工作团对于秧歌的一些经验》、艾青《秧歌剧的形式》以及黄芝冈的《秧歌论》等文章中都可见到"表情"这一提法。

变》《动员起来》,这些曾经被施教者援引的外部权威则直接登场,介入到家庭空间的内部。已有研究者通过考察延安秧歌剧的"夫妻模式"及其变体提出,"村主任"这类干部形象的出场实际上完成的是政治动员的"在场化"①。

然而值得辨析的是,在"转变"发生的戏剧性时刻,促成被教育者发生转变的推动力并不完全在于上述这些村干部的登场,而是在于由施教者话语引入的另一重隐蔽的"在场者",即乡村的舆论环境及其带给被教育者的心理压力。在《刘二起家》《钟万财起家》《一朵红花》《十二把镰刀》等剧中,主人公决意转变的心理契机都不仅来自家庭内部的劝诫或干部的帮助教育,而是几乎都伴随着一个来自家庭外部的乡村舆论情境对于主人公心理上的刺激。王式廓1943年创作的版画《改造二流子》(图4-1)

图4-1 王式廓《改造二流子》(木刻版画),1943年,从延安到北京——王式廓百年纪念展,中央美术学院美术馆,2011年

① 熊庆元:《延安秧歌剧的"夫妻模式"》,《文学评论》2014年第1期。

呈现的正是这样一个场景。如孙晓忠所言,作为解放区改造家庭运动的一部分,二流子改造首先是在家庭内部展开的。[①]这也是延安秧歌剧所依托的最主要的戏剧情境。但在王式廓的版画中我们可以发现,改造其实是在一个半公开的乡村舆论情境中发生的,其中既有村干部的批评和劝诫,又有乡亲邻里的围观、审视和评判。从人物的衣帽制式判断,画面中心正在劝诫二流子的应是一位中年村干部和一位老年农民,而画面右侧高大的农民背上搭着绳索,则透露出可能是刚刚把在外游荡的二流子绑回来。村干部一手指着正趴在磨盘上痛哭的妻子与瘦弱的孩子,面色严厉地质问二流子;老农则摊开双手,苦口婆心。值得注意的是,除了构成画面中心的施教者与被教育者,王式廓还极为精细地刻画出了每一个围观村民的表情与心理:青年农民手抚下巴努着嘴,不屑地俯视着二流子;老大娘皱着眉头望着痛哭的女人,神色哀愁而同情;画面最右侧的青年干部和中年农民则神情凝重,有所思虑;抱着孩子的妇女和穿着围兜的孩童也来看热闹。应当说,整个画面正是依靠这些劝诫的手势和带有评判性的目光结构起来的,而蓬头垢面的二流子则蜷缩在这一结构的中心,羞愧而痛苦。换言之,王式廓不仅画出了"有声"的劝诫,而且画出了一个无声的"看"与"被看"的情境。由此可见,规劝二流子关心家庭、"建立家务"虽是改造的主旨,但改造的过程实则是在更大的乡村舆论情境中完成的。

赵树理在小说《小二黑结婚》的"看看仙姑"一节也写到了这样一个"看"与"被看"的情境。正是在乡民、妇女们的围观

---

① 孙晓忠:《当代文学中的"二流子"改造》,《文学评论》2010年第4期。

与取笑之下，三仙姑"实在觉着不好意思"，"这才下了个决心，把自己的打扮从顶到底换了一遍，弄得像个当长辈人的样子，把三十年来装神弄鬼的那张香案也悄悄拆去"①，就此"转变"了。已有研究者敏锐地注意到了这些"转变"的发生与传统的乡村社会之间的关联。孙晓忠从王式廓的版画中看出二流子改造对乡村地方长老社会的伦理秩序的征用。②程凯则认为，与"讲理"不同，促使三仙姑转变的是一种"软"的机制："这种'看'一方面来自陌生人的眼光，另一方面其实又同样是普通乡民的打量。这种打量既是外来的又不是外来的，准确地说，它是对一种乡村固有常情、常理的强化"；"赵树理这里写出的'转变'是一种基于前现代情势的转变，它与传统乡村中理、势、情、德几重法则的组合作用方式相关。"③然而，赵树理在《福贵》《李家庄的变迁》《刘二和与王继圣》等小说中则提示我们：这个由前现代的情势和伦理构成的乡村舆论同时也可能与乡村中已开始转向掠夺型经纪④的地方长老权威结合在一起，从根本上构成产生二流

---

① 赵树理：《小二黑结婚》，《赵树理全集》第2卷，第234页。
② 孙晓忠在《延安时期改造二流子运动》（《中华读书报》2010年7月28日，第13版）一文中认为画中围绕着二流子加以劝诫的是乡村传统文化中具有地方长老权威的三位老人而非村干部，右侧披大衣者可能是一位年轻的村干部。但从画面中心手指妻子的人物头戴的军帽制式来看，更像是一位中年干部，且其军帽也与右侧披大衣者的军帽非常相近。
③ 程凯：《乡村变革的文化权力根基——再读〈小二黑结婚〉与〈李有才板话〉》，《文艺研究》2015年第3期。
④ 杜赞奇将统治乡村社会的"经纪人"或"中介人"分为两类，一类是代表社区利益的"保护型经纪"，另一类则是视乡民为榨取利润的对象的"营利型经纪"，但为了准确表达这类经纪的贪婪性与掠夺性，杜赞奇也称其为"掠夺型经纪"。参见〔美〕杜赞奇《文化、权力与国家：1900—1942年的华北农村》，王福明译，江苏人民出版社2010年版，第2—3页。对于近代以来的中国农村而言，这种掠夺型经纪即乡村社会逐渐解体后出现的以放高利贷压榨农民的恶霸、劣绅。

子的社会结构,甚至同样是以一种"软"的机制阻碍"转变"的完成。

赵树理写于1946年的小说《福贵》就是一个给二流子挖"穷根子"的故事。与故事最后的"转变"相比,小说主要追究的还是福贵如何从一个勤劳能干的"好孩子"一步步堕落成一个"在村里比狗屎还臭"的二流子。福贵从小精干、漂亮,对庄稼活"各路精通","一个人能抵一个半",然而为了给娘看病发丧、置办娶亲,借了财主王老万利滚利的高利贷,"从此好像两腿插进沙窝里,越圪弹越深",终年给王老万打长工,却连利息都还不起,只好用四亩地抵了债,从此彻底脱离了土地,成了整天在外游荡、赌博偷盗、给村里人发送死孩子、做吹鼓手的"忘八"。但与《有个人》《李家庄的变迁》相比,这篇小说的特殊性在于它着重写出了:当高利贷这种掠夺型经纪的剥削方式与基于旧式的生产伦理和宗族文化的乡村社会关系扭结在一起时,对于人的摧毁性力量。必须注意到的是,王老万不仅是福贵的债主和东家,也是福贵本家的"老家长"和本村的老村长;福贵家的婚丧嫁娶都有他坐镇,但多次召集起王家户下的头面人物,将福贵当做"败家子"当众痛打、因为福贵做了"忘八"要将其活埋的也是他。换言之,王老万这样的地方长老不仅掌管着乡村的基层治理与公共权力,同时也主导着宗族型村庄舆论的话语权。而老万对福贵的处置,又是基于并加强了某种已成定规的乡村伦理规范:"这地方人,最讲究门第清,叫吹鼓手是'忘八''龟孙子'。"[①] 在民间社会的职业等级中,正如民谚中所谓"一修脚,

---

① 赵树理:《福贵》,《赵树理全集》第3卷,第147、152、162页。

二剃头,三从四班五抹油,六把七娼八戏九吹手"①——吹鼓手与行商坐贾、屠户厨子、娼妓优伶同属于"下九流"之列,甚至被列为最末一流。据晋东南平顺县的地方文史资料记载,西社村八音会的前身王家乐户虽在村中常年承担着吹打、祭祀、迎神赛会的职能,但"仍是三教九流中的下九流",背地里被人们称为"王八""龟家"②。已有研究者从乡村社区意识的角度指出,"吹鼓手"之所以被乡民鄙视是因其"(一)不承担社区的共同义务,只顾小集团利益;(二)不敬祖畏神,一味媚俗;(三)不讲乡亲情面,只图自个赚钱",在以血缘亲族作为主要的人际关系、注重社区利益与桑梓情感的乡村,吹鼓手靠杂技取悦雇主并收取高额报酬,只为营利,无所禁忌,这显然违背并触动了这一传统社区生活的价值体系。③在乡村中,这种具有共同象征性价值观念的文化网络既构成了普通百姓评判是非、臧否人物的道德标

---

① 赵佩林主编:《八音会在平顺》,平顺县三晋文化研究会、平顺县文化服务中心、平顺县人民文化馆2015年版,第5页。
② 同上书,第67页。
③ 张振涛通过对冀中乡村的"音乐会"与"吹打班"两种民间乐社进行田野调查发现,这种对"吹打班"的歧视至今仍然深刻地扎根于乡村之中。他从"社区"和"社团"的关系入手,指出"如果一个社团背离社区综规,只为它自己的利益而活动,它就必然受到社区成员的蔑视与责难","吹打班的组建宗旨,与社区内血缘性的、不讲条件、无偿服务的义务背道而驰","它的利益与一个社区的公共利益明显脱节";而吹打班从事的活动范围"属于民众意识中世俗的部分",只要给钱,无所禁忌,偏向私人性的婚丧娱乐,与祭祀祈福等具有神圣性和公共性的活动无涉;更重要的是,"当吹打班伸出手去,拿走了乡亲们的钱的时候,他也同时拿走了乡亲们对他的尊重","他们是可以雇佣的,他们的技艺是可以买卖的,因此他们也是可以被冷落的、被冥落的。所以,与其说吹鼓手受到的歧视源自统治阶级歧视民间艺人的观念(当然有部分成分),不如说来自普通百姓因自己的实际利益受到损失而产生的好恶之情"。张振涛:《"吹鼓手"一词的社会学释义——"音乐会"与"吹打班"的比较研究》,《星海音乐学院学报》2000年第2期。

准,又保证了王老万这样的乡村权威在对福贵进行了经济上的榨取之后,还能够"合法"地对福贵进行伦理上的审判和舆论上的制裁。

小说对于福贵的"转变"着墨并不多。因逃到根据地而在当地"改造流氓、懒汉、小偷"的运动中被"组织到难民组里到山里去开地",福贵又重新回归土地,靠生产劳动发起了家。经过农会的清算,王老万也对剥削过的人家退的退,赔的赔。但赵树理更关心的恰恰是"革命的第二天"①的问题——以王老万为主导的乡村舆论与公众认知并没有伴随着王老万的倒台和福贵的转变而消失。福贵回乡接妻儿,半个月来"很想找个人谈谈话,可是大家都怕沾上我这忘八气——只要我跟那里一站,别的人就都躲开了"。区干部和农会主席为解决福贵的"翻身"问题召开村民会议,但"有些古脑筋的人们很不高兴,不愿意跟忘八在一个会上开会"。由此可见,在一种根深蒂固的价值观念体系面前,道德上的污名化并不能伴随着经济上的翻身而被洗去。福贵虽然完成了生产劳动上的转变,却仍旧被整个乡村舆论所排挤,也正是这一境遇最终激发了本无心与王老万"算账"的福贵要在会议上"对着大众表诉表诉"的冲动和能力。比之于物质上的清算,福贵更看重的是名誉上的恢复:

> 福贵道:"老家长!我不是说气话!我不要你包赔我什么,只要你说,我是什么人!你不说我自己说:我从小不能算坏孩子!一直长到二十八岁,没有干过一点胡事!"许多

---

① 〔美〕丹尼尔·贝尔:《资本主义文化矛盾》,赵一凡、蒲隆、任晓晋译,生活·读书·新知三联书店1989年版,第75页。

老人都说:"对! 实话!"福贵接着说:"后来坏了! 赌博、偷人、当忘八……什么丢人事我都干! 我知道我的错,这不是什么光荣事! 我已经在别处反省过了。可是照你当日说的那种好人我实在不能当! 照你给我作的计划,每年给你住上半个长工,再种上我的四亩地,到年头算账,把我的工钱和地里打的粮食都给你顶了利,叫我的老婆孩子饿肚。一年又一年,到死为止。你想想我为什么要当这样好人啦? 我赌博因为饿肚,我做贼也是因为饿肚,我当忘八还是因为饿肚! 我饿肚是为什么啦? 因为我娘使了你一口棺材,十来块钱杂货,怕还不了你,给你住了五年长工,没有抵得了这笔账,结果把四亩地缴给你,我才饿起肚来! 我从二十九岁坏起,坏了六年,挨的打、受的气、流的泪、饿的肚,谁数得清呀? 直到今年,大家还说我是坏人,躲着我走,叫我的孩子是'忘八羔子',这都是你老人家的恩典呀! ……我想就这样不明不白走了,我这个坏蛋名字,还不知道要流传到几时,因此我想请你老人家向大家解释解释,看我究竟算一种什么人! 看这个坏蛋责任应该谁负?"①

作为赵树理笔下"能说话"的人②,福贵既能认清自己所背负的舆

---

① 赵树理:《福贵》,《赵树理全集》第 3 卷,第 163—164 页。
② 李国华在其赵树理研究中指出:在赵树理小说中,释放农民合理的欲望和能力是建构农民和革命关系的一个关键,而赵树理所叙述的革命重心以及赵树理关于革命叙述的重心都是在寻找"能说话"的人。铁锁、冷元、李有才、孟祥英等人物的作用表明,革命在乡村社会中的发生和成功,首先必须与"能说话"的人结合,然后才有可能更为顺利地实现革命的目标,建立革命的秩序。同时在小说叙事上,《地板》《福贵》等都表明,小说人物"说"的能力是赵树理结构小说的重要因素。因此赵树理叙述的革命以及革命叙述的重要任务都是寻找

论压力与道德污蔑的根源,又尖锐地指出了,乡村旧有的道德价值体系对于"好人"的要求同时又是服从于已经劣绅化的乡村权威的利益需求的。因此,在赵树理的小说中,导致二流子产生的社会结构与社会关系是一种"软硬兼施"的权力文化网络,它既包含着经济上的掠夺,又包含着一整套约束性的象征、标准与规范。赵树理提示我们的是,乡村旧有的情势和伦理构成的舆论机制本身也可能构成压迫性的力量,它是与等级森严的民间职业伦理、宗族文化的制约以及地方长老权威的腐化扭结在一起的。换言之,乡村舆论本身已经深深嵌入旧有的社会结构当中,甚至比经济关系更难改造与更动。如果说,林默涵从这个已经敢于"站在群众中间,大声地要求自己的真正的人的地位"①的福贵身上看出了阿Q已死,那么赵树理更关心的恰恰是"未庄"还在。因此,无论是改造二流子还是"四三决定"后的妇女工作,中共的乡村治理面临的问题在于:如何在改造社会结构的同时,利用这种舆论机制,改造舆论背后的价值认知体系,建立起实际有效的容纳和教育机制,使二流子在重获劳动意识与劳动能力或妇女加入到生产劳动中之后,依然能够在新的社会关系和观念体系中获得一个具有合法性的文化位置。更进一步讲,所谓的"组织起来"也就不仅是对于劳动力的动员和组织,而且是对整个乡村社会从经济到文化、从伦理规范到意识状态的重新组织。

(接上页)"能说话"的人,从而使革命更为有效地楔入乡村社会秩序的重建,更好地构造新的农村社会秩序。李国华:《寻找"能说话"的人——赵树理小说片论》,《文艺研究》2016年第3期。

① 默涵(林默涵):《从阿Q到福贵》,复旦大学中文系"赵树理研究资料编辑组"编:《中国当代文学研究资料》(赵树理专集),福建人民出版社1981年版,第388页。

按照贺雪峰的说法,"村庄作为一个基本的认同和行动单位,并非自然而然形成的,而是两方面规范共同作用的结果:一方面是硬规范,如族规家法、乡规民约等;另一方面是软规范,如儒家伦理、村庄舆论等。无论硬规范还是软规范,都是以个人义务为本位的规范(习惯法、地方性知识),这些强有力的规范发挥作用的结果,就是血缘性和地缘性的村庄成为传统中国农民认同和行动的一个基本单位,成为农民身体无意识的一部分,成为强有力的地方共识。"[1] 从减租到土改,解放区首先针对的是乡村已趋于劣绅化的社会结构,使失去土地的游民重新有地可种,同时通过生产运动、劳模运动在乡村中树立起新的权威。在此基础上,解放区的乡村治理也是从"硬/软"两个方面入手以改造村庄规范:一方面通过政治动员如村民大会、劳模大会、生产动员大会的方式订立新的"乡约"如"村民公约""劳动英雄公约""二流子公约"等,另一方面则通过村干部、劳动英雄、积极分子在村中"拉闲话"、冬学教育、文艺宣传的方式逐渐影响和改造乡村的价值观念和舆论状况。如本著第三章所述,伴随着劳模运动的展开,劳动英雄开始广泛地进入到乡村基层社会的治理当中。"由于他们对二流子了解得清楚,住得近,容易劝导和监督,他们就自动的,或者受了政府委托给二流子作保人,帮助二流子改正"[2],申长林、杨朝臣等劳动英雄就帮助过不少二流子转变。在劝说感化、帮助生产、集体劳动之外,边区政府还强调要对转变了的二流子实行奖励和表彰。秧歌剧《刘生海转变》中的主人公原型刘生海就是以劳动英雄的身份出席了1944年的延

---

[1] 贺雪峰:《村治模式:若干案例研究》,山东人民出版社2009年版,第72页。
[2] 《边区二流子的改造》,《解放日报》1944年5月1日,第4版。

安市二流子大会，以自己的经历号召其他二流子转变①；环县、定边、清涧、新宁、延安等县份也对转变了的二流子给予了奖励②。对于那些特别顽固的二流子采取的惩戒机制则利用了乡村原有的舆论环境，如在大会上表彰英雄的同时，也让二流子同台列席，给其挂上白条或二流子牌牌，"在各地的民间小调、童谣和秧歌剧中，都装进了激励二流子转变的内容"③。韦君宜就曾记录下绥德市七区的小孩子编的笑话二流子的歌谣："二流子，李克明，好吃懒做不务正，嫖赌抽都干，不管家小与亲邻。七区人人个个讨厌他，全市二流子挂牌，他是第一名。"而且据她的观察，"各个县份，各个村庄，这一类嘲笑的歌谣都很流行"④。从总体上看，这些改造方式利用乡村舆论，旨在调动尊严政治兼及奖励与惩戒的两面性，构筑一条"把二流子变成好劳动"的通路，使其能够以回归劳动的方式来重新获取舆论中正面的道德评价。但在实际工作中，利用舆论压力进行惩戒的尺度并不好掌握。《解放日报》在总结边区改造二流子的经验教训时即指出："少数地方单纯使用处罚办法而未先进行多方的劝导，或者处罚过多，或者采取了过火的带高帽子游街，硬给家门上挂二流子牌等形式，对不生产而未违法的也个别有加以拘禁的，这都是偏向。今后应加注意。""某些处罚办法，如挂二流子条、罚苦役等等，适当的对特别顽固者使用之时可以的，但给家门上挂二流子牌、游街拘押等过甚的方式以少采用或不采用为宜。"⑤时任神府县第二届参议会

---

① 林间：《把二流子变成好劳动——在延市二流子大会上看到的》，《解放日报》1944年1月16日，第4版。
② 《边区二流子的改造》，《解放日报》1944年5月1日，第4版。
③ 同上。
④ 韦君宜：《警区二流子的改造》，《解放日报》，1943年7月12日，第2版。
⑤ 《边区二流子的改造》，《解放日报》1944年5月1日，第4版。

议长的刘长亮也提出,二流子坦白会、展览会这样的方式"对二流子本身的刺激作用亦不小","不过这种会不能普遍到处开,如处理不好,触犯二流子的自尊心,有时也会得相反的结果。"① 由此可见,过于激进的公开惩戒在某种程度上还是延续了旧有的乡村舆论与宗族审判中的压迫性乃至暴力性,构成了二流子改造运动中的偏向。

二、闲话:农村群众的意识状态

与解放区的其他作家相比,出身陕北农村家庭的柳青在小说中尤其瞩目于以乡村舆论或生产伦理为代表的这种"软规范"的作用。在写于1942年前后的小说《在故乡》与《喜事》中,故事总是在"听与说"中展开,并以一种"被争议"的方式讲述出来。柳青似乎是有意通过小说还原某种边区乡村的舆论现场,从以乡村中最后一个二流子的死去为主题的《在故乡》,到1947年以组织变工与集体安种为主题的《种谷记》,小说中充满了各种"说闲话"的场景。柳青借此呈现出乡村中各种各样不同的声音,也在一定程度上构成了某种有限度的"复调"性与价值图景上的暧昧感。② 在1950年讨论《种谷记》的座谈会上,李健吾就指出小说中的"重要人物不多,但群众多,多到记不下",魏金枝则从现实主义的"典型"论出发认为"写事不是小说的主要条

---

① 刘长亮:《改造二流子在神府》,《抗战日报》1944年9月30日,第4版。
② 这些小说在写作意图上当然存在对政策宣传和意识形态的配合,叙事者还是会对某些人物的声音抱以肯定的态度,因此并不能说这些小说存在巴赫金意义上的真正的"复调性"。但必须指出的是,小说叙事者在很大程度上也的确表现出了一种尽量不介入的姿态,对很多意识形态规约之外的人物和声音也都抱有同情之概甚至叙述上的迷恋,这也正是柳青小说在价值立场上的含混性的来源。

件，主要的是要写人，人也不必写得太多，象《种谷记》那样的作品，实则写十个以内的人能够解决问题的。人多了，人物性格就要不鲜明，气势就不大，波澜就不阔，受限制"①。应当说，这些意见都捕捉到了《种谷记》的特点，但比之于塑造典型，柳青这一时期无论在工作还是写作上的注意力可能都更在于村庄社群内部复杂多样的意识状态本身。1943年3月，柳青被分配到米脂县印斗区三乡担任乡政府文书，在下乡工作三年的时间里，他具体而深入地参与到当地减租减息、变工互助、摊派公粮、试种棉花等群众工作当中。据区长陈希的说法，柳青这一时期"常来区上汇报工作，讲农民的思想和实际情况，细腻、深刻、风趣、吸引人，大家都非常爱听，……比较起来，其他同志对农民的思想了解就不够细致，更多地注意了完成工作任务"②。而小说《种谷记》的构思正源自柳青在组织变工过程中对三乡人事的一系列观察与发现。在冯雪峰看来，小说中的这些人和事"真实到非常精确的地步"，甚至可以作为"认识农村和它的详细情节，以及农民们的真实性格的很好的实际材料"③。应当说，这种文学再现的"细致"和"精确"正来自柳青在工作中对农村群众实际思想状况的密切关注。

用周而复的话来说，《种谷记》的主题是"陕北落后的个体，农业生产如何走向集体生产的过程——不是集体农场，而只是组

---

① 《〈种谷记〉座谈会》，孟广来、牛运清编：《中国当代文学研究资料》（柳青专集），福建人民出版社1982年版，第121、125—126页。参加座谈的有周而复、李健吾、冯雪峰、魏金枝、许杰、叶以群、程造之、巴金、黄源、唐弢。座谈会记录原刊于《小说》月刊第三卷第4期，1950年1月。
② 刘可风：《柳青传》，人民文学出版社2016年版，第69页。
③ 《〈种谷记〉座谈会》，孟广来、牛运清编：《中国当代文学研究资料》（柳青专集），第126页。

织劳动力，互助合作——变工生产，以及怎样在这个运动中改造了个人，使他们参加到集体的劳动中来。"① 小说聚焦于1943年春三月的王家沟，乡政府关于"在变工队的基础上实行定期的集体安种"的指示下达后在村庄里引起的一场风波，"主题是集体安种，主要是如何组织集体安种，重心落到如何组织上。"② 在柳青这里，"组织"正是在一个又一个乡村舆论场景中实现的，但也同样是在传闻、谣言、聚众请愿等舆论事件中遭遇了危机。因此，《种谷记》重在写人物对话与心理活动，我们从中可以听到各种人物的不同声音，其中既有农会主任王加扶这样从贫农成长起来的沉稳耐劳、深思熟虑、一心为公的新干部，又有王克俭这样恪守小农经济的生产伦理、不理解变工、从保甲时代延续下来的富裕中农干部；既有以自卫军排长维宝为代表的激进派，又有教员赵德铭这样满腹理想却经受不住挫折的乡村知识分子；既有守迷信、会掐算、懂世故的"善人"王存恩这样的旧长老，又有四福堂财主的狗腿子出身、"身在红区、心在白区"的地主王国雄；既有真心从新政策、新变化中感受到希望与活力的六老汉，又有以模范工作者王存夫夫妇为代表的聪明向上、扎实肯干的新青年；以及更多或追随、或观望、或顺势而为，又各有各的难处和打算的普通农民。这些人物之间既有宗族内部的亲缘与辈分关系，又有阶级上的贫富差异与租佃关系，更有情感和道德评价上的亲疏远近。作为西北农村原有的一种以亲戚、宗族关系为基础的、小规模的劳动互助组织，"变工"本就是农民在农忙时会主

---

① 《〈种谷记〉座谈会》，孟广来、牛运清编：《中国当代文学研究资料》（柳青专集），第120页。
② 同上书，第130页。

动选择的一种以自我调剂、自我救助为主的民间形式，但中共主导的劳动互助正是要利用这种形式，打破本族亲友的小圈子，在村民自愿结合的基础上扩大劳动互助的规模。①《种谷记》通过上述复杂的人际关系和舆论状况提出的问题是，组织变工和集体安种并不是一个纯粹技术层面上对劳动力的机械调配，而是要面对村庄内部的很多软性问题或隐性问题，甚至是一些相当琐屑却难以解决的历史遗留问题。尤其是人与人、户与户之间的矛盾、纠纷、成见与相互挑剔，再加上涉及地、工、轮流做饭等利益的争端，都构成了组织的难度以及变工队内部的不稳定因素，即使是在拥护政策安排的几个村干部内部也存在观念和态度上的差距与分歧。

叙事者对于排斥变工的富农王克俭的同情甚至是叙述上的迷恋，以及对乡村知识分子赵德铭、激进派维宝等人带有距离感

---

① 除变工外，类似的民间劳动互助形式还有札工、换工、唐将班子等。据中共中央西北局的调查和总结，边区的劳动互助组织分为几个阶段：（一）苏区时期根据江西经验组织"劳动互助社"，在内战凋敝的农业生产中难以起到作用。（二）1937—1943 年，"虽然农村有调剂劳动力的要求，虽然民间旧有的劳动互助在自发地增长着，但是从内战时期就组织起的'劳动互助社'等，依然是不起作用。基本原因是由于它们不是农民群众自愿的组织，而是自上而下地按乡、村抄名单式的组织起来的空架子。许多农民还认为它们是为了动员义务劳动的组织，所以他们愿意自己组织变工、札工而不愿意把'劳动互助社'等等充实起来。"（三）1943 年后，不同于内战时期的"劳动互助社"一类组织，在农民自愿基础上的劳动互助组织开始普遍大规模发展起来，实际起作用，"已经真正吸收了约四分之一的农村劳动力参加，在整个农村经济中占着重要的比重"，因此"其意义已经根本不同于民间原有的劳动互助了"。参见中共西北中央局调查研究室《边区劳动互助》，《解放日报》1944 年 2 月 10、11、22、23 日，第 4 版。另可参见晋绥分局调查研究室《温家寨的劳动互助》，《抗战日报》1944 年 3 月 11 日，第 2 版；《陕甘宁劳动互助的一些经验》，《抗战日报》1945 年 3 月 19 日，第 4 版；《加强领导，克服变工中的自流现象》，《抗战日报》1945 年 5 月 22 日，第 1 版。

的审视和微讽的语气,使其获得了一个更靠近村庄内部的叙述姿态。通过王克俭的眼睛,叙事者使我们看到了"新社会"对村庄旧有的权力文化结构颠覆式的改变:"村里整个翻了个过,从前不问一点村事的受苦人握了大权,农会主任、副主任、自卫军排班长……都变成'紧急分子'了,一有点事竭力往人前边挤","存恩你大爷说话没人听了,六老汉倒站在台上说故事";同时也看到了组织变工对原本未必和睦却非常稳定的人际关系造成的极大扰动:"上边一再说自愿自愿,而他们却想着各种名堂要把人都'逼'到变工队里;为了这个目的,他们好象也有矛盾。在他看来,他们不仅弄不到好处,到头来恐怕把全村都搅成冤家对头了","他想不透公家为什么给老百姓添这许多麻烦。"① 如有研究者已经指出的那样,"小说的重心在于集体劳动是如何在基层乡村中被组织起来的,但是隐去了重组劳动力以应对粮荒的经济目的,突出了乡村社会改造的思想主题"②。如果说"组织起来"的初衷在于提高生产效率,那么在《种谷记》中,"组织"本身的意义可能要大于"生产",正如小说中的程区长所说,"集体劳动不仅是改变劳动方式,而且改换人的脑筋(思想)",因此变工队尤其是定期安种的组织更近于在集体劳动全面推开之前的一个农民意识状态的准备工作。

三、拉谈、开会与办报:乡村舆论如何组织

在《种谷记》中,农会主任王加扶最主要的甚至是唯一的

---

① 柳青:《种谷记》,人民文学出版社 1958 年版,第 10、94、52、97 页。
② 罗琳:《互助合作实践的理想建构:柳青小说〈种谷记〉的社会学解读》,《社会》2013 年第 6 期。

组织村民的工作方式就是"拉谈"。从订农户计划到组织变工再到定期安种,王加扶等人几乎是挨家挨户、推心置腹、费尽口舌地谈,"利用早晨在井边上的聚会和黑夜睡觉以前的功夫,象存恩老汉撮合婚姻一样热心地劝导着,联络着众人"①,连学生娃和儿童团都发动了起来,以保证整个村庄的舆论导向以及村民大会上的举手表决。拉谈的时机也颇为讲究,既得瞅准对方空闲,在地里不能耽误人家务农,到家里不能赶上饭点;还要了解对方的脾性好恶及其与村庄里哪些人家交好交恶、有无过节。在长期共同生活、人与人之间都彼此熟悉的礼俗社会当中,正是这些琐碎的、渗透在日常生活方方面面的细枝末节构成了村庄中为人处世的行为规范。②因此,王加扶具有"组织"意图的"拉谈"既是对这种"软规范"的利用,又要对其进行改造。从总体上讲,《种谷记》的核心动作并不是劳动,甚至也不是合作变工,而是"谈":一方面依靠王加扶这样的干部,以人情的方式,对乡村舆论的每一个参与者进行游说;另一方面则通过舆论机制本身,在村民彼此之间的拉谈中形成一种具有趋向性的情势与声势。这是一个细致入微的、像毛细血管一样深入到乡村社会内部的磨合与改造过程。

在积极分子通过"拉闲话"进行宣传鼓动之外,两种新的"组织"方法也介入到了传统的乡村舆论当中。一是开会。小学校成了王家沟的"议事厅",关于集体安种的征询会议、动员大会包括村干部会议、乡干部检查工作都在这里召开。柳青对几

---

① 柳青:《种谷记》,第110页。
② 费孝通论述乡土社会中的"规矩""信用"、"人和人相处的基本办法",即长期的共同生活造就了"熟悉"的社会,因熟悉而形成规矩、礼俗,甚至到了不假思索、无需语言即可自由行动的地步。费孝通:《乡土中国》,第9—11页。

次开会都进行了浓墨重彩的书写。不同于走门串户的拉话或是庙会、骡马大会上的聚谈,"开会"以一种有组织的、人人都可以发表意见的新形式创造出乡村中新的公共空间与集体舆论环境,"每一张嘴都变成一个舆论机关"。这样的场景也集中呈现出村庄中不同派别的话语势力及其背后不同的生产伦理之间的交锋与论辩。更重要的是,村民大会也进一步激活了乡村自身的舆论机制:"整个的王家沟已被组织种谷变工队的空气笼罩了,它变成了这两天村里所有的人拉谈的题目。"因此,村民们最终达成约定在很大程度上也并不是因为真正理解变工的好处(尤其是定期集体安种的好处),而是出于各种各样人情上或舆论上的压力。除了争当模范的积极分子外,中间分子多游移退却,但或碍于情面,或怕人取笑,"因为不好意思只好同意了";团结着一批落后分子的"善人"王存恩也是出于审时度势:"人家全变,我们几家不变还象话?随潮流走嘛",并劝说王克俭"这回种谷你要变工,我听见村里人全说你的不是"①。而最顽固的王克俭同意变工,也并非是改变了观念,一方面是为王加扶反复拉谈的善意和热情所感,另一方面也是为舆论情势所迫。更重要的是,舆论上的情势最终必然要转化为实践上的推动力:在附近各村全面铺开、已成大势的集体变工拆散了王克俭以家庭为单位的劳动共同体,使他无法再靠一己之力保证适时完成种谷,才不得不加入变工队。

在村民大会之外,另一种新方式则是教员的"黑板报"。在组织变工的过程中,黑板报成了王家沟的消息集散中心:

---

① 柳青:《种谷记》,第114、110、144、145页。

> 有福那组和王加福们合并了,王加诚那组扩大了,增加了三个劳动力。赵德铭在黑板报上报道着这些消息,识字的人看了传给不识字的,然后相互传播,当天便传遍了全村。许多人都开始物色对象,碰到时探讨着对方的口气,观颜察色地看看人家是否愿意和自己合伙。有些人不干脆,还在打听着别人的心事——变不变工或同谁变工,似乎想供自己参考;还有人在和婆姨商量着,甚至还有完全由婆姨拿主意的。
>
> ……
>
> 王家沟村子不大,有一点值得传播的消息,立刻传遍了全村;特别是有了黑板报以后,有时简直和全中国全世界都有了联系,甚至苏联在黑海边上打了个大胜仗的消息,赵德铭也把它写上去,引起众人的询问和议论。行政终于参加了变工,更不用说,都说王家沟这才团结了起来,准备向模范村前进,弄来弄去,只有老雄一个人没有参加变工。①

在边区的文教工作部署中,像赵德铭这样由边区教育培养出来的乡村知识分子在村庄里基本上要同时承担小学教员、村文书、文教主任等工作。据赵超构的观察,他们"要通过学生,获得家长的信仰,和农民打在一起,要能够为农民写信、写契约、订计划,然后一步一步的向他们施行文化宣传,以及各种法令的解释和说服","他们如像分布在每一个角落的文化据点,把延安的号令贯注到一家一家去",可谓是"乡村文化的'轴心'"。除冬

---

① 柳青:《种谷记》,第110—111、149页。

学、夜学、识字组、读报组之外，黑板报成为了最便利、最普及的宣传教育媒介。赵超构即发现，"在各地的通衢大道上"都可以见到黑板报，"由乡村干部、合作社等机关负责，每天将新闻抄在黑板上，有时也带便教识字"①。虽然自1940年起，边区就创办了通俗简明、用字只有1500字的《边区群众报》，到1944年，各乡、各小学、变工队、妇纺组、运盐队以及各劳动英雄都可分配到一份②，但对于普通农民而言也只有在农闲时的识字组或读报组中才有机会读到或听到。然而有了黑板报，乡村知识分子则可以随时将《群众报》上的新闻时事、生产知识、歌谣故事抄写出来供村民们阅读讨论，更加小型化、地方化与生活化，为村庄内部的组织工作、消息流通提供了一个有效的媒介，也为村民提供了一个可参与的、观看与评论公共事务的场域。

以乡村知识分子为中介，《群众报》以及《解放日报》的通讯栏也在边区各地各乡各村建立起一个庞大的通讯网络。在《种谷记》中，教员赵德铭就曾根据王家沟组织变工的经验，以"打钟制度"的创造为主题向《群众报》投稿，并被作为经验推广，三次刊登在《群众报》上。柳青以反讽的笔触书写了赵教员小小的虚荣心：他很想让其他村干部发现自己的投稿被刊登但却一直没有被发现，可见发行量有限的《群众报》在普通农民甚至是村

---

① 赵超构：《延安一月》，第160、161页。
② 据赵超构的记载，《边区群众报》可谓"《解放日报》的通俗版"，但"深入民间的力量是在《解放日报》之上的"。《群众报》在乡村的政治教育中占有重要地位，乡村的成人教育的所有教材"都由这个报纸来供给"：识字组的教学目标以读《群众报》为最高标准，读报组则是"由一个会读的人每天拿群众报纸念给大家听，并且加以批评解释，进行时事教育。宣传效果似乎很大，报纸上的劳动英雄生产计划的消息，尤其易于引起各地群众的工作热情。"赵超构：《延安一月》，第161—162页。

干部中的影响仍然不够大，远远比不上每村一个黑板报的作用。由此可见，"《群众报》—乡村知识分子—黑板报"构成了边区农村的一条信息集散的通路：乡村知识分子将地方工作经验搜集起来写成通讯上报，再由《群众报》推广到其他地方，各个村庄的教员、村文书再将其抄录在黑板报上供本地村民阅读学习。据1944年12月李鼎铭在边区参议会上关于文教工作的发言，"报纸方面，已有六百多块大众黑板报，是现有条件下已经摸索到的群众办报的最好形式，群众因此实际享受了出版自由的权利"，村民若识字不多，还"可以用纸条或'捎话'通讯的方式在黑板报上发表言论"，省去了不少开会的时间成本，可谓"新闻学上的新创造"："如桥镇乡黑板报，已成为教育群众、推动工作的有力武器。两个婆姨吵架，规劝不下，有人说：'你们再吵吧，再吵马上要你们爬黑板报'，这两个婆姨就悄悄地走开了。一个二流子听说会上黑板报，跑到编辑委员会请求免登，立誓改邪归正"；工农通讯员也已发展至一千一百多人，"因为他们都是各种工作的实际执行者，……因为要写稿，就得调查研究，总结工作的全过程，就得想办法，就会有办法"；有了读报组和黑板报，"农民不出门，能知天下事"，"把闭塞的农民开始改造为先进的农民"①。这也是对毛泽东1944年3月提出的"全党办报"的响应：将开会与办报相结合，"把许多问题拿到报纸上讨论，就等于开会、开训练班了"，"墙报也算是一种报"，可以作为"组织工作、教育群众、发动群众积极性的武器"②。在《种谷记》中，

---

① 李鼎铭：《文教工作的方向》，《解放日报》1944年12月10日，第1版。
② 毛泽东：《关于陕甘宁边区的文化教育问题》，《毛泽东文集》第3卷，第113、112页。

从本村的身边人事到边区各地的新闻,从全国战况到世界局势,黑板报成为引领村庄舆论的新形式,农民不必再像以前那样只能依靠乡村权威的道听途说或消息转贩。更重要的是,《群众报》、读报组、黑板报在原本孤立而隔绝的地方性社会和一个广阔的外部世界之间打开了一条沟通的渠道,同时也建立起他们与整个边区之间的勾连感,以及对国家乃至世界的具体感知与想象,并反过来重新塑造了乡村共同体本身。

必须注意到的是,村民大会、读报组、黑板报这些新舆论空间对村庄舆论的主导并不是绝对性的,乡村自身以口耳相传、道听途说为渠道的传统舆论空间制造出来的小道消息、风言风语仍然会构成"组织起来"的巨大阻力。《种谷记》中最大的一次舆论危机正是源自"伊盟事变"后的谣言。边区邻境伊克昭盟事变的消息在桃花镇赶会时传开,"新到的延安的报上也报了出来",尽管程区长在庙会戏台上向乡民们解释了这次事变的意义,当仍挡不住流言的发生:

> 但总是有极少极少一部分人只是听着,含蓄地笑着,保持着诡谲的缄默;而在没有外人的僻静地点,却贼头贼脑拉谈不完。这帮人不知是神通广大,耳朵特别长,抑或只是有些与众不同的希望,他们似乎总能得到一些除过公开嚷叫以外的机密"消息"。通常这种"消息"的来源总是密而不宣的,有时开始只是一个人的希望或估计,经第二个、第三个人,才逐渐变成"消息",以至更详尽,更"确实"。传递的人极为谨慎,只告诉那些嘴牢的,与自己有特殊关系的,可能相信的,和听过之后有作用的人,因此,你在表面上几

乎完全看不见有什么事情。①

正是在这样的氛围下，王克俭听信了地主王国雄的谣言与挑唆，背弃了和村人的约定自己偷偷种了谷，引起了全村的公愤。村民全都聚集在桥边的人市上拉谈，向王加扶要求撤换掉王克俭的行政一职，"桥前桥后的人齐声响应，仿佛春雷一般震动了山谷"。王加扶最终只好请出程区长再次召开村民大会，在村民的强烈要求之下改选了行政主任，最终才保证了集体变工种谷的定期实行，集体劳动的歌声"形成了充满全村的大合奏"。作为小说中最大的一次危机也是真正的戏剧性高潮，柳青写出了在政治局势极不稳定的战争环境中组织生产尤其是组织舆论的难度与特殊性，但同时也写出了村民们这种正在发生的、情感大于理智的、尚不成熟的民主意识。饶有意味的是，虽是王克俭听信流言破坏了变工，但流言本身并没有直接作用于村民——柳青并没有让谣言在全村范围内传开。即使王加扶猜测王克俭是受了"伊盟事变"消息的影响，但众人反而经过分析打消了这种猜想："那是草地的事变，离这里还好几百路，不象去年夏天一样，那边既没有摆出进攻的架子，这边也不做战斗动员"；在桥边人市上拉谈时，"人们不说别的，只拉谈种谷的事情，仿佛伊盟事变已是很久以前的历史事件了，没有人提它"。就王国雄、王克俭这两个人物的行为逻辑而言，没有向全村传出这个"秘密的消息"是符合情理的，但值得讨论的是，在动荡的战争时期，任何风吹草动都可能使村庄中人心大乱，王家沟的村民

---

① 柳青：《种谷记》，第171页。

面对"伊盟事变",仍能够坚定地相信程区长的解释,只关心种谷而不关心战局,多少还是存在一些理想性的、虚构的成分。换言之,与王克俭难以克服的"小算盘"相比,小说似乎试图以虚构的方式呈现出:在新舆论空间的改造下,王家沟已经开始形成一个充分信任新政府的、团结的、能够自主做出判断的、新的共同体。

与整部小说艰难的"组织"过程相比,尾声处的这一新的乡村共同体的生成未免带有乌托邦色彩。事实上,小说也的确通过王加扶和赵德铭的想象两次憧憬过一个实现了公有制后集体劳动、集体生活、各尽其能、其乐融融的乡村图景:"一村就是一家,吃在一块,穿在一块,做在一块。种地的种地,念书的念书,木工是木工,石匠是石匠,管粮的把仓,管草的提秤","咱也办上个俱乐部,识字、读报、开会全到那里去好了","也办它个把托儿所,把娃娃们弄到一块,讲究卫生"。然而,比起这一整饬和谐的集体文化想象,《种谷记》更多写出的还是农民现有的意识状态的复杂性。在柳青笔下,公众舆论空间既是农民意识状态的显示仪,又是促使这一意识状态产生反应的发生器。所谓"组织",既是道理、人情和利益的复杂交换与权宜;也是通过利用和引导舆论走向,达成对村庄软规范的改造;从而生成新的舆论,新的人心向背。柳青将这种由政党主导、通过乡村舆论推动开来的组织形态比喻为"抗拒不住的巨流":

总而言之,这几天王家沟不管在村道,井边,山上,窑里,以及桥边的人市上……到处都是在说种谷的事情,形成了一股抗拒不住的巨流。一九四二年冬天以后,这种巨流一股接着一股冲过了无定河流域的乡村已不止一次:减租,反奸,扩军,移民,变工……一股过去了,新的一股以更大的冲击力过来!①

以改造整个乡村社会为目标的"组织起来"正是以"巨流"一般的席卷之势弥漫开来。正像李放春所指出的,"'舆论'并不是社会现实的消极表述或客观反映,而是构成一种积极介入性的历史力量。"②但亦如王加扶所感慨的那样:"各人以各人的姿态活动着、说话和思想着!王家沟一个村还这样参差不齐,全边区、全中国那便不知要复杂几千万万倍了。"③这一组织过程也显影出不同层次的农民在意识状态上的参差与分歧。因此,这样的改造势必要以对小农经济生产伦理的放逐为代价,很多农户面临的具体困难也不被考虑在内,频繁的会议、干部对于生产的全面介入也给农民生活带来很大的困扰。如前所述,《种谷记》的叙事者姿态其实相当暧昧,这就为上述问题留下了不少值得追问的空间:作为小生产者的"好劳动"与强调集体劳动的"变工好"之间是否存在价值形态上的矛盾?新的村庄共同体是否必须放弃传统的生产经验与经济伦理?如果必须重建划分"公/私"的认同与行动单位,那村庄又在何种意义上还能拥有其独立的共同体利益与自主性?村庄还能否保有自身的价

---

① 柳青:《种谷记》,第112页。
② 李放春:《"释古"何为?论中国革命之经、史与道——以北方解放区土改运动为经验基础》,《开放时代》2015年第6期。
③ 柳青:《种谷记》,第124页。

值生产能力？① 在这些问题上的犹疑与保留，造成了《种谷记》在价值立场上的含混性。如果说，《种谷记》本可以写成一个好干部的"成长"故事与落后干部的"转变"故事，那么事实是，小说并没有写出王加扶鲜明的成长感，却写出了王克俭的转变之难。换言之，柳青其实无法回答，在新的秩序面前，乡村旧有的软规范是不是必须被全盘加以改造。"组织起来"本身存在的困境造成了小说叙事必须不断转换作为中心的视点人物，以至在小说末尾，只能略嫌突兀地将经过区长批评教育而有所醒悟的赵德铭补在了王加扶本该出现的视点位置上。正如在反反复复的拉谈与开会中，王加扶无法使用新的逻辑说服村民而只能依靠"人情"来组织变工，他自身的成长也只能是模糊的、悬而未决的。

在小说结尾，村民们最终将王家沟理想的未来寄托在了人的"转变"和"娃娃们的时代"到来："再过若干年，众人都上了六老汉的年纪，只配打钟的时候，现在这些反动、顽固、落后的人护墓草怕已经长得很是丛茂了，而赵德铭现在这一批学生娃里，将有人代替王加扶、存起、维宝，……等人而成为农会、行政和排长。那时再要组织什么'集体'，不知要少吵多少嘴，少点多少油了……"② 小说对于"转变"和"组织起来"的期许，最后落实到了一个随着世代的更替、教育的普及而可期待的未来式当

---

① 贺雪峰指出，在传统乡村社会，村庄是"重要的基本认同单位"，公与私"不是指集体与个人的关系，而是指公家与自家的关系"。贺雪峰：《村治模式：若干案例研究》，第71、70页。但如罗琳指出的那样，《种谷记》中"为大家"与"为公家"之间开始发生悖谬，新政权很可能遮蔽了农民自身的主体性。罗琳：《互助合作实践的理想建构：柳青小说〈种谷记〉的社会学解读》，《社会》2013年第6期。

② 柳青：《种谷记》，第232页。

中，舆论的引导也终将沉淀为"教育"。但柳青同时也提示我们，这种对乡村软规范的改造与重新组织，也会在农民与其原本依赖的地方性知识、劳动经验与道德感之间造成某种割裂[①]，构成乡村治理的内部困境，甚至埋下异化的危机。乡村原有的软规范自有其复杂性所在，终归还是不能把孩子和洗澡水一同倒掉。那么值得追问的是，新的乡村治理到底要改造什么、树立什么，这二者之间又存在怎样的关系？在政治动员之外，是否还有其他打开并进入乡村生活世界内部的方式呢？

第三节　乡村权力文化网络的"娱乐改进"

新政权对乡村旧有价值体系的改造并不是一个简单的、纯粹的"破旧立新"过程。以改造二流子为例，在乡村社会的道德评价体系中，"好劳动"并不是一个全新的价值。如费孝通指出的那样："尽管土地的生产率只能部分地受人控制，但是这部分控制作用提供了衡量人们手艺高低的实际标准。名誉、抱负、热忱、社会上的赞扬，就这样全都和土地联系了起来。村民根据个人是否在土地上辛勤劳动来判断他的好坏。例如，一块杂草多的田地会给它的主人带来不好的名声。因此，这种激励劳动的因素比害怕挨饿还要深。"[②] 换言之，对于传统农民而言，只有土地上的耕作才能构成农民对自我和存在的确认。这就涉及赵树理小说《福贵》中隐含的另一个问题。综观民间所谓"下九流"包含

[①] 参见罗琳《互助合作实践的理想建构：柳青小说〈种谷记〉的社会学解读》，《社会》2013年第6期。
[②] 费孝通：《江村的农民生活及其变迁》，敦煌文艺出版社1997年版，第139页。

的行业种类可以发现，这些职业基本都带有商业性、投机性或服务性，属于"非生产性劳动"的范畴。在很大程度上，边区对于生产性劳动的巨大需求其实与这种乡村生产伦理之间存在某种合谋的关系。关于赵树理的《福贵》，李国华就曾敏锐地指出："在这个小说文本中，不是所有的'劳动'都被认可的。只有在土地上的耕作，符合'农民'的'本分'的'劳动'，才是被认可的。"① 在"二流子"的判定问题上，边区政府也主要是"以对生产的关系即生活来源为区分二流子、半二流子与非二流子的主要标准"。《解放日报》曾以延安乌阳区六个"典型人物"作为如何区分二流子的具体示范，其中的刘老汉"四十多岁，吹鼓手，土医生，全不劳动，单身汉"，虽有职业且无不良嗜好，但也因"事不多，却不劳动"被判定为"半二流子"②。由此可见，从生产伦理的角度来看，大生产运动与乡村小农经济的生产伦理之间其实分享着一种相近的价值标准，即对于生产性劳动的高度肯定，以及非生产性劳动的边缘化乃至不正当性。因此，新政权才会将吹鼓手与阴阳、神官、巫神这些不事生产的食利者一同视为"剥削人"的"耗子"③。

但问题并非这么简单。无论是婚丧嫁娶都离不了的吹鼓手，

---

① 李国华：《农民说理的世界——赵树理小说的形式与政治》，第214页。
② 《边区二流子的改造》，《解放日报》1944年5月1日，第4版。但这一区分标准还是提倡要进行生产和品行方面的综合性考量，避免发生"单纯以不参加生产来定二流子界限的毛病"，同时又要避免"不问其在生产中的地位，而单纯由其行动来定二流子界限的毛病"。
③ 《农村里的"耗子"》，《解放日报》1942年5月16日，第2版。民间有关"下九流"的说法中亦有"一流巫，二流娼，三流大神，四流梆，五剃头的六吹手，七戏子八叫街九卖糖"的版本，其中"巫"即指画符念咒招神驱鬼的巫师，"大神"即以跳唱形式拟作神仙附体治病的巫神，皆与吹鼓手一并列入"下九流"。

还是置地安宅、看病消灾都得请的阴阳、巫神,这些职业其实是与整个乡村长久以来的生活方式、风俗传统联系在一起的。这也就是为什么尽管他们要价高昂,"农民们很抱怨,而又不能不让他吃,还得'恭而敬之',请他来吃",就算区乡政府提出"不要用他们好了",但"老百姓仍是要用","实际上谁也离不了"①。换言之,对于老百姓而言,正是"风俗"构成了乡村文化生活的底色,以及日常生活中的一整套具有象征性和规范性的符号、价值与仪轨。批评家大多诟病欧阳山写于1946年的小说《高干大》在"组织合作社"与"反巫神"两个主题之间的纠缠,以及由此导致的叙事结构上的断裂,尤其是对"反巫神"用力太过。②但这一小说叙事上的问题也恰恰症候性地显示出:"组织起来"的阻力不仅如《种谷记》所呈现的那样,来自农民在经济和道德实践上的私有观念,同时也深刻地受制于某种以"迷信"为

---

① 《农村里的"耗子"》,《解放日报》1942年5月16日,第2版。
② 赵树理和冯雪峰都从《高干大》"组织合作社"的主要叙事线索中辨认出一种反主观主义和官僚主义的主题,但赵树理也提出"此外还附带提出了两个问题,一个是对新民主主义经济的了解问题,一个是对反封建迷信的重视问题"。赵树理:《介绍一本好小说——〈高干大〉》,《赵树理全集》第3卷,第279页;雪峰(冯雪峰):《欧阳山的〈高干大〉》,福建师范大学中文系现代文学教研室编:《中国当代文学研究资料》(欧阳山专集),华中师范大学中文系1979年版,第151—154页。但批评者胡椒认为:"作者描写巫神太过分强调了,未免有些小题大做,尤其是后部写闹鬼的篇幅,实在太冗长,而有沉闷之感"。胡椒(王子野):《读了〈高干大〉的两三点意见》,王子野:《槐下居丛稿》,生活·读书·新知三联书1984年版,第208页。竹可羽也认为:"从全书看,反经验主义和官僚主义不能说是本书的中心主题。从其分量上来说,反巫神斗争占着更多的篇幅;从全书结构来说,反巫神斗争占着更主要的位置",并将全书分为三个阶段性主题:"第一是反对经验主义和官僚主义的斗争,第二是合作社业务发展上的斗争,第三是反巫神斗争"。竹可羽:《评欧阳山的〈高干大〉》,福建师范大学中文系现代文学教研室编:《中国当代文学研究资料》(欧阳山专集),第249页。

代表的习俗、禁忌、民间宗教情绪以及日常行为规范。就连有过革命战争经验、"斗争性特别强"①的高生亮也概莫能外：面对以巫神郝四儿为首的一伙二流子装神弄鬼制造出来的"妖踪鬼迹"，高生亮的第一反应仍然是回到民间信仰的逻辑中做出解释，反而助长了巫神在村中的威信，几至于引起大规模的搬迁和退股。由此可见，乡村中的风俗不仅是农民文化生活的惯习，也构成了其认识世界、解释世界的主要方式，并且与农民的日常生活经验紧密地结合在一起。当时在华北新华书店担任总编辑的王春写下了《继续向封建文化夺取阵地》一文，作为对赵树理通俗文艺主张的某种声援，他开宗明义地提出了一个被文化工作者忽视的问题，即"老百姓究竟过的什么样的文化生活"。从作为"总的思想指导原则"的宿命论，到作为"人民日常生活行动的总顾问"的阴阳禁忌，再到巫神、教、卜以及更"高等"的天文预言，王春详细地分析了这些活动如何充斥在老百姓的生活日用及其对艺术、娱乐和实用知识的需求当中，成为"一张千经万纬的纲，人民就被罩在这个网子底下；罩得久了，人民的错觉发生了，就会以为这是'自己的东西'，就拿着不放"②。因此，将阴阳、巫神、

---

① 赵树理：《介绍一本好小说——〈高干大〉》，《人民日报》1948年10月7日。
② 王春：《继续向封建文化夺取阵地》，太行革命根据地史总编委会编：《太行革命根据地史料丛书》八（文化事业），山西人民出版社1989年版，第587、590、593页。在太行根据地文艺界，在对大众文艺、通俗文艺观念的践行上，王春和赵树理一直是亲密的合作者。1939—1940年，王春担任《黄河日报》（路东版）主编，并推荐赵树理担任副刊《山地》的编辑，后又共同在新华书店编辑文艺书籍。在1942年1月的晋冀豫区文化人座谈会上，赵树理唱起了乡间流行的"小唱本"批评新文艺，提出应起而应战夺取文化阵地，却遭到反对。1946年，王春在晋冀鲁豫边区文联的综合月刊《北方杂志》创刊号上，发表了《继续向封建文化夺取阵地》一文，其中便提及1942太行山的文化座谈会上"有位作家同志，可说是特别关心人民文化生活的实况的"，从老百姓家拿来《老母

师婆、吹手作为二流子加以改造,也就不仅是对劳动力的改造,而且是对乡村风气和生活方式的改造,在根本上触动的是乡村的文化权力网络。①那么进一步的问题在于,如果说"破旧立新"式的改造还是一种自上而下的启蒙,那么如何才能在乡村的风俗人情与文化惯习内部找到一个能够有效地楔入这一文化网络的入口呢?

一、娱乐改进:乡村舆论空间的改造

1938年,民众娱乐改进会在陕甘宁边区成立。柯仲平在改进会宣言中提出了一个重要的概念——"娱乐",用老百姓自己的说法来指称文艺。柯仲平特别看重的是歌谣、秧歌、跳舞、戏曲、杂耍这些文艺活动与民众的生活、劳动以及情感之间的关系:"它是我们生活的一部分,而且是最重要的一部分。它把我们的心事唱出来,讲出来。它配合着我们的劳动,象音乐配合着

(接上页)家书》《玉匣记》《麻衣神相》《推背图》等书,"说这才是在群众中间占着压倒之势的'华北文化'",指的应当就是赵树理。从赵树理与王春多年的交往与合作来看,"向封建文化夺取阵地"一直是二人共同的文艺观念与实践方向。参见赵树理《忆王春同志》,《赵树理全集》第4卷,第116—117页;华然《太行山的老编辑家——王春》,《编辑之友》1987年第5期;田澍中《赵树理与王春》,赵魁元编《赵树理与阳城》,北岳文艺出版社2016年版,第38—46页;赵德新《赵树理的良师益友——王春》,《农民日报》2009年1月10日,第6版。

① 程凯在其研究中指出,王春与赵树理对群众文化"现实"的观察及其"自下而上"的通俗意识值得重视,但"我们可以回过头去质疑王春所描述的那个'千经万纬'的网对民众思想的束缚是否真那么绝对";而赵树理小说以"破迷信"为中心来描写乡村的"转变",正意味着"迷信某种程度上可以视为一种特殊的文化权力,它对乡村、乡民固有的伦常、法理、信仰、生活有一种再组织和转化的作用。"程凯:《乡村变革的文化权力根基——再读〈小二黑结婚〉与〈李有才板话〉》,《文艺研究》2015年第3期。

我们的演戏。"同时,他也发现了民间文艺作为文化权力的表征与意识形态战场的意义:

> 说到我们民族中的大众歌谣、戏曲(包括土戏、小戏)简直就是自己耕种出来的一种粮食,由旧粮食又能再生新的粮食。民众甚至把某些歌谣当做指导生产的口头经典,作为社会道德的标准,作为习惯上的法律,不凭文字也就能保存、发展下去。——民间文艺在民间潜伏着如此伟大的支配势力呵!①

在这里,柯仲平将文艺比作"粮食",指出民间文艺与民众生活之间相互生产的关系。一方面,"大众的劳苦作风,大众的歌唱韵调,大众的明朗格式,这一些优点,都存在大众的生活习惯里"②,劳动与生活构成了民间文艺的内容、形式、风格的来源。另一方面,民间文艺又构成了保存与传承知识、经验、价值和秩序的载体。柯仲平主张用"娱乐"这一民众自己的说法,正是因其包含着一种文艺尚未与生活、劳作相分离的原始状态:它是劳动过程的象征化,也是劳动之余的休息与犒赏,是对生活的记录与抒发。但面对抗战以来处在大变动中的现实生活以及其中的新生事物,有些民间文艺其实已经脱离了生活内容本身。鲁艺工作团下乡时就发现,很多农民并不满足于农村里的旧戏:"那(指山西梆子)是古朝代的事,要念书人闲书看得多了才解得下,我

---

① 柯仲平:《陕甘宁边区民众娱乐改进会宣言》,《柯仲平诗文集》四(文论),文化艺术出版社1984年版,第71、75页。
② 同上书,第73页。

们解不下"①,"戏里说的不是朝廷(皇帝)就是大官,我们庄稼人看不懂",花钱接班子唱戏也不过是"看个红火罢了"②。赵树理也观察到,"新翻身的群众"开始对一般的旧戏和秧歌"感到有点不得劲儿——第一他们要求歌颂自己,对古人古事的兴趣不高;第二那些旧场旧调看起来虽是老一套,学起来却还颇费工夫,被那些成规一束缚,玩着有点不痛快"。③换言之,有些民间文艺在内容和形式上都已经与新的现实产生了隔膜,而柯仲平认为,新的现实所包含的"强大的内容,是可以利用可以征服一切旧的新的各种形式的"④。1944年春节延安的新秧歌闹得热火朝天,从农民观众的接受来看,他们喜欢和看重的恰恰是秧歌剧的"实"与"新":"你们的戏,一满都是实事。我们解得下,越看越热!"⑤"你们能根据实在的事情演,老百姓能看懂,又是新的,老百姓喜欢看,旧秧歌老是一套,都不爱看。""你们的秧歌好,都是新世事,乡里闹的都是古时的。""你们的秧歌有故事,一满是讲生产,年青人都爱看。旧秧歌,没意思!""你们的秧歌演的就一满和真的一样,我从三十里铺看到红寺,美美的看了两场!"⑥换言之,恰恰是内容上的充实、贴切及其与当下生活之间紧密的关联性,使得新秧歌突破了旧秧歌程式化的表演方法,产生了新的形式趣味。由此可见,所谓的"娱乐改进"并不是单

---

① 《鲁艺工作团经验》,孙晓忠、高明编:《延安乡村建设资料》第4册,第49页。
② 张庚:《关于秧歌剧的三篇序》,《论新歌剧》,中国戏剧出版社1958年版,第115页。
③ 赵树理:《艺术与农村》,《赵树理全集》第3卷,第230页。
④ 柯仲平:《陕甘宁边区民众娱乐改进会宣言》,《柯仲平诗文集》四(文论),第73页。
⑤ 《鲁艺工作团经验》,孙晓忠、高明编:《延安乡村建设资料》第4册,第49页。
⑥ 《南区宣传队》,《解放日报》1944年2月25日,第4版。

纯地改进文艺的内容或形式，或一味以"旧瓶装新酒"，而是回到那种文艺与生活相互生产的关系中去，从民众正在切身经历的历史内容的实质中，去找寻一种能够勾连起乡村世界的"常"与"变"的形式感。在这个过程中，通过对乡村娱乐的改进，乡村固有的生活方式、价值观念以及舆论氛围也将以一种细腻的方式得到潜移默化的改造。

利用秧歌、小戏之类的文艺活动影响乡村舆论的做法早已有之。清末民初时，山西省内各种秧歌小戏大为流行，祁县谷恋村的晋商高硕猷还仿效西安的易俗社，在本村成立自己的易俗社剧团，由鼓师高锡禹、翰林高锡华以及民间艺人"抓心旦""跌拜旦"等人编创了《锄田》《劝戒烟》《劝吃洋烟》《踢银灯》《同恶报》《恶家庭》等一大批祁太秧歌剧，除作乡间娱乐之外，更旨在移风易俗、教育民众。其中最为典型的莫过于秧歌戏《恶家庭》。据传谷恋村的"女中魁"高著萱因自小接受进步思想，积极社交而被婆家休回，饱受村人议论，其父高硕碧气愤之下遂请高锡华编写了《恶家庭》一剧为女儿正名，流传颇广，难以禁绝，在附近乡村造成了巨大的影响。① 在赵树理看来，"小戏"的好处正在于能寓教于乐："若是在劳动之后，抱着休息的心情去看这个小戏，却能得到和风细雨式的愉悦和教益。"② 他甚至将小说也看作和说书、唱戏一样"都是劝人的"，"可是和光讲道理来劝人的劝法不同——我们是要借着评东家长、论西家短来劝人

---

① 关于清末民初山西乡村秧歌小戏的发展，参见张春娟《晋商、移民与戏曲——山西祁县谷恋村祁太秧歌调查考》，《戏剧艺术》2013 年第 4 期；韩晓莉《文化展演中的乡村社会——清末民初山西秧歌小戏与乡村社会生活》，《清华大学学报》（哲学社会科学版）2009 年第 5 期。
② 赵树理：《"小戏"小谈》，《赵树理全集》第 5 卷，第 8 页。

的。"① 在很大程度上，解放区的新秧歌运动与乡村剧运同样是在利用乡村舆论的基础上进行社会教化。但正如李卜在看完民众剧团的演出后对柯仲平所说的那样："从前的戏也有很多是劝善的，只是没有说出一条路"，"你们这个戏我说的是大大的好戏，你们告诉了老百姓一条路。"② 换言之，解放区的秧歌剧实际上是对乡村的舆论情景进行了想象与实践层面的双重改造。

秧歌剧《刘二起家》就是通过刘二夫妻大段回忆性的对话，再现了促使二人下决心转变的乡村舆论情景以及思想转变发生的心理时刻。刘二在劳动英雄表彰大会上亲眼见到了表彰劳动英雄和斗争二流子的场景，两相对比之下，懊恼了三天三夜，"怕人家斗争怕笑话"；刘妻则是在妇救会组织的妇纺会上被人戳了脊梁骨，这才决心参加生产：

    刘二 今春里，三月八，
        妇救会寻你开会价。
        你到前村看一看，
        婆姨娃娃到齐哪。
        这个说今年要织布，
        那个说今年要纺纱。
        你这里刚才走进门，
        众人就把你拦着哪。
        这个说，刘二婆姨该学好；
        那个说，刘二婆姨该受罚。

---

① 赵树理：《随〈下乡集〉寄给农村读者》，《赵树理全集》第 6 卷，第 165 页。
② 丁玲：《民间艺人李卜》，《丁玲全集》第 5 卷，第 230 页。

刘妻　叫刘二，算了吧。
　　　过去的事儿莫提他。
　　　人有脸，树有皮，
　　　我心里难过又着急。
　　　当时我心里真思想，
　　　刘二的婆姨比谁差，
　　　只因为自己不劳动，
　　　受人家笑话受人家骂。
　　　从那时我就下决心，
　　　要学生产学纺纱。①

很容易发现，戏里的这两个场景已经不单纯是日常生活中的村庄闲话，而是经过了动员和组织的乡村舆论，预示着某种正在建立当中的新的道德共同体。更重要的是，农民看戏的同时，某种"看"与"被看"的情境也在戏外被建构出来：戏里和戏外的二流子同时成为被观看的对象。1944年春节，《钟万财起家》演出时，"当演到钟万财从二流子转变的过程的时候，观众中的二流子就被人用指头刺着背说：'看人家，你怎办？'"②《刘生海转变》演出后，很多农民都说："叫咱那里的那个二流子来看一下才好哩！"③陇东剧团在曲子县的曹旗演出马健翎的

---

① 丁毅：《刘二起家》，《延安文艺丛书》编委会：《延安文艺丛书》第七卷（秧歌剧卷），第63页。
② 周扬：《表现新的群众的时代——看了春节秧歌以后》，《解放日报》1944年3月21日，第4版。
③ 《检阅延安新文艺运动的成果　八大秧歌队前日会演》，《解放日报》，1944年2月25日，第2版。

《大家喜欢》时，正好该村也有一个与剧中二流子同名的懒汉王三宝，演出时观众的反应尤其强烈，"从头到尾不断发出笑声、掌声、啧啧赞声"：

> 他们边看边议论说："这和咱们那个三宝像神了，简直就是一个人，分毫不差。人家咋知道他来，咋编得这么像。演得也像，就像一个模子里倒出来的。"有的群众还说："快把咱们那个三宝叫来看看。照一照他那德性，教他也受些教育。"群众看完戏回去纷纷传说："你们快去看看，咱们那个三宝也上戏了。人家戏也编得像，演得也像，像神了。"一传十、十传百，连几十里以外的群众跑来看王三宝转变。他们越看情绪越高，气氛非常活跃。村干部看了演出，就把他们那个三宝也带来看戏。他在看戏中既受到剧情的感染，也受到周围看戏群众的冷嘲热讽，自觉羞愧难当，受到了一定的启发。事后他在村干部、家属及群众的帮助、教育下，很快就转变了思想。①

由此可见，对于农民而言，这种强烈的娱乐效果既来自身边人事被"编成戏"的新奇感、真实感与亲近感，也来自秧歌剧构筑出的这个议论纷纷、嬉笑怒骂的公众舆论空间。在演戏和看戏营造出的公共生活空间中，秧歌剧对人物形象的塑造和评判不断生产出新的"闲话"，以供村民们将日常生活中相似的人物、事实和

---

① 扈启贤：《马健翎与〈大家喜欢〉》，《陕甘宁边区民众剧团艺术纪实》，西北大学出版社 1993 年版，第 159 页。

材料"道德化"①,并从中提取出新的价值与规范。这些经过艺术化处理的、带有趣味性和韵律感的"闲话"具备了相当的娱乐功能,也更易在村民们聚谈闲聊时传播开来,在口耳相传中形成对戏剧/闲话主人公的压力与规训。②由于取材的现实性和表演方式的逼真感,秧歌剧也使观众自然地产生了对照戏中人反观自身的意识。杜甫川的农民贺生福散戏后就走进场去激动地抱住剧中的"刘生海"说:"你真演得好,一下子就说通咱了。"③以移民英雄武丕业、常英兰夫妇为原型的秧歌剧《纺线起家》在三十里铺演出后,一个同为米脂移民的中年妇女便教导十四岁的女儿说:"看人家也是上面下来的,咱也是上面下来的,你以后可要操心纺线,再不敢串门子了!"④1944年春节,庆阳农民闹新社火,快板剧《劝二流子务正》"收效最大,今年正月连一个'要花花'的都没有了,往年小孩子'打沙钱',打到三、四月,今年也没有了,这都是受了这个剧的影响的缘故。人民丰衣足食后,

---

① 参见王会《个体化闲暇:城镇化进程中苏北泉村的日常生活与时空秩序》,上海社会科学院出版社2020年版,第90—91页。
② 据薛亚利的研究,在村庄的熟人社会中,"闲话"作为一种道德化的评论,维护着村庄中友好的价值观,并承担着带有惩罚性的整体规范,而娱乐化的闲话"在村庄里流传可谓是经久不衰,这些闲话带给村庄人们情感上的愉悦和放松,从他们的开怀大笑中你能够感受到村庄中户外聚谈的吸引力"。而且特别容易被娱乐化的闲话主人公"往往是那些对村庄价值观有所影响的人,是那些多少对价值观有背离倾向的人",因此娱乐化的闲话"是一种变相的轻微的社会谴责"。同时,闲话本身也具有艺术性,"是一种话语策略和技巧",其实质则是"一种将话语道德化的机制"。薛亚利:《村庄里的闲话:意义、功能和权力》,上海书店出版社2009年版,第173—177页。秧歌剧具有趣味性和韵律感的说白与唱词恰恰是以一种艺术化的形式为村民提供了更丰富的话语技巧,并将道德评价蕴含在其中。
③ 《检阅延安新文艺运动的成果 八大秧歌队前日会演》,《解放日报》1944年2月25日,第2版。
④ 《南区宣传队》,《解放日报》,1944年2月25日,第4版。

都找正当娱乐了"①。这种对乡村舆论的重塑与实践层面上的推动力,正是所谓的"娱乐改进"。新秧歌运动的普及对农民娱乐活动的丰富,也的确改造了乡村农闲时聚众赌博、抽大烟的颓风陋俗。

如周扬所言,在农民的文化生活中,"欣赏和判断,娱乐和教育是不可分的。"②以娱乐为媒介,农民观众才更容易从秧歌剧中接受教化之意,并以乡村舆论为中介,将政党主导的社会教育转化为自我教育。③尽管秧歌剧并不具备强大的"说理"能力,但仍然试图将"爱劳动""变工好""组织起来"等新话语、新观念嵌入到"做好人""有出息""有公心"这类乡村舆论或道德价值体系的"软规范"当中。回到秧歌剧内部的形式问题,我们也会发现,农民在根本上其实并不是单从语言或观念的逻辑上来理解秧歌剧,而是将其作为一个感性形式的整体来接受的。因此在很大程度上,秧歌剧的形式感与娱乐性其实是源自其致力于"表

---

① 罗琪辉:《庆阳农民的新"社火"》,《解放日报》1944年4月5日,第4版。
② 周扬:《表现新的群众的时代——看了春节秧歌以后》,《解放日报》1944年3月21日,第4版。
③ 1943年春节后,延安县委宣传部在给鲁艺秧歌队的信中就记录下了一些群众的反映:"公家说的是对的,是规劝咱们老百姓学好。"有的二流子也决意转变:"不相信,今年干个样叫他们看!"并在一天内砍了三背柴(一个好劳动只砍两背到三背);二流子婆姨对老汉说:"咱也找块荒地开开,我给你送饭,打土疙瘩,满能做得了。"参见《正确的艺术方向》,《解放日报》1943年4月24日,第4版。1944年春节,延安南区新秧歌演出后,廿里铺一个七十多岁的老汉对秧歌队说:"这些戏都是劝人好,劝人好好生产,多打粮食,光景就过美啦!"一个青年农民说:"看了你们戏后,男的就要好好变工生产,女的就要好好纺线线!"一个大车夫说:"你们的戏宣传教育很厉害,今年我要叫我婆姨好好纺线做劳动英雄!"卅里铺一个开饭店的说:"不好好生产的人看过戏以后,也会好好生产了!这给政府叫咱做的事情是一样的!"参见《南区宣传队》,《解放日报》1944年2月25日,第4版。

情达意"的演出形态所具有的极强的互动性和感染力,从而调动起农民观众的代入感与参与感。这在《动员起来》《十二把镰刀》等秧歌剧或小戏中都得到了相当集中的体现。

据赵超构的记载,在其访问延安的1944年,《动员起来》是"延安人最自负的秧歌剧","是最有名,也是他们认为最成功的"。这出秧歌剧在故事母题上仍然是一个"转变"的故事,但戏剧冲突和观念转变的核心已经从"改造二流子"转移到了"变工好"。主人公张栓夫妇是一对已经转变过来、劳动发家的二流子夫妻。故事起因于张栓提出要参加变工队,却引来妻子的重重疑虑,张栓和小姑劝说不成,最终还是在村长的解释和保证之下说服了张栓婆姨。尽管赵超构并不喜欢其中的说教,但他也承认,《动员起来》其实是将组织变工之初"民间所有的疑虑,借张栓婆姨的口中提了出来,而一一给以解释,在各地演出以后,一般农民所不敢提出来的疑虑都消除了"。因此在他看来,《动员起来》受到农民的欢迎,是因为"他们观剧时的心理,已不是欣赏技术而在听取变工问题的辩论会",因此"观众此时的感觉只是切身利害的打算,并不是什么美的感受"。这里涉及的一个关键问题在于:什么才是农民眼中的"美的感受"? 对于农民而言,或许本就不存在一种与自身的生活实际、切身利益、伦理尺度以及道德感相剥离的、独立存在的审美体验。尤其值得注意的是赵超构记录的农民看戏时的反应:

> 据说有些农民听到张栓婆姨和村民辩论时,听婆姨说一句,他们就喊一声"变不成哩",听到村长的答复,他们又喊一声"变成哩",如是反复"变不成哩","变成哩",一

直看到完场。①

这种反复的呼喊与其说是一种对"切身利害的打算",倒不如说是一种乡村演剧中常见的、类似于"叫好"式的欣赏模式,即在剧情或表演的"褃节儿"上给以适时的呼应与品评,有正好儿,有倒彩儿,更有入戏时的有感而发、情不自禁。农民观众在这种反复的呼喊中,既增强了戏剧冲突的张力感,又获得了与其关注的现实问题之间的密切互文,这都构成了这类秧歌剧审美体验的来源。在一种强烈的共情状态中,反复的呼喊也形成了一种带有趣味性和宣泄性的表达方式,喊出的是农民面对集体劳动新政策时真实的心理状态。通过秧歌剧演出中的"代言人"说出自己心中不敢说、不愿说或不能说、不会说的感受与疑虑,这种审美感受是相当直观和畅快的。换言之,秧歌剧的共情机制生成的其实是一种"讲出心里话"的自我表达的快感,这是一种因贴切而新鲜的美学体验。与旧式的"神会秧歌"或"帝王戏"中已与现实生活产生了距离的宗教情绪或遥远故事相比,秧歌剧呈现的是当下的问题、事件和情绪,也因此才能够和戏外的乡村舆论空间形成积极的互动,产生出新的意义结构与新的生活动能。

二、"表情"以"达意":教化式动员的形式机制

在马健翎的《十二把镰刀》中,我们则可以具体地看到这种共情机制是通过怎样的形式中介发挥作用的。《十二把镰刀》是经过马健翎再创造的"曲子戏"(小眉户剧)。严格来讲,它虽

---

① 赵超构:《延安一月》,第 106—107、106 页。

不属于秧歌,但和西北民间流行的道情、线葫芦、碗碗腔以及秧歌中的小对对戏一样,是老百姓口中的"小戏"①。作为一个典型的"转变"故事,《十二把镰刀》是在代表新人劳动者形象的铁匠王二和"刚从外面来,思想落后不太开展"的妻子桂兰之间展开的:部队收庄稼镰刀不够用,王二叫妻子一起动手积极帮助政府,但妻子坚持"女人家没有打铁的",又偷工减料只图私利,经过王二不厌其烦的说服教育才转变了观念并学会了打铁,夫妻二人连夜合作,终于打制了十二把镰刀。②客观地讲,整出戏观念性极强,通篇充斥着丈夫冗长的说教,正如文贵良指出的那样,"简直就是王二对王妻的一场政治教育","王二的教导语言明显的来自话语权威的意识形态概念名词,有时王妻由于'不太开展'而误听了这些名词,产生了戏剧效果。"③ 与将"夫妻"净

---

① 大西北的民间歌剧形式在老百姓口中分为"大戏"和"小戏",其中"只有秦腔老百姓叫大戏,其余的叫小戏":"西北的秦腔,是西北民间比较完整而且能够表现复杂内容的歌剧",而线葫芦、碗碗腔"是木偶、泥圪塔、皮影子等演出;曲子、道情虽然也是由人(演员演出),但比较是小型的;至于秧歌,大半是配合着打击乐器的边舞边唱,并不配合管弦之间(有时秧歌里带有道情、曲子甚至大戏,那是另外加上的,并非秧歌本身)。"参见马健翎《写在〈穷人恨〉的前边》,《陕甘宁边区民众剧团艺术纪实》,第34页。马健翎认为:"曲子戏最宜于表现群众的生活,眉户原来是民间小调集合和发展起来的。而秦腔则宜于表现悲壮和斗争的场面,其曲激昂慷慨,如《血泪仇》。"马健翎写戏基于地方戏和民间小调,包括秦腔、眉户和秧歌,强调能够表现农民"生活的真实,特别是从一个家庭或一个人的'命运'出发。这意思是说,故事中的主人公少,而结构较单纯。"参见林间《民众剧团下乡八年》,《解放日报》1946年9月26日,第4版。从创作的形式资源和结构方式来看,马健翎的这类曲子戏创作与秧歌剧非常相近,也被作为秧歌剧收入1947年东北书店出版的《秧歌剧选集》,而一般的文学史或戏曲史叙述也常在广义上将《十二把镰刀》算作秧歌剧。
② 参见马健翎《十二把镰刀》,《延安文艺丛书》编委会:《延安文艺丛书》第七卷(秧歌剧卷),第19—50页。
③ 文贵良:《秧歌剧:被政治所改造的民间》,《华东师范大学学报》(哲学社会科学版)2004年第3期。

化成"兄妹"的《兄妹开荒》不同,《十二把镰刀》并没有改动秧歌小戏中这一常见的夫妻模式,反而利用了"哄老婆"这样一个亲密的家常情境,并力图塑造出一种健康平等、愉快合作的夫妻关系。但与《兄妹开荒》中的话语逻辑相类,《十二把镰刀》同样无法解决施教者与被教育者在话语上的错位问题。王二满口诸如"劳动""工作""观念""教育'"文化""经验教训""男女平权"这样的新名词和"大道理",但面对只知"受苦"却不懂"劳动"的桂兰,王二却没有能力对这些词语做出有效的解释,只能反反复复地进行观念上的灌输。马健翎的创造性在于,他在"观念"/"官念"、"封建"/"风大"这样驴唇不对马嘴式的对话中制造出了一些语言上的"包袱",将其转化为了夫妻间的打情骂俏与喜剧元素。但尽管如此,戏剧冲突还是无法解决。王二既然无法在说理的意义上说服妻子,就只能将观念上的差异上升为一种传统的道德判断:"我看你这人问题大得很呢,完全是坏心眼。"并通过引入乡村舆论的"奖"与"罚"来刺激桂兰的尊严感:

> 从今后莫偷闲,劳动工作要争先,一而再,再而三,妇联会找你把话儿谈,人人夸你是好青年,《群众报》上把你的美名传。要是等上一个纪念会,到会的人儿有千万,区长他登台笑满面,开口先把你宣传,他言说王二的婆姨实在好,劳动工作占了先。群众听言都高兴,鼓掌欢迎笑连天。哎,那时候看你喜欢不喜欢!
>
> ……
>
> 你要是这样,回头人家都说王二的老婆不好,不爱劳

动,没有出息。我虽然不好看,你也不大体面。告诉你,为人活在世上,应当叫人家看得起才对呢。①

通过模拟乡村舆论的褒与贬,王二代表的也就不仅是一个进步的丈夫对落后妻子的要求,而且是整体性的舆论声音。施教者由此将"爱劳动"树立为一种新的"体面",终于使桂兰说出"难道你是好人,我就不是好人了么?"并表示"今夜晚我一定要帮助你完成十二把镰刀"。可见在很大程度上,被教育者正是在想要"做好人"和"叫人家看得起"的意义上接受了王二的说教,这也是一般讲述"转变"的秧歌剧所常采用的策略。但问题在于,这种话语上的策略却未必是这出戏真正受老百姓喜欢的形式感所在。

以"十二把镰刀"的意象给这出曲子戏命名,可谓是个颇为考究的选择。"镰刀"既是陕北农村常用的生产工具,又是铁匠的劳动产品;既是王二对妻子进行观念改造的成果,又是夫妻二人共同劳动的结晶。整出戏不像《兄妹开荒》那么简单,而是层层推进,根据王妻逐渐转变的不同的思想阶段,逐一进行攻克和说服教育,同时则伴随着镰刀的打造过程。《十二把镰刀》不仅如马健翎所说是"在舞台上表演一个完整的劳动过程",同时也以劳动进程中的具体细节来推进情节性的叙事。例如打第一把镰刀时,王妻敷衍了事想以次充好,就引发了王二关于"公事就是百姓事"的教育。因此,整个劳动过程也是说服教育与转变发生的过程;王二既是在传递新的劳动观念,也是在传授劳动技能。

---

① 马健翎:《十二把镰刀》,《延安文艺丛书》编委会:《延安文艺丛书》第七卷(秧歌剧卷),第31、36页。

与之相呼应的是，戏里主要的舞蹈动作更是"半空半实"①，艺术化地还原了打镰刀的具体流程，如抡锤、打铁、揭盖、捣锤、起镰等等。说教的过程贯穿着王二手把手一步步教桂兰如何打铁，而桂兰开始时由于抵触打铁，不是跌了锤子就是打飞剪子，不是打着头就是烫了手，出尽洋相：

> 王二　（唱〔闪扁担〕）：煽起风箱谄呀谄得很，哎呀谄的，哎呀闪的，闪的、谄的、闪了一个谄，拉来拉去把火煽。"枸子木"儿不楞楞生，粤南箱，丁里咚……就地里起了风。（重唱一句，落在小锣的最后声中，紧煽两下，表示要拉出铁来打了。）哎……揭火盖子，快，快！
> 〔王妻不知怎么好，跳起手揭，怕烧。
> 王二　钳子，钳子！（等不得，把红铁夹出来，放在砧子上）
> 〔王妻这时候才拿起钳子，把火盖夹得高高地看着。
> 王二　拿大锤子，拿大锤子，捣！捣！
> 王妻　（丢下钳子，连忙去取大锤子，刚捣了一下，锤子一起，把自己的头打着了）哎哟！（把锤子一扔，两手抱头，大锤子恰恰打着王二的腿）
> 王二　哎哟！（一只腿跳起来，连吹带揉走到王妻跟前）不要紧吧？（替王妻揉头）

---

① 张庚：《十二把镰刀·说明》，《秧歌剧选集》（一），东北书店1947年版，第1页。

>   王妻　不要紧。（站起来，拿锤子，扬起锤准备再打）
>   王二　（看见，刺笑）：算了，算了，再不要亏人啦，这一火铁算是完咧。你听我告诉你，再一回你听见我把风箱"忽托""忽托"紧煽几下，你就用钳子把盖揭开；见我把铁放到砧子上，你拿锤就捣，记下没有？
>   王妻　记下了。①

这在人物表演的动作设计和道具配合上都构成了一种巧妙滑稽的演出效果。同时，桂兰又急又气、王二既无奈又心疼的情感表现，则带来浓郁的生活情趣。更重要的是，从生疏笨拙、错误百出，到技术娴熟、配合默契，顺利地打出一把又一把镰刀，桂兰思想转变的过程也是一个女性劳动者的成长过程：不仅是劳动技能上的成长，也是观念和意识上的成长。在这个过程中，桂兰的形象也从最初笨拙可笑转变为心灵手巧：

>   桂兰聪明真呀真可爱，手巧心又灵。桂兰打铁手呀手儿软，腰儿闪几闪，越看越好看，咦儿呀，气儿喘，"嘣"一"嘣"打的欢，好像刘海戏金蟾，王二我好不喜欢。②

女性之美与劳动的娴熟融合为一，从而引发了丈夫王二由衷的亲近、欣赏和赞美。伴随着劳动者主体性的确立和自我认知的生

---

① 马健翎：《十二把镰刀》，《延安文艺丛书》编委会：《延安文艺丛书》第七卷（秧歌剧卷），第29页。
② 同上书，第34页。

成，桂兰和丈夫也得以在一种"迅速、紧张、轻快"的动作配合中兴奋而默契地完成了任务，演唱也由此前以王二独唱为主、桂兰念白为辅，转为夫妻二人热烈欢快的对唱，将情节与情感同时推向了高潮。值得注意的是，这种女性美与劳动美的结合是在一种反复推进的过程中达成的：王二妻子在参与劳动之初的不情不愿和做工时的手忙脚乱形成了直接的对应关系；而当桂兰在思想上接受了丈夫的教育，做工也开始变得熟练与配合，生成一种灵巧的美感。应当说，让一个思想落后的角色"出丑"这种喜剧化的动作和桥段，同时伴随着夫妻二人的斗嘴与调笑，在很大程度上降低了大段冗长的政治动员和思想教育可能带来的枯燥感，从而增加了秧歌剧的趣味性和可看性，同时又为思想转变后的女性之美/劳动之美做足了铺垫。而当妻子转变后，丈夫的审美眼光既是一个家庭空间内部的情感关系，又是一个向外的、具有召唤性的、对集体审美的塑造行为。换言之，桂兰形体动作上的逐步美化，将王二情感视景中的美感的生成直接转换为现实性的美的生成，从而落实为观众视景中的美感，最终在"劳动"与"美"之间嫁接起关联。

这正是所谓的"娱乐改进"。在情节推进和歌舞表演的潜移默化之中，农民观众逐渐体认到观念转变之必要，同时在一种从"丑"到"美"的转变情境中，直观而真切地体认到劳动与劳动者的美。更重要的是，这种转变同时也伴随着一种平等、健康、欢愉的情感关系的生成。与《兄妹开荒》不同，《十二把镰刀》对夫妻情感的表现并没有遮蔽关于"劳动"的观念表达，反而通过劳动过程与情感进程的结合，强化了劳动对于家庭情感生活的意义。戏剧高潮处，夫妻二人唱着歌共同劳动的情景也正吻合了民间伦理关于和美家庭中"夫妻同心，黄土变金"的美好想象，这也是大多数诉诸夫妻模式的秧歌剧特别依赖的一种叙事动力与情感走向。从总体上讲，创作者将歌唱语言、舞蹈动作、情节冲突甚至道具有机地结合在一起，这种全方位的"转变"叙事和浑融的艺术效果若仅仅依靠说白和唱词是很难实现的。戏剧结尾用拟声词反复模拟打镰刀的风箱声和打铁声，创造性地使用了眉户调中活泼欢实的"五更鸟"调，以数字顶针和二人轮唱的方式，从"一把两把""两把三把"一直唱到"十一十二"，又从"十一十二"唱回"三把两把""两把一把"，词曲回环往复。同时伴随着夫妻俩数镰刀、串起镰刀摇得叮咚作响的舞蹈动作，将表演一路推到高潮，把一种夫妻之间甜蜜和美、面对劳动成果喜难自矜之情表达得淋漓尽致。直唱到末句"十二把镰刀放光明"，"镰刀"已经不仅是"镰刀"，更具有了某种超验的象征性。

《十二把镰刀》第一次演出即受到陕北百姓的欢迎，1949年赴布达佩斯参加第二届世界青年联欢节，至今仍活跃在山陕多地的戏曲舞台上以及普通百姓的娱乐生活当中。1942年3月，晋西文联文化队文艺小组曾就七月剧团演出的《十二把镰刀》《治病》两剧展开座谈，在座的文艺工作者都尤其肯定《十二把镰刀》在形式上的完整性："不象其他利用旧形式的剧本那样，形式与内容总有点'格格不入'——不是'镶框子'乱套，便是新不新旧不旧的一种尴尬味道"；"十分和谐地表演了边区老百姓的现实生活，这里看不出所谓'旧形式''新内容'之间的不调和的破绽"[①]。张庚在总结边区剧运经验时也指出，很多地方戏改造得成

[①] 《谈〈十二把镰刀〉与〈治病〉的演出》，《抗战日报》1942年3月28日，第4版。座谈于1942年3月20日举行，出席者有田涯、向鲁、郭枫、舒克、庭和、

功"也不全在其内容意义上,主要的,还是在于能够驱使形式表现内容,适当而不抵触上"①。从《十二把镰刀》的形式实践可以看出,那些陌生的新名词、新观念最终并不是依靠施教者角色的反复说教,而是要落实到一种综合性的感性形式构建起来的乡村生活情景中去的。用马健翎的话来讲,他在创作时特别关注两个问题:"群众能不能看懂和他们是否被感动。"②对于农村中大多数不识字的农民而言,秧歌剧、曲子戏或者说一切基于歌、舞、戏的综合形态,其实都是以其更富于经验性和情感性的形式要素如音乐、节奏、韵律、象征化的动作、舞蹈、仪态、表情等获得观众的理解、感动与青睐。③在王大化的创作谈、张庚对鲁艺秧歌经验的总结、艾青谈秧歌剧形式以及黄芝冈的《秧歌论》等文章中,这些形式要素往往被称之为"表情"。周扬在1944年春节后所写的《表现新的群众的时代——看了春节秧歌以后》中就曾提到保安处大秧歌队的一则经验:"它没有改变秧歌的扭法,但是

(接上页)震民、秀芝、斯尔、林杉、铁可等。在这次讨论中,舒克、秀芝提出"调情"的表现较多,但震民和庭和认为"这没有什么":"一来剧中的男女角色是青年夫妻,二来并没有太低级趣味化,三来可以增加这戏剧的愉快的情绪","这个剧里并没有不健康的情绪。"斯尔则表示:"在'七月'三天中演出的许多节目里,我最爱这个戏。"田涯认为原因在于"这个戏虽然短小(只有男女两个角色)但确实精悍,全剧自始至终异常紧凑,没有一般旧剧所带有的剧情松懈的缺点。"这些意见都显示出,《十二把镰刀》在主题和形式的结合上达成了一种有机的形式感。

① 张庚:《剧运的一些成绩和几个问题》,孙晓忠、高明编:《延安乡村建设资料》第4册,第226页。
② 林间:《民众剧团下乡八年》,《解放日报》1946年9月26日,第4版。
③ 周立波在1944年春节后写下的《秧歌的艺术性》就从接受上对秧歌剧的形式特点做出了相当精到的总结:"秧歌是一种闹剧,一种牧歌,要热闹,要明快,而且要富有风趣,要嬉笑怒骂,都成文章",同时"秧歌是一种歌舞剧。歌唱要好,舞蹈要美。歌舞两佳的秧歌,都成功了,反之,就容易失败。"立波(周立波):《秧歌的艺术性》,《解放日报》1944年3月2日,第4版。

在扭步和唱歌之外，依照词的内容加以表情，这样使得歌和舞完全协调，舞变得更有内容，更活泼生动；更富于色彩，和秧歌剧也更相配合。"① 在这里，所谓"表情"不仅指人物的面色神情，而更强调其作为动宾结构的意义，即对于情感的表现，以象征化的动作、舞步、姿态、神情、语气、语调等来表现人物情绪的变化，并由此配合、关联起剧情叙事，因此可以将其视为一个兼具内容性与形式感的综合性形式概念。在某种程度上，这种表情达意的综合形式取代了（至少是动摇了）文字/语言表意的第一性。如费孝通所言，"文字所能传的情、达的意是不完全的"，因为它无法完全与当时当地、此情此景相配合，因此就需要"很多辅助表情来补充传情达意的作用"。在以"直接接触"为主要沟通方式的熟人社会、乡土社会中，甚至"连语言本身都是不得已而采取的工具"，因为语言只是一种"用声音来表达的象征体系"，但"在亲密社群中可用来作象征体系的原料比较多。表情、动作，在面对面的情境中，有时比声音更容易传情达意。即使用语言时，也总是密切配合于其他象征原料的"②。因此，比之于唱词中主要由抽象概念构成的说教，农民更容易接受的还是具象化的、带有经验、实感和情绪的形式，任何表意也都必须高度依赖着这些形式要素才得以传达。这既符合乡土社会中"眉目传情""指石相证"式的认知与沟通模式，又延续了中国自古以来"寓教于乐"的深刻传统。

以不同的文类或艺术门类为代表，解放区的文艺创作可以分为两类不同的文艺系统。如秧歌剧面向的是文化水平不高、识字

---

① 周扬：《表现新的群众的时代——看了春节秧歌以后》，《解放日报》1944年3月21日，第4版。
② 费孝通：《乡土中国》，第15、16页。

能力几乎为零的工农群众，小说则是面向具有一定文化能力的乡村知识分子、工农干部、外来知识分子以及中高层领导干部。即使是致力于通俗文艺的赵树理，亦有主动区分这两种受众以及两种文艺系统的自觉意识。如时任冀中文协主任的王林所说，农民"认字有限，原理的思辨力更不发达。非他们亲眼见到亲自'体验'到的，他们不大深信"，只能通过人的表演"成了戏，成了歌，成了大鼓"①，凭借这样形象化、体验性的方式，老百姓才有可能看得懂与被感动。虽然与传统秧歌相比，秧歌剧已经大大提升了反映现实与观念表述的能力，但仍缺乏像小说写作一样深入到现实结构内部发现问题、分析问题的现实主义品质。从根本上讲，秧歌剧的性质与功能仍然在于"娱乐"，其抵达现实的方式是依靠形式的"表情达意"与乡土世界之间建立起一种共情机制，在怡情与移情的双重作用下将政治教化蕴蓄其中。更重要的是，作为一种可以共享的乡村集体娱乐，秧歌剧能够打破文字的垄断，为农民观众提供一个敞开的、具有互动性和参与性的形式空间。因此，尽管缺乏足够的理性能力，秧歌剧仍然可以通过这样的形式机制生成一种组织现实的能力，以"娱乐改进"的方式实现对乡村基层社会的"教化式动员"②。

---

① 王林：《论冀中村剧团运动》，孙晓忠、高明编：《延安乡村建设资料》第4册，第404页。
② "教化式动员"这一说法，得益于李放春在关于北方土改"翻心"实践中"思想权力"的研究。李放春指出："思想权力兼具动员（"思想发动"）与教化（"思想教育"）的向度，而其核心意旨则是在心/思想的层面建立政治领导权。……'思想领导'权力实际是一种现代教化权力。由于这种教化权力在革命的非常时期总是动员取向的，故其行使往往呈现为教化式发动的样态。"李放春：《苦、革命教化与思想权力——北方土改期间的"翻心"实践》，《开放时代》2010年第10期。在中共农村革命的政治教化、"翻心"实践等问题上，李放春的研究对本论影响甚著，特此致谢。

第五章

文艺与劳动的相互"组织"（下）

1944年春节过后，毛泽东在中共中央宣传委员会召开的宣传工作会议上发表讲话，提出要将"文化问题"提上议事日程，强调经济与文化、生产与教育之于军事与战争的建设性意义，甚至将"文化"上升到一种具有全局性的位置上："至于文化，它是政治、经济的反映，又指导政治、经济；它反映军事，又指导军事"；"文化是不可少的，任何社会没有文化就建设不起来"。作为文教工作的一项部署，毛泽东肯定了从1943年到1944年以来迅速发展起来的"新秧歌"，不仅"反映的是新政治、新经济"，还解决了外来知识分子与本地老百姓的隔膜问题，因此应当进一步普及化，在每乡、每区可以不加限制地多组织一些新秧歌队，并提出"延安的知识分子在今年农历十月，应该纷纷开会研究怎样下去调查和工作"[①]。事实上，从1943年12月到1944年4月，以张庚任团长、田方任副团长的鲁艺工作团一直在绥德分区进行

---

① 毛泽东：《关于陕甘宁边区的文化教育问题》（1944年4月23日），《毛泽东文集》第3卷，第109—110、117—118页。

大规模的新秧歌活动。但毛泽东这次提出的已经不仅是"秧歌下乡"的问题。1944年5月，在延安大学的开学典礼上，毛泽东再次提出"要教会老百姓闹秧歌、唱歌，要达到每个区有一个秧歌队"①。同年8月，陕甘宁边区文教筹委会、西北局文委召开联合座谈会，"关于秧歌戏剧问题，周扬提出初步意见，接着大家讨论，一致认为目前戏剧应以普及为主，组织和推动群众的秧歌活动，做到每区一个秧歌队，主要由老百姓自己搞，我们下乡去帮助、辅导，去年是'秧歌下乡'，今年是'乡下秧歌'"，并推定周扬草拟关于如何推动"乡下秧歌"的计划，以供下乡的文艺工作者参考。②一个月后，周扬又在延安市文教会议上提出了下乡组织秧歌队的四点意见：一要根据乡村原有的文化组织条件，可采取文化台、自乐班、秧歌队等不同形式；二要"以民间艺术家为骨干"，通过当地的学校、读报组、冬学、夜校等基层单位组织秧歌队；三要采取"自下而上"的、自愿的原则，"要不误庄稼"，"不要变成老百姓的负担"；四要剧本自己编，"靠自己编，老乡们自己编的比知识分子编的还要好"，"不要用公家的话写，而用自己的话，想什么，就写什么。"③

从"秧歌下乡"到"乡下秧歌"的转变，意味着中共文艺实践的某种有意识的调整。如果说，秧歌剧的教化式动员还是一种自上而下的灌输，那么"乡下秧歌"则试图发掘与激活农民自身的文艺能力与文艺实践的主体性。与之相伴的是知识分子文艺工

---

① 《毛泽东同志指示延大应为抗战及边区政治经济文化建设服务》，《解放日报》1944年5月31日，第1版。
② 艾克恩：《延安文艺运动纪盛（1937.1—1948.3）》，第529页。
③ 周扬：《秧歌》，李滨荪、胡婉玲、李方元编：《抗日战争时期音乐资料汇集》，西南师范大学出版社1985年版，第437—438页。

作者的位置、功能以及工作重心的进一步调整，即从文艺的"创作者"转向文艺的"组织者"，为群众自己的文艺活动提供辅助、供给和技术支持。自1944年开始，陕甘宁边区的文艺工作者在延续以往对民间文艺形式的关注与改造之外，更转向了对民间自有的文艺人才与文艺组织的发掘，即对"人"的发现。通过发掘各地方的民间"文教英雄"以及农民自发的文艺活动经验，大量属于农民自己的文艺组织如秧歌队、村剧团、自乐班等等得以在陕甘宁、晋察冀、晋绥等多个地区建立起来。而在抗战胜利后，伴随着国共局势的变化，这一依托中共的政治动员网络铺开的群众文艺运动又反过来与各地方陆续展开的土改运动发生了一系列互动与耦合。这也就意味着，解放区文艺在抗战时期依托于"统一战线"而相对稳定的文化政治生态下生成的"情感教育"机制，开始面临新的问题。文艺与劳动的相互"组织"，在构造文艺与劳动生活之间的有机关联的同时，也构成了政治教化的权力机制。应当说，毛泽东对"文化"工作的高度强调，在某种程度上突破了一元化的经济决定论，"群众文艺"机制指向的恰恰是农民革命者的主观能动性。但作为群众政治运动的一部分，群众文艺运动暴露出的内在悖论也提示了这一机制的问题与限度。

第一节　劳者如何"歌其事"：群众文艺的劳动组织

一、"群众艺术家"与"刘志仁式的秧歌"

早在1938—1939年，陕甘宁边区娱乐改进会、鲁艺的中国民间音乐研究会就已经开始在延安各地进行大规模的民歌采集工作，但如此重视农村本身的文艺娱乐活动、人才及其组织则是在1944年之后才成为边区文艺工作的重心。如果说民歌搜集还是以知识分子为主体，将民歌作为利用民间形式的研究对象与形式资源，并带有一定"采诗"意味的调查研究与创作准备，那么发掘群众自发的歌唱、秧歌等文艺活动，则是以农民为主体，重视其自身对新生活与新经验的艺术表达。这其实也是柯仲平最初进行民歌搜集时就曾谈到的一个更远的目标："使大众更能自己作歌，从大众中培养大批的民间歌手。"①以李清宇、苏林、瞿维、安波、马可等陕甘宁边区文教会艺术组成员为代表，众多文艺工作者分赴各分区考察民间文教活动，"比较有系统地访问了一些民教英雄、民间艺人与民间艺术团体，得到了许多宝贵的民间音乐研究资料"②，并在《解放日报》上对这些群众文艺活动经验进行了持续的介绍与推广。"劳动诗人"孙万福、"移民歌手"李增正、"练嘴子英雄"拓开科、木匠歌手汪庭有、变工歌手刘有鸿，

---

① 柯仲平：《论中国民歌》，孙晓忠、高明编：《延安乡村建设资料》第4册，第21页。
② 如陈柏林《移民歌手》，《解放日报》，1944年3月11日；罗琪辉《庆阳农民的新"社火"》，《解放日报》1944年4月5日；马可《群众是怎样创作的》，《解放日报》1944年5月24日；文教会艺术组（马可、清宇执笔）《刘志仁和南仓社火》，《解放日报》1944年10月24日；文教会艺术组（苏林执笔）《杜芝栋和镇靖城的秧歌活动》，《解放日报》1944年10月26日；丁玲《民间艺人李卜》，《解放日报》1944年10月30日；文教会艺术组（安波执笔）《驼耳巷区的道情班子》，《解放日报》1944年10月30日；艾青《汪庭有和他的歌》，《解放日报》1944年11月8日；萧三、安波《练嘴子英雄拓老汉》，《解放日报》1944年11月9日；文教会艺术组《吆号子——介绍关中唐将班子的文化娱乐活动》，《解放日报》1944年11页10日；文教会艺术组（程钧昌执笔）《自乐班》，《解放日报》1944年12月12日；田家《群众歌唱着自己》，《解放日报》1945年2月13日；舒非《社火的旧形式和新活动》，《解放日报》1945年2月18日；付克《记说书人韩起祥》，《解放日报》1945年8月5日；林山《改造说书》，《解放日报》1945年8月5日等。

以及刘志仁、杜芝栋领导的新秧歌、驼耳巷区的道情班子、庆阳农民的"新社火"、关中唐将班子的"吆号子"等，都是在这个过程中被发现的。在1944年10月召开的陕甘宁边区第一次文教代表大会上，刘志仁、杜芝栋、景海清、黄润等九位群众秧歌代表不仅被表彰为"文教英雄"，还在文教会艺术组的邀请下介绍了群众秧歌的创作经验和方法，边讲边演唱了《新三恨》（刘志仁）、《表顽固》（汪庭有）、《种棉花》（拓开科）等自编自创的歌曲。一个月后，陕甘宁边区文教大会通过了发展"群众艺术"的决议，提出要以"不误生产与群众自愿"为原则，同时"发展新艺术"与"改造旧艺术"：

> 群众艺术无论新旧，戏剧都是主体，而各种形式的歌剧，尤易为群众所欢迎。应该一面在部队、工厂、学校、机关及市镇农村中，发展群众中的话剧和新秧歌、新秦腔等活动，一面改造旧秧歌、社火及各种旧戏。其他艺术部门也是如此。应该一面在群众中发展新文学（工农通讯、墙报、黑板报、新的唱本、故事、新的春联等），新美术（新的年画、木刻、剪纸、新的连环画、画报和画册、新的洋片等），新音乐（新的歌咏、新的鼓书等），新舞蹈和新的艺术组织（俱乐部、文化室、文化台、文化棚、展览会、晚会等），一面要团结和教育群众中旧有的说书人、故事家、画匠、剪纸的妇女、小调家、练子嘴家、吹鼓手等，使之为人民的新生活服务。①

---

① 《陕甘宁边区文教大会关于发展群众艺术的决议》，吴永主编：《延安时期党的社会建设文献与研究》（文献卷，上册），陕西旅游出版社2018年版，第382页。

由此可见，在"乡下秧歌"这样大型而集中的春节娱乐之外，"群众艺术"的概念拓展到了歌谣、故事、春联、剪纸、唱本、鼓书等工农群众的日常艺术需求与平时娱乐当中。值得注意的是，在改造旧艺术方面，这一决议提出要在"群众中业余的艺人和艺术团体与职业的艺人和艺术团体"之间加以区分，此后的具体实践也确实是从两个方向展开的：一是对民间旧艺人、旧团体如说书艺人、吹鼓手、旧戏班、吹打班的改造，二是在农村旧有的娱乐组织如自乐班、道情班子、社火、秧歌、吆号子等基础上改造和发展出新的文艺组织。

在1944年这些采集、发掘与表彰工作中，"群众艺术家"①这一新的提法值得重视。与李卜、韩起祥这类以卖唱为生的民间艺人不同，李增正、汪庭有、拓开科这些民间歌手以及刘志仁、杜芝栋这些"自己钻出来的秧歌把式"②都是不脱离生产的农民，以其为中心的新社火、新秧歌、道情班子最初也都是为了解决本村本乡的娱乐需求自愿组织起来的。换言之，对这些群众艺术人才而言，文艺娱乐是一种根植于本乡本土的劳动与生活内部的活动。如果说"改造说书人"还是更偏向政党借用旧形式、旧媒介来进行新话语、新观念上的输出③，那么以刘志仁为代表的这类民

---

① 鲁艺工作团在总结其1943—1944年三个月的下乡经验时就提出要"向群众艺术家学习"。参见《鲁艺工作团经验》，《解放日报》1944年3月15日，第4版。陕甘宁边区文教代表大会的诸位"文教英雄"到鲁艺参观时，会场也贴出了大幅标语"欢迎群众艺术家"。参见艾克恩《延安文艺运动纪盛（1937.1—1948.2）》，第539页。这一提法也多次出现在对这些地方文艺人才的报道中。
② 文教会艺术组（苏林执笔）：《杜芝栋和镇靖城的秧歌活动》，《解放日报》1944年10月26日，第4版。
③ 关于"改造说书人"运动，张霖认为说书艺人与知识分子作家存在复杂的互动与合作关系，因此新说书中虽然保留了一定民间文艺的原有趣味，说书艺人临场发挥的自主性很大，但知识分子的工作不仅是记录整理，还要加工修改。因

间"社火头"与乡村日常生活和本土经验的关系则更加内在化,其实践方式也更为自觉。与基本脱离生产、流动性强的说书艺人不同,"群众艺术家"的提法更强调其与本村本乡的生产、生活之间密切的联系,以及其凭借在地方上已有的声望和影响对农民文化生活强大的组织能力。关中的社火头刘志仁自1937年起开始组织南仓社火,最初只是出于对南仓村本地革命经验的表达创作了新秧歌《张九才造反》,此后便开始了一连串大胆的创造,被周而复称之为"刘志仁式的秧歌"①。在当地的社火传统中,"秧歌和故事始终保持着一定的距离,当地群众的传统看法认为只有戏班子在台上演的才叫'剧'",但为了"为了演得更真,使得群众更喜欢看",刘志仁第一次把"唱秧歌"和"跑故事"结合了起来,称之为"新故事",其实正是自发地摸索出了一条"秧歌剧"的创作道路。1939—1944年,刘志仁在社火成员和小学教员的配合下,连续创作了《捉汉奸》《放脚》《开荒》《锄草》《救国公粮》等多个秧歌剧,以及《新小放牛》《新十绣》《新三恨》《生产运动》《四季歌》等新编小调。当地群众在新秧歌中看

(接上页)此,不能认为新说书就完全是民间艺人自己的创作,知识分子对于旧说书的改编和审定也起到了很大的"监督"和"引导"作用。罗立桂则认为,新说书的创作主要在于"旧形式"与"新主体"的结合,即通过说服教育将民间艺人改造成符合解放区意识形态的新主体来改造说书。孙晓忠的研究不无洞见地指出"说书自诞生起,就和政治说教脱不了干系",而延安的说书改造则是通过"将革命话语转化、翻译成有效的地方性话语,或将革命话语转换成乡间伦理话语"来赋予旧形式以新意义。参见张霖《从旧说书到新文艺——论解放区文学通俗化运动中的民间艺人与知识分子的关系》,《中国现代文学论丛》2007年第1期;孙晓忠《改造说书人——1944年延安乡村文化的当代意义》,《文学评论》2008年第3期;罗立桂《延安民间艺人改造的意义——以文艺"形式"问题为视角的考察》,《文艺理论与批评》2016年第1期。

① 周而复:《边区的群众文艺运动》,孙晓忠、高明编:《延安乡村建设资料》第4册,第129页。

到了自己熟悉的生活与人事,"看到了他们自己的形象,听到了自己心里要说的话",都说"把现在的实情,用新曲子唱出来,真比听讲美着哩!""刘志仁的社火扎日鬼的,把咱们做庄稼那一行也编了故事!""南仓社火耍的好,旧社火说什也比不上。"①

但从《解放日报》上发表的报道与推介来看,文教会艺术组看重的不仅是刘志仁的创作才能,还是其出色的领导与组织能力。1939年,刘志仁就建议本地社火也建立选举制度,进行组织和分工,将旧社火中遗留的罚油制度改为请假,并主动避免与邻村或友区的社火发生冲突,因此自1937年以来从未像旧社火那样因为耍故事相互"压服"而出现过"打捶"事件,这也让当地百姓更愿意加入。在刘志仁的领导下,南仓全村五十余户的"成年和青年人大半参加了耍社火,娃娃们很多都会敲锣捣鼓,妇女们也学会了新秧歌,部分男女老幼,都有他们的正当娱乐,所以几年来消灭了抽烟、酗酒、赌博、打捶等不良现象"②。更重要的是,在移风易俗之外,刘志仁还积极推动生产,帮助移民,为妇女半日校做教员,为群众编对联写对联,发动群众办起了民办小学和黑板报,在群众中有很高的威信,连年被选为村主任、锄奸委员、拥军代表、评判委员会仲裁员、乡参议员等等。由此可见,与劳模运动遵循的典型政治相类,刘志仁其实是在"优秀的群众艺术家""很好的边区公民"以及"很好的共产党员"三重意义上被树立为群众文艺的典型的,而"刘志仁式的秧歌"恰恰在这三者之间承担了重要的实践功能。通过"新社火"这样集体

---

① 文教会艺术组(马可、清宇执笔):《刘志仁和南仓社火》,《解放日报》1944年10月24日,第4版。
② 同上。

性的艺术活动方式，以及在教唱歌谣、写对联、黑板报这样的日常文化生活中，刘志仁以新娱乐、新民俗更新了乡村旧有的文化组织形式，正代表了政党所期待的某种兼及文艺能力与政治能力的农民"新人"想象。

二、"《穷人乐》方向"：生活实感与自我教育

与说书艺术在"说"与"听"之间构成的这种单向的接受关系与消费形式不同，社火、秧歌或乡村戏剧构成的是一种可参与的文艺生产空间。关于秧歌和戏剧，用赵树理的话来讲，"在农村中，容人最多的集体娱乐，还要算这两种玩意儿，因此就挤到这二种集团里来。"① 这种可参与性不仅在于表演者与观众之间的互动，还在于技巧门槛和组织形式上的开放与自由。秧歌或乡村戏剧的表演空间大，发挥余地多，不像鼓书、快板书一样需要独自记诵大段的唱词，对于掌握唱段的数量、即兴编创韵文的要求也没有那么高。② 在大场秧歌的传统中，农民观众本就可以随时加入进来一起扭、一起跳；再加上刘志仁、杜芝栋这样的组织者

---

① 赵树理：《艺术与农村》，《赵树理全集》第3卷，第230页。
② 据当时在晋察冀担任冀中文协主任、火线剧社第一任社长王林的记述，他曾遇到一个会唱《韩湘子出家》的说书盲艺人，在王林的追问下说自己会唱《响马传》等四大套书，但不会小段。王林不解地提出《韩湘子出家》也是小段，但盲艺人说："会个十个二十个不能说会。会个一百二百的才能说会。你得说一段书，就来个小段，还不能说重的。"王林：《农忙时节，村剧团怎样活动》，《火山口上》，解放军出版社2009年版，第260页。作为说书艺人中的佼佼者，李卜、韩起祥的创作才能都非常高超。韩起祥的记忆力非常惊人，会说七十多部中、长篇的书，会弹奏五十多种民间小曲，能唱很多民间小调，还能够自己编写新书。这是其自身独特的天赋，但仍然能够说明旧艺人要靠卖艺为生，必须掌握足够的唱段和艺术技巧。这是一般缺乏创作和表演经验的普通农民难以达到的。

到处应邀去教歌,"打破了旧社火不教人的一套老毛病,不但积极的教人,而且只怕传不出去"①,更打开了艺术形式与组织形式上的空间。这都为旨在将农民接受者纳入到艺术创作活动中来的群众文艺运动提供了基础。

与陕甘宁边区1943年后才逐渐普及起来的新秧歌运动相比,晋察冀地区的乡村戏剧实践更早也更为自觉。早在延安文艺座谈会召开之前的1940年,晋察冀的群众文艺运动就已经开始"组织起来",以不脱离生产的业余的"村剧团"为主要形式,几乎每个比较大的村庄都有一个;到1944年春,"仅就北岳区比较巩固的乡村来说,村剧团的组织还有一千多个,经常进行活动。"②其中,阜平高街村剧团创作的《穷人乐》取得了巨大的成功,被晋察冀边区作为"方向"加以推广,也就是解放区文艺中著名的"《穷人乐》方向"。作为解放区文艺中常见的"翻身"故事,《穷人乐》的剧情与主题并不鲜见。事实上,晋察冀边区对于《穷人乐》创作的重视也并不在于内容,而恰恰在于其创作机制本身。《晋察冀日报》在关于"《穷人乐》方向"的决定和社论中,都特别强调高街村剧团在创作过程中的两个核心机制:一是"真人演真事",演本乡本土的事,"从形式到内容都由群众自己讨论决定";二是"把创作过程和演出过程结合起来"③,集体编写集体导演。因此,所谓的"《穷人乐》方向"正是要"学习

---

① 文教会艺术组(马可、清宇执笔):《刘志仁和南仓社火》,《解放日报》1944年10月24日,第4版。
② 沙可夫:《晋察冀新文艺运动发展的道路——点滴经验教训的介绍》,《解放日报》1944年7月24日,第4版。
③ 《中共中央晋察冀分局关于阜平高街村剧团创作的〈穷人乐〉的决定》,孙晓忠、高明编:《延安乡村建设资料》第4册,第374页。

高街村剧团发动群众集体创造的方法",而"不一定象《穷人乐》一模一样来排演,都要来一个本村人民翻身史"①。1947年3月,在中共晋察冀中央局宣传部召开的文艺座谈会上,周扬也高度肯定了"写真人真事"的《穷人乐》方向,并将其推演到《在延安文艺座谈会上的讲话》后的整个文艺方向中去。② 由此可见,对于考察中共理想中的"群众文艺"的形式生产机制而言,《穷人乐》的具体创作过程可以说是一个绝佳的个案。

《晋察冀日报》社论详尽地记录了高街村剧团在创作《穷人乐》过程中的很多细节。从"演什么"到"谁来演"再到"怎么演",整出剧的编创都是在不断摸索与试验中完成的。当"演出本村的事"与"真人演真事"这两大要点确定下来后,如何具体表演则成为了问题。其中有一个细节特别值得玩味:

> 开头,演员的说话、动作表现不自然,常忘台词,戏剧里所需要表演的"过程",像演春天挨饿的情形,演员却愉快地说着这些事,忘记了当时的情形。但,排上一两回,帮助排戏的同志再一启发,群众重新回到自己所经历的生活中,丰富生动的语言就涌现了,劳动动作也很自然了。例如,排锄苗,开头很拥挤,没法动作,他们就想到实际劳动

---

① 《沿着〈穷人乐〉的方向发展群众文艺运动》(《晋察冀日报》社论),晋察冀阜平高街村剧团集体创作,张非、汪洋记录:《穷人乐》,韬奋书店1945年版,第89页。事实上,自《穷人乐》方向被加以推广后,很多村剧团并不理解,"他们往往认为《穷人乐》的方向,就是演出《穷人乐》,就是以穷人翻身的故事编成戏来演出"。参见秦兆阳《实行〈穷人乐〉方向的几个具体问题》,孙晓忠、高明编《延安乡村建设资料》第4册,第392页。
② 周扬:《谈文艺问题》,《周扬文集》第1卷,第505页。

> 中是用"雁别翅"的行列的，这非常适合舞台条件。在排战斗与生产结合一场之前，大家已接受了用象征手法表现生活（儿童拨工组担土就只担一根高粱秸），这一场，他们就自动只拿一把镰刀表演收割，用动作表示扎麦个子，扛到场里，一个人割，两个人捆麦个，一个人挑开，三个人就扛起肩膀拉起碾子了。之后是扬场。虽然全场完全是用象征手法，因为劳动动作太纯熟了，演来既真实，又美丽。"打蝗虫"，捉"稻蚕"两场的动作，也有同样的特色。①

从不会演到会演，这个细节透露出一个微妙的转变：当农民演员刻意去记诵台词、学着表演时，反而说话、动作都不自然，忘记了生活中的真实情景；但经过"帮助排戏的同志"的启发，"重新回到自己所经历的生活中"，便能够将实际劳动中的动作、队形转化为表演中的形式感。由此可见，村剧团中进行辅助工作的文艺工作者其实是将一种理念带入到乡村戏剧的创作当中，即将艺术创作归还到劳动、生活的实际经验当中，再重新将经验艺术化为形式。换言之，这种创作机制既为参与创作的农民提供了一种艺术化地看待生活经验的眼光，又培养了他们将经验象征化、艺术化的能力。正是在这样的排演过程中，演员们逐渐可以根据剧情自己选择最恰当的表现形式。例如在戏剧高潮时以唱歌来取代文艺工作者提议的话剧形式，因为他们认为"到吃劲的地方，说话没劲，非唱歌不行"；或是在出现纰漏时以生活化的反应、情境和玩笑加以巧妙的补救。农民创作者恰恰是从自己生活经

---

① 《沿着〈穷人乐〉的方向发展群众文艺运动》，晋察冀阜平高街村剧团集体创作，张非、汪洋记录：《穷人乐》，第86页。

验内部自然产生的表达诉求中，为戏剧中的自白、叙事、抒情、插科打诨、舞蹈、唱歌找到了合适的位置，既"把戏演活了"，也"使《穷人乐》一剧，成了话剧、舞蹈、唱歌、快板等的综合形式"。

由此可见，所谓的"真人演真事""自己演自己"，其实只是为农民进入戏剧活动提供了一个有效的入口，但这一方法及其提供的表演真实性其实只是一个最表层的问题。《穷人乐》创作机制的核心在于将艺术还原到劳动和生活内部的经验性与情境感。秦兆阳将《穷人乐》的创作方法概括为"实事剧"①，但就其创作机制而言，也许称为"实感剧"更为贴切。事实上，在解放区文艺承担的政策宣传任务下，乡村戏剧运动很容易为了及时反映"任务观点"而出现公式化和脸谱化的问题，产生大量缺乏形式意味的"观念剧"。但"《穷人乐》方向"蕴含的创作方法则能在客观上对此产生一定的纠偏作用，即以诉诸实际生活的经验、情感和细节的"实感"来克服概念化的问题。

在创作的组织形式上，由于农民们大多不识字，排演时只有提纲没有剧本，但也是"不受剧本的限制，每个演员可以发挥自己的创造才能，因此，每一次的排演和演出，都有新的添加和补充，就把一个简单的提纲，变成具有丰富内容的剧了"②。这也是大部分文化能力不高的农民创作者主要采取的方法，如陕甘宁的庆阳"新社火"创作的秧歌剧《夫妻开荒》《黑牛耕地》《劝二流

---

① 秦兆阳:《实行〈穷人乐〉方向的几个具体问题》，孙晓忠、高明编:《延安乡村建设资料》第 4 册，第 394 页。
② 《沿着〈穷人乐〉的方向发展群众文艺运动》，晋察冀阜平高街村剧团集体创作，张非、汪洋记录:《穷人乐》，第 87 页。

子务正》《王麻子变工》《懒黄转变》《减租》《种棉》都是这样编写出来的。① 在某种程度上,这样的创作方式是颇具先锋性的,更近于一种"社区戏剧"② 的组织形态,即以乡村社群中的农民为主体,知识分子仅提供引导和辅助,以"启发式"代替"注入式"的导演方法,③ 以社群自身的艺术享受与社会赋权为目的。换言之,这种创作机制甚至并不是以演出和娱乐为根本目的,而是伴随着农民对自我、生活的重新认识和感受而展开的自我教育、讨论和共同成长。因此,这样的集体排演过程同时也是在演示一种民主生活形式的雏形,培养农民进行自我表达、组织生活的能力。如张庚在总结边区剧运时所说,"演剧"其实已经和自选村长、自定制度、查岗放哨、认字读书一样,"在某些地方,如晋察冀,成为每个村民必尽的义务,或必享的权利"④——既是文化权利,也是政治权利。

对于参与创作的农民演员而言,排戏本身的意义甚至要大

---

① 参见罗琪辉《庆阳农民的新"社火"》,《解放日报》1944年4月5日,第4版。
② 作为一组相互联系有所区别的戏剧概念与形态,"社区戏剧"(Community Theatre)或"社区性戏剧"(Community-Based Theatre)最早出现在1920—1930年代的美国,指的是戏剧艺术家在特定社区里和社区成员共同创作的戏剧,它根植于特定社区的历史和现实的文化中,是特定社区文化的独特表达。但对于"社区戏剧"而言,其演职人员与组织人员基本都带有志愿性质。这种戏剧形态汲取了布莱希特、奥古斯特·博奥等戏剧家的思想资源,还经常引入民歌民谣、社区历史故事和即兴表演等元素。参见沈亮《美国非营利性职业戏剧》,上海远东出版社2014年版,第83—99页。这里使用"社区戏剧"的提法,仅是出于这种"乡村戏剧"与"社区戏剧"在组织形态、社会功能上的相似之处的一种借用,若作为概念使用实则并不严谨,解放区的乡村戏剧与美国的社区戏剧运动也尚未见到有史实上的影响关联。
③ 关于这一导演方法的转变可参见陈波《集体导演的经验》,《解放日报》1944年12月17、18日,第4版。
④ 张庚:《剧运的一些成绩和几个问题》,孙晓忠、高明编:《延安乡村建设资料》第4册,第216页。

于演出；而对属于同一社区的农民观众而言，聚焦于本乡本土和生活实感的乡村戏剧则构成了一种有效的经验唤起与同伴教育。对于农民自发组织起来的村剧团而言，自演自乐的方式与经验性的实感尽管粗糙，但给农民带来的审美快感和形式新意其实要远远大于形式上的刻意推敲，当然也要比文艺工作者处理旧形式时的顾虑要少得多，自由得多。在冀中做文协主任和火线剧社社长的王林在其写于1942—1943年的长篇小说《腹地》中，就贯穿着大量关于辛庄的村民自发组织村剧团的情境，这当与冀中农村广泛开展的"戏剧的游击战"①活动有关。在小说中，辛庄村剧团的成立起于对邻村成立村剧团后丰富的娱乐活动的羡慕："一九四〇年大普选运动的时候，很多村受了军队新剧团的影响，一个接一个地成立了村剧团"，普选胜利后各村都在庆祝普选，邻村剧团又被邀请到各村去闹，"眼看着耳听着人家别村的锣鼓喧天，又拉又唱地日夜不停"，一气之下，辛庄干部就联合了村里"爱闹玩意，车子、旱船、高跷、狮子、吹、拉、说、唱，没有不会的"辛鸣皋，成立了自己的村剧团。但是由于只懂一点旧戏，不懂话剧也不会唱八路军的新戏，最后商量就"把旧戏套上新词"，"顺手就用脸面前的事实"编成了"劝选"和"反扫荡"一文一武两出戏，演出的现场更是生气淋漓：

演的时候有的穿旧戏古装，有的就穿平常便衣；有的用红绿颜色抹得满脸大红大绿，有的就不化装。会唱的随着胡琴唱——有的是新填的词，有的就囫囵吞枣地唱出了和剧情

---

① 王林：《开展戏剧的游击战（关于开展冀中农村戏剧运动方式方法的商榷）》，《王林选集》（下），百花文艺出版社1987年版，第335页。

> 毫无干连的旧戏词。不会唱的就道白——道白也不像道白，就是日常说话罢了。台词没有剧本做根据，有时打诨取笑，博得观众喝彩，就顺嘴溜下去，自己也收不住了。并且还直和台下熟人嬉笑斗嘴。上演以前，还怕演的时间太短，对不起观众。可是演起来了，从午饭后一直演到天黑，直到台底下孩子娘们喊叫自己人回家吃饭，这才当场用民主的方式，议决收场。演出效果更好，台上台下打成一片。欢笑的声浪，忽起忽落，忽低忽扬。①

这种"草台班子"式的乡村戏剧虽然没有鲁艺秧歌剧那样精炼的形式，却恰恰在因陋就简之中造就了一种生动泼辣的活力。这种鲜活的生命力既源于其俯首皆拾的戏剧表达与现实生活之间的息息相关，也源于"台上台下打成一片"、没有界限的互动与参与。实际上，在乡村的日常娱乐活动中，演员与观众、歌者与听众之间的界限本来就没有那么分明，对于农民而言，文艺的创作、表演与欣赏往往是一个合和为一的综合过程。与城市中依托于展览馆、画廊、音乐厅、演奏厅、剧院、戏园等空间的艺术活动不同，亦区别于规制森严的旧戏班，在田间地头、村舍场院都可以展开的群众文艺活动中，农民既是表演者也是欣赏者，既是编创者也是批评家。因此这些文艺活动既是融入到日常生活情境中的社会教育，更延续了自乐班、八音会这类乡村文艺组织"自娱自乐"的传统。正是因此，无论是陕甘宁的"乡下秧歌"、群众歌咏运动，还是晋察冀的乡村戏剧，其组织现实的能力都不逊于"鲁艺家的秧歌"。王林在《腹地》中特别写到一个在组织村剧团

---

① 王林：《腹地》，新华书店1949年版，第70—72页。

时一直不太热心的"顽固"干部胡金奎,在看了村剧团排好的第一出"劝选"的戏后头一次表了态:"你们不是直说这次普选运动,是中国纲鉴上没有过的大事情吗?""可是这件事在纲鉴上要写成大字,在咱本村更是叫后辈孩子们说古的事,假若演戏庆贺不把咱村老辈给留传下来的彩刀彩剪子用上,那就太以地可惜了!"这一提议很快得到了其他人的响应:"对对!把彩刀彩剪子用上!""他们别的村里,哪里会有这好东西!"①并马上运用到了第二出锄奸杀敌的武戏中。胡金奎这个提议包含了相当丰富的意味,它显示出:这出戏介入现实的能力不仅在于劝导村里保守的老头老婆参加选举,还在于让胡金奎这样的干部真切地体认到了"普选"这种让"庄稼人头一回真正登基"的政治生活所具有的历史意义。更重要的是,为了匹配这样的意义感,胡金奎还借重本村引以为傲的民俗技艺为新戏提供了新的形式元素。换言之,乡村戏剧介入现实的方式并不是靠观念化的说教,而是将农民观众吸引到戏剧的创作中来,成为真正的参与者,以形式实践的方式重新体认和组织正处在巨大变革中的现实生活。

---

① 王林:《腹地》,第71页。从第二出武戏的剧情编排(八路军"用刀子剪子扎死了日本鬼,活捉住汉奸,开大会用铡刀铡")和观众的反应("铡汉奸的一段,更精彩:鲜血四溅,雪仇解恨,大快人心")可以推知,"彩刀彩剪子"可能是类似于"扎快活""血社火"一类的民俗技艺,属于古代傩戏的延续。但由于隐秘的化妆技术和传承难度已濒于失传,"血社火"和"彩刀表演"仅在陕西省宝鸡市赤沙镇和安徽省阜南朱寨得以保存,分别列入我国省级与县级非物质文化遗产项目。这些民俗表演大多以惩恶扬善为题材,表演形式血腥恐怖,即以逼真精妙的化妆技术表现铡刀、剪刀、斧头等利器刺入或砍杀恶人身体,寄寓着农民惩治邪魔、保佑平安的愿望。辛庄"反扫荡"的武戏则是以汉奸和日本鬼子这些现实中的敌人取代了民俗表演中的西门庆及其打手这类恶人形象,对于长期处在敌人大扫荡威胁中的冀中乡村而言,这种新式的"彩刀表演"无疑更能起到宣泄情绪、鼓舞民气、大快人心的作用。

三、文艺组织与劳动组织的相互发明

群众文艺的社会教化作用是相当显著的。晋绥地区临离一带的民教馆"除去识字读报，解决纠纷，就是游艺，主要是闹秧歌，有些秧歌班子，成为改造二大流的学校，如罗家坡村剧团，就吸收了个别二大流参加工作，并改造了他"①。河曲魏再有的变工队中有十一个"一流子"（即半二流子）、六个二流子，下地时总是散散漫漫，魏再有就联合队员在地里休息时，"你凑一句，我凑一句"，"把变工纪律编成歌子，变工组员一唱歌，就想起纪律来，动弹得更勤快了"。刘有鸿领导的变工队一起编出了歌子《变工好》，不仅把变工的好处"编的有条有理"，还"把务庄稼的细法和生产计划等也编成歌词"；另一首《一户不变工》"词儿编起来没找上小调，村里人就用干板方法念着传开了"②。动员生产、改造劳动力、组织变工、移风易俗、"开脑筋"③——将政党主导的社会教育转化为"老百姓教老百姓"的自我教育，本就是中共对群众文艺运动的重要预期。④

---

① 华纯、韩果、石丁（石丁执笔）：《晋绥剧运之前瞻》，《抗战日报》1944年11月28日，第4版。
② 田家：《群众歌唱着自己》，《抗战日报》1945年2月13日，第4版。
③ 璧天：《道蓬庵农村剧团的经验——关于农村剧团方面问题的研究》，孙晓忠、高明编：《延安乡村建设资料》第4册，第422页。
④ 张庚在《剧运的一些成绩和问题》一开篇就指出："抗战以来，有了这么一句口头禅：戏剧是宣传教育最有利的武器。"并在具体谈到农村剧团和部队剧团时将戏剧作为社会教育的主要手段："戏剧工作应当和国民教育在地方工作中有同等的重要性，应当把戏剧看做目前社会教育最好最方便的手段之一。从这点来着眼建立自己的领导，建立中心性的方言剧团和地方戏的改良剧团，通过他们的工作，看客观条件的允许，或者来普遍成立村剧团，或者改造及教育地方旧戏班，或者用其他当时来成立老百姓演剧的剧团，这样才能建立地方剧运，进行地方的社会教育。"张庚：《剧运的一些成绩和问题》，孙晓忠、高明编：《延安乡村建设资料》第4册，第211、241页。

与外来的秧歌队和宣传队不同的是，乡村文艺组织的在地性以及"文艺创作者/劳动者"身份的统一，将文艺实践与生产实践结合在了一起。阜平各村剧团在配合生产运动演出《全家忙》《耕二余一》《不能靠天吃饭》《开渠》等剧之外，剧团成员本身也积极生产，"在实际工作中起模范作用，如在防旱备荒中演剧之后第二天就挑水播种，群众见了，也跟着干起来"；完成开渠计划后，"群众非常疲累，他们为了庆祝开渠的成功与鼓励群众的情绪，他们又组织了一个晚会，除剧团节目外让群众自由参加，武术梆子秧歌，大闹一宿，五十多龄的老头子也登了台。"① 关中唐将班子的"吆号子"本来就是锄草劳动过程中的一种集体歌唱形式，既是作为提高生产情绪的劳动号子，又在各个班子之间形成了"斗"唱、"盘道"的对唱与竞赛，实质上是一种与集体劳动相结合的集体娱乐活动。② 在冬闲、节庆之外的农忙时节，群众文艺活动将日常化的小形式贯穿在农民的劳动生活当中，既能给生产劳动"提气"，又能在劳动之余为农民"解闷"与"解乏"③，而文艺组织中融洽的集体生活氛围也自然促成了集体劳动组织的形成。南仓社火"不仅在耍社火的时候能够团结互助，就是在平时，无形中就形成一个生产互助的组织，在夏收碾场和种麦时，他们都自动的集中起来，帮助一家（劳动力少的就不参加），他们也不计工，也不是非工不还，他们说这是'一

---

① 曼晴：《晋察冀一年来的乡艺运动》，孙晓忠、高明编：《延安乡村建设资料》第4册，第164页。
② 参见文教会艺术组《吆号子——介绍关中唐将班子的文化娱乐活动》，《解放日报》1944年11月10日，第4版。"唐将班子"是关中地区的一种变工组织。
③ 参见王林《农忙时节，村剧团怎样活动》，《火山口上》，第261页。

块儿划得来',义气相投"①。由于不以营利为目的,不向村民收取费用,村剧团、自乐班、社火本身的经费成为最大的问题,这也就使得文艺组织必须与生产组织结合起来,不仅成员各自不能脱离生产,还要设法以劳动互助的方式"以耕养戏"或"以工养戏"。为解决南仓社火的经费问题,刘志仁"第一个想到用生产来解决",和要社火的积极分子"打冲锋,开了十六亩义田"②;武乡广寒的农民"集体割马兰草,拾荒麻,积作经费,来搞娱乐活动"③;高街村剧团、道蓬庵剧团、襄垣剧团则通过开办生产合作社,吸引群众入股,开粉房、做挂面、熬盐、开油房,忙时生产,闲时演剧,不仅解决了自身的经费问题,也带动了当地群众的生产互助。④

从总体上讲,将娱乐、教育和生产相结合,是群众文艺运动展开的主要方式。所谓"文艺与劳动的相互组织",不仅在于文艺创作的主题要以"劳动为根本"⑤,从而在政策宣教的意义上推动生产、改造劳动力与劳动形式;而且在于一种"文艺组织"与"劳动组织"的相互发明。一方面,新社火、秧歌队、自乐班这类农民自己的文艺组织与活动能够生成一种集体生活与集体文化的氛围,以"寓教于乐"的方式在农村社区中展开自我教育,促使集体劳动组织的自然形成;另一方面,解放区的文教工作也致

---

① 文教会艺术组(马可、清宇执笔):《刘志仁和南仓社火》,《解放日报》1944年10月24日,第4版。
② 同上。
③ 赵树理、靳典谟:《秧歌剧本评选小结》,孙晓忠、高明编:《延安乡村建设资料》第4册,第708页。
④ 参见璧天《道蓬庵农村剧团的经验——关于农村剧团方面问题的研究》,孙晓忠、高明编:《延安乡村建设资料》第4册,第423—424页。
⑤ 《延安市文教会艺术组秧歌座谈会纪要》,《解放日报》1944年10月5日,第4版。

力于"把劳动组织当成文化工作的基础",依托解放区新型的劳动组织如变工队、妇纺小组、运盐队、放牛小队、合作社来开展文艺活动,在这些劳动组织内部开展识字、读报、教唱歌、写春联、剪纸、闹秧歌等游艺活动。与此相应的是乡村艺术人才与"本地知识分子"①的培养。西北战地服务团在晋察冀边区开办乡村文艺干部训练班②,文教会、文救会针对村剧团干部开办的各类长期、短期训练班③,以及杜芝栋俱乐部利用冬闲创办的秧歌训练班,都是在培养乡村自己的文艺人才与戏剧干部,并"利用集体活动的机会,把娱乐,演剧和教育、生产、自卫的各种群众活动结合起来"④。

这种"一揽子"式的群众运动方式既反映出解放区在革命政治、社会改造与文化实践之间的联动性,也显示出"群众文艺"的生产机制在理解与实践"文学"或"艺术"概念时的特殊性。从农民自身的劳动、生活经验和日常情境中发现形式、创造形式,将劳动组织与文艺组织相结合,避免文艺成为脱离于农民劳动、生活而独立存在的少数人的活动甚至特权——"群众文艺"实践性地回到了"劳者歌其事"的古老传统,试图将艺术的创造归还到劳动、生活与政治的一体化图景之中。从某种程度上讲,秧歌、戏剧组织现实的能力不仅在于其内容或形式,而是在于

---

① 罗迈:《开展大规模的群众文教运动——十一月十五日在边区文教大会的总结提纲》,《解放日报》1944年11月20日,第4版。
② 参见张庚《剧运的一些成绩和几个问题》,孙晓忠、高明编:《延安乡村建设资料》第4册,第230—231页。
③ 参见剧协《为创造模范村剧团而斗争》,孙晓忠、高明编:《延安乡村建设资料》第4册,第362页。
④ 《杜芝栋和镇靖城的秧歌活动》,《解放日报》1944年10月26日,第4版。

"组织"本身。戏剧原本就是一种"做的艺术",或者说"行动的艺术"①,而群众文艺运动的创造性在于,它将现代戏剧的实践性与生产性以及与社会现实的对话能力引入了民间形式,同时又激活了民间形式起源时那种与生活之间的有机关联。伴随着乡村文化权力的变革,群众文艺运动提供了一种新的文化生产机制,包涵着对一种兼具文艺能力与政治能力、同时作为"艺术/娱乐共同体"与"劳动共同体"的主体预期。

第二节 "翻身"的时刻:从乡村剧运到"运动剧场"

政治、文艺与生产劳动的相互组织在很大程度上根源于,至少在抗战时期,"生产劳动"一直是作为中共的自我保存与乡村建设中最为重要的政治场域与文化场域。因此,作为解放区群众运动的一部分,"群众文艺运动"也必然伴随并配合着生产运动、劳模运动、减租减息等各种运动的展开。这也为1946年后掀起的土地改革运动提供了运作机制、基层工作方法以及农民政治主体上的准备。据杨奎松的研究与考辨,1945年抗战结束后,在解放战争的情形、各解放区农民运动的压力,以及中央决策与地方执行的隔膜与错位等主客观因素的合力作用下,中共的土地政策与运动方向发生了频繁的变动:"战后开始到1946年3月是坚持既往的减租减息政策;1946年3月下旬开始同意在减租减息基础上加上反奸清算斗争;1946年5月发出支持农民通过减租减息反奸清算直接从地主手中获得土地的'五四指示';1946年7月

---

① 季纯:《论方言演剧》,《解放日报》1942年11月10日,第4版。

下旬后又提出更重视农村统一战线的公债购地政策主张并着手试点；1947年3月延安被占领后又全面转向剥夺地主土地的激进土改政策，最后又于当年年底通过'纠偏'回调政策，甚至于次年初下令停止了新区的土改。"[1]纵观整个过程可以发现，从中央决策的层面上看，土改运动并不是从一开始就急速转入了激进的阶级斗争与战争动员的路线。出于对和平局势与统一战线的维护，土改运动最初保持了与减租减息工作之间的延续性，还一度谋求过和平赎买的可能性。但需要注意的是，减租减息时期采用的具体工作方法、地方党组织和群众运动中的某些"创造"也在土改的激进化过程中被扩大化，原本基于政治动员网络建立起来的群众文艺运动，反过来也为土改的"翻身"与"翻心"实践提供了大量经验性与机制性的资源。

一、算账、说理与诉苦："唠嗑会"与"翻身戏"

抗战结束后，中共派遣大批干部进入华北与东北地区，此前集中于陕甘宁边区的大量文艺工作者也随即转入全国各大新、老解放区。艾青、江丰率领华北文艺工作团，舒群率领东北文艺工作团，丁玲、杨朔、陈明组成"延安文艺通讯团"赶赴各地，也将抗战时期的边区文艺经验带到新的文化政治实践当中。作为国共两党争相接管的战略要地，东北的局势很快严峻起来。毛泽东在1945年12月28日给中共中央东北局的指示中明确指出，东

---

[1] 杨奎松：《战后初期中共中央土地政策的变动及原因——着重于文献档案的解读》，《开放时代》2014年第5期。此外，杨奎松对于1949年前土改运动的研究还包括：《抗战胜利后中共土改运动之考察》（上）（中）（下），《江淮文史》2011年第6期、2012年第1期、2012年第2期；《关于战后中共和平土改的尝试与可能》，《南京大学学报》（哲学·人文科学·社会科学）2007年第5期。

北的工作重心仍然是广大农村的"群众工作",尤其是初到东北的一切外来干部须"注重调查研究,熟悉地理民情,并下决心和东北人民打成一片,从人民群众中培养出大批积极分子和干部"①。1946年7月,中共中央东北局召开扩大会议,号召"不分文武、不分男女、不分资格,一切可能下乡的干部都要统统到农村去"②,由此在东北也掀起了干部下乡的热潮。一方面,如同1943年的下乡运动一样,文艺工作者再次作为"农村基层工作者"进入新、老解放区的乡村世界。时任冀热辽区党委机关报《民生报》副社长的周立波就是在这样的情境下作为"土改工作队员"从哈尔滨调入了松江省珠河县(不久改为尚志县)元宝区,与妻子林蓝共同担任区委领导工作。画家古元自1946年在广陵县第一次参加土改后,也于1947年春夏转入东北解放区,和周立波夫妇、美术家夏风一同到五常县周家岗村参加土改中的"砍挖运动"。另一方面,在边区"文艺下乡"经验的基础上,文艺工作者也在开掘和汲取当地农村的地方形式,继续开展群众性的乡村戏剧运动。东北文艺工作团的成员李之华、吴雪、罗立韵、胡零、鲁亚南等人就是在借鉴了东北大秧歌的舞蹈以及东北民歌小调和二人转的曲调与唱腔之后,创作了《翻身大秧歌舞》《土地还家》《收割》《姑嫂劳军》《光荣灯》《参军真光荣》等新秧歌,带动了东北各戏剧团体纷纷排演秧歌剧的风气。③

对于解放区的文艺工作者而言,上述两种实践方式即土改中的农村基层工作与群众文艺活动,本身就紧密地结合在一起。因

---

① 毛泽东:《建立巩固的东北根据地》,《毛泽东选集》第4卷,第1181页。
② 陈云:《东北的形势和任务》,《陈云文选》第1卷,人民出版社1995年版,第312页。
③ 肖振宇:《民间狂欢:东北解放区的秧歌剧》,《社会科学战线》2009年第7期。

此，伴随着土改运动的展开，"翻身"与"翻心"不仅进入到文艺创作的主题当中，也成为文艺工作者下乡的工作重心。在与地主经济相关的地权分配问题之外，"翻心"触及的则是经济"翻身"背后的政治"翻身"与农民革命主体性的问题。① 根据李放春的考证，"翻心"可能是从晋察冀边区的冀中等地流传出来的说法，而在贯彻"耕者有其田"的土地政策过程中，诸如"欲翻身必先翻心"，"只有翻透心才能翻透身"，"刨树要刨根，翻身要翻心"式的领导号召或群众要求屡见不鲜。② 以关于"翻心"实践中的权力技术的研究为代表，相当一部分历史研究、社会学研究以及文学研究都注意到了"诉苦""说理""算账"在土改运动与土改文艺中的重要位置。③ 但需要辨析的是，这些方法的运

---

① 在一些历史研究者看来，这也是中共放弃"和平土改"而开展"阶级斗争"的一个重要原因。李放春即提出："'翻身'并不仅指广大无地和少地的农民获得物质利益（土地等生产及生活资料），而且意味着他们'进入一个新世界'。然而，农民的'良心'（及'命由天定'等）思想却构成了'翻身'的'障碍'。"李放春：《苦、革命教化与思想权力——北方土改期间的"翻心"实践》，《开放时代》2010年第10期。李金铮则专门以华北土改为中心，将土改中的农民心态归纳为"不敢斗争的怯懦心态"，"被剥削感与阶级意识的孕育与增强"，"把地主打翻在地的复仇心态"，"侵犯中农利益的绝对平均主义心态"，"惧怕冒尖与富裕的心态"等，并以此贯穿土改运动几经转折的走向。李金铮：《土地改革中的农民心态——以1937—1949年的华北乡村为中心》，《近代史研究》2006年第4期。

② 李放春：《苦、革命教化与思想权力——北方土改期间的"翻心"实践》，《开放时代》2010年第10期。

③ 以"诉苦"为例，除李放春的研究外，另可参见程秀英《诉苦、认同与社会重构——对"忆苦思甜"的一项心态史研究》，北京大学硕士学位论文，1999年；郭于华、孙立平《诉苦：一种农民国家观念形成的中介机制》，《中国学术》第4期，商务印书馆2002年版；张鸣《动员结构与运动模式——华北地区土地改革运动的政治运作（1946—1949）》，《二十一世纪》（网络版）2003年6月号；纪程《"阶级话语"对乡村社会的嵌入——来自山东省临沭县的历史回声》，《当代中国研究》2006年第4期；李里峰《土改中的诉苦：一种民众动员技术的微观分析》，《南京大学学报》（哲学·人文科学·社会科学）2007年第5期；

用并不是自土改运动才开始的,也不能说是激进的"阶级斗争"路线确定之后才产生的权力技术或文学发明。事实上,早在生产运动、减租减息时期,这些源于地方党组织工作的方法"创造"就已经被中共中央作为经验推广。1944年晋绥边区开展的冬学运动已经发明了"算账对比的政治教育"方法,使新翻身户和从晋西南逃来的难民能切实感受到边区的好处。① 据时任太行区党委书记李雪峰的回忆,1944年秋冬太行区党委的减租指示已经提出要"贯彻劳动者自己解放自己的思想与精神,发动群众自己起来,进行说理斗争",并很快发现平顺县路家口在工作中创造了"算账、对比,进一步弄清穷人为什么穷,富人为什么富,农民和地主究竟谁养活谁"的经验。经过推广,这一经验很快使得全区的减租减息运动"从老区、半老区到新区,从先进地区到工作薄弱地区,深入开展起来",并引起中共中央的重视,遂被《解放日报》引为典型。② 不少研究者都敏锐地发现,自赵树理1930年代创作的小说《有个人》开始,到1940年代的《李有才板话》

(接上页)李宇《中国革命中的情感动员——以1946—1948年北方土改中的"诉苦"与"翻身"为中心》,复旦大学硕士学位论文,2008年;彭正德《土改中的诉苦:农民政治认同形成的一种心理机制——以湖南省醴陵县为个案》,《中共党史研究》2009年第6期;马丹丹《属下能说话吗——"诉苦文类"的民族志批评》,《社会》2010年第1期;吴毅、陈颀《"说话"的可能性——对土改"诉苦"的再反思》,《中共党史研究》2013年第5期;周维东《土地改革与延安文艺中的"穷人恨"叙事》,《广播电视大学学报》2014年第2期;王彬彬《〈白毛女〉与诉苦传统的形成》,《扬子江评论》2016年第1期等。这些研究基本是从政治训诫、战争动员工具、思想权力技术、"解放政治"的主体行为等方面看待"诉苦"的。

① 《晋绥边区一九四四年冬学运动总结》,孙晓忠、高明编:《延安乡村建设资料》第3册,第359页。
② 李雪峰:《李雪峰回忆录》(上)《太行十年》,中共党史出版社1998年版,第270—271页。

《地板》《李家庄的变迁》《福贵》《王二和与刘继圣》《小经理》《邪不压正》《传家宝》等,"说理"和"算账"就构成了赵树理小说中一个重要的叙事场景与主题。① 如蔡翔所洞悉的那样,在1944年创作的小说《地板》中,赵树理正是通过"土地还是劳动创造财富"的政治辩论,确立了劳动(者)的主体性地位,同时使"法令"(政治)以"情理"的方式与农民建立起关联。② 也正是在这个基础上,李有才、铁锁、福贵、元孩这样的农民才有可能冲破《邪不压正》中的刘锡元或《白毛女》中的黄世仁用"账本"构筑起来的一整套具有压迫性的"理",因此他们算的也不仅仅是经济上的账,还有政治、情理和道义上的账。的确如太行区"双减"运动中的具体实践一样,赵树理用小说的方式讲清了"谁养活谁"的问题,更重要的是,构建出了农民"说理"的空间与可能。对于更看重实际利益却大多缺乏"算账"能力的农民而言,"算账"不仅是以一种日常生活中常见的、通俗而显白的方式讲清了道理,更试图将这种"讲理"的方法和能力传递到农民手中,转化为农民认识自己所处的经济关系、政治地位以及组织自己经济生活的能力。它最终指向的是打破压迫性的经济关系以重建政治秩序的革命实践。在陕甘宁边区的群众歌咏运动中,刘有鸿、刘万山这样的农民歌手在编歌子"开脑筋"时就"很讲

---

① 如邱雪松《赵树理与"算账"》,《文艺理论与批评》2008年第4期;蔡翔《〈地板〉:政治辩论与法令的"情理"化——劳动或者劳动乌托邦的叙述》(之一),《文艺理论与批评》2009年第5期;李国华《农民说理的世界——赵树理小说的形式与政治》。
② 蔡翔:《〈地板〉:政治辩论与法令的"情理"化——劳动或者劳动乌托邦的叙述》(之一),《文艺理论与批评》2009年第5期。就赵树理的写作意图而言,《地板》的写作是为了破除"农村习惯上误以为出租土地也不纯是剥削"的认识。赵树理:《也算经验》,《赵树理全集》第3卷,第350页。

究用算账的办法",在《一户不变工》《标准布歌》中给不参加变工的富农和抵触织布的婆姨们"算账":"老百姓是看事实的,你给他算一算账,把有利的没利的,新的和旧的,好的和赖的齐拿来对比一下;心里明白了,解下了道理,便甚工作也好做。"在具体教唱的过程中,刘有鸿往往"在唱的中间也夹上几句逗人的话,或是解释翻身的道理";刘万山在教《改造思想歌》时,"教完第一段国民党的,就根据组里人的切身痛苦,讲国民党统治时代的罪恶;在教第二段后就解释共产党为人民谋利益,要大家刨闹翻身,用他们的实际生活作现身说法;等教完了这个歌子,又引导他们来讨论新旧社会和个人的关系,使得他们痛恨旧社会,热爱新社会。"① 这实际上已经是在以"引苦""忆苦""挖苦根"的方式来询唤一种关于新的政治秩序的认同。

由此可见,早在抗战时期动员生产、组织变工、减租减息的边区实践中,"算账""说理""诉苦""忆苦思甜"就已经成为群众文艺运动用以"开脑筋"的重要方法,也为土改运动中的"翻心"实践提供了经验基础与组织形式。在这个过程中,文艺的作用不可小觑。一方面,作为农村基层工作者的文艺干部常常将故事、歌曲、戏剧的形式与日常生活中的"拉谈""唠嗑"结合起来,以此构成小型"诉苦会"的组织形式。周立波在珠河县元宝区下乡工作时,在土改的积极分子训练班上,不仅"拿本镇贫苦农民为例子,用算细账的方法来讲解地主的剥削,道理通俗易懂,农民容易接受"②,还在农村政治课本之外,"辅之以毛主席八

---

① 田家:《群众歌唱着自己》,《解放日报》1945年2月13日,第4版。
② 韩惠:《和周立波同志在一起》,哈尔滨市政协文史和学习委员会、尚志市政协编:《从光腚屯到亿元村》,内部资料,无出版社信息,2004年版,第11页。

路军的故事、白毛女、吴满有、李有才板话等"①。训练班上的积极分子听了赵树理《李有才板话》中的"穷哥们"聚在老槐树底下听李有才"说开心话"、编歌子,到李有才窑里"开晚会"翻了身的故事,受到启发,提出"咱们屯里也栽上棵槐树,下晚没事,到一堆谈唠谈唠,什么工作也办开了"。由此,在周立波的带领下,积极分子将屯子划为几个区域,到黄昏时农民下地回来后,即以小组为单位,各自选取一家贫苦农民,把"槐树"栽在他家,召集附近的老百姓到这家来唠嗑:"天上地下,政治家常,无所不谈,干部把白天听的课向群众宣讲一遍,有时还唱唱歌,说说笑话,会开热闹了,常常深夜不散,干部就住在这里,第二天晚上,人们就三三两两地又来了。"②这一"栽槐树"的工作方法也被林蓝作为土改中"煮夹生饭"的经验总结写成报道,在《东北日报》上树为典型。此外,每次召开积极分子会前,周立波还会教群众唱歌,在半年多时间里教会了当地农民《东方红》《没有共产党就没有新中国》《拔穷根》《跟共产党走》《三大纪律八项注意》等歌曲。③发现东北"二人转"这种"又歌又舞的曲艺表演形式"之后,周立波又鼓励当地民间艺人王老美父仨"旧瓶装新酒,要用这些优美的曲牌子,唱出群众的心里话"。在王老美用"十二个月"的落子腔即兴创作的歌唱元宝镇变化的唱词基础上,周立波又结合土改的政策与形势进行了改写,创作出了《十二月调》的"新二人转",吸引了不少群众,还刊登在周

---

① 林蓝:《栽槐树——珠河元宝区煮夹生饭经验》,《东北日报》1947年3月12日,第2版。
② 同上。
③ 李万生:《周立波在元宝镇》,哈尔滨市政协文史和学习委员会、尚志市政协编:《从光腚屯到亿元村》,第36—37页。

立波主编的《松江农民》报上。①

这些"栽槐树"、教歌、唱歌的工作经验也被周立波写进了小说《暴风骤雨》中,成为元茂屯的"唠嗑会":

> 下晚,屯子的南头跟北头,从好些个小草房的敞着的窗口看去,也看见有三三五五的人们在闲扯,有生人去,就停止说话。这是元茂屯的农会积极分子所领导的半秘密的唠嗑会,也就是基本群众的小会。在这些小小的适应初期,庄稼人生活方式般的会议上,穷人尽情吐苦水,诉冤屈,说道理,打通心,团结紧,酝酿着对韩老六的斗争。
>
> ……
>
> 萧队长、小王和刘胜,经常出席唠嗑会,给人们报告时事,用启发方式说明穷人翻身的道理。用故事形式说起毛主席、共产党、八路军和抗日联军的历史和功绩。刘胜教给他们好些个新歌,人们唱着毛主席,唱着八路军,唱着《白毛女》,唱着《没有共产党就没有新中国》。②

周立波笔下的"唠嗑会"以分享、引导、参与取代了单方面的灌输、发动或控制,我们从中看到的是一种沟通而非对抗的教化关系,是建立在"庄稼人生活方式"基础之上的政治教化模式。在丁玲的《太阳照在桑干河上》、孙犁的《村歌》等小说中,都存在这种土改工作经验与小说文本之间的互文:秧歌舞、霸王鞭、

---

① 李万生:《周立波在元宝镇》,哈尔滨市政协文史和学习委员会、尚志市政协编:《从光腚屯到亿元村》,第43、44页。
② 周立波:《暴风骤雨》,人民文学出版社1977年版,第134、144页。

村剧团、黑板报、编歌子贯穿在农民的休闲时间、识字组、冬学、集市、干部小会、村民大会、斗争大会、慰劳部队等诸多场景当中，成为嵌入日常生活内部的微观仪式。在这个过程中，文艺拉近了作为教化者的知识分子与被教化者的农民之间的情感距离，借助富于形象化的说理能力（如故事）与丰沛的情感交流能力（如唱歌）的艺术媒介，实现了"打通心"的教化效果。将文艺引入教化，在一定程度上弥补了知识分子这一非"有机干部"在从事访苦教化时的潜在局限。[①]这既是"群众文艺"的运作机制在土改的"翻心"过程中可能起到的实际作用，也是文艺工作者对某种理想的"翻心"实践的方法构想。

另一方面，《斗恶霸》《大报仇》《穷人翻身》《血债血还》《穷人苦》《控诉》这类"翻身戏"在乡村戏剧运动中大量出现，在"《穷人乐》方向"主导的"真人演真事"、集体创作集体导演的创作机制下，组织戏剧演出、搜集创作素材的过程本身就构成了"引苦""诉苦""忆苦"的现场。阜平高街村剧团在创作《穷人乐》时为搜集喇嘛逼租的材料，"召集了许多受过剥削最深的人开会，从中找出典型人物李逢祥，就从他的叙述中，不但剧社同志被感动了，连许多参加会的人都哭了"[②]；在中共七大宣传

---

① 李放春认为，晋察冀土改样板"王元寿访瞎牛"的访苦模式，代表了一种理想的教化关系，王元寿这样出身穷苦的本地干部与穷苦人之间有一种"有机的"联系。但以韩丁记录的张庄土改中的"徐教授们"为代表，知识分子工作者大多是不熟悉农村的、非"有机的"干部，因此很容易在教化中成为农民的对立面，这构成了访苦权力的潜在局限，导致了教化的变形与变质。李放春：《苦、革命教化与思想权力——北方土改期间的"翻心"实践》，《开放时代》2010年第10期。

② 《沿着〈穷人乐〉方向发展群众文艺运动》，晋察冀阜平高街村剧团集体创作，张非、汪洋记录：《穷人乐》，第89页。

期间，村剧团又演出了《幸福是谁给的》一剧，群众看过后普遍开展了回忆运动。杨家庵村剧团在创作《穷人翻身》时为塑造一个典型的地主形象，经过了广泛而长期的素材搜集工作："卖儿女是阜平高街的事，大斗收租见群众剧社编的王瑞堂的事，傻小子娶媳妇是唐县旧二区的事，地主打死羊倌是中迷城的事，取租过风无故收地是杨家庵与张各庄的事。"①这些原本属于不同个体、地方与压迫力量的"苦"与"恶"经由文艺创作尤其是"戏剧"形式的编织机制，从具体而分散的切身体验，凝结为一种带有典型性与普遍性的认识。因此，这种"典型"形象其实往往并不符合中共的阶级分析对"地主"的典型定义，却透露出农村社会的压迫关系在单纯的地权问题之外，还可能存在宗族势力、宗教压迫、隐形权力、心理威势等诸多问题的复杂性。《穷人乐》中的喇嘛逼租，《翻身》中被冠以"阶级矛盾"之名的天主教徒与非天主教徒之间的矛盾，《福贵》中的"老家长"王老万，《太阳照在桑干河上》中没有多少土地却在国民党和日本人面前都吃得开、多年来掌管着暖水屯实际权力的"第一个尖子"钱文贵，以及靠放债、收租、设"一贯道"来盘剥人的侯殿魁，其实都是这样不太典型的"典型"。②正是由于这些"翻身戏""翻身书"集

---

① 曼晴：《冀晋区一年来的乡艺运动》，孙晓忠、高明编：《延安乡村建设资料》第4册，第 167—168 页。
② 以"华北难题"为中心，黄宗智提出了中共的土地改革存在"表达性现实"与"客观性现实"之间相脱离的问题："表达现实脱离社会现实之处主要在于共产党将其宏观结构分析转化为每个村庄的微观社会行动所作出的决定。"黄宗智：《中国革命中的农村阶级斗争——从土改到"文革"时期的表达性现实与客观性现实》，《中国乡村研究》(第二辑)，商务印书馆 2003 年版，第 73 页。以秦晖、张鸣为代表的一部分土改研究基本上也是在遵循这一论断的基础上，对土地问题的真实性进行考据，或试图发掘中共发动土改的政治动机、"地主经济"论断的

合起了这些分散而切身的"苦"与"恶",才在一定程度上真实地触发了乡村世界中复杂的权力网络构成的压迫感,从而直接抵达了农民观众情感经验的接受层面,产生了一种"聚合引爆"式的情感势能。

二、运动剧场:乡村戏剧的泛政治化倾向

土改中的这类群众文艺活动与日常化的政治/文艺实践除延续抗战时期的边区文艺工作经验外,就其内在的运作机制而言,已经开始发生一种从"情感"到"情绪"的微妙转换。"翻

(接上页)虚构性以及土改过程的建构成分。秦晖、苏文:《田园诗与狂想曲:关中模式与前近代社会的再认识》,中央编译出版社1996年版;张鸣:《动员结构与运动模式——华北地区土地改革运动的政治运作(1946—1949)》,《二十一世纪》(网络版)2003年6月号。但根据杨奎松对土改进程的几次转向的具体考证可以发现,中共的"五四指示"本身具有被动性,恰恰是在地方农民运动的压力下产生的,而其中的"九条照顾"在抵达地方后尤其水土不服,各地党组织实际上都按照当地的情况进行了微观上调整的自主行动。用陈毅的话来讲,各中央局和分局实际上是对"五四指示"做了断章取义式的理解和实践。华中分局和晋冀鲁豫中央局更是对"五四指示"置之不理,一意孤行。换言之,土改的激进化恰恰是各个地方的微观行动对原本注重维护统一战线的"宏观的表达性现实"进行了"权变"后的结果。地方党组织之所以做出激进化的行动导向,一般被归因为深度的贫困和基层权力组织的腐化,即仅仅斗争少数符合阶级划分定义下的"地主"已经无法满足大量的贫雇农基本的生存需求。杨奎松:《抗战胜利后中共土改运动之考察》(上)(中)(下),《江淮文史》2011年第6期、2012年第1期、2012年第2期。这两类研究都是在实证考据的意义上试图证明或证伪土改中存在真正的"阶级斗争",但其关注点主要还是围绕着地权问题和经济剥削,而忽视了乡村社会中盘根错节的权力网络与压迫关系。因此,《翻身》《太阳照在桑干河上》中的"阶级矛盾"总是被用于质疑"地主"存在的真实性,或指出农民其实是借"阶级斗争"的名目报私仇泄私愤,解决其他矛盾。这类研究忽视了在具体的革命实践中,来源不一的"苦"在经济压迫、精神压迫、伦理威胁之间的纠缠关系,以及革命诉诸的阶级话语如何与村庄内部的道德话语相扭结。因此,这些纪实性作品或虚构性叙事中的"地主"形象虽然很难在阶级分析的意义上称为"典型",但恰恰在把握乡村社会的"现实性结构"的方面具有其真实性。

身戏""翻身歌"实际上是将一种高度故事化、戏剧化、情绪化的运作机制带入到土改运动当中,形成了一种"运动剧场"①的形态。韩丁在其书写山西潞城县张庄土改的《翻身》一书中,就曾记录了整个斗争大会如戏剧排演一般的部署过程和村民们戏剧化的反应。需要指出的是,与下乡运动中的"情感工作"机制不同,与"唠嗑会"中动之以情、晓之以理、循循善诱的教化方式也不同,"运动剧场"的运作机制诉诸的并不是有理性与德性作为依托的"情理",而是诸如仇恨、愤怒、激动、感奋这类浅表

---

① 关于革命的戏剧性论之者众。古斯塔夫·勒庞就在《革命心理学》中将法国大革命称之为一场"伟大的戏剧"。〔法〕古斯塔夫·勒庞:《革命心理学》,佟德志、刘训练译,广东人民出版社2012年版,第301页。赫尔穆特·莱曼-豪普特(Hellmut Lehmann-haupt)也指出法国大革命中的"革命宣传采用的最重要和最有效的艺术方式是会演或露天表演",当时最著名的艺术家都被聘请将绘画雕塑与华丽的露天表演、庆祝仪式、游行与音乐、诗歌与演讲、戏剧表演、烟花表演等等结合起来。转见于胡斌《视觉的改造:20世纪中国美术的切面解读》,第17页。陈永发与裴宜理在其研究中都指出中共革命的戏剧化与情感化倾向。陈永发认为,土地革命正是作为一种大众化的戏剧表演展开的,其目的即通过调动情感实现革命目标。裴宜理延续了这一说法,并将其总结为中共革命的"情感工作"。陈永发:《中国共产革命七十年》,联经出版公司2006年版;裴宜理:《重访中国革命:以情感的模式》,刘东主编:《中国学术》,商务印书馆2001年版。张鸣在其土改研究中提出"运动剧场"的概念,认为"诉苦"是制造氛围、形成运动剧场的必要手段和构件;斗争的程序与分工都经过预先布置,斗争过程中,积极分子以激愤的表演编制剧情,感染众人,从而产生一种血腥而狂欢的"剧场效应"。张鸣:《动员结构与运动模式——华北地区土地改革运动的政治运作(1946—1949)》,《二十一世纪》(网络版)2003年6月号。周维东关于土改中的"穷人恨"叙事的研究,以及胡斌关于土改图像的研究,基本上延续了张鸣的这一看法。周维东:《土地改革与延安文艺中的"穷人恨"叙事》,《广播电视大学学报》2014年第2期;胡斌:《运动与斗争的图像建构》,《视觉的改造——20世纪中国美术的切面解读》。但既有研究对于"运动剧场"的考察多停留在描述的层面,似乎将其视为激进政治必然生成的某种自在之物,尚未从历史化的角度分析这一运动机制的由来,周维东的研究对此做出过有益的尝试。此外值得注意的是,诉诸"人情"的叙事与民间话语和主导"运动剧场"的"情绪"鼓动之间的差别仍有待厘清。

化的、具有即时性与应激性,甚至带有非理性色彩的"情绪"。与诉诸身体、疾病的政治修辞学,以及从典型人物发展而来的"典型政治"相类,"运动剧场"指向的也是一种政治运作的文学化倾向。当这一倾向渗透到被高度组织化的乡村日常生活中时,就构成了戏剧形式的泛政治化。快板书、秧歌剧、乡村戏剧,这些嵌入到日常政治实践当中的戏剧实践在教化式动员之外,更构成了一种对革命的"预演",既为革命积蓄力量,也为革命提供一种想象性的形式感。这些"翻身戏"既是在生活化的场景中与乡村世界构筑起关联,又在乡村世界内部区分出了一个崭新的、不同于冗长苦难的日常生活的新世界。更重要的是,它还试图提供一种打乱日常生活与历史连续性的爆破力量,因此"革命"在叙事上的到来必然伴随着戏剧高潮与情感高潮的降临,戏剧动作也就成为现实中革命行动的范本或指南。换言之,"革命性"必须在"戏剧性"中才能得到相应的诠释与赋形。

如果说,通过下乡劳动深入到乡村社会"人情事理"的肌理内部的"情感工作"更像是一场"静悄悄的革命",那么"运动剧场"则是通过非日常的情绪鼓动,渲染与扩大了一种或两种极端的情感形式,并强化了政治仪式对戏剧形式的征用。在小说《暴风骤雨》中,斗争韩老六的群众大会开始之前,农民们把韩家大院围了个"里三层,外三层,挤得满满的",院墙上、门楼屋脊上、苞米架子上、上屋窗台上、下屋房顶上到处都是等待斗争开始的人们,俨然构成了一个大型剧场。在这个等待的过程中,周立波写下了这样一个场景:

> 妇女小孩都用秧歌调唱起他们新编的歌来。

> 千年恨，万年愁，
> 共产党来了才出头。
> 韩老六，韩老六，
> 老百姓要割你的肉。

> 起始是小孩妇女唱，往后年轻的人们跟着唱，不大一会，唱的人更多，连老孙头也唱起来了。院外锣鼓声响了，老初打着大鼓，还有好几个唱唱的人打着钹，敲着锣。①

斗争胜利后，一千多人跟在韩老六游街的队伍后面，"男男女女，叫着口号，唱着歌，打着锣鼓，吹着喇叭"。斗争大会前后的歌唱犹如戏剧的序幕与尾声，既是戏剧冲突、高潮以及剧场效应的铺垫和情感宣泄后的收束，又构成了一种强烈的仪式感。这种在仪式与剧场之间的文本互借或互移②，自1943年的新秧歌运动以来就开始被大量运用在政治活动的组织与公开展演当中。在乡村世界的文化传统中，秧歌本就是从祭祀、娱神的仪式中发展而来的娱乐活动，在陕北农村的一些地方至今仍保留着"神会秧歌"的习俗。新秧歌在取代旧秧歌的同时，不仅以新的政治权力替换了原有的神圣资源，还以"秧歌剧"的发明将鲜明的叙事性和戏剧性植入到了仪式的语言、象征符号与行为体系当中。与此同时，运动剧场也会受到仪式传统的规制。1943年冬陕甘宁边区召开的劳模大会与边区生产展览大会正是以延大宣传队的大秧歌和秧歌剧作为大会开始前的热场节目，并以集体性的大秧歌舞作

---

① 周立波:《暴风骤雨》，第175页。
② 关于现代中国大众政治行为中的"仪式与剧场"模式的互移问题的研究，参见马敏《仪式与剧场的互移：对现代中国大众政治行为的解读》，《甘肃理论学刊》2004年第4期。

为会议闭幕后的收尾。文艺活动既是政治仪式的一部分，其本身也是按照同样的规程与节奏（大秧歌——秧歌剧——秧歌舞）展开的，即以叙事性和观念性的活动作为中心环节，前后则辅以情绪上的渲染、感染与带动。具体到每一出秧歌剧或乡村戏剧的内部，也必然存在一个从铺垫到叙事再到高潮的过程，高潮后必不可少的集体歌舞甚至已经形成了某种公式化的套路。这种环环相扣、层层嵌套的戏剧模式与仪式规程构成了中共乡村政治展演的基本模式，也延续到了土改运动的各种诉苦会、斗争会当中。但不同于抗战时期的生产运动或劳模运动中以表彰、宣讲为核心环节的政治仪式，土改中的运动剧场则是以"斗争"为中心。因此，这不仅是一种基于情绪机制的群体整合形式，而且内涵着颠覆现有的等级结构关系与参与者角色地位的冲动。仪式对于戏剧的借重，移植了戏剧动作的爆发力，而秧歌剧对于"第四堵墙"的打破又将仪式转变为一个开放性的、可参与的行动空间，更加催化了仪式的不稳定性中蕴含的变化感与危险性。[①] 群众也会发明出自己的政治仪式与街头剧场形式，例如启用祭祀时才使用的大锣鼓（而非日常使用的小锣鼓）、给地主戴高帽、游街、写保状、念保状、签字画押、改称谓[②]等等，甚至在斗争与情绪的高

---

① 马敏援引维克托·特纳在《社会戏剧与仪式隐喻》中指出的仪式过程中的关系和角色通常是不确定的乃至暂时颠倒的这一观点，认为"仪式中总会存在利用仪式过程的不稳定性而产生一种富于变化的、具有潜在危险性的情形"；官方主导的大众仪式甚至会逐渐失去控制，群众自己的"具有创新性的政治仪式和街头剧场版本"也会被发明出来。马敏：《仪式与剧场的互移：对现代中国大众政治行为的解读》，《甘肃理论学刊》2004 年第 4 期。
② 在《太阳照在桑干河上》中，暖水屯的村民就发明了让钱文贵称呼农民为"翻身大爷"的形式。参见丁玲《太阳照在桑干河上》，《丁玲全集》第 2 卷，第 273—274 页。

潮引发超出仪式控制能力之外的乱打乱杀,运动剧场中的暴力形式也由此产生。

戏剧形式与政治实践的相互浸染,也将"运动剧场"的形式感带到小说、木刻版画等艺术表现当中。在《暴风骤雨》中,"三斗韩老六"的戏剧场景在很多斗争场面的细节上,都与《东北日报》对于其故事原型即周家岗土改中"七斗王把头"的报道高度相似。① 周立波在其创作谈中说道:"写场面比写人物容易对付些,这是因为场面的材料还容易搜集,而各阶层的人物的行动,心思情感和生活习惯,往往难捉摸。"② 可能也正是因此,《暴风骤雨》中的运动剧场往往表现为一种均质化的群众景观。与之相类的是,在施展的《清算》(1947)、夏风的《斗争恶霸》(1947)、彦涵的《诉苦》(1947)、《清算地主》(1947)、《这都是农民的血汗》(1947)、《审问》(1948)、《分粮图》(1948)、《浮财登记》(1948)、莫朴的《清算图》(1949)等版画作品中,也多以斗争会、诉苦会、算剥削账、夺地契、分土地、分粮、分浮财这类剧场化、景观化的群众场面,表现暴力顶点降临之前的运动剧场或宣告斗争胜利的"翻身"时刻。以彦涵的《清算地主》(图5-1)、施展的《清算》(图5-2)或夏风的《斗争恶霸》(图5-3)为代表,这些木刻作品对运动剧场的表现多以一种中心环绕的方式结构空间:被清算斗争的地主恶霸处在四周农民们的手势和目光交汇的焦点位置,与主要出场的诉苦者或斗

---

① 周立波在创作谈中提道:"'三斗韩老六'是由周家岗的'七斗王把头'演化而来的。七斗是为了压倒当时地主阶级的威风,是斗争的需要,但七次斗争反复太多,在小说里不好处理,我改成了三斗。"周立波:《深入生活,繁荣创作》,《周立波研究资料》,知识产权出版社2010年版,第71页。

② 周立波:《〈暴风骤雨〉是怎样写的》,《周立波研究资料》,第246页。

图 5-1　彦涵《清算地主》(木刻版画)，1947 年，《彦涵版画》，
人民美术出版社 1982 年版

图 5-2　施展《清算》(木刻版画)，1947 年，《延安文艺档案·延安美术》，
太白文艺出版社 2015 年版

图 5-3 夏风《斗争恶霸》（木刻版画），1947 年，《延安文艺档案·延安美术》，太白文艺出版社 2015 年版

争者共同构成画面的结构中心。而在这一结构中心的内部，斗争者与被斗争者的身体姿态则呈现为一种"前倾与后退"或"舒展与蜷缩"式的结构关系。账本、算盘、粮斗这些用于算账、说理的工具以及棍棒、红缨枪、民兵步枪等武器，也往往是画面中必不可少的道具。在施展的《清算》中，画面中央的老妇人指着地主的鼻子诉苦，地主背后的民兵则用手指向地主的脊背，舒展的姿态伴随着大幅度的身体动作；被清算的地主弯腰弓背，帽子跌落在地，体态向内蜷缩。在夏风的《斗争恶霸》中，被斗争的恶霸被人群包围在画面中央，身体大幅后仰，姿态极不稳定，四周的群众则聚拢上来，以前倾的身体姿态逼近恶霸。与抗战时期减租减息运动中古元的《减租会》尚能保持一定距离的人物布置不同，夏风《斗争恶霸》中的人群与恶霸之间已发生了直接的肢体冲突，画面整体显得更加紧凑乃至拥挤。从人物动势上的对称

结构，到围拢在四周的农民们高高举起的拳头、农具、武器和旗帜，《斗争恶霸》中的空间组织呈现出一种整体性的冲突结构以及强烈的动态感。如胡斌指出的那样，这类结构模式构建起的是一种"具有史诗性的斗争画面"[①]。在解放战争与土改运动的历史情境下，这种富于戏剧性、紧张感和动态感的图像刻画被赋予了一种历史表述的冲动。从古元《减租会》中说理的农民，到施展《清算》中诉苦的妇女，再到夏风《斗争恶霸》中拿起武器的群众，革命主体的确立愈发鲜明，革命行动中蕴含的斗争性也更饱满。文艺工作者开始从对现象、事件的即时表现转入了一种历史叙述的尝试，力图将具有当下性的运动剧场转换为一种携带着历史正义感与方向感的史诗性表达。在很大程度上，戏剧形式与政治运动之间的相互浸染，当然也是中共的文化政治实践有意为之的，革命必须从社会剧场进入历史剧场，才有可能真正确立其主体感与合法性。

与土改木刻中大同小异的运动剧场相比，古元1947年创作的木刻版画《焚毁旧契》（图5-4）显得有些特别。如第二章论及的那样，早在1943年创作的木刻《减租会》中，古元已经创造性地采用过这种具有剧场感与动态感的构图方式，并在很多细节上都构成了此后土改木刻的形式资源。但与上述这些创作不同，亦不同于古元自己在抗战时期的边区创作中那种静穆深细或明快可喜的风格，这幅《焚毁旧契》以一种带有强烈冲击性的视觉形式和丰富而潜隐的图像层次，透露出一种敏锐而深刻的历史感觉。从表现的内容与场景来看，《焚毁旧契》刻画的也是一个

[①] 胡斌：《视觉的改造：20世纪中国美术的切面解读》，第33页。在关于土改斗争会的图像表述问题上，胡斌的研究给予本论很大启发，特此致谢。

"翻身"的时刻：斗争胜利的农民从地主处夺得了地契后，聚集在地主的高门大院前，点起一把窜天大火将地契烧毁，欢喜而振奋的农民打起大鼓，敲响腰鼓，扭起秧歌，围着火焰欢呼着。与古元此前边区创作对线条、光影的通俗化追求不同，《焚毁旧契》没有继续那种单线阳刻、背景虚白的创作方法，而是使用了相当浓烈鲜明的黑白布局与光影层次，人物姿态丰富且极具动感，对人物行动的背景环境也做了相当精细考究的刻画，刀法自由而有力、刚健而不失细节，整个画面惊心动魄，极富气势又颇有余味。尤其值得注意的是，这幅木刻的空间构图整体上形成了一种仿佛无限向上的动势：白色的火焰以一道冲向天际的对角线划破了大面积的黑色建筑由一横一竖构成的稳定感与压迫感；围拢在四周的农民也并非静态的围观，画面中心戴草帽的农民高高举起地契正要投入火中，火焰后方一个农民挑起长棍将飘飞的地契赶

图 5-4　古元《焚毁旧契》(木刻版画)，1947年，《古元木刻选集》，人民美术出版社 1952 年版

入火里，另一个农民高高地站在地主宅院门前的石敢当上向前倾斜着身体，伸直了手臂仿佛想要追随火焰一般——人物身体伸展的姿态几乎要和火焰的走势融为一体。相对处在画面下方的农民很多也朝向火焰的方向伸出手臂、高举着拳头或鼓槌，几乎所有人都仰着头，向上的目光紧紧追随着火焰的走势。人物形成的基座像一簇柴火一样架在大火之下。燃烧着的地契碎片被火势裹挟着，形成一朵朵步步攀升的小火焰，随着火焰凌厉的线条直冲上天际；对于天空的表现则极为洗练地用大、小圆刀概括出一种风起云涌之势。概而言之，整个画面以火焰为中心，从空间的切割与分配，到人物的部署与姿态，再到对风、云、烟雾、气流的线条表现，都构成一种具有提升感的、"向上"的强烈动势。无论是从意象、情境还是构图中这种有机的动态感和爆发性来看，古元的这幅木刻都很容易使人联想起《暴风骤雨》中的一段关键性的语言："报仇的火焰燃烧起来了，烧得冲天似的高，烧毁几千年来阻碍中国进步的封建，新的社会将从这火里产生，农民们成年溜背的冤屈，是这场大火的柴火。"[①]

  对于在五常县周家岗村和周立波有着共同的土改经历的古元而言，这的确算得上是这幅木刻的一个绝佳的注脚。但这或许并不是《焚毁旧契》中蕴含的全部意义。《焚毁旧契》把握历史的方式，不仅在于这种基于写实与叙事的革命浪漫主义气息，而恰恰在于一种风格上的含混性，以及隐匿在图像隐蔽处的细节。在上述这种近乎无限"上升"的空间营构之外，这幅木刻还使用了大面积的黑色。尽管从门楼下明亮的门洞可以推知这是一出发生

[①] 周立波：《暴风骤雨》，第172页。

在白天的场景,但大面积铺开的黑色建筑以及浓烟与云雾混沌交错的天空其实很难使人分清这一场景到底是白天还是黑夜。换言之,尽管白亮夺目的火焰占据着画面的结构中心,但仍然无法改变整体色调上的阴沉。从最直观的象征意味上讲,这当然寓意着某种从黑暗到光明的革命力量。但不得不说,这种翻卷向上的空间动态与阴暗奇诡的黑白节奏,也使整个画面产生了某种哥特风格的意味。这是一种集崇高与恐怖于一体的含混性。换言之,《焚毁旧契》表现的不仅是翻身时刻巨大的欣喜感与解放感,也是革命的暴力形式摧枯拉朽的巨大力量。

唐小兵在讨论《暴风骤雨》时曾指出:"暴力带来的恐怖和残忍,同时也给予一种'直接实现意义'的动人幻象,诱发一种趋近于崇高的乌托邦式美感。"[①]但与周立波的小说或其他土改木刻中的刀枪棍棒不同,《焚毁旧契》中的暴力形式是一种强劲复杂的精神氛围。在高大而黑暗的地主宅院面前,它是一种有内容的、能够对实在的压迫性结构进行反抗的颠覆性力量。但在画面左下角的一个女性仰视火焰时惊恐的眼神中,则映照出由暴力本身衍生出的恐怖感。另一处饶有意味的细节隐藏在这个村妇视线延伸出的对角线终点上,即宅门房檐上的两只檐兽。这两只黑色的兽头在尺寸比例上有些过于巨大,张着大口,面目狰狞,目光却空洞、分散而游离。它们不注视人群,甚至也没有注视火焰。这两道目光飘散在被火焰气势占据的半空中,却在某种程度上打乱了由人群的基座和火焰插向天空的直线构成的视觉焦点,节外生枝地引诱着观看者的注意力。但奇妙的是,这两只怪兽与整个

[①] 唐小兵:《暴力的辩证法——重读〈暴风骤雨〉》,《再解读:大众文艺与意识形态》,第111页。

画面的气氛与情调并不违和,甚至与冲天的火焰、翻卷的烟云共同分享着某种超现实的形式美感。

盘踞在"封建堡垒"①上的怪兽与革命大火之间的通感似乎隐喻着某种以暴制暴的逻辑。这并非否认革命暴力所承载的历史内容,而是希望辨认和询唤出那些散落在某种均质化的暴力形式之下的传统、欲望或价值的幽灵,勘破除了革命理性之外,那些非理性的意识与行动的缝隙中是否还保存有其他的理性形式。与此同时,在《焚毁旧契》中,作为革命主体的农民群众与其所处的空间环境之间的结构关系也与东北解放区同时期的其他土改木刻不同。在同题材的其他木刻中,人群往往占据画面主体,环境则大多单纯作为背景,而《焚毁旧契》的画面主体在很大程度上则是由画面底部的人群和画面中央的大火共同构成的,地主的形象虽然没有直接出现,但高大阴森的建筑作为背景则以暗沉的色调占据了画面将近一半的比例。应当说,地主家的高门大宅所具有的压迫性与农民群众燃起的大火所具有的爆破力在视觉上形成了一种强烈的竞争关系。换言之,尽管与大火融为一体的群众形象确实象征着磅礴的革命力量,但高耸、坚固、阴森的"封建堡垒"与高高踞守、不动声色的"怪兽"也确实呈现出一种或难以撼动或挥之不去的视觉形象,隐隐传达出处在革命对面的旧权力与旧文化的顽固与强大。在某种程度上,这种视觉关系的搭建动摇了其他土改木刻中看似写实的图像配置里包裹着斗争激情的理性形式,也打破了写实主义的视觉经验背后自认为能够把握所

---

① 彦涵1948年有一幅表现农民攻占地主宅院的画作即以《向封建堡垒进攻》命名。画面中的宅院也和古元这幅《焚毁旧契》一样,有一种堡垒式的坚固、高大的森严感。画作可参见彦涵《向封建堡垒进攻》,《彦涵版画》,人民美术出版社1982年版,第33页。

有历史实质、抵达历史目标的幻象，潜在地提示了革命必须要面对的充满难题性的现实。这或许也是真正深入现实结构的文艺工作者从其淋漓生动的现实经验内部，经由形式上的超现实表达照看历史的方式。

第三节 "翻心"的难题：斗争、劳动与想象农民主体性

一、"斗争"的逻辑与"斗争者"的合法性问题

与运动剧场营造的那些痛快淋漓的报仇雪恨或摧枯拉朽的革命想象不同，乡村现实中"翻身"时刻的到来，却往往遇到难以"翻心"的阻碍。《太阳照在桑干河上》中悲苦的老汉侯忠全年轻时爱看个"忠孝节义悲欢离合"的"唱本本、戏本本"，被欺压到老却信了地主侯殿魁的"一贯道"，只讲些因果报应的故事。众人斗争侯殿魁，要他出来"算账"，他却把分给自己的一亩半地退了回去：

> 这次他还是从前的那种想法，八路军道理讲的是好，可是几千年了，他从他读过的听过的所有的书本本上知道，没有穷人当家的。朱洪武是个穷人出身，打的为穷人的旗子，可是他做了皇帝，头几年还好，后来也就变了，还不是为的他们自己一伙人，老百姓还是老百姓。他看见村子上一些后生也不从长打算，只顾眼前，跟着八路后边哄，他倒替他们捏着一把汗呢。①

---

① 丁玲：《太阳照在桑干河上》，《丁玲全集》第2卷，第101页。

事实上，侯忠全的想法在农民中很有代表性，也并不是一句"农民自身的落后性"即可涵盖。稍加分析便可发现，促使侯忠全"退地"的考虑有很多重：表面上是受会道门蛊惑、"命由天定"的迷信思想作祟，但实际上也经过了侯忠全自己切实的思虑与谨慎的揣度。侯忠全其实是用自己"命运"中的"苦"，不厌其烦地验证着他仅有的一点关于历史的经验和知识，并试图使用这种经验知识来对现实作出判断。"忠孝节义"与"王朝更替"共同构成了农民认知结构的来源，而侯忠全关于历史的认识还包括农民革命的反复失败或变质。旧世界中长期的主奴关系不仅将农民束缚在一种"坐稳了奴隶"的惯性当中，这种"改朝换代"式的历史循环感也阻碍着农民真正认识社会正在发生根本性变革的可能，更遑论主动寻求改变的可能。这使得侯忠全既不信任共产党会始终保有持久的革命性，也从根本上不相信穷苦人能"翻身"。更重要的是，当革命必须以"斗争"的暴力形式展开时，农民自然会顾虑以暴易暴所可能引发的仇恨与报复。事实上，在当时国共两党复杂多变的战争局势下，这种所谓的"变天思想"也就不仅是农民身上承担的精神奴役创伤，而且是相当现实的顾虑与恐惧。1947年山东土改中，国民党组织"还乡团"杀回来，跟中共部队多次、反复发生争夺与冲突。①事实上，1946年9月，就在暖水屯的原型、丁玲参加土改的察哈尔省涿鹿县温泉屯，丁玲以及工作队由于战事紧张匆忙撤离后不久，温泉屯即被国民党部队占领，直到1948年才重被共产党收复。②《太阳照在桑干河上》

---

① 刘永华等：《社会经济史视野下的中国革命》，《开放时代》2015年第2期。
② 可参见丁玲《给曹永明同志的信》，《丁玲研究资料》，天津人民出版社1982年版，第134—137页。

中，在斗争钱文贵之前，虽然经过艰难的工作"人都壮了胆，不怕斗不起来"，但章品和张裕民都产生了同样的担忧，章品特别嘱咐"人千万别打死"，并由此引发了一段沉思：

> 章品又沉思起来，他想不出一个好办法，他经常在村子里工作，懂得农民的心理，要么不斗争，要斗就往死里斗。他们不愿经过法律的手续，他们怕经过法律的手续，把他们认为应该枪毙的却只判了徒刑。他们常常觉得八路军太宽大了，他们还没具有较远大的眼光，他们要求报复，要求痛快。有些村的农民常常会不管三七二十一，一阵子拳头先打死再说。区村干部都往老百姓身上推，老百姓人多着呢，也不知是谁。章品也知道村干部就有同老百姓一样的思想，他们总担心着将来的报复，一不做，二不休。一时要说通很多人，却实在不容易。①

丁玲借由章品之口指出，这其实也是一种"变天思想"的反映。小说也试图由此探寻导致土改过度激进化的内在原因。章品希望诉诸的解决方案在于"要往死里斗，却把人留着；要在斗争里看出人民团结的力量，要在斗争里消灭变天思想"，即寻找某种不同于"肉体消灭"却仍要"往死里斗"的斗争形式。换言之，"暴力"本身并不能释放出新的、打破历史循环的意义，因此这也不应是中共理想中的"翻心"实践所要达到的最终效果。②但

---

① 丁玲：《太阳照在桑干河上》，《丁玲全集》第 2 卷，第 253 页。
② 关于这一问题，刘卓敏锐地指出章品的追问恰恰揭示了这一悖论性："这样一个由追求平等权利所激发起来的政治空间，为什么会变形并重复了原来的暴力压制的方式。"并提出章品的沉思是希望"以斗争作为教育的方式，从斗争中促进新的集体的形成"。刘卓：《光明的尾巴？——试以〈太阳照在桑干河上〉谈土改小说如何处理"变"》，《现代中文学刊》2014 年第 6 期。

事实上，在地方土改的实际中，想要"在斗争里消灭变天思想"，最终很可能还是要诉诸彻底的暴力斗争，所谓新的、非暴力的斗争形式往往被证明是脆弱的、无效的。因此在晋察冀中央局、东北解放区等很多地方，地主献地、和平分地是不被允许的，往往会被视为是对政治斗争的取消，无法真正使农民"起来"。1946年7月，中共黑龙江省省工委明确提出："不经清算斗争，地主与农民间的阶级仇恨不会明显，农民阶级觉悟不会提高，而只增加地主对共产党的仇恨（地主与农民都以为他们之间无大问题，是共产党来了，所以地主的土地才保存不住）"。省工委在土改初期进行工作经验总结时则发现："由于和平分地，最穷苦的农民未起来，不愿要地"；"只要农民与地主撕破脸，对立起来以后，斗争才不一般化"。1946年10月，中共黑龙江省省委也指示各地党委，斗争必须彻底，"在斗争中扫除群众的变天思想，留后手，使反动地主恶霸永世不能反攻，而进行不断的工作。"[①]然而问题的关键在于，对于革命与战争而言，政党固然需要动员出足够的"斗争主体"，但仅仅以"斗争"作为基点，却未必能生产出真正的主体性。这也就意味着，寻求新的"斗争"形式仍然需要面对的问题是：如何才能在"斗争"逻辑的内部，避免某种经过颠倒的、新的压迫结构的生成？真的存在这样的斗争方式吗？

这构成了土改运动中"翻心"实践的一个难题。不同于周立波对于把握"各阶层的人物的行动，心思情感和生活习惯"有意或无意的规避[②]，并以"三斗"地主这样频繁的运动剧场占据小说

---

① 黑龙江档案馆编印：《黑龙江革命历史档案史料丛编·土地改革运动》，无出版社信息，1983年版，第28—29、31、34、59页。
② 周立波：《〈暴风骤雨〉是怎样写的》，《周立波研究资料》，第246页。

的叙事主体，丁玲、赵树理、欧阳山等人的土改叙事则更倾向于深入到不同阶层的农民心理与视角中去，写出农民的"翻身"或"翻心"之难。这种艰难不仅在于农民所遭受的经济、政治压迫以及精神奴役的程度之深，而且与土改运动本身的政策偏向、斗争逻辑，甚至是抗战时期边区主导的"富农经济""新富农"化的基层干部组织与土改时期贫雇农的"平均主义"要求之间的冲突①，都存在深刻的关联。因此，亦不同于《暴风骤雨》对于土改政策的忠实互文，这些小说都在试图把握和探究土改进程中的局限与问题。正如丹尼尔·贝尔指出的那样："革命的设想依然使某些人为之迷醉，但真正的问题都出现在'革命的第二天'。那时，世俗世界将重新侵犯人的意识。人们将发现道德理想无法革除倔强的物质欲望和特权的遗传。人们将发现革命的社会本身日趋官僚化，或被不断革命的动乱搅得一塌糊涂。"②

但土改的复杂性在于，它是在双重的意义上面对这一难题。一方面，如果说抗战时期的解放区以相对温和的减租减息缓解了很多地方的土地问题，大生产运动又使相当一部分农民从贫农乃至毫无土地的状况下"翻身"成为新的中农与富农，甚至由此跻身于新的乡村基层权力组织当中，那么激进的土改斗争看起来就是在以"继续革命"的方式在处理边区革命的"第二天"问题。事实上，刘少奇、康生也正是以"干部腐化"为由最先支持了晋察冀中央局与晋绥分局对"五四指示"中"一条批准"的断章

---

① 关于大生产运动中新富农经济的崛起与土改运动中"发动贫雇"之间的冲突问题，可参见李放春《北方土改中的"翻身"与"生产"——中国革命现代性的一个话语—历史矛盾溯考》，《中国乡村研究》（第三辑），第 231—287 页。
② 〔美〕丹尼尔·贝尔：《资本主义文化矛盾》，赵一凡、蒲隆、任晓晋译，第 75 页。

取义，以及对"九条照顾"的大幅度违犯。① 但另一方面，鲁迅所谓"革'革命'"意义上的土改本身也同样出现了"翻身"后的"第二天"问题。土改运动对于贫雇农的发动，尤其是从贫雇农中寻找"积极分子"、成立"贫农团"等做法，开始暴露出其问题所在，在运动的激进化过程中负有很大的责任。在社会主义现实主义"经典"意义上的土改小说中，积极分子往往是作为土改过程中涌现出来的农民"带头人"形象出现的，如《太阳照在桑干河上》的张裕民、程仁，《暴风骤雨》中的赵玉林、郭全海等。但在现实情境中，所谓的"积极分子"却很可能并不是理想中的"新人"形象。即使是在《太阳照在桑干河上》中，尽管丁玲对文采同志的"有色眼镜"讽刺有加，但仍然不能抹去张裕民这样的积极分子在组织干部时，仍然带有浓厚的帮会习气与江湖气（如"跳黄河一块跳，一口同音"，"各人保守秘密"等等），张正典更是一个投机且腐化的"坏干部"形象。就丁玲的写作意图而言，小说也是有意保留这些问题的。如果说，如刘卓指出的那样，丁玲通过小说中的不同人物、不同视角"提供的是一个呈现各方矛盾关系的实验"，"挑战了从单一视角，比如说党、或者农民、或者中农等身份来把握土改进程的局限性"②，那么赵树

---

① 另一个重要原因是华北地区土地太少、可耕地稀缺，很多地方领导人"所以直接或间接地变相拒绝执行五四指示和七一九指示，反对照顾地主，甚至坚持必须动富农，关键也是因为地不够人，房屋、家具、衣被、耕畜、农具、金钱等不够分，农民生活改善太难。因此，康生在郝家坡千方百计想要创造的，其实也就是在有限的条件下实现让农民均富或者叫均平的经验"，刘少奇也主张应在解决贫困问题的意义上看待"左""右"问题，即如果为解决土地问题而动了地富乃至中农也"不叫左"。参见杨奎松《抗战胜利后中共土改运动之考察》（下），《江淮文史》2012年第2期。

② 刘卓：《光明的尾巴？——试以〈太阳照在桑干河上〉谈土改小说如何处理"变"》，《现代中文学刊》2014年第6期。

理、欧阳山则是选择了相对内部的"中农"视角。赵树理在其写于1948年的一系列通俗化的政论如《干部有错要老实》《谁也不能有特权》《发动贫雇要靠民主》《停止假贫民团活动,不能打击贫雇》《中农不要外气》以及快板《为啥要组贫农团》中,都集中呈现与批评了土改过程中的干部问题。一方面是"老解放区"遗留较多的干部腐化问题:"村干部或是放松了地主富农,或自己多占了果实"①,或是地主富农本身"改头换面在村里当了干部、当了共产党员、或者跑出来钻进各机关里去,有些是军属、干属、烈属,靠子弟的势力保存自己","多占了果实的,不是党员和干部,就是他们的亲戚朋友。"②另一方面则是新发动起来的"积极分子"内部出现的"坏干部"问题。在赵树理看来,发动贫雇工作的一种毛病在于"多数人没有真正起来,少数能说会道可是不正派的人当了委员或者积极分子":

> 每个村子里,都有一种灵活的滑头分子,好像不论什么运动,他都是积极分子——什么时行卖什么,吃得了谁就吃谁;谁上台了拥护谁。这些人,有好多是流氓底子,不止没产业,也不想靠产业过活,分果实迟早是头一份,填窟窿时候又回回是窟窿。可是当大多数正派贫雇农还不相信自己的时候,偏好推这些人出头说话,这些人就成了天然的积极分子。③

---

① 赵树理:《干部有错要老实——评晋城马坪头"劳资合作"》,《赵树理全集》第3卷,第243页。
② 赵树理:《谁也不能有特权》,《赵树理全集》第3卷,第244页。
③ 赵树理:《发动贫雇农要靠民主》,《赵树理全集》第3卷,第253页。

赵树理观察的敏锐之处，在于他洞悉到了这类"流氓无产者"之所以能成为斗争主力的原因，其斗争性无非就是一种"因利而动"的投机性。这与习仲勋在1948年初给毛泽东的土改报告中的观察是一致的："在老区有些乡村贫雇很少，其中有因偶然灾祸贫穷下来的，有是地富成份还未转化的，有因好吃懒做抽赌浪荡致贫的，故这些地区组织起的贫农团，在群众中无威信。他们起来领导土改，就等于把领导权交给坏人，因而就出的乱子很多，吓得区乡干部有逃跑的、有自杀的，群众中也同样发生此种现象。很多地区掌握不好，这也是其中一个很大的原因。"① 在这类"坏干部"的作用下，大批中农以及得益于此前减租减息斗争而由贫雇农升为的新中农、新富农开始受到越来越严重的侵犯。更恶劣的后果在于农村中人人自危，因怕被斗争，宁肯变卖牲口都不愿意当中农，分果实时不热衷于分土地，反倒更乐于分浮财，分得果实后迅速吃光花光，不问生产，直接对此前的大生产运动培养起来的劳动积极性以及复苏中的农村经济和道德秩序造成了破坏。这也是自1947年底到1948年初，中共中央不得不迅速对土改政策进行"纠偏"的重要原因。

赵树理在其写于1948年的小说《邪不压正》中，就既写到了"狗腿子"小旦这样"讹人骗人""坏透了"的干部，也写到了如小昌这样在新政权下获得基层政治权力后重新沦为仗势欺人的新权威。依托"软英的婚事"这样一个运转着乡村礼俗、情理和势力的事件与场域，赵树理写出了：无论是刘锡元横行霸道的

---

① 习仲勋：《关于土改中的一些问题给毛主席的报告（一九四八年一月十九日）》，中国人民解放军政治学院党史教研室编：《中共党史参考资料》第11册，无出版社信息，1979年版，第114页。

"旧权势",还是小昌这样的坏干部造成的"新不公",首先入侵的都是王聚财这样的保守中农的生活与利益。这不得不使人怀疑,所谓的"翻身"到底是不是在革命,如果是,那又是在革谁的命呢?相比而言,丁玲、周立波的小说大多都触及了土改工作员与普通农民之间在话语上的隔阂,而他们塑造的"新人"形象之所以在不同程度上符合社会主义现实主义的期待,正是由于在一个更高的维度上向人物内部注入了更为宏大的历史视野与未来性。① 但正如罗岗、倪文尖等研究者结合赵树理小说的形式所洞见的那样,在面对具体的"事情"和"问题"本身时,那些所谓"典型"人物的代表性与普遍性所无法涵盖与解决的暗角,实际上得不到足够的表现与处理。而与依靠外来干部解决问题的"苏联模式"不同,赵树理的小说则是在乡土世界内部,依靠"说话"和行动将"事""理""情"勾连起来。正是通过这样的形式机制,赵树理的小说才能更深刻地揭露出乡村社会隐藏在礼俗之下的压迫性与不平等、"有势力者就有道理"的权力真相,以及"能说会道的就算得多"这样严峻的新问题。这也正是赵树理的写作与社会主义现实主义之间的分歧所在。②

值得继续深入讨论的是,以追求平等权利与社会公正的"翻身"为什么走向了自己的反面?辨明了"土地与劳动之辩"的土改运动为什么又反过来"革"了大生产运动的"命"?在这些问

---

① 李松睿在其研究中特别处理了这一问题与引入某种宏大的历史视野之间的关联性。参见李松睿《书写"我乡我土"——地方性与20世纪40年代中国小说》,上海人民出版社2016年版。

② 参见罗岗《回到"事情"本身:重读〈邪不压正〉》,《文艺争鸣》2015年第1期;倪文尖《如何着手研读赵树理——以〈邪不压正〉为例》,《文学评论》2009年第5期;李国华《反叙述:论赵树理小说的形式与政治》,《山西大学学报》(哲学社会科学版)2016年第1期。

题上,赵树理选取"中农"视角并不是偶然的,这既与土改运动中凸显的侵犯中农利益的偏向有关,又在于为中农所信仰的"诚实劳动"的生产伦理所具有的主体性价值。如倪文尖所言,赵树理并没有一味将农村中的"老实人"理想化,《邪不压正》中的王聚财也总是打着"看看再说"的小算盘。[①]但农村中以中农为代表的"变天思想"在很大程度上也源自他们对于"斗争"逻辑的不理解。丁玲在《太阳照在桑干河上》中尤其瞩目于农民在土改中的意识状态。在害怕斗争波及自己的中农眼中,"如今只有穷光蛋才好过日子,穷光棍又不劳动,靠斗争,吃胜利果实,吃好的啦"。尤其能够代表中农心理的顾涌老汉虽然也承认跟着共产党日子强得多,"可是一宗,老叫穷人翻身,翻身总得靠自己受苦挣钱,共人家的产,就发得起财来么?"[②]顾涌老汉这一发问的局限性在于,他并不懂得"翻身"并不只是一个经济目的,还涉及整个政治上和精神上的主奴关系的打破。但这一发问的透辟之处则在于,即使是在经济、政治、精神上整体性的"翻身",又要靠什么样的方式才能真正获得呢?至少在中农尊重诚实劳动的生产伦理与价值体系看来,这不是"靠斗争"就能够或应当获得的。换言之,中农的疑问恰恰质疑了"斗争"的社会正当性,以及被流氓无产者占据了"斗争者"位置的基层政权合法性。

二、革命的"资格":"斗争"与"劳动"的悖论

赵树理虽然在叙事上采取了中农的视角,但他并没有据此

---

① 参见倪文尖《如何着手研读赵树理——以〈邪不压正〉为例》,《文学评论》2009年第5期。
② 丁玲:《太阳照在桑干河上》,《丁玲全集》第2卷,第181、18页。

就从根本上否定"斗争"的必要性。在改变剥削关系的根本问题上，善于在小说中"算剥削账"的赵树理当然认同发动土改的必要性，但他特别强调的是"斗争者"的"资格"问题，即到底什么样的农民才有资格成为真正的革命主体。在1948年写给农民看的另一篇小政论《穷苦人要学当家》中，赵树理这样写道：

> 咱们这些穷苦老实农民，因为受的压迫太多，压得自己没有喘过气来，常好说些没出息话。有的说："咱一辈子只会劳动，啥也不会说，人家叫咱干啥咱干啥吧！"有的说："不论人家怎么分，分给咱多少咱要多少吧！"这都是太看不起自己了。"穷苦"、"老实"、"劳动"，不只不是我们的短处，还是我们的资格，三步功名缺了一步，不能入咱们的贫农团，和从前那个不是大学毕业不能作官一样。不要小看自己，这种资格是受苦受难换来的，别人想装也装不像。①

赵树理在政论中特别喜欢用"咱们"的口吻说话。这不仅仅是为了在语言上造成一种与农民"拉谈"式的通俗化效果，同时也在"咱们"这个家常而亲近的复数人称中蕴含了一种作为共同体的主体想象。而构成这个主体的资格有三：穷苦、老实、劳动。赵树理试图颠覆农民对于这三种品质的轻贱观念，而将其树立为一种主体性的来源：经济上被剥削的"穷苦"构成了反抗与斗争的动力，"老实"和"劳动"则保证了这一主体的道德根基，使其在斗争胜利后依然能够不脱离土地，继续依靠诚实劳动建设自己的经

---

① 赵树理：《穷苦人要学当家》，《赵树理全集》第3卷，第239页。

济生活与道德世界。东北解放区在土改初期也在工作中发现,"我们所需要的积极分子是勤劳而从事生产的人,就是不仅要'劳',还得要'苦'",现在的积极分子虽然"会说能活动","但他们不是真正劳动受苦的人,习惯于游手好闲的生活,因而私欲心特别重,善于投机取巧"①。换言之,"斗争"的目的是获得劳动致富的权利,而不是实现阶级的颠倒、成为不劳而获之人。因此,赵树理在小说中想要寻找的那种"能说话的人",并不是指那些依靠能说会道的诡辩伎俩、为牟取个人私利而"装"作"受苦人"的人;而是像李有才这样有"说话"的能力又有公心,不脱离于劳动,因而也不会脱离于底层群众,具有组织群众能力的农民。

由此可以发现,借助一般的中农视角,"斗争"与"劳动"之间呈现出一种矛盾和悖论。用习仲勋的话来讲,土改斗争"分明的是对劳动致富方针有了怀疑"②。但这不仅是李放春所谓的"翻身"与"生产"之间的话语矛盾③,而且涉及"斗争"与"劳动"作为两种不同的实践方式,在价值和伦理层面上的根本差别。一方面,斗争逻辑在"革命"赋予的正当性之下,实际上压抑了传统经济伦理中以"本分劳动"为代表的价值取向、生活方式与道德感。另一方面,即使在"劳动"内部也存在其自身的悖论性。如果说,在大生产运动肯定"富农经济"的前提下,"劳

---

① 《绥宁省群工会议关于土改中几个问题的结论》(1946年9月),黑龙江档案馆编印:《黑龙江革命历史档案史料丛编·土地改革运动》,无出版社信息,1983年版,第88、87页。
② 习仲勋:《关于土改中的一些问题给毛主席的报告(一九四八年一月十九日)》,中国人民解放军政治学院党史教研室编:《中共党史参考资料》第11册,第113页。
③ 参见李放春《北方土改中的"翻身"与"生产"——中国革命现代性的一个话语—历史矛盾溯考》,《中国乡村研究》(第三辑),第231—287页。

动"是作为一种相对均质化的概念（生产性劳动）与价值（劳动光荣），与"生产"的关系更为紧密，而与其他非生产性劳动甚至其他实践方式相区别；那么这一概念也就无法回答：乡村基层管理工作算不算是一种劳动？知识分子的思想劳动与精神劳动是否创造价值？从事这些工作的人如果不同时从事生产劳动的话，是不是就算"不劳而获"？他们付出的时间、精力和"误工"的代价能否或应否得到经济上的回报或保障？简而言之，这种一元化的"劳动"价值可能也会构成对其他实践方式的压抑。即使是在"生产劳动"的内部，不同劳动者在生产资料和劳动能力上的差别，势必会导致财富积累上的差别，仅仅依靠劳动显然无法维持经济上的平均状态，从而导致贫富分化的产生。即使是在缺乏自觉的阶级意识的农民眼中，正因为"劳动"意味着一种能力与品行，有高低上下之别，才会构成不同劳动者之间的生存境遇与生活质量的差别，并由此形成农民头脑中的"阶级惯习"[1]。这也

---

[1] 在布尔迪厄那里，"阶级惯习"（class habitus）指的是"阶级状况及其作用条件的内化形式。因而一个人必会建构客观的阶级（objective class）。一批能动实践者，他们被置于类同的生存条件中，强加以相似的条件并生产着有类似实践禀性能力的相似系统；并且，他们还拥有共同的财产、客观化的财产、经常受到法律保证的（如商品和权力的占有）或者被具体化为阶级习性，尤其是分类先验图式（classification schemes）体系的财产"。张小军在分析乡村土改中的阶级划分与象征资本时借用这一概念（张文采取的译法是"习性"）指出："作为土改中的百姓，他们也具有阶级习性，在头脑中具有阶级分类的先验图示，不过，这个先验图示当然不是来自土改阶级以后的那个'阶级'分类，因为当时他们还不曾有过那样划分阶级的经验。他们的阶级习性，主要是过去头脑中对人群分类和彼此等级、地位、经济等差别的理解体系。例如平分土地的概念之所以受到多数人的欢迎，表明了他们对土地所有关系上差别的不满。虽然仅仅土地差别并不是直接的'阶级'经验，却为后来土改中土地均分情形下的划阶级提供了经验的支持。"张小军：《阳村土改中的阶级划分与象征资本》，《中国乡村研究》（第二辑），商务印书馆2003年版，第121—122页。也就是说，这种阶级惯习也是构成土改运动唤起阶级经验和阶级观念的基础。

正是土改斗争中需要面对大生产运动中成长起来的新富农、新干部的问题根源。

回到土改工作的积极分子以及"坏干部"问题。赵树理在《邪不压正》中写到土改政策提出实行"填平补齐"缩小贫富差距，但下河村里的干部、积极分子回村开斗争会时，最大的抵触却来自已经占有很多果实的干部和积极分子：

> 小宝说："平是平不了，不过也不算很少！这五六户一共也有三顷多地啦！五七三百五，一户还可以分七亩地！没听区分委说'不能绝对平，叫大家都有地种就是了'！"又有人说："光补地啦？不补房子？不补浮财？"又有人说："光补窟窿啦？咱们就不用再分点？"元孩说："区分委讲话不是说过了吗？不是说已经翻透身的就不要再照顾了吗？"小旦说："什么叫个透？当干部当积极分子的管得罪人，斗出来的果实光叫填窟窿，自己一摸光不用得？那只好叫他们那四十七个窟窿户自己干吧！谁有本事他翻身，没有本事他不用翻！咱不给他当那个驴！"元孩说："小旦！你说那不对！在区上不是说过……"元孩才要批评这自私自利的说法，偏有好多人打断了他的话，七嘴八舌说："小旦说的对！""一摸光我先不干！""我也不干！""谁得果实谁去斗！"元孩摆着两只手好久好久才止住了大家的嚷吵。元孩说："咱们应该先公后私。要是果实多了的话，除填了窟窿，大家自然也可以分一点；现在人多饭少，填窟窿还填不住，为什么先要把咱们说到前头？咱们已经翻得不少了，现在就应该先帮助咱的穷弟兄。"小昌说："还是公私兼顾吧！我看

叫这伙人不分也行不通，因为这任务要在两个月内完成，非靠这一伙人不行。要是怕果实少分不过来，咱们大家想想还能不能再找出封建尾巴来？"这意见又有许多人赞成。①

值得注意的是，在这场四十多个人参加的斗争会上，除了元孩和小宝，大多数干部都希望从"斗争"中渔利，不满足于给贫困户"填窟窿"而自己却"一摸光"。从这些干部的意见中可以看出，大多数农民在斗争中并不积极，因此得罪人、打冲锋的事只能积极分子和干部来做。这的确是发动群众过程中的一大难点，也正是因此，有些带有流氓习气的贫雇农才会因为其斗争性强而成为积极分子，干部工作的难度也确实存在。这也就是说，"多占果实"并不是只有小昌和小旦这两个"坏干部"才有的想法，而且是大多数干部的要求。抛开土改过激时期干部队伍流氓化的极端情况来看，这些革命者、组织者、管理者之所以想多分多得，或许不仅与私心私利有关，可能也隐含着这部分非脱产干部农民在脱离劳动参加革命背后的某些隐衷。丁玲在其写于1941年的小说《夜》中，就曾写到一个不脱产的农民干部何华明在工作与劳动之间不能兼顾的苦衷：

> 二十天来，为着这乡下的什么选举，回家的次数就更少，简直没有上过一次山。相反的，就是当他每次回家之后听到的抱怨和唠叨也就更多。
>
> 其实每当他看见别人在田地里辛劳着的时候，他就要想

---

① 赵树理：《邪不压正》，《赵树理全集》第3卷，第301—302页。

着自己那几块等着他去耕种的土地,而且意识到在最近无论怎样都还不能离开的工作,总有说不出的一种痛楚。假如有什么人关切地问着他,他便把话拉开去,他在人面前说笑,谈问题,做报告,而且在村民选举大会的时候,还被人拉出来跳秧歌,唱郿鄠,他有被全乡人所最熟稔的和欢迎的嗓子,然而他不愿同人说到他的荒着的田地,他只盼望着这选举工作一结束,他便好上山去。那土地,那泥土的气息,那强烈的阳光,那伴他的牛在呼唤着他,同他的生命都不能分离开来的。①

除了很少一部分脱产干部,解放区大部分行政村、自然村的干部都是不脱产的农民,即除土地收入之外并无其他收入来源。因此除了"误得起工"的富农干部之外,普通农民干部基本上都得承受误工的代价。而在经济的损失之外,丁玲还写出了这种被迫与土地、劳动分离给农民带来的精神上的痛苦。柳青笔下的王加扶、欧阳山笔下的高干大这样的好干部,无一不是在热火朝天的工作之外,还有一个破破烂烂、被亲人抱怨连连的家。在其他村民口中,则干脆把"模范"叫成"麻烦":"其实,当干部也够苦啦!""成天为人忙来忙去,替公家办事,还要起'麻烦'(模范)作用,自己比别人出得多,家里连吃的都顾不上,还要讨某些群众的厌恨呢!""'麻烦','麻烦',顿顿吃稀饭!"而大部分干部也反映,"公事真难办"②。事实上,无论是对富农干部还是对"误不起工"的不脱产干部而言,参与基层政权都可能意味着

---

① 丁玲:《夜》,《丁玲全集》第4卷,第255—256页。
② 海稜:《农村夜话》,《解放日报》1942年2月5日,第4版。

与土地的脱离、对劳动的背弃，而在土改运动中，更是无需劳动仅靠斗争就可以获得果实，再加上权力本身的腐蚀作用，很可能会逐渐剥夺一个农民的"底色"。在《邪不压正》中，原本还为老百姓办过几件好事的小昌就是这样逐渐腐化成一个"坏干部"的。土改运动的悖论性也在于这里：土地改革之所以要重新分配土地，本是为了让真正的劳动者能够拥有土地，实现"耕者有其田"，通过革命获得劳动致富的权利；但运动的实际却变成了对土地和财富的直接争夺，与诚实劳动相比，"斗争"也就成为了一种方便的、不劳而获的手段，甚至是牟取私利而非共同利益的工具。事实上，《邪不压正》中除了小宝和元孩，几乎每个人都怀揣着一套权衡的法则、账本和算盘。中农如此，干部亦如此。因此，赵树理实际上写出的是"翻心"之难，是旧有的小农经济下的财产观念、利益观念和实际理性的难以克服与翻新。换言之，价值由劳动而非由土地创造，这一"老直理"同时也隐含着一个更为浅显庸俗的面向，即"不能白干"的逻辑。在"革命的第二天"，"革命者"本身的付出开始要求回报。但正如元孩在斗争会上反复指出的，"革命"本就是一种大公无私、先人后己的牺牲精神，它势必是一个不能建立在谋求私利的情感结构之上的行动。在这个意义上，在农村社会展开"翻心"实践的难度正在于基于斗争的革命主体性与小农意识中的实际理性之间的悖反，而这正是解放区的政治文化实践一直试图通过建立合作互助式的集体劳动与群众性的集体文化而克服的难题。我们很容易发现，1949年后的土改完成后，合作化道路成为了乡村改造与建设的中心方向，这也导致了土改小说没有也不能再继续书写下去。事实上，合作化道路与农民个体的劳动积极性之间的冲突，也导致了社会主义时期的"劳动"概念更趋向于一种价值、观念或话语的形态,既不可能继续在"富农经济"及其小农生产伦理的层面来讨论劳动问题、制定劳动政策,又必须在公有制下的集体价值的层面上生成其文化形态与话语机制。换言之,在经济、道德与实践方式等诸多层面,这一概念都已经开始发生迁移。[①]

三、"好受苦人":乡村自主生产价值与主体的可能

从上述这种"斗争"与"劳动"、"革命"与"生产"的悖论关系来看待《李有才板话》,我们会发现,作为赵树理小说中理想农民的形象,李有才既具有组织群众、领导革命的能力,又不脱离劳动生产与底层群众,更特别的是,他最终并没有以干部的身份参与到基层政权中去。程凯认为,这取决于李有才位置的特殊性,它提供了一种"在政权之外"的制约机制,具有"再生产乡村'修复'与'再生'机制的力量"[②]。与赵树理的思考相类,欧阳山也在小说中虚构了一种能够独立于政权或官僚体系之外、具有自主判断能力的农民主体形象,但欧阳山迈出的步子还要更大一些。在小说《高干大》(1946)和《小伯温》(1949)中,农民的主体性与其所处的位置无关,它既可以是政权体制内部的一个革命岗位,又可以疏离于革命斗争之外,重要的是农民革命者

---

① 黄子平在讨论"劳动"与"尊严"的关系时即指出,社会主义时期的"劳动"往往"在符号秩序里是崇高的",但在"客观世界"或"生活世界"里"是贬义的",最终"劳动还是要焊接到国家集体这样的公有制的话语系统上,才能得到主体的尊严"。黄子平:《当代文学中的"劳动"与"尊严"——在中国人民大学的演讲》,《当代文坛》2012年第5期。
② 程凯:《乡村变革的文化权力根基——再读〈小二黑结婚〉与〈李有才板话〉》,《文艺研究》2015年第3期。

如何守住"不脱离土地,才能不脱离群众"的根底。这使得小说中没有多少文化的高干大反而比区委书记更能懂得《联共党史》里的那个不能离开"土地"的"大神安泰"的神话:"如果单为了自己,那是闹不好的;如果为了大家,那么大家闹好了,你自己也就好了"①。不同于《种谷记》中的干部,高干大最大的特点在于"向下负责",倾听、重视和解决老百姓的需要和困扰。在《种谷记》中,"维宝一派人物"②那样的积极分子实际上只是对"公家"的权威和指示形成了新的迷信,并且也仅仅是一种经验主义的信仰。即使是王加扶这样沉稳耐劳的干部,其实也并不追问政策本身的合理性,也不负责向群众解释政策的合理性,只是一味地通过耐心的工作来使群众接受政策的安排。因此同样是"苦干",王加扶和高干大存在本质上的不同。前者只能说是一个服膺于政策的工作者,但后者则是一个大胆创造的、真正为群众考虑的革命者。因此,高干大能够体谅群众的困惑,但王加扶却无法为这些困惑买单。在这个意义上,与《高干大》中的官僚区

---

① 欧阳山:《高干大》,《欧阳山文集》第4卷,第1660页。
② 柳青在《种谷记》中对"维宝一派人物"其实给予了相当反讽的眼光,虽然不作恶,但参加革命的动机也带有投机色彩:"恨不得一下子在王家沟实行共产主义的激进派","都是头顶上没有老人管教的年轻人,有几个已经二十好几,连婆姨也没有","以前苦也不重,组织了变工队以后更清闲,他们这一流人从前把空余时间都消磨在名誉不大好的婆姨们跟前,新社会一转变,都用到'工作'上来了,减租算账以后,娶亲的希望愈来愈大,'工作'的热忱也随着愈来愈高"。并以维宝为代表已经显现出脱离土地的倾向:"他像脱离生产的干部和学生一样留起头来,却是毫无理由,毫无益处。"参见柳青《种谷记》,第27页。但正如有研究者已经指出的那样,革命工作的积极性使这些所谓的"新农民"在"与其土地相联的勤勉劳动、本份生活、本土知识以及凭此而获得的'名誉、抱负、热忱,社会上的赞扬'等方面的疏离似乎被赋予了某种正当性"。参见罗琳《互助合作实践的理想建构:柳青小说〈种谷记〉的社会学解读》,《社会》2013年第6期。

长程浩明相比，王加扶只是多了一重对群众的耐心，但同样缺乏独立地思考问题、对群众负责的意识和能力。在这里，《高干大》显现出它的意义。这个形象的意义并不在于写出了一个"民办公助"的合作社英雄，而在于高干大能够冲破层层干部的官僚主义与教条主义，独立地摸索自己的工作方法，从群众的需要出发办事，这才是其"真英雄"之处。但小说的暧昧性也在于，如果不是高干大自己摸索的"民办公助"恰恰与政策的最终走向相吻合，恐怕也很难成为被肯定的模范工作者。虽然其根本目的在于为群众谋福祉，但小说的写作方式仍然是欧洲现实主义式的、巴尔扎克式的个人英雄。这一写法在某种程度上显示出，高干大这个"新人"形象的可贵正在于，即使处在基层政权的内部，被权力组织本身的异化所围困，高干大仍然能够像大神安泰一样从土地和群众中找到革命的主体感与创造性。换言之，参与革命不是为了进入权力组织谋取个人利益，也不出于是对政权本身的盲目迷信与追随，而是有作为农民革命者本身的价值诉求和底线。这可能也正是赵树理热情地赞许与推介《高干大》作为"一本好小说"的内在原因。

在小说《小伯温》中，欧阳山也选择了一个和赵树理相近的"中农"视角。在中农的身上，的确存在利己、观望、游移、不彻底的保守性，但同时也保有老实本分的根底，这使他们能够坚持不脱离土地和劳动，为自己、也有可能为更多人打算。欧阳山在《小伯温》中恰恰是从一个中农的个人选择中透视出了这种可能性。小说讲述的是一个跟赵树理小说《福贵》中的主人公有着相似命运的农民刘金贵，在家业被盘剥干净之后先是离乡当兵，后又回乡种地，在匪祸、兵患、减租减息和多次转向的土改运动中总能逢凶化吉的故事。村里人以为他可以预知世事，都唤他作"小伯温"，但事实上，曾经参加过"双减"革命的小伯温在土改中还是被"刨三代"定成了"下降地主"，成了"被斗户"。尽管如此，小伯温还是坚持"人家共产党是对的，跟着共产党走"，拒绝了大地主的拉拢，终于等到了1948年成立了新农会，重新划成分划成了新中农，"不但恢复了他的全部财产，还恢复了他的全部名望。"① 与《高干大》不同，《小伯温》乍一看上去，倒像是个对新政权盲目迷信的故事，但事实上，小伯温的主体性恰恰在于，在动荡纷乱的政治局势之下，他仍然能够清醒地辨认和坚持某些价值的根底。

虽然在减租减息、土改等运动中，小伯温并不是最靠前的那一个，却是最相信共产党的那一个。他并不相信政治宣传中的宏大叙事，但他能够把握住一个基点：即共产党是为了大多数人而不是个别人的利益。这个基点在小说的结尾显得意味深长：病得奄奄一息小伯温想再次嘱咐儿子"跟着共产党走"，但欧阳山并没有将其变成一个临终遗嘱式的政治煽情，反而更像是教给儿子一个锦囊式的鉴别方法，即如何判断共产党的"底细"。小伯温对于儿子的数次打断和否定，意在强调这个"底细"才是追随共产党的根本依据。对于政权而言，这其实是一种相对独立的位置和立场，是一个从农民自身的视角出发对政权进行判断的立场和眼光。这种眼光的独立和可贵，以及作家发现这种眼光的可贵，在于他写出了农民朴实的政治敏感及其对新世界、新政权加以审视和监督的能力，其中潜藏着来自农民世界及其情感结构的政治

---

① 欧阳山：《小伯温》，《欧阳山文集》第2卷，第865、869页。

可能性。这种精神位置的独立性，保证了小伯温既能在乡民都害怕、怀疑共产党的时候接纳他们，也能在共产党的政策路线发生偏差时保持自己独立的判断，而不是以个人的私利和境遇来随时颠倒对政权的判断。小伯温的所有判断都基于这个"底细"："你记住这一条吧！共产党在咱们村子里办了很多事，他总是不为一个人……两个人的……总是为了全村的！"[①]这是一种从乡村社群共同体的利益出发做出的判断，其独立性决定了小伯温和《邪不压正》中的王聚财之间的本质差别：王聚财不相信世道真的会变，是被长久以来的封建乡村之"势"奴役之人，对于历史发展的判断只能源于历史经验的迁延，对于新政权的判断也只是源于个人利益的得失。在这个意义上，小伯温的形象有其现实性，也有其理想性，但这一理想性又是从他曾跟着八路军参加减租减息的现实性中生长出来的。有意思的是，小说中"小伯温"的命名本来是一个来自民间的、带有迷信色彩的命名，指的是他可以勘破历史、预知未来。但实际上，除了第一次出走乡村得以生还带有某种偶然性之外，这个形象其实恰恰是一个在"生死有命，富贵在天"的世界观所主宰的旧世界里，少有的能够把握自己命运的人。他所谓预知未来的能力，最终被验证为一种朴素的政治敏感和历史预见性。小说结尾的那个场景，道出的并不是一个凝固的立场（"跟着共产党走"），而是这个立场背后的判断依据和一种动态的、指向未来的审视思维和历史眼光。这样一个农民形象的塑造，承载的正是老老实实的本分农民自身可能具有的政治潜能，以及一种自主判断的理性能力。

[①] 欧阳山：《小伯温》，《欧阳山文集》第2卷，第871页。

无论是李有才、高干大还是小伯温，他们都蕴含着乡村在与新的政治力量互动的过程中，自主生产价值和主体的可能。"翻心"实践的一大问题在于，在看重与"翻身"相伴随的变革性与解放感之外，却可能忽视了乡村之"心"本身蕴含的欲望、价值和能动性。但在解放区文艺工作者的笔下，我们还是可以看到很多这样被遗落的价值形式与实践方式。尽管高干大的合作社办得风生水起，但仍不忘嘱咐儿子"七十二行，庄稼为强"。《种谷记》中的存恩老汉虽然迷信阴阳，但对集体定期种谷的反对却并不是像二诸葛一样的"不宜栽种"，而是能够根据自己多年农事劳作的经验，出于对气候条件和规避风险的考虑提出合理的意见；王克俭这样的保守中农对于劳作、土地的热情与眷恋带来的是对劳动的全身心投入。在孙犁参加土改工作的冀中地区也普遍存在贫农团斗争过激的问题，但孙犁却在其农村速写中找到了香菊这样一个真正能从"翻心"中打下自己"翻身的真实基础"的经验与形象：即使在诉苦时，香菊也从"没诉说劳动的苦处，她只是诉说一个女孩子心灵上受过的委屈"；分配果实时也不像其他姑娘一样挑选花花绿绿的布匹，"香菊特别喜爱的是那些能帮助她劳动的农具，来充实自己的远大的希望"，因为"斗争之后，她更加重视劳动了"[①]。在孙犁这里，斗争，是为了更好的劳动。如何在斗争与劳动之间建立起一种有机的、良性的关系，或许才是孙犁希望提供的一种理想中的"翻心"与"翻身"。更重要的是，这也是孙犁自己在困难重重又耐心细致的实际土改工作经验中一直努力试图达成的实践形态。换言之，孙犁在其土改工作与

---

① 孙犁：《王香菊》，《孙犁全集》第2卷，人民文学出版社2004年版，第176—177页。

文艺创作中，都在尝试建立一种"有效"而又"有情"的实践方式，这使得他的工作与写作本身也形成了某种有机的、相互生产的关联机制。在这个意义上，孙犁的创作也就绝不仅仅是以一种非典型的土改书写提供了独异的情调与美感，同时也提供了一种珍贵的、对革命实践方式的新想象。

晋绥土改平分土地时，有的中农表示："我那地分给好受苦人，我就满意，若分给好吃懒动的人，我永不会满意。"① 可见，如果非分地不可，对热爱土地的中农而言，也仍然存在一个认同与不认同的界限。这里所谓的"好受苦人"，正和赵树理举出的穷苦、老实、劳动这三个"资格"相符合。由此可见，赵树理在政论中所谓的这个"咱们"，并不是一般阶级划分意义上的"贫农"或"贫雇农"，而是结合乡村自身道德评判体系做出的一种划分与认同。在西北农村的方言中，农民在日常语言中并没有"劳动"的概念或说法，管"劳动"叫做"受苦"，"劳动者"就是"受苦人"。饶有意味的是，土改运动在进行政治动员、发动斗争主体时，特别强调"苦"的经济处境与情感经验，"诉苦"也由此成为重要的斗争方法，即希望用一种经验性、普遍化的"苦"来鼓动农民的斗争激情，构造农民的阶级认同。但这相对于老百姓口中"受苦"或"受苦人"的"苦"，已经发生了某种意义上的迁移与置换。从农民看待"受苦人"和"好吃懒动"者的价值评判上可以看出，"受苦"并不是一个绝对贬义的词，"受苦人"指的是靠土地养活自己的农业劳动者，而不是因懒惰、不劳动而贫苦之人，这是一种以"劳动"作为价

---

① 侯维煜、郝德青:《代县分配土地的经过》，樊润德、路敦荣编:《晋绥根据地资料选编》第2集，中共吕梁地委党史资料征集办公室，1983年，第371页。

值基点进行的区分。由此我们才可以理解记者莫艾在采访与吴满有同村的村民时，大家为何都赞叹地佩服吴满有"能受苦"，它内含着一种对劳动能力和意志力的朴素褒奖。也正是因此，很多农民在被动员诉苦时才会表示"受苦人嘛，那不算啥苦"。在所谓农民的落后性或"糊涂"思想之外，这样的反应也透露出农民基于劳动而形成的一种自我认识。在恶劣的自然环境与深重的剥削之下，这也构成了穷苦的农民仍然能够挣扎在这片土地上的韧性。但"诉苦"将经验之"苦"本身抽取出来，扩大并树立为革命的资格，以一个均质化的"苦"的概念来作为阶级认同的依托，却反而抽离了"受苦人"之间彼此真正认同的价值基点与情感牵连。这就导致了土改激进化后，农民们以"穷苦"作为盔甲甚至是勋章，却不再热衷于土地和劳动。以"诉苦"为代表，"翻心"实际上破坏了乡村自主生成的某些良性价值，诸如劳动、良心、诚信等等，这势必会在后续的乡村建设当中构成一种反噬性的力量，动摇建立农民主体性与共同体的某些重要的价值与道德根基。

但或许正是在这一点上，文艺工作者和文艺实践的价值才值得被重视。如果说1943年的下乡运动几乎是强制性地转换了文艺工作者的实践方式，使他们不得不暂时放下"创作"投入"工作"，那么在土改运动中可以看到，凯丰曾在《关于文艺工作者下乡的问题》的讲话中许诺的那种"新的写作方法"正在生成。以丁玲、赵树理、欧阳山、孙犁等人的土改书写为代表，我们会发现，这种写作方法并不是对土改政策的简单互文，而是从鲜活具体的工作经验出发，从对现实结构的体认中发现真的问题，继而对革命实践做出自反式的提问与新的构想。在对革命史的认识中，文艺工作者和文艺实践的意义在于：在政策文件或历史文献之外，文艺能够发现、攫取和保存丰富的经验碎片与动态情境，从而折射出革命史的复杂光谱、革命理念受到的现实制约，甚至能从中拣取与构建出具有生产性的价值形态与现实策略，透露出革命进行自我调整的能力。

这些土改书写或许最终并未找到某种理想的"翻心"方法，但在面对乡村之"心"自身所包蕴的价值形态与实践方式时，文艺工作者则显示出一种变被动为主动的努力。譬如乡村本身具有的文艺主体、文艺能力和文艺组织就是乡村自主生产出的重要实践方式之一。赵树理曾有一个著名的说法："一个文盲，在理解高深的事物方面固然有很大的限制，但文盲不一定是'理'盲、'事'盲，因而也不一定是'艺'盲。"①这一说法之所以重要，不仅在于他说出了农民也具有说理、明事和艺术的能力，还在于"因而"这个连词所显示出的：在说理、明事和文艺能力之间的有机关系。不独赵树理，在丁玲、周立波、孙犁、王林等作家的笔下，到处可以看到这样兼具出色的文艺能力与组织能力的人物和乡村文艺活动：《夜》中的何华明和他的秧歌，《太阳照在桑干河上》的打锣老吴和他即兴编出的歌子，《暴风骤雨》中的刘胜和他教的翻身歌，《村歌》《腹地》里的双眉、辛鸣皋、辛大刚和他们的村剧团，当然更少不了李有才的快板书。丁玲在《太阳照在桑干河上》中就曾写到这样一个场景：负责编写黑板报的刘教员和负责通知村民开会的打锣老吴都对那些干部布置下来的土改文章颇为不满，农民们只觉得"黑板报是九娘娘的天书，谁也

---

① 赵树理：《供应群众更多、更好的文艺作品——在中国共产党第八次全国代表大会的发言》，《赵树理全集》第4卷，第483—484页。

看不懂","同咱们就没关系"。而"出口成章"又爱跳秧歌的老吴则敏锐地指出:"黑板报要使人爱看,得写上几段唱的,把人家心事写出来","咱就编上几段,一面敲,一面唱,大家听你唱得怪有味,就都知道了",并主动提出"咱还能编上几段,咱念,你写,村上的事,咱全知道,把张三压迫李四的事编上一段,又把王五饿饭的事也加上一段,他们听说他们自己上了报,谁也愿意看"。刘教员也从老吴这里得到了开悟:"咱们不管写个什么,能唱不能,总要像咱们自己说话,要按照大伙的心思。"① 和李有才的快板一样,老吴的歌子与刘教员的黑板报不仅是对革命的宣传,更是农民自己的"心事"和"心里话"。从他们身上可以看到,文艺不仅是一种自娱自乐的形式,也是一种理性能力,是一种进行自我表达、组织生活的行动方式,更是一种具有主体感的实践形式。

需要指出的是,这些形象的出现并不仅仅来自虚构。相反,这些主体实践既是以乡村自身的文化生活为基础的,又是以中共主导的"群众文艺"机制作为依托的。群众文艺运动原本就旨在为现实中的"文教英雄"刘志仁、杜芝栋,或者小说中的李有才这样的"理想农民"提供一种有效的生产机制。但容易被忽视的是,革命期待的政治共同体与乡村作为能够自主生产价值的社群之间的距离。这种距离一方面决定了群众文艺运动需要根植于乡村社区自身原有的文化生活及其组织形式的内部,才有可能发展出新的娱乐、风俗、舆论、伦理乃至政治意识;但另一方面,伴随着更大语境下整体性变革的峻急降临,"群众

---

① 丁玲:《太阳照在桑干河上》,《丁玲全集》第2卷,第151—153页。

文艺"机制又不得不被作为某种组织、动员技术抽取出来，以克服乡村社群与革命共同体想象之间的差别与距离，因此也暗含了某种难以建立新主体甚至是"去主体"的危机。这也提示了我们，解放区的文艺生产机制所具有的乌托邦属性以及内部的悖论性所在。

结　语

"生产者的艺术"

1934年5月4日，鲁迅在《论"旧形式的采用"》一文中将唐的佛画、宋的院画、米点山水以及文人画称之为"消费者的艺术"，然后提出："既有消费者，必有生产者，所以一面有消费者的艺术，一面也必有生产者的艺术。古代的东西，因为无人保护，除小说的插画以外，我们几乎什么也看不见了。至于现在，却还有市上新年的花纸，和猛克先生所指出的连环图画。这些虽未必是真正的生产者的艺术，但和高等有闲者的艺术对立，是无疑的。"① 在这里，鲁迅对"消费者的艺术"与"生产者的艺术"之对立关系的揭破，指出的不仅是"高等有闲"与"无人保护"之间的阶级对立，更道出了由此构成的某种既定的艺术秩序对"真正的生产者的艺术"之产生造成的压抑。因此，面对所谓的"革命时代的文学"与"平民文学"，鲁迅认为还"谈不到"："现在的文学家都是读书人，如果工人农民不解放，工人农民的思

---

① 鲁迅：《论"旧形式的采用"》，《鲁迅全集》第6卷，第24页。

想,仍然是读书人的思想,必待工人农民得到真正的解放,然后才有真正的平民文学。"① 在这个意义上,鲁迅不仅为"平民还没有开口","左翼作家之中,还没有农工出身的作家"② 而感到可惜,同时也还是抱着关于"文学总是一种余裕的产物"③ 的怀疑。

赵树理在其写于1947年的《艺术与农村》一文中,延续了这一关于艺术秩序之阶级性的判断:"农村有艺术活动,也正如有吃饭活动一样,本来是很正常的事;至于说农村的艺术活动低级一点,那也是事实,买不来肉自然也只好吃小米。"但不同的是,赵树理更加强调"农村人们艺术要求之普遍是自古而然的",而在农民翻身后的农村,"这土地不但能长庄稼,而且还能长艺术。"④ 在这里,赵树理在两个方面回到了鲁迅的问题。一是文化权力结构与艺术秩序的打破,必须建立在阶级关系的重构之上;二是对真正的"生产者的艺术"而言,"余裕"并不必然带来艺术的消费性,重要的是整个文艺生产机制是否能够回到某种生产与生活、劳动与娱乐、政治与伦理一体化的状态中去。

"生产/劳动"作为中国共产党自我保存与乡村建设中重要的政治场域与文化场域,在解放区具有联动性的文化政治机制中占据着关键性的位置。在很大程度上,解放区文艺生产机制的核心期待也在于创造一种"生产者的艺术"。需要指出的是,"解放区文艺"并非一个统一的、铁板一块的行动整体。不同的文艺主体在不同区域内的历史情境中提供的具体实践,在以《在延安文

---

① 鲁迅:《革命时代的文学》,《鲁迅全集》第3卷,第441页。
② 鲁迅:《黑暗中国的文艺界的现状——为美国〈新群众〉作》,《鲁迅全集》第4卷,第295页。
③ 鲁迅:《革命时代的文学》,《鲁迅全集》第3卷,第442页。
④ 赵树理:《艺术与农村》,《赵树理全集》第3卷,第229页。

艺座谈会上的讲话》为开端的激进主义美学方向给文艺实践本身以及历史叙述带来的"断裂感"之外，提供了经验上的延续性与复杂性。而围绕大生产运动、劳动互助、土地改革这些事件主体形成的文化政治场域，实际上也将一个广阔的乡村生活世界自身的文化结构、价值与伦理图景带入到共产党主导的文艺实践的视野当中。这使得文艺工作者下乡的"乡"，不再是自上而下的启蒙或改造关系中的"乡"，而是一个具有自主生产价值能力的主体性空间，其自身的语言、逻辑和形式需要得到重视。换言之，"革命如何进入乡村"的命题意味着需要在乡村世界的内部，找到一种日常化的、不脱离于生产与生活实践的革命形式。

以"劳动的诗学"把握和阐明解放区的文艺生产机制，正是希望通过发掘解放区的"劳动"与"文艺"关系，找到一种能够将旧有文化秩序下"作为商品的艺术"转化为"作为生产的艺术"的机制，从而将艺术的创造归还到劳动、生活与政治的一体化图景当中。但解放区文艺实践的悖论性在于：尽管它旨在构造出一个属于生产者自身的文艺空间与政治空间，创造出兼具艺术能力与政治能力，能够在劳动、生活的内部进行有机的艺术实践的劳动者，但劳动者生活的内在规定性在为这一改造和发明提供土壤和资源的同时，也将带来深刻的限度与悖反。因此，"劳动的诗学"在作为一种实践诗学的同时，也是一种处在试验中的乌托邦诗学。解放区的文化政治对于"劳动"概念的切割与选择，决定了"体力劳动"尤其是"生产性劳动"在实践方式和价值等级中的核心位置。因此，尽管解放区的劳动价值论潜藏着一种打破脑体界限与知识的垄断，建立平等的劳动世界的想象，但对于其他劳动形式与实践方式而言，也可能形成新的压抑机制；即便是在"生产性劳动"的内部,生产资料与劳动能力的差别及其可能导致的新的贫富分化,在解放区文艺中也是难以被正面讨论的。换言之,抽象化、均质化的"劳动"作为某种乌托邦话语,其实无法解决现实中的差异性问题,也在一定程度上遮蔽了其中可能存在的自我贬抑、自我取消。与此同时,"劳动"话语与阶级话语以及乡村自身的生产伦理及道德话语之间的碰撞、耦合或龃龉,也构成了解放区文艺及其诗学图景内部的暧昧与缝隙。

应当说,解放区文艺既包含着某种乌托邦设想,也深刻地受制于它所承担的意识形态机器的任务、政治现实主义的考量、乡土社会自身的常与变,以及动荡的战争环境带来的地域性乃至个体性实践中的复杂权宜。这确实构成了解放区文艺内在的矛盾性以及某种异化的危机。但不可否认的是,解放区文艺的确建立了一种新的文化生产体制,撬动了现代文学诞生以来所确立的某种既定的文化秩序、文类等级及其形式方案。这种更动改变的既是文艺的生产主体与生产工具,也是作者与读者、文艺与现实之间的关系。在这个意义上,解放区文艺的乌托邦性也就不仅在于文艺在内容层面上构织的社会主义蓝图,还在于这种旨在将接受者转化为生产者或行动者的生产机制本身。事实上,解放区时期的各类群众文艺活动、工农写作运动、文艺教育、组织形式以及具体实践方式,也在社会主义时期得到了延续以及进一步的建制化。从乡村识字运动到部队、工厂、农业合作社中广泛建立的文学小组或文学训练班,再到大规模的新民歌运动、新壁画运动,以及工人文化宫、地方文化馆、农村俱乐部等群众文化体制的建立,打破生产劳动与文艺创作之间的现代分工,构建一种"人人能劳动,人人能写诗"的理想文化图景,成为社会主义文化实践的核心理念。它包含着马克思对共产主义时代"人的全面发展"的预期，延续了解放区文艺实践发现与培养"群众艺术家"以及"工农知识分子"的机制，但也延续了上述某种均质化的"劳动"概念带来的诸种问题。在高度建制化的文艺教育和日渐森严的社会主义现实主义成规之下，这样的文化实践也重新压抑了解放区文艺实践中许多尚未成型的鲜活经验、理解与想象"革命"的不同方式，以及其与现实生活之间相互生成的开放性、贴切感与生动性。这种乌托邦性与意识形态性的并存，"革命"与"劳动"、"继续革命"的内在诉求与现实主义的政党政治之间的悖论，既构成了"劳动"诗学本身的矛盾形态，也为其在社会主义时期的实践提供了源头，又提出了难题。解放区文艺实践的能量、限度和意义，或许也正在于此。

从文学革命到革命文学，从解放区文艺到人民文艺，20世纪中国的文艺运动在文艺主体的创生、文艺形式的改造、文艺创作机制、文艺的社会功能、群众文化生活的重造等方面不断展现出新的形态，并与在这一历史过程中新生的社会运动及历史主体有着密不可分的关联。在战争与革命相交织的1940年代，解放区文艺不仅以形式实践的方式呈现出新的政治构造与社会制度，而且广泛、深入地重塑了普通百姓的情感结构、伦理世界、价值准则乃至日常生活。文化民主化的具体路径与文艺的人民性，也在解放区文艺中呈现出一种高度自觉的、既富于创造性又蕴含难题性的实践形态。在历史情境与文化逻辑都已发生巨大变迁的今天，"劳动""群众""文学""艺术"等一系列概念既呈现出更复杂的经验形态，也面临着后工业社会与全球资本主义语境下新的现实结构带来的挑战。在艺术媒介的多元化与大众消费文化的语境下，如何以文艺实践的方式辨认与再现劳动者的身份与经验？如何重新认识与想象劳动者的主体位置？重新创建一种"生产者的艺术"是否可能？对这些问题的关切，决定了一切"回到历史现场"的研究都不能仅停留于某种静态的考掘，而必须深入到更具体、动态、鲜活的历史经验中，去寻求更具想象力和前瞻性的思想方法与现实道路。

主要参考文献

一、报纸

《解放日报》《解放》《新中华报》《新华日报》《抗战日报》《晋察冀日报》《人民日报》《东北日报》《群众》《群众文艺》《文艺突击》

二、史料与著作

艾克恩：《延安文艺运动纪盛（1937.1—1948.3）》，文化艺术出版社1987年版。

蔡翔：《革命/叙述：中国社会主义文学—文化想象(1949—1966)》，北京大学出版社2010年版。

〔澳〕大卫·古德曼：《中国革命中的太行抗日根据地社会变迁》，田酉如等译，中央文献出版社2003年版。

〔美〕杜赞奇：《文化、权力与国家：1900—1942年的华北农村》，王福明译，江苏人民出版社2010年版。

费孝通：《乡土中国》，上海人民出版社2007年版。

高华：《历史笔记》，（香港）牛津大学出版社2014年版。

贺桂梅：《赵树理文学与乡土中国现代性》，北岳文艺出版社2016年版。

黑龙江档案馆编印：《黑龙江革命历史档案史料丛编·土地改革运动》，黑龙江档案馆1983年版。

胡斌：《视觉的改造：20世纪中国美术的切面解读》，广东人民出版社2016年版。

黄宗智:《法典、习俗和司法实践:清代与民国的比较》,上海书店出版社2003年版。

姜涛:《公寓里的塔:1920年代中国的文学与青年》,北京大学出版社2015年版。

李国华:《农民说理的世界——赵树理小说的形式与政治》,上海书店出版社2016年版。

李松睿:《书写"我乡我土"——地方性与20世纪40年代中国小说》,上海人民出版社2016年版。

李向东、王增如:《丁玲传》,中国大百科全书出版社2015年版。

刘增杰、赵明、王文金等编:《抗日战争时期延安及各抗日民主根据地文学运动资料》,知识产权出版社2010年版。

刘增杰主编:《中国解放区文学史》,河南大学出版社1988年版。

罗岗、孙晓忠主编:《重返"人民文艺"》,上海人民出版社2019年版。

罗岗:《人民至上:从"人民当家做主"到"社会共同富裕"》,上海人民出版社2012年版。

〔美〕马克·赛尔登:《革命中的中国:延安道路》,魏晓明、冯崇义译,社会科学文献出版社2002年版。

米晓蓉、刘卫平主编:《陕甘宁边区大生产运动》,陕西师范大学出版2014年版。

陕西省档案馆、陕西省社会科学院编:《陕甘宁边区政府文件选编》,档案出版社1986年版。

孙晓忠、高明编:《延安乡村建设资料》,上海大学出版社2012年版。

太行革命根据地史总编委会编:《太行革命根据地史料丛书》,山西人民出版社1987—1990年版。

〔英〕特里·伊格尔顿:《马克思主义与文学批评》,文宝译,人民文学出版社1980年版。

〔俄〕托洛茨基:《文学与革命》,刘文飞、王景生、张捷译,外国文学出版社1992年版。

《延安文艺丛书》编委会:《延安文艺丛书》,湖南人民出版社,1984—1985年版。

〔德〕瓦尔特·本雅明:《作为生产者的作者》,王炳钧等译,河南大学出版社2014年版。

余敏玲：《形塑"新人"：中共宣传与苏联经验》，"中央研究院"近代史研究所2015年版。

中共中央文献研究室编：《毛泽东年谱（一八九三——一九四九）》（修订本），中央文献出版社2013年版。

中央档案馆等编：《晋察冀解放区历史文献选编（1945—1949）》，中国档案出版社1998年版。

周爱民：《延安木刻艺术研究》，河北教育出版社2009年版。

周海燕：《记忆的政治》，中国发展出版社2013年版。

周维东：《中国共产党的文化战略与延安时期的文学生产》，花城出版社2014年版。

朱鸿召：《延安日常生活中的历史（1937—1947）》，广西师范大学出版社2007年版。

David Ernest Apter, Tony Saich, *Revolutionary Discourse in Mao's Republic*, Harvard University Press, 1994.

Pauline Keating, *Two Revolutions: Village Reconstruction and the Cooperative Movement in Northwest China, 1934-1945*, Stanford University Press, 1997.

William M. Reddy, *The Navigation of Feeling: A Framework for the History of Emotions*, Cambridge University Press, 2001.

三、论文

程凯：《"社会史视野下的中国现当代文学研究"的针对性》，《文学评论》2015年第6期。

高瑞泉：《"劳动"：可作历史分析的观念》，《探索与争鸣》2015年第8期。

黄子平：《当代文学中的"劳动"与"尊严"——在中国人民大学的演讲》，《当代文坛》2012年第5期。

黄宗智：《中国革命中的农村阶级斗争——从土改到文革时期的表达性现实与客观性现实》，《中国乡村研究》第二辑，商务印书馆2003年版。

李放春：《"释古"何为？论中国革命之经、史与道——以北方解放区土改运动为经验基础》，《开放时代》2015年第6期。

李放春：《北方土改中的"翻身"与"生产"——中国革命现代性的一个话

语—历史矛盾溯考》,《中国乡村研究》第三辑,社会科学文献出版社2005年版。

李放春:《苦、革命教化与思想权力——北方土改期间的"翻心"实践》,《开放时代》2010年第10期。

李金铮:《向"新革命史"转型:中共革命史研究方法的反思与突破》,《中共党史研究》2010年第1期。

刘永华等:《社会经济史视野下的中国革命》,《开放时代》2015年第2期。

刘卓:《现当代文学研究中的"历史化"》,《文学评论》2015年第6期。

〔美〕裴宜理:《重访中国革命:以情感的模式》,刘东主编:《中国学术》,商务印书馆2001年版。

萨支山:《"社会史视野":"当代文学"研究的一个切入点》,《文学评论》2015年第6期。

杨奎松:《抗战胜利后中共土改运动之考察》(上)(中)(下),《江淮文史》,2011年第6期、2012年第1期、2012年第2期。

Monique Scheer, "Are Emotions a Kind of Practice (and Is That What Makes Them Have a History)? A Bourdieuan Approach to Understanding Emotion", *History and Theory*, Vol.51, No.2, May 2012.

后　记

　　从 2017 年博士毕业到如今，已有六年的光阴。这六年中，对着这些文字或大动干戈或修修补补，似乎已成为一种习惯，而大多数时候则是困惑的。有时，新的困惑取代了旧的困惑，或是暂时取得了某种想象性的解决，可困惑感总能在人猝不及防时卷土重来，也让这本小书的完成变得愈发艰难。这种至今仍困扰着我的感觉，常使我回想起最初进入这一研究领域时的自己。那时，我已经在北大中文系度过了五年的研究生时光。从硕士到博士，学习环境的顺延看似平稳安逸，挥之不去的则是一种隐隐的焦灼感。焦虑并非源自学术研究本身的难度，而是源自一种常常察觉不到自我的成长、从外部世界反观相对静态的精神生活时感受到的某种向内坍缩的恐惧，从而导致意义感的丧失。这种焦虑使我在阅读沈从文 1940 年代的写作的过程中产生了强烈的共鸣，又时刻被分不清是沈从文的还是我自己的荒芜感与游离感驱逐着，既无法被其 1930 年代写作中偏于古典的美学理想所治愈，也无法在其 1940 年代"以美育代政治"的构想中得到建构性的开解。换言之，现代主义既构成我理解历史与现实时最主要的经验方式与美学方式，但其反噬性的力量也是巨大而迫人的。因此在很大程度上,关注"劳动"问题以及解放区文艺,其实是对我已经熟稔的阅读和写作方式的一次冒险式的冲破。从文学趣味上讲,解放区文艺其实与我此前的阅读偏好相去甚远。但它与现实政治、乡土世界以及战争之间的短兵相接,却常常提醒我能否跳出现代文学/艺术的某些认知框架与分类体系去看待问题,重新思考文艺与现实之间的关系。

对我而言,博士论文的写作既是一次试图冲出舒适区的"出走",同时也是对我生命里发生的某些真切经验的回应与探析。2015年春节前,我写完了那篇讨论沈从文1940年代的形式理想与困境的论文,回家过年。对于自小在国营工厂长大的我来说,"家"不仅是父母、亲人,还是一个颇具中国特色的、被称为"单位"的体制化空间。在我小时候,工厂里的人们几乎都在我父亲工作的附属学校上学,在我母亲工作的卫生所看病,长大后继续在他们父母的岗位上工作,在同一个单位里恋爱结婚,生老病死。在我的童年记忆中,工厂既是大人们的工作之所,又是小孩子的学校与乐园。厂区和生活区毗邻而建,劳动与生活、工作与休闲的空间则彼此联通。1990年代初,我们厂刚从大山里搬到城市,起始的那几年,专门的校舍还未建成,我们就在厂区的仓库里上课。以前看电影、开晚会的大礼堂搬进了厂房大楼里,生活区则在几年里接连建起了三个广场式的花园。我很怀念小时候在工厂里奔跑玩闹的童年,几乎每个人都认识,每个人和每个人都有牵连。厂里的每个大人,一定是哪个玩伴的姑姑姨姨叔叔舅舅,不是父亲的学生就是学生家长,再不然就是找母亲看过病。每天上班前的二十分钟,工厂的大喇叭会向全厂播送生产新闻或职工投稿,对小孩子而言,这是比闹钟还要准时的预备铃。每逢过节，每个分厂和附属单位都要出黑板报，参加展览评比。展览往往在周末，职工家属和小孩子都可以到厂区里参观，妈妈总要给她亲手画的黑板报拍张照片。元宵节有烟火晚会，全厂人都聚在花园里仰着头热烈地评说着夜空里的图案。中秋节每个单位都要自己做花灯、出灯谜，花灯挂满花园周围的几条街。三八节、劳动节、国庆节，各单位都精心排练着集体舞、小合唱或三句半，好在厂工会组织的文艺晚会上大显身手。花园里的交谊舞会是清朗夏夜里从不间断的休闲。重阳节时，工会组织退休工人们在小广场上打简易保龄球，孩子们在老人身边嬉戏。生活区的东南角有一架废弃的老吊车，锈迹斑驳，弯曲着巨大虬劲的铁臂，从我有记忆开始它就一直在那儿。我们从小就在驾驶舱和机舱里钻来钻去，跳上跳下。我们有时是船长，有时是驾驭这大怪兽的英雄。有时，女孩子们占领了高处的驾驶舱，任凭站在履带上的男孩子在下面跳着脚叫嚣。

　　工厂带给我的共同体经验，是后来再难企及的。花园早就一个接一个地拆了，变成了停车场，老人们搬着小板凳到大街旁晒太阳。生活区里盖起了高层建筑，时任厂长半强制性地要求集体装修，统一购买建材，对外出售样板间，我再也不知道我家楼上楼下住着什么人。十几年前，学校办不下去，父亲调走，我们搬家，好像距离这个厂越来越远。孩子长大了，如果不和母亲一起出门，也不会有人再认得我。我在迎面走来的人们的脸上，时而看到冷漠、麻木或寒伧。我至今难忘的是上小学的时候，少先队活动集体看电影，老师会自豪地告诉我们开国大典上那个升国旗的遥控装置就是我们厂设计生产的；香港回归的晚上，家家户户守着电视机，最激动的时刻是从过境的车里指认出哪一批是我们厂生产的通讯车。那时候,"我们厂"是个多么令人骄傲的名词啊!在生活的无忧之外,它意味着创造性和尊严感。然而,童年记忆里那个和乐而体面的工厂,再也回不来了。而十八岁出门远行的我,在这十余年里读到的和看到的则是更多工厂的无声命运。

电影《钢的琴》上映之后在批评界获得盛誉,我则一直很怀疑工人们会不会为这样的电影买单。我的叔叔婶婶在这个城市最大的钢铁厂工作,1990年代下岗,辛苦支撑了多年。他们的儿子当兵复员后,回到钢厂成为一名三班倒的工人。在一次家庭聚会上,不期然地,他跑来向我说起这部电影,虽然只是特别简单却不无激动地望着我说:"姐,《钢的琴》你看了吗,我觉得……特别好,真的,特别好。"这让我意识到,的确如戴锦华教授所说,在这个数字化的时代,工人的孩子以及年轻一辈的工人们可以通过网络发现它,看到它。叔叔婶婶谋生不易,但一直生活在钢厂邻里的温情里面。他们口中的"邻居们"好像都一样的热情,帮每一户娶媳妇、嫁闺女的人家装饰新房,不辞劳苦,不取分文,兴兴头头,有声有色。弟弟结婚那天,叔叔婶婶曾经的、现在的邻里、同事几乎都来了,把刚下过雨的初冬点得热火火的。庞大的钢厂在这个城市里像一个独立王国,更像一个和暖的村落。

在外读书、求学的这些年,我越来越深刻地感到,这些经验不能舍弃、不可断绝。隔着童年记忆的面纱,这些叙述诚然带有某种乌托邦冲动,但我仍然珍视它们,并时刻承受着来自现实世界的拷问。这加重了我在自我认知上的混乱,以及对自己选择的实践方式的怀疑。回到学校一个月后,我有幸参加了钱理群先生与青年学生的一次座谈。钱老师提示我,每个人都应当寻找一种适合自己的方式介入现实，例如对历史资源的探究，或是我们所擅长的用文学眼光、文学感受去处理现实问题，又不必拘泥于文学。而如何既能从现实问题出发，又能与现实拉开距离，在一个更大的范围内思考，这在现当代文学研究中恰恰有广阔的天地。

在此前后相当长的一段时间里，我对当代中国的工人问题一直有所关注。比起近些年来得到热烈讨论的"新工人"问题，我有点执拗地在意"老工人"的命运在这类讨论中的缺席。我逐渐意识到，在1990年代初期，老工人与新工人的命运走向其实是共同发生的。国企工人也开始面临新工人化的处境，正如"我们厂"那样，工资下调迫使很多老工人选择提前退休，工厂则以大量低廉的雇佣劳动者填补他们空缺出来的岗位。伴随着这些观察，路翎1940年代的一系列书写战时工业与工人劳动的小说进入我的研究视野。一方面，我为路翎在小说中构筑的"劳动辩证法"与"劳动世界"的乌托邦着迷；另一方面也开始勾勒与辨析，作为现代性经验的工业、工厂与工人劳动，在社会主义的文化脉络和资本主义语境下呈现出的诸种相互悖反的经验形式与文学图景。在这方面的阅读和写作中，新的问题视野逐渐凸显出来：作为社会主义实践中的重要概念，"劳动"在进入现代中国之后经历了怎样的观念史跃迁与建制化历程？将生产劳动作为价值唯一来源的"劳动价值论"是在怎样的历史语境中获得其具体的实践形态与话语形态？在马克思主义文艺理论中，艺术的"劳动起源论"如何影响并形塑了解放区文艺的创作主体与实践方式？在政治、生活与文艺之间，"劳动"是否构成了某种中介性的环节或视野？……在对这些问题跌跌撞撞的追索中，解放区的文艺生产与形式实践也最终落实为了我的核心对象与问题域。

无论是研究对象的时空属性还是其本身蕴含的问题脉络，诚然都已与我自身的经验或最初的问题拉开了相当的距离。在这一研究中，我更多需要面对的是乡村而非城市、农民而非工人的问题。但在解放区的文艺实践中，我发现了小时候工厂里的黑板报、工人通讯与文艺晚会最初的样子，并感受到了某种久违的情感形式。恰恰是在考掘这段历史的过程中，我还是与我生于斯、长于斯的"我们厂"相遇了。在林迈可的《八路军抗日根据地见闻录》中，我读到林迈可1944年曾在距离延安大约十英里的小山谷中的"通讯部三局"建造出一台六百瓦的发报机与一根能向美国发报的定向天线。这触发了我小时候听祖辈讲故事时的一些隐约的记忆。这个工厂的名称和代号前前后后改过多次，直到成为如今这串我有记忆起就最熟悉不过的数字。从东鳞西爪、拼拼补补的史料中，我看到初创建时只有二十余人的工厂用陕北的杜梨木作度盘，用牛角作旋钮，用手工绕制高频阻流圈，用飞机残骸铝皮作机器面板和底板，自制无线电元件、小型电台和电话单、总机；1940年已达到70%的元器件自给，并在第一届通信器材展览会后得到毛泽东的题词："发展创造力，任何困难可以克服，通讯材料的自制，就是证明"；1941年起，申仲义、晋川开始试制小型话报机、仿制日式小手摇发电机，于1944年5月他们二人分别当选了陕甘宁边区特等与甲等劳动英雄，出席了边区劳模大会。与大生产运动中比比皆是的同类史料相比，我或许永远没有机会将这些材料写进论文里。对这些材料的发现与移情，也一度令我与我的研究对象贴得太近。但不得不承认，通过这样的考掘，我真切地找到了自己生命里的记忆与经验中那些非个人性的、通向历史的来路。

更艰难的思辨一直没有停止。无论是作为一次冒险式的突围，还是对现实经验及其历史资源的追溯与探究，我都要感谢这次写作。它常常提醒我对既有的把握文学的方式进行必要的自我检视，又埋伏了大大小小的陷阱等着我落入圈套，并常常冲击着我狭窄的想象力与孱弱的文学胃口，使我获得了相当多新鲜的美学体验。因此在许多力所不逮之处，我虽不无遗憾，但仍是满怀惊喜的。

然而最深沉的谢意，注定无法道尽。感谢指导我硕士、博士学习的吴晓东教授。忝列门墙，实是我人生中莫大的幸事。在跟随吴老师读书的时光里，我获得的是最大程度上的自由、保护与支持，这常让我觉得自己仍不够勤奋又不够聪明。记得吴老师曾在课上说过，好的研究应有"堂堂正正的立论，实实在在的材料，扎扎实实的论证，从从容容的文风，一字不易的结论"。在学术研究这条摸索之途上，我已深深感到这短短几句话的实现之难。因其不仅是作文之典范，亦是做人之理想，不只是文章品格，更是修为气度。每每阅读吴老师的文章著述，或听他敏锐的评点或娓娓而谈，眼底心下总是一片隽永。吴老师的为人为学，言传身教，使我铭记在心，更受用终生。

感谢北京大学中文系的老师们多年来的教导。感谢钱理群先生、洪子诚先生、温儒敏先生、黄子平先生和商金林先生对我的写作总是不吝鼓励之辞。感谢陈平原老师与高远东老师最初为这一研究划定边界、指明方向，并提示我可能存在的盲区与限度。感谢孔庆东老师在论文开题与预答辩阶段的建议与提点。王风老师多年来对学术方法与学术设计的重视与传授，事无巨细又毫无保留，深刻地影响了我的学术自觉，感谢他在侃侃而谈中机趣的风味与平易的热情。感谢姜涛老师别具一格的研究在问题视野上不断带给我灵感与启发。感谢陈晓明老师作为我的博士后合作导师，以其精深的学养和温厚的气度予我以力量。感谢贺桂梅老师、邵燕君老师、金永兵老师对我的知遇与点拨，以及不厌其烦、雪中送炭的帮助。感谢张旭东老师和蒋晖老师带领我走进一个形式批评的世界。回到北大中文系任教以来，当代文学教研室的曹文轩老师、张颐武老师、李杨老师、计璧瑞老师、臧棣老师、韩毓海老师、丛治辰老师等诸位师长更是给予我莫大的包容与支撑。从求学到工作，难忘的不仅是辗转过的风景，更是那些慷慨的人们。感谢德国图宾根大学的闵道安教授、台湾大学的梅家玲教授、中国现代文学馆的李敬泽老师对我的关照与携引及其令人如沐春风的风范。感谢中央民族大学文学院的老师们多年来给予我的信任和依靠。感谢冷霜老师和杨天舒老师，作为我现当代文学研究道路上的启蒙者，他们长久以来不曾中断对我的关切。

本书各个章节涉及的议题曾在不同的学术会议上分享，感谢罗岗老师、倪文尖老师、毛尖老师、张炼红老师、孙晓忠老师、何吉贤老师、程凯老师、刘卓老师、何浩老师、姚丹老师、张洁宇老师、李怡老师、周维东老师、张慧瑜老师、崔柯老师、李志毓老师、吴雪杉老师、蔡涛老师、杨肖老师、郝斌老师等师友真诚的批评与建议。由此修订而成的文章也曾先后在《文学评论》《文艺研究》《中国现代文学研究丛刊》《文艺争鸣》《文艺理论与批评》《中国当代文学研究》等刊物上发表，感谢各位编辑老师的支持与指点。感谢商务印书馆，愿将本著纳入"日新文库"第三辑的出版计划，感谢编辑老师们的严谨、高效与辛劳。对青年学人而言，"日新文库"中的"日新"二字，是鼓舞，亦是鞭策；

是动力,更是远景。

最后要感谢的是来自生活的馈赠。感谢同门读书的兄弟姐妹,以及这个已经坚持了十余年的读书会带给我的启发与督促,这是源自一个学术与情感共同体的力量与温度。不能忘记的是李国华师兄不留情面的批评以及为我出谋划策时的耐心,黄锐杰师兄最可信赖的支援、分享与开解,还有李雅娟、李松睿、王东东、刘奎、唐伟、张平等师兄师姐的帮助,罗雅琳、秦雅萌、孙尧天、唐小林、刘东、李超宇、崔源俊、顾甦泳、孙慈姗等同门的热情。即便今天,大家已离开校园,但这些记忆与现实中的友爱总能令人远离"独学而无友"的孤独与无助。

还有生命里的爱意。感谢韩达。在那些我为现代性所苦、感到焦灼挣扎的时刻,他总能以一种古典式的通达与包容化解我的撕裂感或虚无感,把我从牛角尖或悬崖边上拉回永恒而踏实的日常生活。我一直记得在一个大雨天,我们俩各自写着在论题时空上差了千余年的博士论文,空气里只有雨声和敲打键盘的声音。没有尽头的封锁,阻断了来自未来的恐惧和虚妄。这个小房间在大雨中坍缩成无限小,又宁静得无限大,仿佛凝聚着我关于理想生活的全部想象。

我的父母是从来都相信诚实劳动的普通人。作为1977、1978级的大学生,他们参加过上山下乡的生产劳动,又在大学毕业后成为老师和医生,并为支持我漫长的求学生涯持续工作着,为我的身心健康与学业任务殚精竭虑。我却不知道何时才能双手捧出我的歉疚与回报。我很高兴这本小书使他们对我研究的话题产生了共鸣与兴味。这使得我这么多年来的任性读书好像终于获得了一点意义。有一次和他们谈起我的研究,父亲不经意地说道:"写延安好啊,咱们厂就是从延安起家的。"母亲则很快在家中保存的工厂"内部资料"里找到了证据。和多年前那个脆弱的、容易自怜自伤又有些叶公好龙的自己相比,今天的我尽管终于完成了这项研究,但或许仍然没什么大的长进。但我想,还是要坚持写下去的。就像钱理群先生曾经提示我们的那样,尽管无法大有作为,但毕竟不能无所作为;既然注定伴随痛苦,那就去追求丰富的痛苦。

我始终相信鲁迅所说,"无穷的远方,无数的人们,都和我有关"。所以啊,前面是花是坟,只管走吧。

2023年冬于北京和平街

专家推荐意见一

作为这几年学界涌现出的令人瞩目的青年学者，路杨关于延安文艺及社会主义文化的研究尝试在广阔的政治、哲学、文化、艺术理论脉络中思考文学问题，积累了一系列具有创新性的研究成果。《"劳动"的诗学：解放区的文艺生产与形式实践》这部专著瞩目于解放区文艺的生产机制，兼顾社会史、文学史、艺术史等多重视野，有力地拓展了问题空间，并带来了方法论意义上的创新。在梳理"劳动"概念史的基础上，该著把"生产劳动"理解为解放区建设中重要的政治与文化场域，力图从具体的形式实践当中，发掘具有整合性的"文艺"概念与实践的诗学，展示出一种有效理解和阐释解放区文艺实践的研究视野，是一部在相关学术领域取得了重要突破的研究著作。

路杨的这一研究融汇了社会史、政治史与文学史等视野，从整体上把握"创作主体的生成""文艺生产工具的改造"以及"文艺形式的生产性"三大核心问题线索，企图建立一种具有整合性、开放性和生产性的"文艺"概念及其诗学机制，最终揭示的是解放区文艺与政治、生活之间相互生产的独异的历史关联性。该著表现出深入历史语境的努力，运用了丰富翔实的史料，不仅深化了对解放区文艺实践的历史认知，也有助于揭示文化政治以及政党政治领域问题的复杂性。在方法论的建构方面，这一研究也表现出跨学科、跨媒介研究的探索意识，在探究解放区文艺生产与形式实践的特殊性的同时，力图生成一种诗学的视野，从而表现出驾驭史料、方法、理论的均衡性，良好的大局观和处理复杂历史和学术问题的研究能力。在具体论述过程中，作者注重历史叙事性和文学感染力，文本解读深细、精彩，洞见迭出，文笔流利，可读性强，同时逻辑缜密，结构匀称，显示出严谨的学风以及突出的学术能力。可以说，该著是一项具有开拓性的研究成果。

路杨的这部专著是在她的博士学位论文基础上修订而成的。这部博士论文曾获评"北京大学优秀博士论文"，其中的部分章节后来也陆续发表在《文学评论》《文艺研究》等中国文学研究领域的权威期刊上，并获得《新华文摘》全文转载、《中国现代文学研究丛刊》优秀论文奖、唐弢青年文学研究奖等重要荣誉，充分证明了这一研究在学界获得的广泛认可。在同辈学人中，路杨表现出开阔的视野，思维缜密而细腻，理论素养突出，问题意识既敏锐又大气，兼具深度和思想力，学术眼光兼容文学、艺术、历史与理论研究视域，这些可贵的素养也都在这部专著中得到了充分的体现。

有鉴于此，我认为这部专著达到了"日新文库"对青年学人高水平学术成果的预期，特此郑重推荐。

吴晓东

2023 年 1 月 10 日

专家推荐意见二

《"劳动"的诗学：解放区的文艺生产与形式实践》的研究对象是延安"整风运动"与大生产运动后形成的解放区文艺。以往对解放区文艺的研究，多在"大众文艺"以及传统的审美文学观中展开。该著的一大突破在于重新审视解放区文艺的独特性，提出一种整合性的"文艺"观照视野，即在政治、文艺与生产劳动的整体关联性中实践的"生产者的文艺"，从而为全书的创新性阐释提供了一个坚实的基点。

该著以"劳动"作为研究中介，对解放区文艺的内在理路和展开过程，以及其历史面貌的重要侧面做出了新颖的阐释。解放区文学研究史上经常受到关注的一些重要问题，该著的论证与分析都有触及和深入。书稿各个章节的写作较为均衡，具有颇高水准。第一章结合大生产运动的历史背景，讨论了"整风运动"前后"劳动"与创作者"自我"的关系。第二章从知识分子"下乡"运动，讨论了文艺创作者身份的转变。第三章对解放区文艺如何直接构成生产劳动的一个环节的论述，以及第四、第五章所探讨的文艺、政治、生产的一体性所形成的新社会形态等，都是解放区文学史上的核心问题，这些在该著的具体阐释中都得到了新的思考维度。

该著的选题及切入角度均具拓展性意义,集中表现在三个层面:其一是对"文艺"范畴所做的理论自反和理论阐释,其二是对解放区文艺实践史料详备深入的整理与阐释,其三是对代表性文艺文本实践内涵所做的敏锐解读。该著在这三个方面所做的突破性研究都值得肯定。理论的新阐释建立在扎实、详备和完整的史料梳理和阐释的基础上,同时又通过对代表性文艺实践文本的深入分析,将问题进一步深化与细化。这些都表现出路杨老师扎实且宽厚的专业基础和研究素养,以及言之有据、以史料说话的严谨风格。能够在如此大幅度的史料整理基础上,结合具体文本实践的阐释,从理论高度完成对一段独特文学史的阐论,表现出作者开阔的学术视野与出色的研究能力。

总体而言,该著在理论、材料、方法上都表现出自觉的创新意识与跨学科视野,是一部优秀的研究成果,符合商务印书馆"日新文库"的学术定位与期待。在解放区文艺及社会主义文化等研究领域,路杨近年的研究展现出敏锐的学术眼光,以及引领学科前沿的自觉意识,做出了富于新意的历史阐释,在学界引起了较大的反响,得到同行的广泛好评,并多次获评现当代文学研究界的重要奖项。路杨老师是青年学人中的佼佼者,相信她的这部著作也会为学界贡献新知与新见。

特此郑重推荐!

贺桂梅

2023 年 1 月 10 日

日新文库

第一辑

王坤鹏	越在外服：殷商西周时期的邦伯研究
王路曼	中国内陆资本主义与山西票号：1720—1910年间的银行、国家与家庭
刘学军	张力与典范：慧皎《高僧传》书写研究
李科林	德勒兹的哲学剧场
陈乔见	义的谱系：中国古代的正义与公共传统
周剑之	事象与事境：中国古典诗歌叙事传统研究

第二辑

何博超	说服之道——亚里士多德《修辞术》的哲学研究
陈　瑶	江河行地：近代长江中游的船民与木帆船航运业
赵　萱	耶路撒冷以东——一部巴以边界的民族志
郭桂坤	文书之力：唐代奏敕研究
梅剑华	直觉与理由——实验语言哲学的批判性研究

第三辑

王　莅	人类世界的历史化展开——马克思与西方人类学传统的思想关联研究
田　耕	采风问俗：20世纪上半叶的习俗调查与中国社会研究
汤明洁	福柯的主体问题考古学
陈　超	明伦弘愿：北朝佛教与经学交涉研究
陈粟裕	沙海浮图：中古时期西域南道佛典与图像
路　杨	"劳动"的诗学：解放区的文艺生产与形式实践